人民楷模朱彦夫

遲浩田

怎能没有这种感受呢？我是战争幸存者，我的生命一尽管是由残缺不全的躯体组成的生命，是战友们给的。他们把生让给了我，把死留给了自己，没有他们的先亡、先死，就没有我的今天。经常有人把我称之为“活着的烈士”或“半个烈士”，由此说来，我不是烈士，但接近烈士。今天，我把《极限人生》这篇拙作幻化成烈士的遗愿，幻化成一曲悲歌，一幅挽联，奉献于烈士，将是我毕生最大的宽慰。读者能从中感悟到先烈的不屈，革命战士的凛然正气，伤残者的自强，从而吸取做人的力量，那么我也就不会因空熬时光而羞愧了。

作者手迹

1986 年朱彦夫在老家

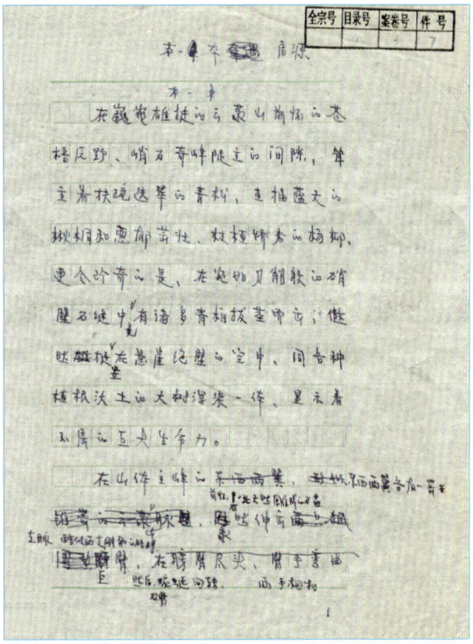

《极限人生》手迹

朱彦夫在桑田指导农业生产

朱彦夫作报告

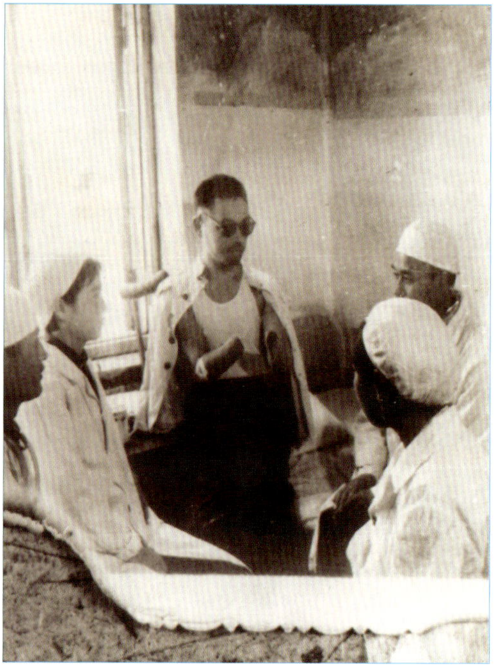
朱彦夫病房里讲战斗故事

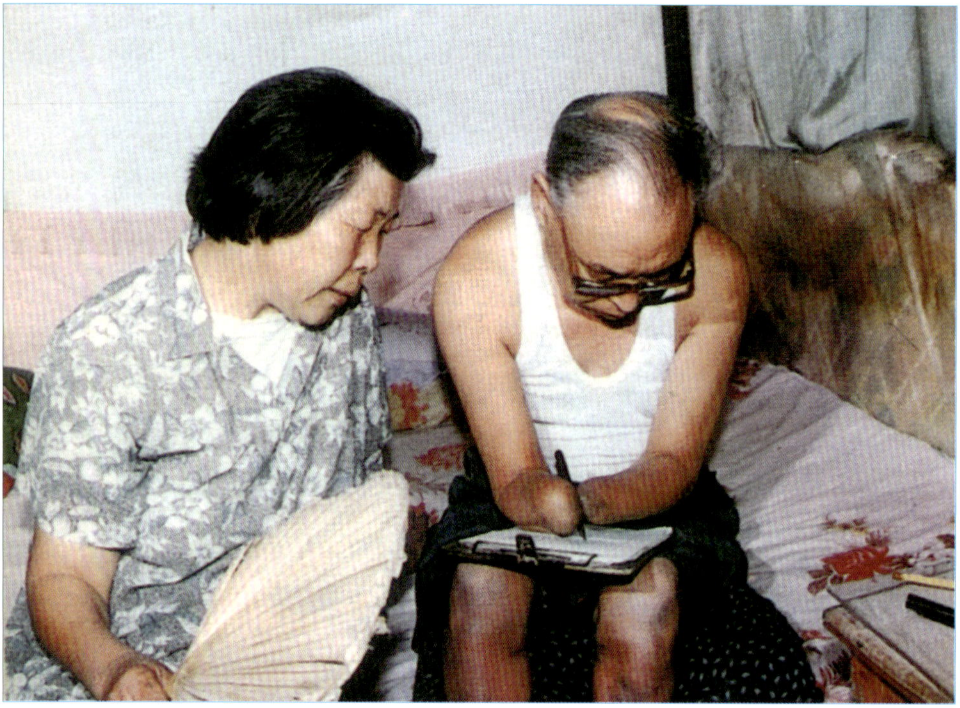
朱彦夫创作

人民楷模朱彦夫系列丛书

极限人生

朱彦夫◎著

新华出版社

图书在版编目(CIP)数据

极限人生/朱彦夫著
北京：新华出版社，2014.2（2025.9重印）
ISBN 978-7-5166-0893-7

Ⅰ.①极… Ⅱ.①朱… Ⅲ.①长篇小说-中国-当代 Ⅳ.①I247.5

中国版本图书馆CIP数据核字(2014)第028187号

极限人生
作　　者：朱彦夫

责任编辑：米俊峰　林郁郁　　**封面设计：**刘宝龙

出版发行：新华出版社
地　　址：北京石景山区京原路8号　　**邮　　编：**100040
网　　址：http://www.xinhuapub.com
经　　销：新华书店、新华出版社天猫旗舰店、京东旗舰店及各大网店
购书热线：010-63077122　　**中国新闻书店购书热线：**010-63072012

照　　排：六合方圆
印　　刷：河北鑫兆源印刷有限公司

成品尺寸：170mm×240mm　　**字　　数：**330千字
印　　张：23.75　　**彩　　插：**4页
版　　次：2014年2月第一版　　**印　　次：**2025年9月第十一次印刷

书　　号：ISBN 978-7-5166-0893-7
定　　价：68.00元

目 录

目　录

国为民当好公仆，建功立业，鞠躬尽瘁。他愿意为这个世界洒下一片汗水，做出哪怕只有半个芝麻粒子大小的贡献。

他走得很快，那留在雪地上的脚印已不再是膝行、爬行、拐行的痕迹，而是完整人踏出的串串扎实、闪光的足迹。他距目的地还很遥远、很遥远，但他始终有一颗勇士的雄心。

在朝鲜战场上负伤后，我无法再扛起心爱的枪杆子，但作为一名战士，只要一息尚存，就不能泯灭自己始终追求最大胜利的渴望。我回到家乡，克服正常人难以想象的困难扛起了锄杆子。在战友临终嘱托和首长的鼓励下，我又拿起了笔杆子，记录下我的经历与感悟。这就是我的“三杆子”。人生本就不该有什么极限，因为所有的极限全部跨越之后，生命的能量就定格在最壮美的极限深处了。

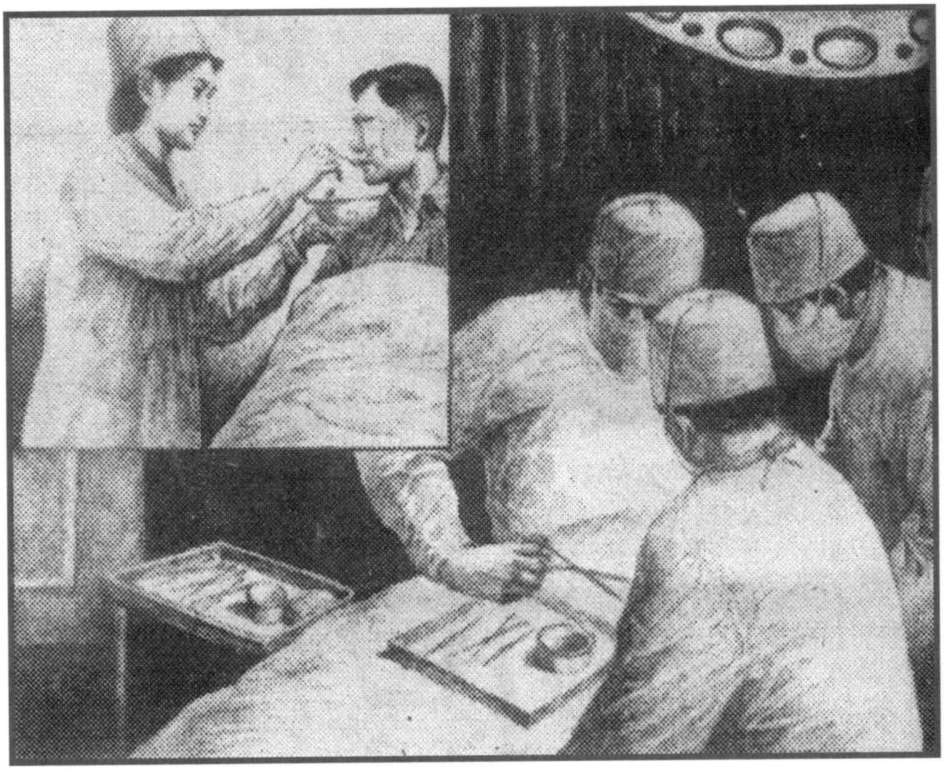

第一章　活着的烈士

兄弟之亲，手足血缘形成；战友之情，患难甘苦凝聚。这笑声，是对勇士战胜敌人的欢呼，是对50年代最后一场残酷战争的告别。

第一章　活着的烈士

在云蒙山下的峭壁间，镶嵌着一片大小各异的天然石窟，石窟内光滑如镜的石壁表面，有数量颇多、形态奇妙的猿人化石图案，其状或四肢触地，或前肢撑空半立，或前肢断缺……趴、卧、蹲，四肢大致相似，唯有直立状后肢长，前肢短或干脆全无。

这些栩栩如生的古化石图像，雄辩地证实了50万年前的人类始祖——原始人类驱斗异族、争取生存的生动场面。他们在生存遇到挑战，生命被逼到灭顶之灾的边缘后，幸而脱胎换骨：痛失前肢而站立起来，经过漫漫长夜的苦苦煎熬，慈悲的上帝终于赐予猿人一双灵巧的手。

在天地旋转、万物衍变，人类经历了千朝万载进入公元1953年后，在这同一峭壁洞窟旁的石阶上，依然栖息着两个“猿人”——更确切地讲应叫“圆人”。他们同样是在与异族、猛兽的搏斗中被咬残、击伤的，同样处于“肢离破碎”、觅生求异的重大转折关头。

遗憾的是，前后两者的归宿截然相反：前者被逼，出现了伟大的飞跃；后者被逼，却使之严重倒退——他们有语言而无力行动，想站立却失去了后肢，有食物竟难以进食。

这两个“圆人”是趁黑夜“出逃撒野”的。此刻，两人正如痴如呆地盯视着石壁上的化石图案，渴望从中窥取一点“逼立为人”的收获。

这两个“圆人”，是20世纪50年代的猿人后裔，一个叫方仁，一个叫石痴，都是四肢全无，集枪、烧、冻伤于一身。昨天，他俩从休养所各自领来了一双假腿，竟激动得彻夜未眠。他俩请有手的“荣军”帮着装上假腿，到了凌晨两点，偷偷跑了出来，但出门不久便多次摔倒，只得嘴咬臂撕，将腿卸下，爬到洞窟消遣，两人一爬进这“自由王国”，就纵情开怀畅饮那清新的沃野芳香，放荡不羁地释放着久卧病榻的抑郁。不料想返回时从悬石上滑落下来，将肢碴撞伤，等到天亮仍难爬回休养所。

石痴咬着牙说：“我7岁那年做了个噩梦，梦见被猛兽吃掉了胳膊，不料今天变成了真的，好在社会发达了，能用上这铁木组合的假腿，只可惜对没手的人似乎作用不大。”

“我想得更高级。”方仁意味悠长地说，“真想像古猿人那样在争求生存中逼出一种飞跃——长出手和脚，再有战争还能干他一家伙。军人不能上战场，让人伺候着真难受啊！”

“笑话。”石痴摇摇头，“咱俩现在走路靠人背，吃饭靠人喂，你凭啥扣扳机、捉俘虏啊？”

“我是说能不能再成为有用的人，第一次人生——从出生到能劳动，从参军到重伤——已经作茧完结了；第二次人生——咱们从茧中爬出，再干点力所能及的事，直到春蚕至死……”

“你想得蛮有诗意哩！”石痴道，“是啊，正像咱们第一次人生用肉体改变了旧世界那样，今后，咱要以至死不回的毅力，豁出剩余的潜能，再攀上它一级人生台阶。”

两人正忍痛抒怀，憧憬未来人生的时候，只见两个愣乎乎的小伙子连蹦带跳地蹿到他俩跟前，喊了一声“快走”，就各抱一个，像扛麻袋包一样，稳稳地颠到背上，旋风般地背走了。

在云蒙山下偏西的平坦地段，有一片掩映于苍松翠柏中的整齐瓦房，这里便是闻名遐迩的鲁中荣军休养院。许多在历次革命战争中负伤致残的特、一等荣军战士，集中在这里疗养、生活。中间一排瓦房是重残所，居住着双目失明、下肢瘫痪和没有四肢的重残伤员。每房三床三人，由一个女护士偶尔也有男护士轮流护理。

不多时，两个小伙子各背着一个重残人，呼呼地喘着粗气直奔他们的卧室——3 号房间。两人把方仁、石痴放到各自的床上，其中一个面对倚在门框上的护士小郭说：“人，帮你扛回来啦，快查查看看，胳膊、腿的够数吧！”说完扮了个鬼脸，一溜烟蹿了。

他俩早就料到，这次“出逃”摔伤被发现会招致严厉斥责，两人已做好了“挨熊”的准备。然而幸运的是院领导没直接出面，只见小郭挺胸怒容，大有黑云压城之势，厉声说：“喂，你俩到底跑到哪儿去了？硬逼我求人找了一天一夜，还有没有院规？像不像个军人？快坦白交代！”

“哎哟，尊敬的女王陛下，你打哪儿捡了一颗‘喀秋莎’？没有准星，没有目标，就乱轰滥炸？”几句话反把小郭逗笑了。小郭笑够了，抹了一把泪，接着说：“算你俩运气好，碰巧所长调动交接。知道吗？从外地来了个新所长，脸谱和石痴差不多，也是烧伤关公大红脸。听说他很厉害，这事要让他知道了，我看够你俩受的！”

“那就有劳郭小姐嘴下留情，别向新所长告密，俺是例行‘放风’，又没干坏事。”方仁求饶似的说。

“别装可怜相了，快说，谁给你们装的假腿？又是谁把你俩背出去的？”小郭依然紧追不舍。

“俺自己装腿自己走呗，俺三个瘸的瘸，瞎的瞎，谁能帮谁啊！”石痴也故作认真地掩饰。

“真会骗人，四个爪都没有，咋装法？你再装一次我看看，快装啊！”

双目失明的张希德，躺在床上似睡非睡，听他们仨争论不休，突然插话：“嗨，自己装腿有啥大惊小怪的，都快半夜了，还吵吵个啥！”

他一语引发了一阵哄笑，早饭未吃竟说“半夜”了。

“噢，原来是你搞的鬼呀！”小郭说：“今后不准你帮倒忙，万一闹出大祸来，我坐监牢，你也得有份儿！”

“我倒不怕坐牢。”张希德说，“反正在哪儿都没有白天，你放心好了，保证一切行动听指挥。”

小郭这姑娘，三分严肃，七分活泼，她热爱自己的工作，更热爱这些枪林弹雨中的幸存者。纵然有时板起脸训斥他们一番，可他们都深知这是理解、爱护的表示，谁也不见怪，见了她依然嘻嘻哈哈。

这三位重残，同在朝鲜受伤，经过长时间的治疗后，刚刚来到重残之家——荣军休养院。他们面临着人生的重大考验。他们的人生历程才刚刚起步，今后面对的将是天天周而复始、孤独寂寞的生涯。事实似乎在这样向他们显示：不用再分心去扮演丈夫、父亲、孝子甚至平民角色，而只有携带着这个头衔——重残去见上帝。

凡是思维健全的重残人，无不深藏着各自的想法与打算。伤前，他们大都想到也许会受伤而不能继续战斗，很多人会想到牺牲，但一般想象不到或根本就不愿设想成为什么类型的重残，因为那几乎是非生非死的煎熬过程。

他们有生灵却没有生机。

他们有思维却不能行动。

他们心理健全而生理残缺。

他们感官神经犹在而肢体皮肉早逝。

这些人的“理想”可分为三种：瘫痪卧床的，已不再多思后事，只有在此养老到底；失明而仍有手足的，渴望能够适应终生“长夜”，有朝一日找个谋生的门路，为憧憬中的家庭铺基；四肢皆无、全部丧失自理能力的，梦想离开人员集中的休养院，到无人帮助的僻野去锻炼再生功能。这些“理想”不论其价值大小，都出自正常的求生欲望，只是他们谁也无法知道未来究竟是什么模样。

对于国家和民族而言，他们决不是失败者；但对于个人，对蒙受灾难的本身，他们又不是胜利者。当然，胜败与健残不应成为衡量人生价值的标准，他们必须拼命从身躯缺损部位的活性组织细胞中发掘有限的制胜因子。

勿求健全，只求生存！

勿求人助，只求自理！

勿求伟绩，只求发光！

磨炼的机会不多，可总还是有的。一天早晨，小郭给他仨打来饭菜，放在床头桌上，没等张罗喂饭，就匆匆地说：“你们先等一会儿，7号房间老刘掉下床来摔伤了，我去看看，马上回来，不准自己胡来，啊！”

待小郭出去之后，石痴和方仁就迫不及待地开始动作了：双臂历来不敢动用，加上刚刚摔伤，就干脆嘴对着饭碗，像猪拱食般地胡乱吃起来。只听得“咔嚓”一声，石痴的饭碗被拱到地上，摔了个粉碎。

听到砸了碗，张希德急了：“你俩搞什么鬼呀？不准乱动，让瞎子发挥发挥威力。来！咱们一块儿会餐，我喂你俩！”说罢，他摸到明杖，端起饭碗，向石痴的床位摸进。

方仁见势打了个滚身，臂揽床沿，膝蹬床棱，翻到地上，爬到张希德跟前，嘴咬明杖引路，往返几趟，才将三个人的饭菜搬弄到石痴的桌上。安排就绪后，张希德说："咱搞会餐，还蛮有意思哩。三人两只半眼，一只半手，两张半嘴。我声明一条：你俩只许动嘴，听口令，看筷子，夹着饭吃饭，夹起菜吃菜，夹不起来也别见怪。"他的筷子在碗里拨拉，手在桌子上摸索，不是夹不着，就是夹得太多一口吃不了。

方仁着急地说："我看还是我指挥，你喂。"于是，方仁与石痴坐在床沿，张希德站在桌子对面，方仁的右臂搭在张希德夹饭的手背上，边喂边说："米饭在这儿，靠前一点，往下一点，正好，开夹，使劲！菜盘在这边，伸过筷子来，再伸，向右些，再往下落，猛夹！举起来往前送，石痴张嘴向筷子靠拢——吃！"依照这种"手筷——口令——触觉合成"的吃法，每吃一口，都必须协调配合好。石痴一口，方仁一口，张希德一口，有时夹得少不够一口，有时夹得多一口吃不下就掉在地上；米饭吃一半撒一半，汤菜口中一半床上一半，这口饭早咽下半天，那口饭还在碗里寻索，还在口令与动作的配合之中……

三人各吃了几口，都觉得腹腔里像咆哮着一股滚烫的热流，都自称吃饱了，喝足了，谁也没有品评总结这次"自理会餐"的甘苦，就哑然无声地躺到各自的床上去了。

诸君会问：世上早有无肢人创造过奇迹，而这些重残人残留的断肢余碴就毫无作为吗？其实，这是最简单不过的道理：先天无肢的原始畸形残缺人，自幼即学会了独特的生活自理技能，而中途致残的人则相反，他们总习惯依恋于先前的健全行为，一旦失去原肢，就会感到猝然丧失了一切。而要改变命运，就必须像幼儿那样从头做起。

致残者的莫大欣慰在于，无手有腿者，可以运用腿的旋转优势去弥补无手的不足；有手无腿者，可利用手的灵活多变去弥补无腿造成的空白。而石痴和方仁，则是四肢全无！尤其是石痴，下肢在膝盖稍下被截，上肢被截到了手腕以上，看上去，浑身光秃秃的。加之断肢后神经剧痛，不能旋转触物，这是他争取生活自理过程中最凶恶的拦路虎。

小郭回来了，她心急火燎地一步跨进屋里，好家伙！桌子上、当门里（方言：指屋内的地面）、床铺上，全是饭菜和碗碴子，再一看，三个人躺在床上不停地唉声叹气。她火了：“你们这是搞饭菜铺地展览咋的？谁出的主意，拿公家东西当儿戏？”

“陛下，切莫生气。”方仁见势不妙，从床上坐起来解嘲，“俺这是拙人学巧，想摆个自食‘小沙盘’，只是功夫欠佳，不合乎用餐标准，这你是能理解的。”

“什么‘沙盘’、‘磨盘’的，糟蹋粮食就不应该，不都是喂饭吗？今天刮的啥风，这么一小会儿就等不及啦？”

“遵命！现在请允许我代表全屋将士，向尊贵的女士保证：从今以后，要老老实实、规规矩矩地张嘴待喂，当一个名副其实的寄生虫，好了吧？”方仁不失时机地“幽”了一“默”，又把小郭逗笑了。笑过后，还是边打扫饭渣边嘟噜个没完：“还这勇士、那英雄最可爱哩，光人可爱粮食就不可爱吗？四个爪都没有非要逞能吃饭，找麻烦，吃的多还是扔掉的多？肚子里多还是地上的多……”

石痴与张希德对小郭的批评，向来是一声不吭，随她说去，但对她不理解他们的想法却深感不快。不久前，他们还都是手脚利索、英勇顽强的战士，为同敌人争夺一袋粮食、一个罐头甚至几个土豆，都不惜流血牺牲，此刻抱怨他们不珍惜粮食，是何等的委屈！他们是想自立啊！

这些从来不顾生死、不懂悲观的人，眼前却无时不在难过和不安：如今的他们，吃饭由人喂，穿衣别人帮；入厕解手，还得别人给解带揩拭，背出抱回；就连装卸假脚，也得由别人料理。他们无时不在梦想有朝一日能够自护自理，可那返生转世的产婆在哪里？

他们三人，只有张希德参军前结了婚，在漫漫长夜中能得到爱人的体贴。石痴和方仁虽名义上有未婚妻，但用他俩的话说，目前形势险峻。

方仁是个乐观的人，他入伍时父母问他何年何时才能回家团圆，他用一段顺口溜答道：“打败鬼子兵，消灭反动派，创立新国家，回家抱小孩。”但他未料到，“三愿”告成，“一愿”丧失，不仅不能抱小孩，自己反倒成为非哺非抱无法生存的“老小孩”了。他是天生适应战争生活的人，即使战斗紧要关头甚至面对死亡，也能笑语逗人喷饭。他为人实在、诚恳、勇敢、活泼，所说的令人发笑的趣语里，常包含着几分哲理。他中弹又冻伤后被截去四肢，曾反复思考：和未婚妻的关系正处在分水岭上，一步走错就会吹灯。他虽不愿后退，但也没敢进攻。他曾客观地估计了一下自己：像自己这块圆圆肉蛋，硬把她逼到“火线”上，今后的日子里，他，轻了是个“妻管严”，重了就是个定时炸弹，说不定在“情床”上就“壮烈”了！他想和石痴一样在无依无助的环境下磨炼一番。

石痴与方仁相反，他由一个活蹦乱跳、不知忧愁的小伙子，变成了一尊缄默无语的木偶。他除四肢截得比方仁更短外，面部还有烧伤，左眼失明，右眼仅剩一线之光，身上还有枪伤。对此，他非常清醒，绝少再去考虑“女人”、“未婚妻”之类的字眼。

几天后，便是清明节了。这天早晨，石痴醒得很早，同室的方仁和张希德日前探家去了，他独自爬起，摇了摇短短的臂碴，翘了翘短短的腿碴，然后又躺下了，似睡非睡，迷迷糊糊……

这时，胡管理员领着一位陌生人走了进来，石痴赶紧爬起来，管理员指着陌生人对石痴说：“这位是云蒙一中的张校长，要找一个残情最重、事迹最突出的荣军给学生作传统报告，咱们新所长指示我安排这场报告，不用兜圈，非你莫属，劳你讲一场，咋样？”

石痴对突如其来的事件向来不善表态，更不懂传统报告的要领，只是不知所以然地应付着：“噢、噢……啊、啊……”

岂料，这时大批学生已排着队，喊着口令走进了荣军休养所大院。学校负责人和教师陆续进屋同石痴见面，他们一个个露出惊讶的神色。

“辛苦你了！”张校长真挚地说：“大胆地讲吧，把你亲自经历的艰难讲给孩子们听听，叫他们永远记住这些，只有知苦才能觉甜哪！”

“怎样，石痴？快讲吧！”管理员是催促，也是在命令。

石痴还未表示答应，也没考虑讲什么内容，就陡然形成了非讲不可的局面。

“老师们，同学们：我们能在清明节请‘最可爱的人’作传统报告，这是很有意义的事情，下面就请石同志作报告！”张校长作了简短的开场白。

石痴被逼上梁山，没有任何回旋余地了。他让胡管理员把他抱到已安放在门口的椅子上，便慌慌张张地讲开了：“各位老师、同学们……我是个大老粗，玩炮弹行，不会作什么报告。为了不让大家失望，我只讲最后一次战斗同连长永别的经过吧。”

人群中响起一阵掌声和口号声。

石痴的心跳在加快，面部神经在痉挛，他被青少年的爱国热情所感动，他的血在涌动：“在朝鲜前线的一次阻击战中，我们付出了巨大代价，全连几乎‘全军覆没’，但我们顶住了敌人的疯狂进攻，胜利完成了阻击任务。”在讲到阵地上断水绝食、全连数天吃了一个棉被套时，听众中传来了低泣声。石痴的话颠三倒四，结结巴巴，时断时续，当讲到决战两天两夜，击退敌人 11 次冲锋，52 名战士除重伤外全部战死，整个阵地被炮弹翻了个个儿时，学生们都低下了头，有的甚至失声痛哭。这哭声给了石痴莫大的安慰。他第一次领悟到自己作为一个伤残人的价值，由于现场气氛的感染，他自己也哽咽了。

不知什么时候，3 号病室的护士小郭挤到了石痴的跟前。她开始曾极力不让他讲，怕他累坏了身子，当发现阻止不住时，又凑到石痴耳边悄声鼓励：“沉住气，大胆讲，枪子都不怕，还怕讲话？”

他的情绪终于平缓下来。当讲到连长左腿被炸断，他把连长火速抢下阵地，在一块开阔地又被敌机炸飞的惨状时，他的话被一阵急剧的口吃、抽搐所打断，停了一会儿，又继续讲下去。他越讲越悲壮，声音渐渐低下来，伤眼中浸出的浑浊液体不断流到嘴角，流到胸前。

“喂，停一停，我有话要问你。”石痴的报告突然被一声疾呼打断了。只见从师生们围坐的北侧过道里站起一个拄拐人。他脸部烧伤，举步艰难，由一个军医搀扶着走了过来。他在距石痴两米远的走廊上停住了，两眼盯住石痴，问道：“你是谁？哪个部队的？你讲的是哪次战斗，在什么地方？能详细点告诉我吗？”

胡管理员连忙介绍：“这是咱新到任的刘所长，这位是刚从部队转来的王军医。”然后又拍着石痴的肩膀说：“这是从沂州医院转来的最重的特残石痴。”

石痴本来就很拘谨，又被突然的追问搞得不知所措。他不认识这位新来的所长，但还是让管理员把椅子往前推了推，取下墨镜，礼貌性地细打量了一番：“我不认识您，不过，请所长见谅，我讲完之后再向你详细说明可以吗?”

“不行，你把我闷坏了，现在马上回答我的话，给我说得清清楚楚。”刘所长不容他半点拖延。

“那您让我说什么呢?”

“你就是——你是谁？你再说我是谁?”

急待听报告的师生们爆发了一阵哄笑。

“嗨，我就是我，你就是你嘛，那还用说?”石痴有点不耐烦了。

“我是问你说的那个‘被炸飞了’的人是谁，抢救他的又是谁?”

“我说被炸飞了的就是我的连长，我的大叔刘步荣；把他背下阵地，又亲眼看着他让炸弹炸飞了的就是他的战士石痴，还提这些干啥，叫人伤心!”

石痴悲痛地和盘托出。

刘所长顿时热血涌动，他那早已泯灭了多年的念头猛然间一下子蹦到嗓子眼里：“小伙子，你真的没死？你再仔细看看，我就是你刘步荣大叔啊!”刘所长竟忘了拄拐，一下子扑过来，“扑通”跪倒，把石痴的坐椅也砸歪了。他俩如醉如狂地滚在地上，断臂抱着残肢，伤脸对着伤脸，紧紧地拥抱，狂烈地亲吻！这两个身经百战、生死与共、同时负伤的亲密战友，在各自经历了千难万险之后，又梦幻般地重逢了！他们一遍遍地重复着相同的话语：

“我是二连连长，我真的是刘步荣。”

“我是‘二五〇’高地最后一个战士，我确实是石痴。”

“我整个面貌被烧了，还有原来的模样吗?”

“你我同样，要不怎么咱们都互不认识了嘛!”

“你被炸飞了，又怎么活过来的?”

“你……”

他们像亲骨肉重逢，从心底最深处迸发出长久的、不可名状的大笑。

这笑声，像咆哮的激流，像尖啸的弹雨，震撼着人们的心扉。

当管理员和郭护士等人争着去抱石痴时，刘步荣翻身坐起说："还是我来抱吧！"说完，拖着一条不能打弯的直腿，拼尽全身力气将石痴托到椅子上。他接着转过身来，面对迷惑不解的师生们大声问道："知道俺为啥这样亲？知道俺为啥这么笑吗？"

师生们疑惑不语，张校长则拿起记着自己感想的笔记本，大声念道：

"兄弟之亲，是手足血缘形成；战友之情，是患难甘苦凝聚。这笑声，是对勇士战胜敌人的欢呼；这笑声，是对50年代最后一场战争的送别；这笑声，宣告着用血肉奠基的建设时代的钟声已经敲响；这笑声，也预示着你们——当年打天下的勇士，将从此走向新的生活！"

"真不愧是文人、校长！"刘步荣连连称赞张校长回答得好，合乎实际，富有诗意。这时，他突然把话题一转，手指王军医告诉石痴："石子，在二五〇高地，你抱怨全连叫我指挥光了，你好好看看他是谁？我又给你捡来了一个活的。"

石痴惊喜地瞪着王军医，反复看了半天，示意他靠近点。王军医连忙凑过来，石痴像得到久离身边的宝贝似的，快速而仔细地打量着王军医，突然叫道："小王，你是连部卫生员王纯青！"

"是，我是卫生员小王，想不到你还活着！"王军医猛力将石痴抱在怀里，又是一阵大笑，笑得那么坦然，那么痛快，好像伤后从来没有这么笑过，要一次性地补上去！

"小石子啊！"刘步荣插话道，"别再叫'小王'了，人家已经是大军医啦，比咱爷们混得阔，是正连级喽，他可是全连最囫囵的一个哟！"

"您老首长净瞎说，战场上当五分钟的指挥员也是我的首长，石兄刚接茬我就下来了，咱一律按战时排辈，你俩都是我的首长。"王纯青极力争辩。

石痴突然叫道："你们还记得咱连的方仁吗？他还在哩，就和我住一室，前天探家去了。”

“好家伙，又一个活的!”刘步荣急问：“他残情咋样？我找了他两年皮毛没影，真是太巧了，他什么时候回来?”

“原定五天回来，他未婚妻来信叫他回去‘定盘’，看来够成的。”石痴答。

几位从生死线上挣扎过来的战友，沉浸在重逢的喜悦中，几乎把报告会的事忘了，直到传来师生们“再讲一段”的恳求声和掌声，他们才从沉醉中醒来。刘步荣有些难堪地对张校长说：“这咋办？误了你们的大事啦，都是我惹的，实在对不住大家!”

张校长则紧紧地握住刘步荣的手，激动地表示：“这场面太感人了!这次学生们受教育的机会太难得了，希望荣军同志今后能经常给我们作报告!”接着，他劝说了一阵恳求再讲的师生们后整队返回了学校。

王军医和小郭把石痴抬到床上躺下，刘步荣吩咐道：“让石子好好休息一会儿，小王你陪他拉拉，我得回所里张罗张罗，没想到刚来就双喜临门，找到了石子和小方。哎，小郭，你把我的龙井茶和兰陵特曲拿来给石痴犒劳犒劳，等我回来，咱们开个团圆会。”

石痴与王纯青一个玩枪杆，一个拿镊子。多少次，石痴在战斗中负伤，王纯青为他细细包扎；多少回，王纯青在抢救伤员中遇险，石痴拼死相救，长期的战斗生活使他们结下了深厚的战友情谊。他们追忆了各自在不同的险境中幸存下来的经历，王纯青对他的好战友肢貌全非深感悲痛和惋惜。

石痴其人，名不副实，他身材匀称，长得俊俏，每逢笑时两腮出现两个小酒窝，平时几乎不用打扮就活像戏中的“小生”，是全连少有的几个帅小伙子之一。王纯青常想，战时的部队往往是“大老黑扛炮弹，小白脸围着首长转”，可不知为什么石痴这个“小白脸儿”却一直在步兵连里。

战争夺去了他英俊威武的面容，并使他失去了自理能力，多么令人痛惜呀!

“小王。”石痴忽然用短臂抱住王纯青的胳膊，“纯青，你在想什么?”

“噢，我在想咱们在一块儿战斗时的事儿，你呢？你在想什么呢?”

“我也是。”石痴说，“不知怎的，今天突然遇到你和老连长，心里就翻上倒下，魂儿早飞到了朝鲜，飞到了‘二五〇’高地。纯青，你也躺下休息会儿吧。”王纯青索性倒在石痴那头，两个人面对面，一个说，一个听，一个追忆前情，一个遐思未来，将思绪之马驰向了遥远的东方……

第二章　高地鏖战

恶魔与死神在向他们逼近、狞笑……但志愿军战士无所畏惧，视死如归，他们用生命和热血谱写出惊天动地、流芳千古的篇章。

第二章 高地鏖战

1950年12月初，在朝鲜长津湖以南的一座普通山峰——二五〇高地上，发生了一场空前残酷的激战。

翻滚了两天两夜的火海硝烟，在阵风的驱赶下，正缓慢地散去；阵地上到处是被弹火耕翻了千百遍的碎石冻土；被炸飞炸碎的肉躯、衣物、枪械、弹箱、树根，有的正化为灰烬，有的仍冒着残烟；浅而薄的掩体、交通壕大部坍塌；未被摧毁的轻重机枪、步枪，还依旧挺立在掩体的前沿……

守卫阵地的志愿军某连49名战士静静地、不知饥不觉寒地躺在异国他乡的巅峰上。他们实在太劳累了——岂止是两天两夜？他们几年、十几年、几十年地南征北战，泥水里卧，雨雪中爬，为了已经到手的天下和人民的安宁，从没有轻松宁静地睡一觉，现在，他们终于无牵无挂地陡然瞑目沉睡了，永远地睡去了！

朔风卷走了硝烟，浓云送来雪片，午后的寒风把一场大雪吹撒在莽莽山野上。先是鹅毛飞舞，继而细粒窸窣，不多时，积雪覆盖了弹坑、交通壕，覆盖了整个山岭的焦土、岩石和烈士们的遗躯。像是天怜人意，群山挂白，万物悲泣，连那枪械、弹夹、草根、树楂，都默默地披戴了白皑皑的银装素纱……

敌人在最后一次“地毯覆盖”式轰炸之后，断定这座狭小的山头上不会再有抵抗，便提心吊胆地爬上了二五〇高地。他们为这些中国士兵阵亡的姿势感到震惊：他们大都是在卧身瞄准、手扣扳机的一刹那死去的。为防万一，敌人又对几个怀疑可能复活的尸体补上一刀，然后一齐举枪，每人对空射击一梭子，庆祝这一“重大胜利”，这场用三倍以上的血本换来的“胜利”。

一阵鸣枪欢庆过后，这些美国兵不愿在这残缺不全的尸体堆里多待一分钟，随即原路返回大本营，钻进帐篷，饮酒行乐玩女人去了。

不知过了多长时间，在这个已被大雪封死的二五〇高地上，在全连覆没的前沿交通壕里，在长眠的49具尸躯中，居然有一条正在极缓慢地复苏着的生命。他全身覆盖着厚厚的冻雪，蠕动激起了“嘎嘣、嘎嘣”的折裂声。大雪仍在下着，他也仍在继续蠕动着……

又过了一段时间，他终于坐起来了。似乎是夜里，什么都看不见，整个天地一片漆黑。“这是怎么回事？是死是活，是梦是醒？”渐渐地，他开始感觉到腹内五脏如大火熏烤，火势越烧越旺，不一会儿，五脏被烤焦了，紧接着，整个身子被无法扑灭的火引燃了。

“要是有水就好了，哪怕是一壶水，先把肚子里的火冲灭，再冲灭全身的大火！”他的意识功能开始恢复，但全部意念就是“灭火”，整个奢盼就是水！

果然，水真的盼来了！他顿觉有一股清澈冰凉的山泉水从悬崖上潺潺而下，他迅速张开嘴，让那泉水“哗啦哗啦”淌进嘴里，“咕咚咕咚”咽到肚里。“天哪，太过瘾了，快快地流吧，我要喝个够，把腹内的大火浇灭！”但喝着喝着，水变小了，变得稠稠的、咸咸的、黏乎乎的，扬起手来，伸到脸上摸摸，手无知觉，伸出舌头一舔，更觉粘而涩，水仍在流，火仍在烧……

时间在一分一秒地逝去。意识的醒悟使他终于感觉到他喝到嘴里的不是山泉甜水，而是自己头上流下来的鲜血！

“他娘的，坏事了，受了重伤？连眼睛也都瞎了？手为啥无知觉？”当再次把手贴到嘴上，用牙狠狠咬了几口仍无知觉后，他立即想到双脚也可能被冻坏，猛地，连续站立几次，结果都摔倒在原地。“双手、双腿、双眼，还有脑袋，都完了？都报销了？”他下意识地伸手摸了一把身子周围，没有摸到任何东西。

在极度焦躁中，他扬起两只被冻僵了的手猛搓两眼，但搓来搓去，仍是一片黑暗。在万念俱失、静卧待毙的时候，他不得不冷静下来，让意识进入回忆中……

二连奉命攻占二五〇高地……保障大部队战略运动，保障大批冻伤人员尽快康复返队……刘连长重伤……他的大脑像一堆揉乱的丝线团，需要一点一点觅头，一根一根梳理。过了一会儿，他似乎突然来了灵感，思路变得清晰起来，眼前呈现出刚刚发生的这场苦战的情景：

强行攻占二五〇高地，伤亡30多人，因三天未进食，进攻举步维艰，连长强令扔掉背包、挎包和缴获的鸭绒被等物，轻装突击，硬是拼上高峰，将守敌打下山去。这一仗，全连包括能作战的伤员，只剩下52人。

第一天的战斗，是用尸骨谱写的。志愿军战士身无御寒衣，腹无充饥物。工事未挖好，弹火无处防，敌人空陆合击，一天血战击退敌人多次冲锋后，全连仅剩19人，而且全都有伤。

太阳偏向西山，地面炮击稀疏下来，但空袭仍未间断。构筑的简易工事大部被摧毁，在不足70平方米的峰顶狭长地段上躺着几十名烈士，被炸毁的枪支和被鲜血染红的碎衣物随处可见，阵地上一片死寂。

这时，从一个靠石壁缝的单人掩体中钻出一个战士，抖了抖头上的泥土，抹了一把冲锋枪上的泥土，把手举到前额，搭起手罩望太阳：天空乌蒙蒙的，太阳被埋在硝烟和云层中，成了个失去了光芒的白圈圈。

“我说这太阳可真够混账的，看它一遍，它一动不动，再看它一遍，还是一动不动，简直像被钉住了一样，好像故意给敌人壮胆，跟老子作对，真想把它一枪揍下来！要是没了太阳，天下就是咱的了，你说对吗？杜鲁门？”说这话的战士叫方仁。

“你小子说的能不对吗？这大白天打阻击，老趴在工事里吃‘荷包弹’，还不能暴露目标，不能杀出去拼个痛快，还不都是太阳给惹的祸，真他娘的窝气哟！”从另一个掩体里钻出来的杜玉民搭话道。

“我看，咱们国家将来肯定能造飞机、坦克，说不定还会造出‘臭弹’、‘冷子弹’，他有原子弹能把人化成灰，咱有冷子弹能把他冻成冰！到那时太阳一辈子不落咱也不怕！”方仁继续“高谈阔论”。这俩人活像两个军事评论家，任何残酷的战斗间隙，总能听到他俩的品评、议论。通信员小张从交通壕里爬过来，匆忙喊道：“三排长杜玉民，二排方仁和一排石痴，连长让你们马上清查本排人数和枪支弹药，然后到指挥所开会！”

三人立即行动，清查完毕迅速来到阵地西侧的指挥所。连长刘步荣、指导员高新坡招呼大家坐下。

“现在把你们各排的情况报一报吧。”指导员看了一眼每人那蜡黄的脸后说。

“算了!”连长一挥手，“我看过了，现在全连除牺牲、重伤不能参战的，只剩19个人了；枪支损失过半，依人数推算，够用有余，但要精心保护，这是我们的第二条生命，失了它第一条生命也得完蛋!”他略一停顿，然后庄重地说：“同志们，现在威胁我们的不光是饥饿、寒冷和伤亡，还有缺药、缺衣、缺指挥。战前补齐的干部几乎打光了，现在是党员的就只有咱五个人了。在最危急的时刻，必须健全指挥，坚持到底，在同上级完全失掉联系的情况下，要作最坏的准备。现在，我宣布：

第一，方仁、石痴为一排和二排排长；第二，连级指挥，除我和指导员外，你们三个排长作连干部候补，按伤亡的先后顺序，死一补一，生死为令，自行接替，谁活到最后，谁指挥到底。这是最坏的安排，可能都死，决战中没有伤痛那一说，轻的指挥重的，只要还有口气就得打；也可能都活着，大部队会提前到达……”

“我怕没有能力，指挥不好，连长是知道的。”石痴竟愣痴痴地申辩。他是个勇猛善战的模范战士，他能完成交给他的一切艰巨任务而从不打折扣，可一接触“长”字，他就急得搔头跺脚、晕头转向。

“能力是天王老爷赏给的?这是你讨价还价的时候吗?现在是死前的临时指挥，是当‘死官’!”刘步荣声色俱厉地呵斥道。

“行，行，当死官行，我喜欢临时指挥，喜欢干死官!”他已完全觉察出连长对他作出的重大让步，由正式任命退为“临时指挥”，这除非在极严峻的形势下是没有先例的。

“同志们，”刘步荣继续说，“上级交给我们的任务是极其艰巨的，对面美一师的两个主力营，配有二三十辆坦克，数十门火炮，上百架飞机。而我们现在仅有破头烂腚19个伤兵，我们已四天不见吃的，也没有棉衣，没有药物，陪伴我们的是零下35度的严寒，十倍于我们的敌人，30多位烈士和成吨的钢铁。一会儿还是活着的伤员，一会儿就变成死去的烈士。面对这险恶形势，我们必须坚持到底!”

这是入朝以来少有的支委扩大会，由于外寒内饥、伤痛交加、头晕目眩一齐压在他们身上，会议气氛沉闷。大家不时把露着脚指头的鞋子脱下来，把脚伸到别人的肚皮上暖和一会儿。

“杜鲁门这狗崽子发动战争也不选个好日子，偏偏在数九隆冬显洋威，要是能填饱肚子，老子光着腚也跟他娘们见个高低!”方仁见大家沉闷，就眼盯着杜玉民捅了一句，把五个人都逗笑了。

“你净胡扯淡，敌人发动战争选好日子，咱们抗击敌人也选好日子，那还叫打仗吗?”杜玉民反驳道。

“看你酸的，俺说的是杜鲁门，你心惊啥？噢，对啦，他是你本家同姓对吗?”因字音相似，战友们常将杜玉民逗称“杜鲁门”。

“别胡说啦，说正事。”连长摆手制止了他俩。“我们19个人必须活到最后胜利的时刻，让指导员谈谈意见吧。”

“对。”高新坡说，“连长说得对，打仗不是把人打光了事，而是争取胜利。前些天听池政委说，中央的意图是打持久战、消耗战，敌人有飞机、坦克，我们仍是小米加步枪，眼前是饥饿加步枪。有人说这是一场现代化战争，但只一方现代化，另一方是老式化。在装备、饮食供应上，我们只占十分之一；可在思想觉悟上，敌人只占十分之一，简直可以说是两个十分之一的战争。”

高新坡是一名优秀的政工干部，他爱护战士，懂得很多道理，被全连战士看成是大哥哥。他环视了一下大家，说：“老刘啊，我不啰唆了，现在最要紧的是弄口吃的，再把牺牲的同志掩埋一下。”

杜玉民没等连长开口，就说：“肚子确实撑不住了，今天敌人最后冲锋时，有三个战士卧在工事里没出来，也没动弹，我以为是牺牲了，结果是饿晕了。你看，从占领阵地到现在都没有一个解大便的，肠胃里早就空了！肚子里无食更觉冷，白天怕暴露目标，不敢活动，有好几个人脚上冻伤开始溃烂流脓血。”

“这样吧。”刘步荣说，“今晚上分三个组，一个组下山寻找食物，一个组修复工事，另一组掩埋烈士。”

“还有啥情况?”高新坡问，“有就快摆出来，没有就马上回工事去。”

刘步荣摇了摇头：“这时敌人是不会进攻的，让他仨多享受会儿吧，入朝后的碰头会少得可怜哟，撒泡尿都得偷偷地干，抽支烟要趴在裤裆里点火，真他娘的憋死人哪!”

“打仗就会有牺牲，我排问题不大。”方仁汇报说，“多数人都是老家伙，他们觉悟高，经验多，沉着冷静。只有两个有点反常，一个是徐风明，另一个是新兵张培文，他俩在强攻二五〇的前一天就把第二套新单衣穿上了，我问为啥打扮得那么漂亮，张培文说，我要不打扮得漂亮点，到阎王爷那里落户口，他不开除我的鬼籍呀！我说你这笨蛋小子，阎王爷不要我要啊，不在阴间在阳间嘛，你怕啥？他又说，我已负过两次伤了，够个二等甲了，要是再炸掉一条腿或两只眼，失去作战能力时，我就主动爬出掩体，让敌人的炮火给我送葬，穿上新衣赴黄泉！……你看，他这是啥意思？当时我也不知用什么话顶他。”

“这毫不奇怪。”高新坡道，“我们出国仓促，棉衣给养不到位，仅靠一身单衣、一支枪拼搏，有好多战士不是死伤在炮火中，而是生生让冻坏了、饿垮了。我看凡是有御寒物的，都要穿在身上，缠在脚上，这是坚持到底的重要条件，至于谈论伤或死，这也是战士的一些心里话，是正常的。”

“我们排问题也不大。”石痴汇报道，“就是新补战士万中祥老问我：胜利回国后，能不能准他一个月的假，说他走时妻子怀孕三个月了，要我帮他求求情，满足他的愿望。”

“奶球的，都啥时候啦，还挂着小娘们，你给他说清楚，啥时回国说不准，但胜利回国是肯定的。到那时恐怕不是一个月，而是大批转业，连我这胡子兵也得回家抱娃娃喽!”刘步荣像是在发火，又像是在憧憬着未来。

“连长言之有理。”方仁刚打了个盹，被石痴捅起来。“叫你说得心里热乎乎的，到那时咱也许身佩肩牌武装带，雄赳赳，气昂昂，凯旋回家乡哩，可你瞧咱现在是啥军容：单帽棉耳朵，单鞋长裹脚，单衣开了花，遍身是泥血，远看像乞丐，近看穷兵哥。”

“住嘴!”刘步荣突然大吼，“分给你的任务是火线歼敌，没让你去管后勤，管闲事!”

见连长发火，大家也就哑然了，五人出现了长时间的沉默。

正在他们昏昏欲睡的时候，忽然被一阵炮声震醒。

“报告!”小张急忙跑进指挥所，“敌人开始轰炸，三排掩体两处被炸塌，又有两个伤员牺牲了!”

刘步荣看了一下手表，是下午7点20分，估计敌人不会进攻，立即道：“立刻返回，按既定任务去办，天亮以前完成!”

凌晨3点，各组任务已近尾声，寻找食物的空手而回，抢修工事的仍在进行，掩埋烈士难度很大，因饥饿和冻土坚硬而挖不下去，只好以炸弹坑为自然墓穴，将烈士遗体一一放置弹坑内，然后把炸弹炸碎的冻土堆填进去，就算是“革命烈士陵墓”了。掩埋者没有眼泪，没有哭声，短暂的平息留给人们的只是梗塞胸心的沉重，这是有生之人对无生之灵的唯一悲悼。

黎明时分，震耳欲聋的炮击开始了。大家刚进入修复的掩体，炮弹就成批地低啸尖叫着在前沿和交通壕爆炸。接着几十架飞机隆隆飞来，旋转一圈，机头猛扎，贴山掠过，成吨的重磅炸弹接连扔下。飞机弹、炮弹、燃烧弹轮番爆扫，交响雷鸣。狭长的陡峰，霎时变成了铁血火海，像一口沸腾滚开的大锅，弹片横飞，把石头、冻土、枪支弹药抛向空中，落回地面，再抛向空中，再落回地面……

不到15分钟，多数修复的掩体和交通壕便被摧毁、炸塌、夷平，不少人被埋在工事里挣扎不出来，又有两名战士牺牲了。刘步荣左腿被弹片切断，但仍在爬着指挥。卫生员王纯青见他断肢血涌，连忙上前拖他，却被他打了一拳。石痴刚从土里挣扎出来，一见此景，抱起连长就往下拖，不料也被他一拳打倒在壕沟里。石痴疾使眼色，让小王快速包扎住伤口，小王速将自己的褂袖“噌噌”地撕下两条，石痴扑上去攥住刘步荣的两只大手，急急将断肢的动脉扎住。

“你们都给我滚开，老子完不成任务绝不离开!”刘步荣瞪着充满血丝的眼睛，严厉地逼视着石痴。石痴深知这位领导、长辈和战友的脾气，每当看到他眼里迸射出这吓人的寒光时，他就能断然领悟：决定性的时刻到了，绝不能违背他的指令。

“哒、哒、哒……”三排阵地响起了密集的轻重机枪声，紧接着是冲锋枪和手榴弹的速射轰响。刘步荣知道敌人大规模的冲锋开始了，他想爬到前沿指挥，但连爬了两次却没能爬上壕沟，石痴火速拉他，他令石痴把指挥所的一包炸药拿来，然后拖着断腿爬到最前沿的悬崖上。一看，大批敌人已涌到悬崖跟前，相距不足百米，刘连长要过炸药包，对石痴说了句“你担任指挥!”便伸手将导火线“噌”地拉着了，接着跃身猛跳，但被石痴猛力抱住了。石痴夺过炸药包，快速翻转身来，正欲飞下悬崖时，突然一跤摔倒了，回头一看，原来是刘步荣两手抱住了他的一条腿。导火索将燃尽，炸药包即将爆炸，石痴只好将炸药包推下悬崖，抱起刘步荣向掩体里塞，刘步荣挣脱身子，伸手把联结大腿的一丝肉皮“噌”地扭断了。

“奶个球的，老子豁出去了！石子，快组织火力，把敌人给我砸下去!”

敌人的各种火器刮风般地猛射，可因隔着隆起的石崖，杀伤力不大，但敌人距我阵地的距离在缩短，一部分敌人开始攀登悬崖，石痴独自跳跃应战。

这时高指导员率二排方仁等三人跑来，一见刘步荣负了重伤还在指挥战斗，即喝令：“石痴，你给我把连长拖下去!”

“连长不让!”

高新坡瞪大了赤红的眼睛，不容分辩地：“石痴，执行命令!”

石痴再拖刘步荣，又挨了一拳，但他再也顾不得一拳两拳了，两手紧攥刘步荣的双臂，抱起来旋风般地折向山后崖，沿着陡峭的崖石滑下沟底。石痴把连长放坐在一块蘑菇石上，见伤口仍在不停流血，就将自己的单军衣脱下来，撕成布条，把伤口又包缠了一遍，但仍包不过来，血流得很凶。

刘步荣因失血过多和数天断食，脸色苍白，双目深陷，时睁时闭，样子十分吓人。他一扫以往暴跳如雷的脾气，瘫软无力地伸出颤抖的手，将石痴的头揽到胸前，贴到自己的脸上，说：“小石子，我的好战友，好孩子，我怕不行了，你快回去坚守阵地吧……如果……咱爷俩有一个——最好是你能活下来，那该多好啊!”他艰难地伸开双臂紧紧拥抱着石痴，深情地凝视着这位生死与共的战友和晚辈。他们在枪林弹雨中相依为命，形影不离，但此时此刻，他们却像阔别久远的亲人重逢，各自重新打量着对方……

“连长，你稍等一等。”

“小石子，你叫我什么?”

“噢，对啦，是叫你大叔！您等一会儿，我再找点东西给您包一包，我们强攻二五〇时曾把背包扔在这里，我去看看，马上回来。”石痴刚走出不足百步，一颗重磅炸弹凌空落下，“轰隆”一声巨响，尘雾把连长吞没了。爆炸的巨大气浪把石痴抛向附近的炸弹坑里，并被腾起的泥土压盖起来。当他苏醒过来，扒开泥土返回原来位置时，连长竟不见踪影了。就连连长流在地上的血迹也被卷起的尘土完全覆盖了。他焦急万分地环顾四周，四周一派死寂；他又呆痴地望着跟前的弹坑，弹坑也空空荡荡，而且，连被炸碎后可能遗留下来的任何骨肉、衣片也没发现。他的心猝然沉入深渊，这个极少掉泪的汉子，竟失声哭喊起来：

“连长！……”

“连长大叔！……”

“刘大叔，你在哪里……”

没有应声，没有回答，只有自己那战栗、嘶哑的呼喊声回荡在群山之中。这是在危难中他蒙受的最大打击，他失去了一位慈父般的首长，一位亲密无间的战友。他虽深知连长已危在旦夕，但未料转瞬即去，终成诀别……

“你快回去坚守阵地！……”

石痴悲痛欲绝地呆愣了一会儿，军人的特殊使命，使他骤然想到了刘步荣的命令。他再次望了一眼刘步荣坐过的地方，举手抹了一把脸上的眼泪，光着膀子飞速翻上山去。

刚返回阵地，就见方仁身负重伤，加之上下肢冻伤严重，一直处于休克状态，卫生员王纯青也两肩中弹受伤，仍在坚持为方仁包扎。

“小王，你伤势咋样？能把他抢救下去吗?”石痴焦急地问。

“我倒不要紧，可我再离开就没有几个能动的了，我担心……”

“担心什么？”石痴急急地说，“打仗就得死伤，你把方仁拖下去，他伤很重，要尽量找到包扎所或野战医院抢救。请转告首长：到形势许可的时候，派人来二五〇高地掩埋烈士遗体，每人一抔黄土，好让死者瞑目。我在死前，想法把阵亡人名记下，来人可在烈士遗体衣兜里寻找。”

王纯青双臂紧抱石痴，咬紧双唇：“石指挥，我留下吧，我总能作些伤势处理。”

“走吧，多走一个，就少死一个，我不愿对你下战场纪律的命令，因为我也是个士兵！”

王纯青背起昏迷了的方仁，穿过交通壕，消失在山后。

天色暗淡，似有浓雾遮挡，看不见太阳，也不知已是何时，阵地一片寂静。石痴渐感身子沉重，他艰难地从交通壕东侧向西走着。在中段掩体处，发现徐风明和几个战士躺在掩体洞口和壕沟里，他刚换上的新单衣已被染成血红，血水还在他的臂上、肩上流着，但他依然睡得呼呼作响。旁边的几个人都牺牲了，通信员小张倒在交通壕边上，显然是在往返传令时被冷枪射中的。石痴不忍心叫醒徐风明，他已经五个昼夜没合眼了，但在给他包扎伤口时把他弄醒了。石痴忙问：“你看见指导员没有？”

“不知道，一直没见。”

“你这样睡太危险了，若被敌人捉了去咋办？”

“捉了去也得睡，豁上两条腿也愿换个长睡！”

石痴顿觉不安，他安排徐风明尽量找找杜玉民，监视敌人的突然进攻，自己心急火燎地沿壕向前摸进。

在爬近三排阵地交通壕时，忽见前边有三个人躺在壕沟里，他伸手一一触摸之后，失望地垂下了头。在交通壕转弯处，他突然听到呻吟声，急忙循声跑过一看，正是指导员高新坡！

“指导员，你受伤了？”他惊喜而又害怕地查看他的伤势：右大腿血糊糊的，胸部军衣撕裂，殷红的血水早已浸透了单薄的军衣。血似已流干，伤口处是紫红色凝固的血块。

指导员的嘴角在颤动，但无声音，石痴两手扳住他双肩，将他平放在斜坡上，又从石崖上砸下一冰块，捣碎，一点点地填到他嘴里，他缓缓地嚼着、咽着……

当看到指导员凝固的血块下面又开始滴血时，石痴把冰块扔掉，撕下自己的裤腿捂到他胸口上，但被他制止了，他一把抓住石痴的手，“石子，我的亲兄弟，别包了，用不着了！”他想挣扎着坐起来，但被石痴按住了。他便依然背靠斜坡躺着，右手按压在胸口，显然疼痛难忍。

“石子。”高指导员继续低语，“我不行了，要不是你来得快，我早就完了，临死前能见到你，就等于见到了亲人，见到了祖国……”

“指导员，你想到哪儿去了，不会那样的，有我在你身边呢。”此时，他找不到任何安慰战友的办法。

“我有个想法。”高新坡的声音低得听不清了，石痴赶紧把耳朵贴在他嘴边。“一个连的消亡，在战争史上算不了什么，可要想法把这壮举……照实记录成文，传给今人后代，很有意义……”

“可指导员……这场战斗最后有没有活着的不说，谁会玩这个？咱都会武不会文呀！”

“不，一定要办，那会比咱战死的价值还大，如能办到，不枉此死！切……记……”他竭尽全力说着，随即从嘴里吐出一口口血块。

“我记下了，你休息会儿吧，我到各排去看看。”石痴强忍性子聆听着这些与眼前的恶境似乎毫不相干的嘱托。

这时，突然从东侧的一排阵地传来机枪声，还有咿哩哇啦的响声，石痴断定敌人可能冲上山来了，急忙说：“敌人要冲上来了，我马上过去！”

高新坡没再说话，只是瞪大了眼睛，凝望着远去的石痴……

石痴匆忙原路返回，途中碰见徐风明还在睡，他晃醒徐风明，两人一起沿交通壕寻找活着的战友，在匍进到二排掩体时，两人同时一阵欣喜：只见几位战友都坐在跪射掩体和交通壕边沿，枪托顶在肩窝，手扣扳机，虎视前方，待机发射。他熟悉每个战友的面孔，在这般严酷的环境中，一个个仍昂然守卫在射击位置上。他自豪地大喊：“伙计们，天快黑了，这天下又很快是咱们的了！”喊完，没有动静。徐风明说：“这些家伙比俺还能睡哩。”石痴觉得这太麻痹了，急忙近前一一叫喊，抱肩摇晃，不禁大吃一惊：他们早就牺牲了！一个个浑身冰凉，身子冻在地上，成了一敲当当响的冰人！

这些几小时前还生龙活虎地战斗着的英雄，现在却成了一尊尊塑像！他们的名字是：陈永烈、鲁配根、李志成、萧丙坤。

在往东南拐的掩体旁边，找到了杜玉民和两个受重伤的战士，幸好他们还活着，但都多处中弹，双腿已冻僵，完全失去活动能力。再一看，他仨每人手里都拿着一块被套在吃。杜玉民风趣地说：“来，你俩也尝尝吧，这是从国内带来的超级糕点，再不犒劳犒劳这糊糊罐子（胃腹），就坚持不住了。”原来这是全排唯一没丢的一个背包，新兵李春义不舍得扔，他牺牲后便被杜玉民等人拿来吃了一顿。石痴、徐风明都撕了一块，石痴边吃边说：“看来，全连也只剩咱这些人了，好好地吃点吧，好歹也是会餐，赚个饱死鬼，去见马克思！”

杜玉民说：“快两个小时没动静了，敌人是要困死咱，还是活捉咱？”

石痴说：“敌人很可能做这个美梦，但不会长困不攻的，咱们要做好拼的准备。”

他们各自吃了点棉被套，就都倚坐在壕沟的沿楞上，有的沉睡，有的微微低吟。恶魔与死神在向他们逼近、狞笑……但他们的心依旧坦然，他们都清楚自己的归宿。此时，没有人会知道他们的这些壮举，但在整个民族解放事业中，将有他们永不泯灭的生命光辉。他们在难熬的饥寒、伤痛的陪伴下，期待着最后时刻的到来……

为防不测，石痴把五个人分成两组，拉开间隔，他与徐风明分别将重伤员背到指定位置。把战友留下的枪弹配好，每人一挺轻机枪、一支冲锋枪和一部分手榴弹。杜玉民伤势最重，他将五颗手榴弹揭盖抽弦，放在伸手能够得着的地方，把另一颗放在自己的怀前，说这是准备自己享受的“自留弹”。

正当他们手扣扳机，渴盼夜幕降临的时候，敌人却突然出现了，而且不同于以往，传来的不是枪声，而是劝降声。喇叭里传出中国话：

“中国将士们，官兵们，你们撤不走了，我们已经完全包围了你们的山头，快向‘联合国军’交枪投降吧，我们保证你们平安无事……”音量不大，但能听清。石痴跨出壕沟蹿到崖边观察敌情，猛听“哒、哒、哒”一阵枪声，敌人的话声戛然哑了。石痴大声斥责：“是谁这么混账?”

“石指挥……我看准了才打的，你看，就是从山下西南角那崖壁边上喊出来的，这回被我揍哑巴了!”三排重伤员郭杰早把机枪架到崖上了，他高兴地汇报道。

“你还有没有纪律?这样会暴露目标!”

“还讲什么暴露不暴露?反正打也得死，不打也得死，早拼了算啦……”

石痴没再批评他，独自卧在悬崖边上观察：好家伙，怪不得敌人如此放肆，原来山下从崖根到开阔地，全部布满了敌人，他们知道二五〇高地的志愿军没有短程自动炮火，而机步枪不架到山崖边上又射不着他们。

这时，小郭又开腔了：“美国佬，你们别做美梦啦，赶快投降吧，我军的弹头不认识你是‘联合国军’还是‘合众国军’，碰上也能戳个大窟窿，我们大部队马上就到!”

突然，敌人炮声大作，掷弹筒、迫击炮弹划破静空，嘶啸着砸上阵地。石痴未来得及回工事就被弹火击中右肩。他伸手抓过机枪，对准山下就是一梭子。郭杰、杜玉民、徐风明也艰难地将机枪、冲锋枪调向射击位置。五挺机枪交替连射，飓风般刮向敌群。

这时，大批敌机压到顶空，照明弹高悬。敌机不盘旋，不试探，擦地一个劲地猛扫，汽油弹一股劲地压下来。阵地再次变成火海。郭杰等两位重伤员相继阵亡，石痴、徐风明被汽油弹击中，风卷着火舌，扑向他俩的衣服、头发、脸庞，皮肤也被烧得“吱吱”作响。他们顾不上剧痛，快速倒在被轰成细面的焦土里滚打，经过拼命自救，石痴带着面颅、胸背的烧伤幸存下来，徐风明则因伤势严重、体力耗尽，数次昏迷而牺牲。

敌人发起冲锋时，石痴正急于灭火，当他抹了一把脸上的血水观察敌情时，发现敌前锋已离掩体不足百米了，他急令杜玉民阻击左翼，自己端枪向右翼敌人猛射。正打着，杜玉民喊：“石指挥，我眼睛看不见了，你干吧，我怕不行了！”

石痴爬近他，想给他包扎一下，他却拒绝着：“我要死了，让敌人炮火给我送葬吧，我不用埋……不……埋……”接着，“轰”的一声爆炸，声音隔断了。石痴一声“杜玉民”还没喊完，头部就重重地挨了一击，原来是一条被弹片削断掷向空中的胳膊砸到了头上。他再抬头看杜玉民时，竟无影无踪了！他双臂紧抱杜玉民的胳膊——唯一留下的肉体，举到腮边，贴到嘴上，紧紧拥抱，狂热亲吻，这只胳膊仍有身体的热量，人却飞走了！他的心一阵绞痛。

“他娘那巴子，欺负老子没有飞机大炮？没有吃的穿的？可这铁把子黑枣也不是棉球做的！”石痴狠狠地抹了一把流向眼睛的血水，端起一挺机枪对准已经攀上悬崖的敌人扫了一梭子，被击中的鬼子滚下悬崖，未被击中的也潜伏起来看不见了，不一会儿，又传来喊话声……

整座山峰——一个连固守的二五〇高地，只剩下石痴一个人了。他没有悲伤，没有眼泪，他知道，在不长的时间里，自己也将“光荣”在这座无名山峰上。

此时的石痴，大脑万念俱休，只有一个“怎么办”。但稍事一想，即泰然镇定：好啦，我石痴本没有指挥能力，现在只剩下一个人，自己指挥自己，既是首长，又是士兵，官兵一致，兵种统一，好办！

敌人仍在喊话，他们显然不知阵地上的人数和火力。石痴趁机压满三挺机枪上的弹夹，不时滚动换位，移到这边扣一梭子，再移到那边打一梭子。他十分清楚，每坚持一分一秒都会对战局的转机创造有利条件。

枪炮声渐渐稀落了下来，敌人大概断定山上没有多少抵抗力了，开始是战斗队形，而后是羊群战术，向着主阵地压过来。石痴换上梭子，枪托顶到肩窝，刚要射击，眼前突然“扑通、扑通”接连落下三四颗手榴弹。他迅速抓起一颗扔向敌人，又抓起一颗刚扔出去几米，就“轰隆”爆炸了。他眼前一道火光闪过，就猝然昏死了……

不知过了多久，石痴从黑暗中苏醒过来。他想放声大喊，但没有喊出声。手指冻坏了，一点也伸不开，他就一次又一次地用拳头猛搓两眼，搓着搓着，他忽然看到亮光了，当再搓时，就觉得左眼下方掉下一块黏糊糊的肉球，血糊糊地挂在鼻梁的旁边，荡游着，而且越脱落越长，不多时就吊挂在嘴角边。肚子里火烧火燎，那是饥饿造成的，多少天来，就吃了一块棉被套。于是，他下意识地一张嘴，用舌头把肉球舔到嘴里，用牙一嚼，滑腻腻的，未等再嚼，就“哧溜”咽下去了。

他贪婪地吮品着口中留下的余腥味儿，奢想再吃几个，但没有了。这是两个月来他吃到的唯一荤食。但他哪里知道，这竟是他自己的眼球！

头部的血还在继续流，烧伤处也都在流血，流向胸，流向腿，流向雪层，流向焦土……因为他不能包扎，也无法止血。

他视力模糊，但心里很清楚：在交通壕、掩体旁边和悬崖峭石上，那一堆堆隆起的雪堆底下，埋着自己亲爱的战友，但自己同他们已没有多少差别了——他们是已经阵亡的烈士，而自己则处在将死、半死之中！他到处搜寻着什么，先用冻成冰块的拳头扒雪，继而用两个臂腕掏，总算在积雪底下摸出了一支冲锋枪。他抱直枪身，枪口对准了胸口，当伸手扣动扳机时，愣住了：蜷成冻拳的双手伸不进扳机孔了！

“哒哒……哒……”突然，从南面敌人的大本营传来了枪声。“敌人还没撤走?”他立刻警觉起来。这枪声给他发出了一个重要信号：没死就要同部队取得联系！一个比死更重要的使命使他毅然去掉了一切杂念。他清醒地意识到，此刻，多待一分钟都将增加被俘的危险。他想拿上冲锋枪，但想到拳头不能扣扳机，只好放弃了。他又瞅见胸前手榴弹兜里还有一颗手榴弹，心里宽松了许多，连忙将弹盖咬掉，用舌头把导火索朝外舔了舔，便挪动躯体，开始爬行。双膝两腕一起用力，一拱一屈，像一个迷失航向的船夫，划着一只即将下沉的破木舟，摇摇晃晃地漂泊在无际的白色汪洋中。爬到山头北边的悬崖上时，他毫不犹豫地猛劲纵身一蹿，“扑通”摔了下去，顺着山坡滚出几十米，撞晕了，苏醒过来又继续爬。

他没到山下面的一片平坦雪地里，顿感五脏六腑再次烘烧起来。这次不再喝山泉了，而是趴在地上大口大口地啃雪，啃足了雪，胸中的烈火熄灭了，身体舒坦些了，肚子里也似乎“饱”了不少，于是，他开始了“饭后”的行军。这是最漫长、最艰难的“行军”。不知方向，没有边际，只是盲目地、时昏时醒地爬行在风雪茫茫的原野里。

他的一件单线背心，一条撕到膝盖上的单军裤，早已被血水湿透，一双力士鞋与脚冻在了一块。刺骨的严寒使他对伤痛几乎没有什么感觉了。在他全部肌体里，只剩下一处微弱的亮点：找到部队，取得联系！

不知是第几天的一个漆黑的夜晚，他爬到一条冰河上，即将靠岸时，不料“哗啦”一声，一条腿掉进冰窟里去了，几番拼命挣扎，终于爬上岸来，但已精疲力尽，怎么也爬不动了。

他觉得大汗淋漓，浑身火烫。他开始发高烧了，烧得糊里糊涂，心里在唠叨着：“第一次行军没用脚走，没打泡，不冷也不累，好轻快哟，好自在哟！”不一会儿，就什么也不知道了……

不知什么时候，从北面急匆匆走来两个全副武装的军人。前边一个在探冰涉河时，突然发现了石痴，便悄声喊到：“首长，你看，这里有一具尸体！”

另一个身披大衣的军人，轻轻地伏下身去，喊了几声，没有回答，伸手摸了摸“死尸”的额头，惊喜地叫道：“没死，有温度，脸有烧伤，可能是高烧昏迷。”他就势蹲下来，两手轻摇了一下石痴的双肩，而后掏出手帕擦抹他面部的血迹。石痴微微蠕动，继而睁开血糊糊的右眼，立刻警觉起来：“你是……什么人？……”他声音低得几乎听不到。

“好，他醒过来了！”穿大衣的军人显得很兴奋。

“我们是志愿军，他是我们团的首长。”另一个年轻军人介绍。

“团首长？”石痴惊喜地问道：“是哪个团的？”

“291团，我叫池瀚智，他是侦察排的杨参谋，听说过吗？”

“哎呀你是池政委，……我总算找到你们了!”石痴激动极了，想支撑着坐起来。

池瀚智见石痴伤势重，不宜太激动，就脱下大衣铺在地上，让他躺在大衣上，又吩咐杨参谋取出手电筒，详细查看他的伤情，见他头颅、面部、眼睛、两肩都有伤，不禁感叹地问：“同志，你伤这么重，在哪里受的伤?”

石痴兴奋而激动地回答：“我是坚守‘二五〇’高地的二连战士，我叫石痴。”

“哎哟，我的好同志，终于找到你们的下落了，阵地上的情况怎样?全连还有多少人?”

“报告首长。”石痴发出沙哑而沉重的颤音，他想站起来，用端庄、正规的立正姿势汇报，可非但不能站起来，就连坐也没坐稳，杨参谋马上扶住了他。

“报告首长，二五〇阻击任务没有……彻底完成，全连只剩我一个……”说到这里，他的声音哽咽了。这个自幼很少流泪的坚强战士，此时此刻像在天涯逆境中见到了阔别的骨肉亲人，再也抑制不住久忍的激情，竭尽平生之力，跪地纵身扑到池瀚智的怀里，泣不成声了。

池瀚智揽住他，深情地说：“你们已经出色地完成了阻击任务，不仅掩护了大批冻伤人员归队，还为大部队的调整部署和战略出击创造了战机！你们把敌人王牌军的先头部队钉死在二五〇高地，使他们未能前进一步。我代表全团指战员感谢你们!”

接着，池瀚智叫杨参谋将随身所带的仅有的三个急救包拿出来，对石痴的重点伤处进行了简易的包扎处理。在包扎时，杨参谋突然触到石痴腹部有团软乎乎的东西，用手电筒一照，竟是一段肠子荡游在单裤以外。绷带用完了，杨参谋速将自己的衬衣脱下，撕成布条，欲行包扎，池瀚智喝住了他：“肠子上粘满沙子和脏东西，包扎能起啥作用?先用水给他洗净再包。”

杨参谋恍然大悟，急忙解下挎包上的茶缸，跑到河边，砸开冰层，舀出河水，两人一个照明，一个冲洗，洗净后才把肠子一点一点缓慢推回腹内，然后将布条打结，一遭一遭缠好扎实。

包扎了伤口，又有了大衣的温暖，石痴觉得身上有了劲，便把二五〇高地的战况、地形等情况作了汇报。他再三请求，一定要将阵地上的烈士遗体掩埋或运回祖国。

“放心吧。”池瀚智语调凝重地说，“只要我池瀚智一息尚存，就一定安葬好先烈们的遗体。”池瀚智又庄重地命令：“小杨，把你的那点炒面给石痴带上，还有，把我的大衣给他穿上，他伤这么重，单衣裹体，在零下30多度严寒里作战，坚持到底，这是真正的奇迹！”

杨参谋把大衣向石痴身上套穿，石痴却翘起冻得硬邦邦的拳头竭力阻止，并真挚地劝道：“首长，我已经用不着了，我见到首长，就算完成任务了，千万别因为我，影响你们执行任务。”

池瀚智面对这位身负重伤的战士，感到一股激荡的热流冲向心头。“不，我的好战友，你一定要活下来，你是全连唯一活着的人，一定要活着的人，一定要活着回到祖国去！”

池政委考虑到还有重要任务，在这里不能耽搁久了，便吩咐杨参谋以最快的速度把石痴送到正北500米左右的地方，那儿附近有本部队流动抢运伤员的人员。

杨参谋背起石痴一溜小跑，很快来到一山脚下，在一处积雪较少的弹坑旁边，把石痴放下，并嘱咐：“从这里往北二三里，有座野战医院。”他给石痴盖好军大衣，把盛炒面的干粮袋套在他脖子上，然后匆匆离去。

这是个极少有的寂静之夜，石痴躺在这个渺无人迹的风雪原野，裹着暖烘烘的大衣，吃着香喷喷的炒面……在如此清苦残虐的战争环境中，能享受如此待遇，石痴觉得像进了“天堂”一般。

吃了几口炒面，躺着休息了一会儿，石痴感到精神好多了。他把干粮袋朝胸前蹿了蹿，又开始了“膝腕征程”。他边爬边不停地背诵着池瀚智的话：要活着，要回到祖国去！累了，停下歇歇，喘几口气，又继续爬……不知爬了多少时间，爬了有多远，却始终没见包扎所、野战医院，他估计自己爬错方向了。

第二章　高地鏖战

在一座陡峭的白雪皑皑的山脚下，他一阵烦热，伤口也剧痛起来，再也爬不动了，他一头倒下，任凭风刮雪埋，就什么也无知无觉了……

大概是晨寒的强烈刺激，石痴在昏迷中恍惚听到一种野兽的怪叫声，这里不是千里疆场吗？咋会有野物？然而，“嗥—嗥”的怪叫声更近了，他并不害怕也没睁开眼睛。又过了一段时间，他突然觉得有个毛茸茸的东西在脸上挠来挠去，像是长须动物在嗅吸身上的异腥味儿，又像在寻觅张嘴撕咬肉躯的适当部位……

“啊！”他梦呓般地叨念着：“你来得倒很适时，我正孤独极了，来同俺做伴吧！要不，你就把我吃掉，这乃是一种妙葬。有朝一日你若到长白山、鸭绿江那边活动，就把我的尸魂也一同带去了，那里是我的祖国……吃吧，伙计！”

“喂，先生！”

这野物竟开口说话了。石痴赶紧睁开眼睛，用拳头抹了几把，定神细看：嚯，原来是个人，活见鬼！他仔细观察着这个距他不足两米远的人：高高的鼻梁，蓝蓝的眼睛，身穿深灰色军服，手里端着汤姆式冲锋枪，身旁还放着一部小型电台。

“美国鬼子？你是美国鬼子！”他大喝一声，随即双拳抱起怀里的手榴弹，举到嘴边，欲用牙齿拉弦。那人见此，不敢怠慢，扔下手中的枪，猛扑过来，将石痴嘴边的手榴弹夺了下来，把露出的导火索朝里塞了塞，放在了地上。

“先生，我不伤害你。”美国兵随手将汤姆式冲锋枪的梭子一把拧下来，又“哗啦”把枪栓拉开，让石痴看：弹槽里空无弹迹，然后又推上枪栓，把它放到一米开外的雪地上。

在战场上，即使双方距离最近的短兵相接，也难得细睹敌方相貌，眼前的一切对石痴来说，简直是奇怪的梦幻，而最稀奇的，是美国人说中国话。

“你想干什么?!”石痴喝问道。

“请息怒，我会告诉你的。”美国兵的汉语说得相当流利。“不错，我是个美国军人，‘美国鬼子’是你们中国人对我们的贬称。”

美国兵稍微停顿了一会儿，继续说了下去。“我的本职是华语译员。一个星期前，突然奉命对贵军官兵进行劝降宣传，本应只放录音，可当官的说你们没有防空炮火，步兵火器也很落后，没有任何险情，于是硬要我现场执勤。我们乘坐一架轻型侦察机，先飞到前线，作试探性低空劝降。在沙里院附近上空刚刚盘旋了一圈，就忽然觉得机体猛烈摇晃起来，接着机舱起火，飞机迅速下降。我随驾驶员跳伞降落，因为风速太大，落在贵军防区。怕被朝鲜人抓去，在山洞里躲了一个星期，我双脚被冻坏，不能行走。加上饥饿和寒冷，我简直受不了了。多次向基地联络，要求上司派飞机救援，可派来的直升机都被贵军地面炮火打掉的打掉，打伤的打伤，所以到现在还留在这里。”

石痴并没有被对方所麻痹，反而更增加了几分戒备。这时，他的高烧消退了，头也不再晕糊了。他边听边眼瞅着手榴弹，暗想：万一出现不测，就让手榴弹作最后发言。他发现，这个美军士兵一直瘫坐在那里，僵硬的双脚同自己的大同小异，伤势很重，但看上去头和上肢都很灵便。

“先生。”美国兵继续说，“我见你在这里躺了很长时间，断定你是中国伤兵，但不敢接近你，就躲在弹坑那边学兽叫，可你一直没动。天亮后，我看清你伤重昏迷才敢爬过来。我非常同情你，我们都是遇难的伤兵。坦率地说吧，我确实饿坏了，不得不冒险向你求点食物。”美国兵说到这里，见石痴没有过激反应，心中倍感宽慰，低声祈祷着“真主保佑”。

石痴本来连保全生命的条件都已丧失，哪里还有什么威慑力呢？他此刻唯一能震慑那美国兵的，就是这颗连拉弦都毫无把握的手榴弹。很显然，那美国兵早就发现了干粮袋。于是，石痴谨慎而又严肃地说：“食物嘛，倒有一点，我可以分给你一点，条件是你不能在此久留，这里是我军控制区。要么跟我走，要么到我就近部队放下武器，他们会欢迎你的。否则，你的‘求生’是不会安全的。”

“不，我不会久留此地的，也不想向贵军投降，那不符合我的信仰，因为我除了是个军人外，还是一名虔诚的基督教徒，我笃信耶稣，万能慈悲的真主会拯救我的，一定！你相信吗？”

“是啊，你们美国人总喜欢把自己的一切都寄托在慈悲的真主上帝身上，可你们又偏偏违背真主、上帝的旨意，发动朝鲜战争，杀害无辜平民，这是什么慈悲？”石痴气愤地斥责。

“先生你太多心了，发动战争是大人物的事，我们的总司令麦克阿瑟为了显示他的军事指挥才华，编造大量口实扩大韩战，杜鲁门也想在一场‘伟大战争’中大出政治风头，想连任总统并成为一个时代的超级政治家。”他见对方对他的“演讲”并不感兴趣，而是心不在焉地用嘴啃冰雪，那“嘎巴嘎巴”的声音，更勾起了他的饥饿感，他也抓起身边的冰块，大口大口地啃嚼起来，眼睛却一刻不停地盯着石痴胸前的干粮袋。

石痴是个刚直和敌我分明的人，他对负隅顽抗的对手从不客气、手软，但好汉不打坐汉，况且敌兵的大多数都是普通人。他常听指导员讲，士兵是穿军服的平民，他们与百姓的唯一区别，是手持杀人的工具。更何况，这个美国兵通情达理，又面临和自己相似的遭遇，他的心软了下来。

“伙计。”他找不到合适的称呼。“你不是说饿坏了吗，那就请吃点中国炒面吧。”

美国兵听说让他吃中国炒面，他不知什么是“炒面”，急忙两手撑地，挪到石痴跟前。石痴用拳头托着干粮袋底部，将炒面抖出袋口，美国兵双手接住，抖出半捧即顶住袋口不让再抖。他狼吞虎咽，不一会儿就吃光了，石痴见他那副样子，就坦然让道：

“你把袋子解下来，都吃了吧。”

美国兵连连摇头。石痴就说：“这余下的我也不愿吃了，我最喜爱的是冰雪。”美国兵见石痴让得真诚，就解下袋子，把所剩很少的炒面倒在手里先吃了，又将袋子翻过来，把沾在袋子上的残渣细沫统统剔下来吃上了。吃完了炒面，美国兵精神大振。

“也不知先生姓名，倘若真主保佑我们再见，我一定报答您。”

石痴大方地自我介绍说：“我姓石叫石痴，石头的石，痴呆的痴，是中国沂蒙山人。”美国兵用手在胸前连划了几遍，然后用手指在雪地上勾画出三个汉字“马·霍克”。

“家在美国俄亥俄州，叫马·霍克，记住了吗?”

“噢、噢，记住了，记住了!”

“石先生。”霍克大言不惭，“我们从此就是好朋友了。”

石痴没再说什么，他总觉得眼前的事太虚幻，简直就像一场梦。

突然，远处传来“嘭嘭嘭嘭”的马达声，不一会儿工夫，巨大的轰鸣声已来到头顶。

“哎呀，好极了，石朋友，万能的上帝来拯救我了!”霍克顿时狂呼起来，猛然站起，但又一趔趄，重重地摔倒在地上。

“直升机?”石痴惊觉起来，他断定是敌人的直升机在降落。形势不妙！他随即将身子猛力翻转，双拳握住手榴弹，以防突然袭击。

“是的，是直升机。”霍克没有注意到石痴的变化，只顾自己高兴，边说边向空中挥动着双手。

“妈的，你这没良心的东西，你想俘虏老子吗！休想!”石痴勃然大怒，大声骂了起来。

“不，石朋友，我向你说过，我曾多次向基地联络，这次飞机大概是未被贵军地面炮火发觉，我霍克绝对保证朋友的安全，要有害人之心，上帝是不会饶恕我的。”

直升机在100多米外的一块平坦雪地缓缓着陆，螺旋桨扇起的巨大气浪把地上的积雪、冰块卷到半空，然后又落到地上，发出“嘎巴嘎巴”的撞击声。舱门打开，放下软梯，四个美国兵拖着担架直奔霍克而来。走到近前时，才忽然发现霍克的身边躺着一个中国军人。一个高个子士兵眼疾手快，“哗啦”从肩上取下卡宾枪，对准了石痴，而石痴也正全力用舌尖舔出弹弦。

“开枪吧，老子早就该死了，但对不起，你们也得陪我到阎王那边走一趟!”石痴想罢，抱着手榴弹，用屁股挪向敌人，然后用牙齿猛拉弹弦，只听“叭”的一声，弹弦拉响了，爆炸前的烟火在石痴胸前“滋滋”作响。四个美国兵惊呆了。在手榴弹即将爆炸的千钧一发之际，霍克猛扑过来，抓起手榴弹，扔向远处的弹坑里，手榴弹刚一着地，便轰然爆炸了。一个美国兵见状，端起冲锋枪对准石痴就要扫射。霍克大叫一声，猛地扑过去，挥臂打掉了他手中的冲锋枪，然后朝几个美国兵嘟噜了一阵英语。美国兵见霍克公然护着这个中国伤兵，都大惑不解，大眼瞪小眼地望着。

霍克爬向石痴，跪在他身边说："请相信我，我绝不让他们伤害你。"他略一沉思，又接着说："跟我们一起走吧，到美国后给你治伤，我们会成为好朋友的……"

石痴直到这时，才真正相信霍克并无恶意，但他还是斩钉截铁地说："不，你自己走吧。"

"你会冻死、饿死在这儿的！"霍克仍在坚持着。

"只要我还有一口气，就是爬我也要爬回祖国！"石痴毫不动摇。

几个美国兵怕志愿军部队随时赶到，只好快速将霍克扶上担架，抬进机舱。不一会儿，霍克出现在机舱门口，见石痴依然坐卧在荒凉的冰雪原野中，不禁热血涌动，他用清晰的汉语喊着："石先生，我的好朋友，分别了，真主保佑你活下来……"

石痴没有说话，只是仰起了头，目送飞机消失在蔚蓝色的天空中。

一桩压在心头的巨大"隐患"消除了，石痴从勉强半坐的状态"扑通"仰倒在雪地上。他本想仔细地回味一番在特殊的逆境中巧遇的这位神秘之客，但"招待"客人所付出的辛劳已使他无法做这些，瞌睡与伤痛在拼命占有他的理智，夺走他的灵魂……

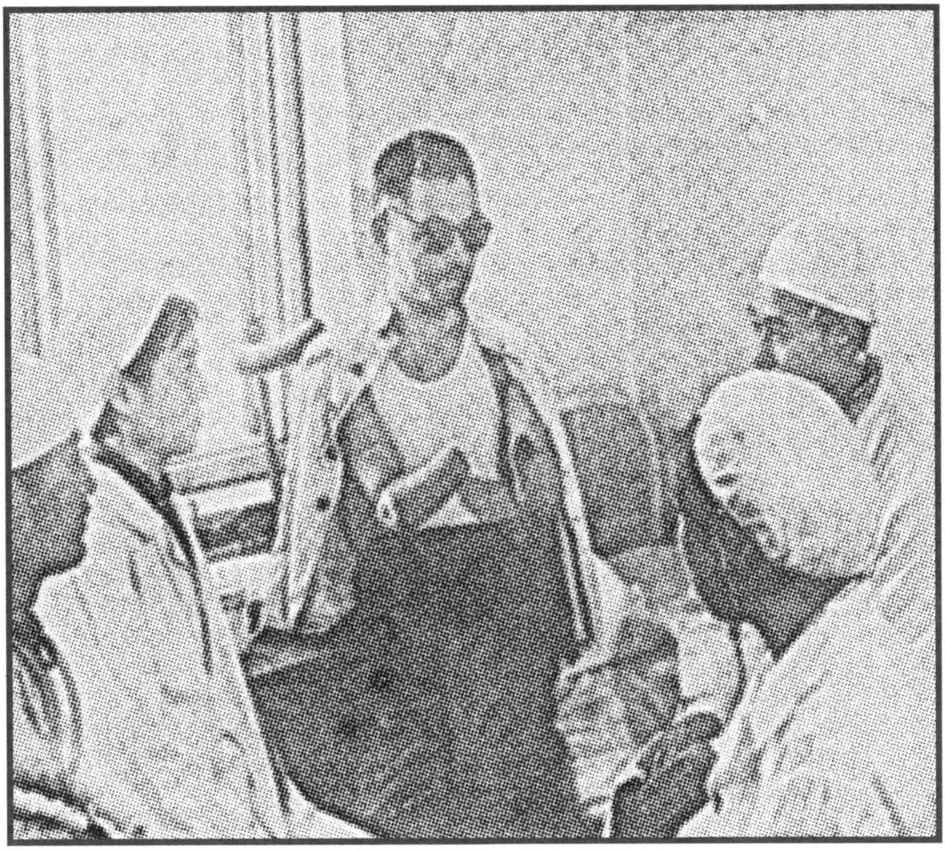

第三章　浴火重生

做一个全残全废的寄生人？绝不！他作出了新的人生选择：回到家乡，回到地荒人稀、无人怜助的土地上，不打搅母亲，独自磨炼，自受艰难，成则生，不成则死！

“夭包！夭包！”昏迷中的石痴突然被一阵喊叫唤醒了，他使劲地睁开眼，啊，是个姑娘！她身个不太高，穿全白连衣裙，方形脸盘瘦瘦的，戴着大口罩，看上去十七八岁。她呆呆地站在那里，审视着面色苍白的石痴。石痴细看四周，才发现自己躺在一个小屋的炕上，他惊奇地问道：“这是什么地方？谁把我弄到这里来的？”

姑娘没有回答，却反问：“你是什么人？是志愿军？”

“嗯，你是朝鲜夭东木？”他不会朝语，只知“夭东木”是女同志的意思。

“是的，我是朝鲜夭东木。”她用汉语重复他的问话。

“谢谢你……救了我。”

“阿妈妮，快来呀！”姑娘轻声叫来一位老大娘。

阿妈妮见他醒来，欣喜万分，忙舀了一碗冷水端到跟前，示意要他喝，他忙伸拳去捧，阿妈妮却未撤手，硬是将碗沿触到他嘴上，他只好张嘴“咕咚咕咚”一饮而尽。接着，姑娘端来半碗土豆，让他吃。他艰难地将嘴伸到碗里，拱动了半天才咬起一个扁形土豆，还未等咬碎就掉在了地上。阿妈妮让姑娘喂给他吃，小姑娘毫不腼腆，伸手抓起土豆就喂，他也没再客气，一连吃了五六个。

看到这个伤势极重、身体僵硬板结的人，母女二人不禁暗中担忧，从不敢出声惊扰他。一次，姑娘对阿妈妮悄声说：“听人讲，人快死的时候，身子特别重，我掂着他身子够重的了。”

不料，娘俩的窃窃私语被石痴听到了，他接过话茬说：“死倒不可怕，当兵的有句格言：不怕死，不怕难，就怕遭重残。摊上重残，死不死，活不活，工不能干，饭不能吃，光靠别人拉扯，那滋味难受极了！”

阿妈妮听见他说话，非常高兴，忙示意女儿打住话头。

女儿没有住口，她从心眼里佩服这条硬汉子，说：“你可真是铁人哩，伤势这么重，说话还满实落，你担心重残有啥用？重残也得生存下去嘛！”

石痴觉得姑娘的话很中听，便没再说什么。他虽伤势重，意识含混，但对她却产生了许多问号：中国话说得那么流利、地道，母女交往用哑语——打手势，阿妈妮一句汉语都不懂，这究竟是怎么回事呢？

原来，阿妈妮是当地下隅里村的一户农民，姓崔，50多岁，全家四口人，丈夫在支前时遭敌机突袭，中弹身亡，儿子、女儿都在人民军服役。一个月前下隅里突遭空袭，全村房舍被夷为平地。这位姑娘是志愿军战地医院的护士，敌机轰炸时她脚与头受了伤，才同阿妈妮结为母女之家，从下隅里搬来这山涧木屋暂住养伤。当时医院负责人对房东阿妈妮说：我们要向南开进，这姑娘受伤不能随队，暂留你身边，就算你的中国女儿吧。从此娘俩患难相依，同甘共苦，语言不通，就用手势、表情代替。共同的理想与遭遇，把偌大的国际疆界浓缩到浑然一体的家庭细胞中，不是同族胜似同族，没有血缘亲情，胜似血缘亲情。

对这些，石痴全然不知。

一天，母女二人忽然发现石痴面部、臂膀伤口化脓，心中焦急，就冒险攀山，采来些草药，给石痴搽抹伤处。姑娘手捏短小木条，仔细地剥离着他脸上的化脓鼓疱和伤口处的土污。这是他与姑娘距离最近的一次，也是他极微弱的视力所能看到的。搽抹了一会儿，石痴忽然喊：

“你停一停，快说说你的来历，快把我闷煞了！”

“搽完了再说不迟，服从治疗！”

“不行，现在就说，说完了再搽！”

姑娘主意难定：说了吧？养伤时领导有交代，在朝鲜老乡家，遇外人不可暴露身份；不说吧，这个古怪伤员又如此性急。但她毕竟是个幼稚、直爽的姑娘，迟疑片刻，就爽快地答道：“我要说了你可得给俺保密！”

“别担心，我又不是汉奸，没事！”

“好，我说……”话还没出口姑娘就哽咽起来，两行晶莹的泪水夺眶而出……

朝鲜战争爆发不久，驻东北某野战军医院奉命准备随志愿军部队出国，执行二线抢救伤员的任务。自幼跟随姨妈汪东琴军医看孩子的李艾荣也跃跃欲试，想随军出国。当时，小表弟艾军已满9周岁，而李艾荣也已成为穿军服的白衣战士。姨父姨妈都是野战军医院的负责人，他们临行前将李艾荣安排在医院留守处，一则看管部分笨重医疗器材，二则照料小艾军和家里的事。李艾荣见许多女兵纷纷报名，非常焦急，几次申请未能如愿。为此，她难过地哭了一天一夜。在部队集结跨江作战的下午，姨妈却找不到她了。

原来她得知部队出发时间后，偷偷提前跑到车站，藏在火车站暗处，整整等了一个下午。在暮色降临的时候，忽见大批部队快速上车，她乘忙乱之际，终于登上了徐徐东去的列车。

她像做了错事的孩子，心惊胆战，灰溜溜地蜷缩在闷罐车的旮旯里，大气不敢出。然而，她上的这趟专列上并没有野战医院，而是开赴前线的志愿军野战部队。闷罐车厢里没有灯光，大家挤着各自坐在自己的背包上，谁也看不清谁的面孔。她挤在车门左侧，旁边是两个怀揽冲锋枪的战士。她走得匆忙啥也没带，只得席地坐在列车地板上，两侧的战士多次问她为什么不坐背包，她也不敢出声。过了一段之后，列车忽然颠簸起来，坚硬的车厢把她蹾得摇摇晃晃，左边的战士便将自己的背包朝外一抽，说："同志，咱俩坐一个，凑合着坐吧。"

她知道这不是医院的队伍，更不敢吭声，就不客气地默默坐在背包的一角。这样坐了一会儿，战士觉得不大对劲，一种异常感觉使他扶枪而立，喊道：

"喂，谁有手灯？借给我用用。"

"要手灯干啥？列车已进入朝鲜，你想暴露目标？"这是连长的警告。

左邻又说："这里一个同志丢了背包，也没有枪哩，看看他是谁嘛！"

这一下连长慌了手脚，匆忙站起，挤过来，抽出手灯一照："哟，这里怎么还有女兵？这是怎么搞的？"这一吆喝，整个车厢的战士全站起来观看，可谁也没看清女兵什么模样。

这一来，李艾荣觉得实在包不住馅了，才一五一十地向连长告诉了她的名字，"坦白"了自己的秘密。连长听后气不打一处来：

"告诉你，你思想是正确的，行为是完全错误的，这不是去观光赏景，而是与枪子打交道，前面停车你必须马上给我下车！从哪里来，回哪里去！”

李艾荣当了半天“黑兵”本已够窝囊，又听责令她下车，一股闷气再也憋不住了，还击道：

“连长同志，关心人是正确的，瞧不起妇女是完全错误的，男人能出国打仗，女人为啥不能？我下车不下车你管不着，你打你的仗，我救我的伤员！”

李艾荣几句话把连长顶了个哑口无言，战士们则咂舌称“棒”。连长打开手灯，重新打量这位偷闯军车的女兵：她着装整齐，军帽下的秀发短而齐刷，一双眼睛滴溜溜地环视着跟前的胡子连长和她友善的左邻。这样相互对视了一会儿，连长无可奈何地关闭手灯，一语双关地说：

“小石子，要坐稳当些，注意影响啊！”就回到自己的位置上去了。被连长称作“小石子”的战士就是石痴。

黑暗中，石痴和李艾荣把背包推过来又推回去，最后还是李艾荣坐下了。石痴则站一会儿，再在地板上坐一会儿。在短暂的手灯光中，李艾荣看见自己跟前的这个小伙子，宽阔的前额下有一对大眼睛，方形的脸膛上，鼻子挺然而立，透出一股男子汉的阳刚之气。但在短暂的战时相遇中，作为一个女性，这一切只是在她心中留下了一个闪瞬的记忆。她的思绪随即被火车的旋律所吸引。这是她有生以来第一次坐火车，她觉着火车发出的声响特别好听，听什么像什么，一会儿是：中国——朝鲜，中国——朝鲜；一会儿是：出国——参战，出国——参战！

她下车之后，终于找到了赴朝野战医院的队伍，医院首长对她的违纪行为进行了严肃批评。能够出国参战，这些她都认了。令她遗憾的是，刚刚接近战争边缘，刚刚接受血与火的考验，抢救的几个伤员还没等伤愈归队就突遭敌机的空袭，自己的脚和头皮被烧伤，失掉随队前进的机会。壮志未酬身先伤，每当想起这些，她总是悔恨不已……

“哎呀，我的小姐，我看你就不像朝鲜人，原来你是李艾荣！”石痴欣喜若狂。

“真怪，你怎么知道我的名字？我咋不认识你呀？”李艾荣大惑不解地问。

“在闷罐车上，你不是坐着我的背包吗？”石痴脱口而出。

李艾荣愕然僵立炕前，顷刻，跑到门口，一腚坐在被炸毁的爬犁车边沿上，默默地抽泣了一会儿，又返回炕前，重新凝视着这位曾叫她遐思挂牵过的军人。她还清晰地记着那胡子连长所喊的“小石子”的声音，她的心灵深处更嵌印着他那英俊的脸庞。

纵然是面目全非，纵然是触目惊心，可她仍能辨认出他伤迹遍布的眉宇、两腮间残留下的原来的影子。

石痴困惑地侧起身子，睁开眼并用拳头擦了擦，见她仍站在跟前，问：“小李姑娘，你怎么啦？咋不说话了？”

“噢！”李艾荣慌忙揩去眼泪，“对，对，给我坐背包，连长唤你‘小石子’，可你现在变成这模样……”她忽然觉得不该这样说，但话已出口，无法收回了。石痴羞愧地感到，在身处劣境时去相认过去的熟人，这不明明在乞求恩赐和救助吗？于是，又改口说：

“噢，刚才我是在昏迷中误说了‘你坐的我的背包’，当时我是坐你的右边，姓方，我是说你坐的小石子的背包，这回你该听清楚了吧?!”

“不！”她陡然严肃起来，“不要拐弯抹角了，没有错，也不会错，你和从前一模一样，刚才都怪我莽撞，你千万别见怪！”

“信不信由你。”石痴极力掩饰，“当时我反正坐在你的右边，你坐的是左边石痴的背包。”

“我不跟你争了，姓方也好，姓石也罢，不论是谁我都要护理。我的脚一旦好了就马上到战地医院去。”

石痴非常佩服李艾荣，在他的军人生涯中，是第一次见到像她这样坚强的女战士。但一种不可名状的担心和羞愧使他昼夜难安：她是个漂亮的女军人，自己则是个土里土气的“机枪架子”，加上全身伤患，失去了自护自理能力，天天在一个女兵和老人面前偎来偎去，简直太丢人了。50年代前期的军队，多是男子世界，很少见女人，更不用说女军人了。而现在，他没白没黑、没完没了地躺在少女和朝鲜母亲的身边，他能想象得到，在她们帮他便解、搽抹伤口时的窘境。

由于治疗不及时，加上缺乏药品，石痴的皮肉开始由紫变黑，双手大量淌黄色脓水，面颊与两肩也开始化脓，全身肌肤肿胀，昏迷时间延长，不时出现阵发性痉挛，情况十分危险……

李艾荣心里痛苦极了，自己一路坎坷，在雪野里捡到一个伤员，虽尽心尽力，他却危在旦夕。更叫人心碎的是，这个伤员恰恰是她途中奇遇、瞬间倾心的人。

阿妈妮也心急如焚，但她毕竟年长经事多，深知再这样拖下去，后果不堪设想。于是阿妈妮同姑娘商量好，趁夜色掩护，攀山越岭急奔下隅里村东侧的公路，终于截下一辆回国的运输车，不顾石痴昏迷与否，一人抬头一人拖腿，在司机的帮助下总算把人抬到车上，拉走了。她们目送着消失在黑暗中的汽车，长长地舒了一口气。但想到石痴正处在昏迷中，想到他伤势的严重恶变，她们又忐忑不安地皱起了眉头……

石痴回国入院后，一直像个植物人，更像个没有生命的蜡像，谁也不知他姓什名谁和部队番号。

医院为他输血输液、清脸消毒、植皮取弹、剖腹排异，他都全然不知。护士们总想从他的衣物上了解一点他的情况，可除去一身脓血斑斑的大衣，一条半截血裤和血裤上成堆、成窝的虱子外，什么线索也没有。

面对石痴严重的伤情，医院采取了果断的抢救措施：把他的四肢全部锯掉了！椭圆形的躯干被抬上“特号床”后，主治大夫崔国正望着这个手术后不足60斤的躯体，怜悯而痛惜地叹道：

“他如果能活上三年，就是奇迹!”

石痴截肢术后不久，各部伤口出现大面积的深度感染、水肿，体温居高不下，腹部刀伤感染，出现中毒性化脓。崔国正大夫再次果断决定：立即采取剖腹手术！但是，历经反复抢救，仍无效果，石痴被从“特号床”移到了“太平室”，这是专门为危重伤员设立的抢救单间，接近于太平间，也有别于太平间。

这间太平室里，有一张小床，一个小床头桌，有两位经验丰富的护士专门守护。

那不足一米长的椭圆躯体静静地躺着一动不动，骨肉似已枯干，眼窝深陷，两腮扁凹，牙齿露出，呼吸似有似无，缠着绷带的各处伤口，仍然浸透脓血，浸进被褥，稍一离人，面孔与伤口就立即叮满了大头苍蝇。唯一证明他没有完全死去的，就是腮下，嘴角那两股微微颤动的神经。

当朝鲜停战谈判开始，志愿军派人回国到各医院查寻归国伤员时，石痴所在团的人到太平室一看，随即摇头，表示本团没有此人。在问及该伤员来自何部与姓名时，医院告诉，此人入院后就一直处于昏迷状态，无从得知其姓名、部别和是否党团员。

谁也没有料到，在进入“太平室”93个日日夜夜之后，石痴竟奇迹般地复活了！那只紧闭着的右眼，又缓慢地睁开了，他惊疑地看到了人间！他像个刚离母体的雏婴，环顾着这个曾不属于他的世界。

当意识与理智渐渐恢复，首次看见自己身边的白衣人时，他用几乎很难听见的声音茫然问到：“这是什么地方？我在这里干什么？”

身边的宫行珍护士兴奋极了，她们在这间闷热、污秽的太平室里待了三个多月，终于等到了他的醒来。她一边用湿毛巾给他擦拭眼睛，一边热泪盈眶地趴到他耳边告慰：

“这是在祖国医院的病床上，你主要是太劳累了，你这一觉整整睡了93天，也该醒来了！”

“不累，不累，我没干活。”

他的意识在继续清醒，伤处的疼痛感在加剧。他首先看到的是两只从腕部近处截留的胳膊，在拼命地呼叫、挣扎和伸屈中，他又忽然觉得两腿也轻巧得出奇，想用双臂去掀开棉被看个究竟时，却被一阵疼痛所阻止。这时，他癫狂了，两腿乱蹬，用嘴对着胳膊绑带狂撕乱咬。宫护士怕损坏伤口，抱住了他的双臂。石痴在狂癫中，发现双腿也没有了，更加没命地狂吼怒喊：

“快说，我的手哪里去了？我的腿哪里去了？谁给我打掉的？我不能没有手和脚，快还给我！”

院长、崔大夫和值班人员听到喊声，都跑了过来。

他们惊奇地看到自己从上帝手里夺回的这条生命发出了复活的信号，个个兴奋异常。崔大夫把盖在石痴身上的棉被退了退，让他详细看了一遍。石痴更加暴怒了：“为什么把我的手和腿都割掉了？没有腿咋走路？没有手用啥扣扳机？快给我找回来！”

崔大夫听到这声音哀求，连忙向石痴解释：“你的伤势深度和面积都是罕见的，如果不截肢，就会危及生命，你绝对活不到今天！”

“没有了手、腿，活着有啥用！”石痴仍狂喊不止。

“现在，你出人意料地死而复生并能放声呼喊，这有什么不好呢？你有要求就尽量地提吧，你有意见、有怨气就尽情地讲吧，心里憋得慌，就放声哭一场、骂一顿吧！”院长平静地说。

……

就在石痴截肢住院治疗的时候，一张“革命烈士证明书”送到了石痴母亲的手中。

由于战时部队调动、补充频繁，石痴所在部队已无人知其下落，几经查访核实认为，石痴所在连队已全部阵亡无可置疑。于是，便将阵亡烈士名单分发其家乡。至于政治生命——党员组织关系，也随着肉体生命的结束而结束了。

石痴被重新从“太平室”搬回到“特号床”。他只向医院报告了姓名，从未提到自己的身世和党组织关系。他感到心灰意冷，精神几乎崩溃，无法归队自不必说，像一个寄生动物一样活着又有什么意思！他只想快快解脱，快快地结束自己的生命。只是有一桩心事一直使他耿耿于怀：高新坡的遗嘱，杜玉民、万中祥、徐风明诸烈士的托付，池瀚智的期望……这一切他都没办到，都没完成。一种愧对烈士和首长的心情使他左右为难……

当他反复权衡余生已无法完成这些使命时，便毅然决定离开这个世界，亲自去向长眠了的战友们道歉，接受他们的责备，只有这样才能心安理得。一天，他借故把宫护士支了出去，拖着沉重的伤体通过床头桌爬向楼窗——准备跳楼自杀。这时他才真正知道：自己连自杀的能力也丧失了！足足爬了大半个小时，全身大汗淋漓，伤口线疤都挣断了，才从床上爬到桌子的边沿。他已经没有了不适感，没有了疼痛感，他的最大意愿就是要最终根除一切痛感！当他好歹爬上桌面时，房门“吱”的一声打开了，同室病友祝全生拄着双拐拼命跑过来，双臂猛力去拖他，两人同时摔倒在地板上。

“石痴，你要干什么？你这样做能对得住老战友吗？你给我说清楚，爬桌子干什么？”

闻讯赶来的医务人员也声声责问，石痴声色冷漠、言不由衷地说：“想看看楼外的景儿。”崔大夫对他的做法似乎早有预料，他不想迁就他，一针见血地说：

“看景儿是幌子，想自杀是真的，凭你的视力怎么能看到楼外的景儿呢？自杀，说穿了就是最大的自私！怕遭罪，怕丢人，怕失掉饭碗，怕失掉老婆……”

“自杀是自私？”石痴嗫嚅着。

“说自私是客气的，往深处说，这是对国家、家庭的背叛，是党员就是对党的背叛，也是最懦弱、最无能的表现！”

崔大夫的话，一句句像重锤敲在石痴的心上。

众人也在七嘴八舌劝着他。院长语重心长地说：“为国家的需要作出牺牲是有价值的，祖国和人民不会忘记你，你应当有信心，顽强地活下去！”……

“跳楼事件”发生后，石痴打消了轻生的念头，但巨大的心理压力一时还难以解脱。终生躺在床上煎熬岁月，当一辈子“大粪加工机”，偷安谋生，伸手乞食？太可怕了！

石痴入院后，先后做了59次手术，包括脑颅取弹，面颊植皮、腹内排异、眼取弹片、四肢的反复再截……超常的生命力终于战胜了死神。现在，他以无容争辩的现实呈现出活人的态势：会坐起来，会大声说话，各部伤口正在愈合，痛楚渐渐远去，大脑日趋清醒……

“就这样，我活了过来！我们老战友又能相聚了！”石痴蓦地一声大喊，从回忆中回到了现实。

刘步荣、王纯青早已听得热泪盈眶。听完石痴的讲述，他俩也简要讲述了各自在朝鲜的经历。刘步荣回忆道：当时，敌机扔的那颗重磅炸弹爆炸以后，我确实被气浪掀到两米远的地方，当想爬起来找你时，好像魂已经不在身上了，时死时活的，后来才知道，是一位朝鲜阿爸基把我拖走。在离包扎所很近的地方又遭到敌机汽油弹的袭击，阿爸基为抢救我，自己被烧成重伤，包扎所的同志及时把我们抬去抢救，后来我转回祖国，阿爸基的吉凶就无音信了。

“现在，小石子，”刘步荣异常兴奋地说，“你一半身子，整个的灵魂又重返人间，而且碰巧还是我的兵，你大难不死，必有大福，你千万不能回家，像你现在这个样，恐怕也说不上媳妇了，我拿出工资的一半雇人伺候你，行吗?”

“不，刘大叔，我应当靠自己来生存!”

这三位从死人堆里爬出来的战友，就这样说一阵，哭一阵，笑一阵。石痴猛然想起了什么，说：“高新坡指导员临咽气前，说如果有人活下来，一定要把这场惨烈的战斗写下来，传给同代后代，这或许远比这场战斗和我们的牺牲更有价值。我觉得，这是千百万烈士共同的遗愿。”

“高指导员想得深想得远。”刘步荣敬佩地说，“他能文能武，可惜，死得太早了，除去他谁能胜任这事？我是大老粗，你是‘扫盲’生，认识十个八个字，可你四肢全无，能用头写？看来只有王纯青行。”

“啊呀，老首长的器重不敢当，你俩都知道，我虽然是高小程度，可写出字来巴掌那么大，在部队全靠找人写家信，我可没这头脑。”王纯青告饶没命地解释。

“那就雇人写。”刘步荣直率地说，“烈士的遗愿不能违背，指导员的嘱托更不能落空，我们凑钱雇秀才也要完成!”

“行，就这么办，待我们攒足了钱，雇秀才!”

……

石痴在重残所经历了一段不平凡的“专护”生活后，一天，他突然向刘步荣提出：离开重残所，回故乡去!

他曾多次发誓：今生今世永不回乡，以免搅乱母亲的晚年生活。但巨大的心理压力，无时不在残酷地绞杀着他的自尊心，他最终意识到一个道理：只要生活在休养院里，生活在人群之中，生活在优越条件下，他就将永远是个全残全废的寄生人！于是，他不得不违心地作出新的人生选择：回到家乡，回到荒僻人稀、无人怜助的浩瀚原野中，不打搅母亲，独磨独炼，自受艰难，成则生，不成则死！

在任何险恶处境中，他从未违心地屈服过，即便是胸对枪口，头迎刀尖。但在这个陌生的废躯面前，他被逼得焦头烂额，第一次缴械投降了！

他非常清楚，像他这种境况返乡回家将产生何等后果。自古以来，“忠孝两全”就是盖世完人，这对于肢体健全、风华正茂的人来说往往都很难做到。重残后的石痴面临无可回避的抉择：尽忠，他以对祖国、对党、对人民的忠贞不渝而做到了；尽孝，看来凭自己这个全残的身子，是难以做到了！那么，就让体弱年迈的母亲为成年的儿子擦屎端尿，哺乳喂饭？那将于心何忍？不！绝不能让一位饱经忧患的不幸老人再遭受痛苦了！

他有一个初步打算：以自己的一截身躯，两只臂碴，一张嘴巴，半只眼睛，再加上两条假腿，竭尽最大努力，在家乡扎扎实实地创造再生的条件，试探一下扼杀、封闭求生者的坚冰的厚度！就这样，他在经过激烈地思想斗争之后，终于向刘步荣提出了回故乡的请求。

刘步荣为有石痴这样坚强的战士而自豪，但又深深为他返乡后的生活担心，所以还是一口回绝了石痴返乡的请求。但石痴又上来了他的倔性子，三番五次挪动着找刘步荣软磨硬缠，到后来简直到了不吃不喝——“绝食”的地步了。

刘步荣太了解自己的兵了，他知道，石痴认定的事儿，就是八头牛也拉不回来。他怕石痴这样下去出问题，也想探索一下重残者锻炼生活自理的可能，最后终于答应了石痴的请求。

一个清冷的冬日，王纯青带着两个老乡，用独轮车推着石痴，向他的家乡——张家湾走去。上百里的山路整整走了一个白天加半个晚上，子夜时分，才到了村子，七弯八拐找到了家门，王纯青刚要敲门，石痴突然对他说：“你们回去吧！”

王纯青和两个老乡愣了。

“我想自己单独见母亲。”石痴说。

“为啥？”王纯青不解地问。

为啥？石痴自己也说不清。

是想给母亲一个惊喜？还是母子相见会出现尴尬的场面，不愿让外人见到？

看到石痴的执拗劲，王纯青没再坚持，把石痴放在院门的石阶上，就和两个老乡连夜返回了。

第四章　雪夜“闹鬼”

儿子一别15载，母亲长梦盼儿归，春去秋来，雨枯雪消，头发盼白了，人熬老了，泪流干了，儿子总算回家了。可是，出现在眼前的一幕却令人难以置信。

第四章　雪夜“闹鬼”

夜，北风嗖嗖刮着，天空中飘起了雪花，山区的农民们多已钻进了温暖的被窝。就在这个时候，张家湾突然传出一个爆炸性的新闻：烈属四婶牺牲多年的儿子石痴回来了！

这突如其来的消息，一眨眼工夫传遍了山寨沟岭、家家户户。人们像当年听到鬼子“扫荡”的消息一样，睡着了的被没睡着的叫醒，近的传给远的，少的传给老的，大家都被这从天而降的传闻惊得张口结舌，将信将疑。

在惊奇的心理驱使下，各家各户结伙成群，打着灯笼，擎着火把，携老带幼，吵吵嚷嚷地从不同方向，一齐拥到四婶的家。

四婶家住在村北200米处，两间草屋被一道石墙隔为东西两处，院墙早已风化倒塌得豁豁垭垭，只有院东侧和南边尚有大半人高的墙碴，十步开外就是通向村里的石板路。院子正中有盘石磨，磨南是一棵大槐树。屋门东侧石墙上方，挂着一块半米见方的木牌，牌子黄底黑字，写着“革命烈属光荣”六个醒目的大字。

大山隔绝了山里人与外界的联系，致使新中国成立初期的张家湾一带遍地文盲，迷信盛行，加上杀人魔王刘黑七、吴化文曾在这一带制造了震惊中外的“无人区”，每到夜深人静，就到处鬼哭狼嚎，一片阴森可怕的景象。山民百姓慑于命运的悲酷，常把鬼神定为吉凶、悲喜的标界，“逢神定是喜，遇鬼必成灾”已成为人们笃信不移的信条。现在，在人们心目中，石痴鬼神莫测、人妖难分，所以他们宁肯冒险探疑。是鬼，就咒语驱除，让鬼魂归位；是神，就香纸迎奉，祈祷“显灵”。

山里人怪就怪在一个不怕就都不怕，一个逃跑就炸了营。黑暗中，围观的越涌越多，人头攒动，一片呐喊，可谁也没见石痴在哪里，谁也不敢再向前移动半步，因为石痴毕竟是死了多年而又被定为“烈士”的人，如果当面看见他的魂体岂不是活见鬼吗？绝大多数人想见而不敢见，只有一两个愣蛋，想出出风头，弄个水落石出。

奉躲在一边的老村长之命，民兵连长猛子自告奋勇，第一个进入“危险区”——大门口的里首。由于没见到四婶，更没听到石痴的动静，他心里也有些惊恐不安，但这是执行任务，怕也没用，于是就硬着头皮喊："快点灯笼！"过了一袋烟的工夫，一盏罩子灯点亮了。猛子拴好绳子，将灯滑向院墙南边的槐树上。吊灯升起，围观的人不但没有敢朝院里看的，反而"呼隆"一家伙都退出老远。

挂好吊灯后，猛子当即点出两个民兵作了吩咐，即持枪跨进院内。当三人走近堂屋门前的石磨时，俩民兵突然大叫一声，后退了两三步。猛子也已发现了"目标"，他没喊也没退，定了定神，一个箭步跨向磨道东侧，不料，"哐哧"一下被绊倒，定睛细看，竟看到了这样的场面：

四婶倒在磨道北侧，两腿直挺挺的，两眼紧闭，牙齿咬得绷紧，脸色苍白，口吐白沫，像停止了呼吸；距四婶两米远的磨台边沿上，坐着一个衣着奇特、戴一副黑眼镜、两边各放一支红彤彤的拐棍、人不像人鬼不像鬼的"幽灵"。

猛子也被吓了一跳，但他没敢犹豫，当即指挥俩民兵："快，四婶子危险，赶紧抢救！"

两个民兵没敢怠慢，把枪竖在墙边，扶起了四婶，但不会抢救，束手无策。这时烈属张大妈仓促赶来，三人在四婶胸前和咽喉等处揉搓、捶打并大声呼叫，但四婶无任何反应。

能够看到那"幽灵"的，只有眼前这四个人，因为磨台南面垛着的玉米秸和瓜秧，正好挡住了围观的人们的视线。夹在人缝里的孩子们憋不住地连声叫着：

"喂，鬼在哪里呀？石痴在哪里呀？你快出来让俺看看，说句话听听，别吓唬俺！"

那"幽灵"仍然纹丝不动。这般情景，更增添了几分紧张气氛。

"喂，你到底是干什么的？是石痴哥你就张嘴说话，为啥成这样了？"蹲在磨台西侧、手端钢枪的猛子说。

没有回答，没有反应。

"嗨，是人是鬼一把火就见分明了，把磨台上的柴火点着，看他怕烧不怕烧！"一个小伙子说道。

仍然没有回答，没有反应。

原来石痴刚到家时，不想擅自进院去拜见母亲，因为在途中他已听到自己被误定为烈士的消息。他在大门口的石阶上坐等了好大一会儿，连个人影儿也没见，他的身上已覆盖了厚厚的一层雪。这里毕竟是生他养他的故乡，即将见到久别的母亲的激动使他按捺不住。他不由自主地将双拐夹到腋下，轻轻地、一点一点地向院子里挪动。他暗暗嘱咐自己：不能摔倒，假腿也不能发出“嘎吱”声。快到屋里了，他边走边默默地数着大门口和堂屋间的距离。

“谁呀？”屋子里突然传来问话。他停住了，这声音多么熟悉，多么亲切啊！他竟忘情失态地回答起来：“是我，娘，是痴儿回来……看您了！”

话音刚落，他听到“哐”的一声，急忙朝前挪动了几步，见母亲已昏倒在磨道里。当他恍悟到自己已是“死”了的人和刚才失慎的回话时，已为时太晚了。母亲直挺挺地躺在地上，他心如火燎，放声大喊起来：

“快来人救命啊！我娘吓死啦！快来人帮帮忙吧！……”

石痴喊声刚停，就听见路上传来阵阵惊呼：“不得了啦，石痴还阳回家啦！都听啊，他正在大喊大叫呐……”

这是几个女人的呼喊，经她们这一吆喝，便出现了前边那副场面。

见母亲昏倒和众人不敢接近，石痴茫然无措地一腚坐到磨台上，任凭人们喊叫，心似刀扎般难受。他不敢再开口，他知道：“死人”的声音既能吓坏母亲，也必然会吓坏乡亲，所以他只好非人非鬼地、百感交集地僵在那里，期待村干部们给他解围。

四婶终于醒过来了。稍停片刻，她猛然转身，一手疯狂地乱揪自己的头发，另一只手狠狠地捶打着胸口，继而号啕大哭起来。

听到母亲的哭声，石痴也没敢再说，再动。那冲到嗓子眼里的热血使他压抑不住喷薄的激情，他只得在肺腑里暗自“嘿嘿”地笑，轻轻地长叹一声，被冻僵了的身子随着这声长叹，重重地摔倒在地上。

这时，张大妈抛开四婶，急急跑到石痴跟前，伏下身子，把手搭在他的额头上一试，紧揪的心放下了。她连喊了几声，没有回答。她愤然立起身来，大步走到大门口，放声喊道：

“他二叔，他二叔，王少刚！这么大的事，你一村之长不管不问，躲到老鼠窟窿里去啦？快来救人！石痴本来就是个大活人，哪里来的烈士？要是烈士们都能活过来更好！”

张大妈是个爱管闲事的人，她心直口快，不论谁家有难处，她都乐意相助，在革命需要的时候，她把儿子送到了部队，牺牲在朝鲜战场，她在众人心目中是位德高望重的长辈，就连老村长也让她三分。

老村长并非不想出面，只因怕“鬼”才未敢近前。前些年他被国民党吴化文部捉去当向导时，曾在“无人区”活见了“鬼”，回家后大病一年，险些丧命。这次当护送石痴回家的人一通知他，他心就一下子悬了起来，可又听说乡里副书记也马上来石家，才稍微安心些了，可等了半晚上未见书记的影子，他只得硬着头皮躲在屋后，指挥猛子刺探虚实。这阵子听张大妈直呼他的名字，羞得不行，只得壮了壮胆子，跟在猛子的腚后头往前走，还没走进院子里，就大声喊道：

“是你叫我，嫂子？”

“俺叫你不行？这么个大活人待在风雪里，不是‘烈士’也冻成‘烈士’了！俺问你到底管不管？”张大妈本想狠熊他一顿，可又怕延误时间，就先给了他个“顶门栓”。

“那……嫂子你说咋办？”他结结巴巴地问。

“你要俺拿主意？那好办，听俺的安排，石痴是受了委屈，才不肯说话，你把他扶起来，问明原因，再对他娘说清楚，好叫石痴吃饭、睡觉！”她简直像教训孩子似的。

石痴从磨台上摔下来后，头恰好撞在一捆玉米秸上。一顶旧军帽被玉米秸顶歪在一边，墨镜滑落到鼻梁以下，这使整个脸大部分裸露出来。只见他左眼失陷，因上下眼皮缺损而形成很深的疤痕；平直的鼻梁周围和两颊、下巴均布满紫红相间的烧伤烙印；在两颊与嘴角相接处，两条传送带状的神经时缓时急地痉挛、抽搐，有时急剧抽搐把周围的肌肉缩成一块块肉蛋蛋。上身内穿单褂，外披棉袄，单褂的两只袖筒空空的，下肢同样冰冷而且硬似钢铁。他全身都没有正常人的样子了，唯有右颧骨处有一块火柴盒大的肌肤保持着原来的肤色，看上去反而显得极不协调。

看到这里，张大妈的凄声哀叹已变成串串怜悯的泪珠，她觉得，此人如果真是当年的石痴，他剩余的这块残体，就是有天公神祖保佑，也难活过几年！她对村长说：

“他二叔啊，还是你问他吧，是傻是哑是嘲都得问，不能扔在这里冻死，你是领导人，俺不能全替你。”老村长只得壮壮胆子，干咳几声，提高嗓门问道：

“喂，我说你这人，到底是不是真石痴啊，俺等了半晚上了，可你一言不发，一动不动。我问你：你怎么知道这里是你的家？你不是牺牲了吗？怎么又突然来家了？”

对乡亲们的愚昧无知，怕鬼信邪，石痴并没怎么放在心上，但听了老村长的一席话，不由又勾起了石痴心中的无限酸楚。他不知道此时该说什么好，只是提高嗓门解释说：“大叔，我真是石痴啊！”他那酷似木偶的身躯，随着第一个字的响亮传出而晃动起来。他翘了翘早已僵麻了的腿，旋转了一下脖颈：“我是石痴，不是魔鬼，四婶是我的生身母亲，我是她的亲生骨肉。母子情缘，早在20多年前就已经开始了，同世界上所有亲缘一样，不需要任何证据！”

围在四周的大胆些的青年人似懂非懂地听到了答话，开始窃窃私语：

“不是‘烈士’。”

“是真人，没错，是石痴。”

村长王少刚觉得刚才那说话声不像是石痴，他在家时嗓音清脆、洪亮，而现在却沙哑、粗放。更不像的是，他在家时几乎不会说“八路”话儿，而现在似乎有点儿咬文嚼字，好像还有些针对自己的讽刺意味。

“我再来问你。”老村长开始大胆起来，“你既是真的石痴来看家，那为啥一直不说话？为啥把你母亲吓倒了，把老少爷们吓跑了，你倒不说不道，不管不问呢？”

石痴冷静地答道：“正因为我喊了声‘娘’，才造成了眼前这种局面。你们把我当成了鬼，人鬼对立，我要是再有一句鬼话，一个鬼动

作，不就吓坏更多的人吗？”

老村长没有作答，也不好作答。至此，人们已基本解除了戒备状态。

四婶也由啼哭、数落到屏气细听，品味着儿子说的话。她觉得这些话半熟半生，既有儿子的声音，更有陌生得叫她听不懂的“撇腔”语。她知道死了的人永不复生，儿子也不会例外。但她仍然认为跟前的“儿子”是个危险的凶兆，要不是众人在场她早被吓死了。

真是一拃不如四指近。张大妈是烈属，她深知死了亲生儿子的苦楚，她渴望儿子也像石痴那样，牺牲是误传，如今仍活在世上，将来有一天，他也能回来，哪怕带着重残，哪怕只剩下一个脑袋、一张嘴，来到跟前喊声“娘”，她绝不会被吓倒，而只会紧紧地抱着儿子尽情地亲吻，热烈地呼唤。

大妈凑到石痴跟前，伸出两只温暖的手，摸到石痴那冰冷的臂碴，紧紧地握住，熨烫着那被冻透了的伤肤：

“孩子，你受苦了，你的胳膊比冰块还凉啊，我攥一攥，暖一暖，啊！”

“谢谢大妈，您太好了！”

大妈粗中有细，她一面轻轻地抚摩石痴的双臂，一面琢磨怎样让四婶承认自己的儿子。她的手指突然触到臂尖一块坚硬的疤疖，不由自主地慢慢抽出手，问道：

“孩子，你的伤是怎么落下的？”

“弹伤、烧伤、冻伤，都有。”

“不，孩子，大妈是问当年你肩膀上被鬼子劈的那个刀伤还能看出来吗？”

“能看出来。”石痴回答道。

张大妈用战栗的手，将石痴的单褂扣费劲地解开，石痴右肩裸露在外，一片巴掌大的刀伤印依然醒目地镶嵌在右肩上。

大妈伸出手摸了摸刀痕，然后快步走向四婶，像老师考学生似的说：

“四婶，你那么信神信鬼，可就是不信自己的儿子，无非是原以为他成了死者，无非是痴儿伤得太重变了模样。我问你，四嫂，痴儿当兵前身上有没有记号？有没有伤疤？你当娘的能不知道自己儿女有几块骨头？”

四婶略有耳聋，但大妈的话她已听清，她皱起眉头想了一会儿，然后开口说：

“痴儿 3 岁那年，烧伤一回，腿裆有两块疤印。14 岁那年，叫鬼子刀劈一回，肩膀上有刀痕，别的没有……”

“这俩记号，你还认得吗？”大妈紧追。

“这俩记号俺都认得，走到天边也认得。”四婶肯定地说。

“那你跟俺来！”大妈拉起四婶来到石痴跟前，四婶仍然有些战栗不安，大妈手指石痴右肩说：“你细细地看看那是什么？”

四婶顺手指看去，她看清了那熟悉而醒目的疤痕，她手摸伤疤，声泪俱下，“扑通”跪倒，把痴儿揽在怀里，亲痛与愧疚的情感激流再次淹没了她……

1942 年春天，石痴家里突然来了一位陌生客人，石痴的父亲石清祥如接嘉宾，热诚相待。他们天天吃同桌，睡同床，拉呱投机，形影不离。客人手勤腿快，时常帮着锄地、挑水、拾柴、推磨。待得久了，人也混熟了，石痴才慢慢从父亲口中得知，这位陌生客人原来是八路军鲁中部队的侦察员刘步荣。他早年东渡黄河，执行侦察任务，曾与父亲同在蒙山县打工抗活，结下深厚友谊。现在正是抗日救国的最艰难时刻，他奉命来这里执行侦察任务。这里有得天独厚的条件，山势险要，不靠交通要道，距鬼子据点较近，便于观察敌情，便于隐蔽，最重要的是，有石清祥全家的合作。

为保险起见，石清祥把刘步荣隐蔽到村外南珠山后崖的壁龙洞里暂住，由小石痴专门为他送水送饭。为了方便同上级联络，刘步荣夜闯伪军据点，搞到一辆自行车，昼寝夜驶，穿行于敌我割据的沂蒙山中。说来也怪，刘步荣的生活习惯竟被小石痴学上了，他睡觉，石痴也闭上眼睛；他出去侦察，石痴偷偷地跟在后面；他擦枪，石痴也帮着拆卸、安装……这个年仅 14 岁的孩子竟成了刘步荣的随同“小副官”。当然，“小副官”也给刘步荣捅过不少的“娄子”，因此他也没少骂了“小副官”，可骂过之后，又心疼地说：

“小石子别见怪，大叔也不是个好东西，其实你够勇敢的了，我最喜欢你这样的兵了。”

听到刘步荣喜欢他，石痴就不住地央求道：“刘大叔，你让我跟你去吧，干别的不行，我给你当勤务兵、当副官还不行吗？”

“你这傻小子，把咱这军队当成中央军了？咱们不叫‘勤务’、‘副官’，叫参谋、干事，懂吗？大叔倒很想要你，可你年纪太小，你父母也舍不得你这宝贝哟！”

1942 年夏秋之交的一天早晨，刘步荣突然出现在石家的院子里，他大汗淋漓，急匆匆地告诉石清祥：“鬼子出动‘扫荡’了，前哨部队已经到了大刘庄，大道都被堵住了，我必须沿山路转移。敌人这次出动很诡秘，你叫醒全家，马上转移！”

石清祥急忙唤醒全家，并催促刘步荣赶快离开这里。

刘步荣说：“大哥，大嫂，那辆自行车还在洞里，万一被发现，就会给你们造成大难。还是赶快收拾一下，跟我转移出去！”

但石家夫妇连连摇头：“你快走吧，完成任务要紧哪，俺携老带幼的咋能跟你走，你就快走吧！”

这时突然从大路上传来马蹄声和鬼子们“哇啦哇啦”的狂叫声。

刘步荣将揽在怀里的小石痴松开，从腰里“唰”地抽出匣子枪，身贴墙头，眼瞅大路，默数了一遍鬼子的人数、装备之后，转身行了个军礼：“哥嫂保重，再见！”说罢急步攀上南珠山顶，转眼不见了。

这时，一伙鬼子端着上了刺刀的枪直奔石家而来。已逃到南珠山悬崖的石家父子，被鸣枪截住。几个汉奸攀上壁龙洞，将刘步荣的自行车翻出来，一同带回石家院子。

鬼子通过翻译问道：“东洋车是哪里来的？”

石清祥回答是自家买的。

“你们中国连财主都买不起车子，穷光蛋哪里来钱买车子？”

石清祥冷冷道：“富人没有的东西，穷人就不能有？它在主人手里，就是主人的!”

“八格牙路!”鬼子官抽出洋刀，在石清祥的头上扬了起来：“你的，八路的密探!”

石清祥是个憨直的庄户人，他咽不下这口窝囊气，鬼子扬刀虚晃，他以为是杀他，不禁伸手一挡，接着飞起一脚“哐啷”把刀踢飞了。旁边的鬼子兵见势举起枪，刺刀从石清祥背后穿进了胸膛。

看到父亲倒在鬼子的刀下，小石痴眼睛涨红了，他蹿上去，两手攥住鬼子的枪管就拼命夺起来，这时手握洋刀的鬼子官“唰”地一刀，把石痴右肩上巴掌大的一块肉削了下来。

四婶早被丈夫的冤死痛昏过去。这时幸亏张大妈急忙赶到，死死地抱住石痴，石痴才没惨死在鬼子屠刀之下。

……

四婶紧紧揽抱着她的这个“消失”多年的、变形无肢的儿子，哭一阵儿，数落一阵，用战栗的手从头到脚地探摸一阵，好像跟前的儿子依然陌生，好像自己依然处在梦中。她知道世上没有不认娘的儿子，更没有不认儿子的娘。儿子一别 15 载，她长梦盼儿归，端碗思断肠，看山山蒙蒙，望天天空空；春去秋来，雨枯雪消，头发盼白了，人熬老了，泪流干了，儿子依然音信皆无……

然而，四婶在喜享儿子死而复活的欢乐时，心中不免又罩上一层难见儿子真面貌和缺少四肢咋生存的阴影。

石痴察觉出母亲的忧虑，说：“娘，您别担心，我能照顾好自己。”

“不碍事，自己的骨肉还伺候不着吗!”张大妈对四婶说，“你要是不敢要啊，俺捡个现成儿子!”大妈的话把大家逗笑了。

“可不是嘛，俺对不住俺那痴儿啊，残成这样还没忘了娘，俺这老不死的连自己的亲生骨肉都不敢认，真该死哟!”四婶又哭起来。

这时，众人拥着老村长围拢上来，争相插话。

“痴子哥。”猛子冲到前头，“这可真是大水冲了龙王庙——一家人不认一家人了！俺猛子傻里傻气的，错待了老大哥，你千万别生俺的气哟!”

“猛子兄弟，你还是那个老脾气，又猛又愣，敢打敢冲。”石痴和猛子抱成一团。

老村长挤到石痴跟前，歉疚地说：“刚才二叔慢待了大侄子，如今你模样变了，说话也变了，大家伙不光认不出你，还都害怕，你可得谅解我呀。”

这时，石痴才忽然意识到自己的疏忽，他抬起短臂，指了指放在磨台东侧的一个浅黄色提兜儿说：“猛子兄弟帮我找找，里面有一封证明信。”

猛子连忙解开提兜儿，从里面掏出一个小红本本，递给老村长。那小本本封面上印有“残废证”三个烫金大家，首页贴一张半身免冠照片，同眼前的石痴一模一样，第二页上分别填有石痴的姓名、年龄、原部队番号、残废等级、籍贯。掀到最后一页，有一折叠蓬乱的信笺，这是刘步荣特意叫文书给石痴写的，以备万一，老村长打开只默默地看了一遍就悄然装进兜里了。

说实话，老村长王少刚任职以来还未办过如此躲躲闪闪、丢人现眼的事，这次让石痴弄得实在有些煞风景，在众人面前抬不起头来。现在，母子认亲已定，应该书归正传了，于是他“呼”地站起来，高声向石痴又是向在场的众人说：

“在咱们张家湾的历史上，第一次出现了像今晚上这样一个震动人心、悲欢离合的大事件，失踪多年的人竟又活着回来了，这是全村的光荣和骄傲，我代表全村老少爷们，热烈欢迎石痴大侄子凯旋!”

人群里响起了掌声。这时，雪已停止，远处传来鸡鸣，大妈焦躁地说：“天都快明了，没事的都回家睡去吧，折腾了半晚上，孩子连口热汤也没沾嘴，他二叔还不快安排人操持食宿。”听了张大妈的话，围观的人陆续离去。

老村长随即分工：“好，我和猛子给他收拾房屋床铺，你烧点开水，热点饭。”

石痴被安置在同母亲接山墙的东间屋里，原先曾是不隔山墙的两间堂屋。石痴祖父母去世后，伯父把分得的东间以梁为界，垒上一堵山墙，又以山墙为界垒上道院墙，把宅屋院落一分为二，各居东西。伯父石清红毕生光棍一条，他死以后，这间屋就闲置起来，屋里几乎没有什么家什：一张三条腿的枣木高桌，一个破方凳子，一张由四个石垛撑着的门板组成的“靠山床”。王少刚和猛子急来抱佛脚，把屋里的柴火、灰尘、垃圾大体清理了一番，就让石痴住了进去，铺草和被辱都是张大妈从自己家里拿来的。四婶煮了一碗荷包蛋，但谁喂石痴也不吃，只喝了一碗水就劝娘和张大妈快去休息，说自己也累了。

石痴虽然很累，但他并不想睡。在暗淡的油灯下，他开始想法把假腿卸下来。假腿的铁质已将截肢的伤腿冰得毫无知觉，他艰难地低头弯腰，翘腚卷裤，嘴咬皮带硬撕、猛拉……好在一天一夜未卸腿，绑紧的腿带早已松动，还没等撕开带扣，两条假腿就“哐哧哐哧”掉到了地上。

他躺下身子，开始回想今晚发生的事：家乡是亲切的，她以一场大雪的礼仪迎接了他的凯旋，她深知他喜欢雪而投其所好。家乡人的迎接与理解更动人，先见“鬼”，后是人，谁都能想象这是顺理成章的事。一直缠绕在他心头的探家恐怖，无法向母亲“交账”的包袱，总算放下了，在精神与躯体上都有了一席栖身之地。更值得欣慰的是，自致残以来第一次走出了集体的营地，到达了梦寐以求的目的地——家乡！他将在这僻静的原野上开始人生冶炼，将在这块布满问号的原野上进行新的探索。他没有路标，没有资料，只有一张渺无痕迹的白纸。他要在这浩瀚空野里，找到生命回归的源头。

从何处开始？

答案在哪里？

成功的路在哪里？……

当温暖抚慰着他的面容时，他发现阳光已经透过狭窄的窗棂射向床铺，原来天早就亮了。

母亲、张大妈等人早已静候在门外，见石痴微微翻动时才悄悄走进屋里。闻讯从远处赶来的姐姐艳花，经母亲和张大妈再三解释，已经认

可了弟弟。这时，母女俩各端一碗面汤，大妈抱着新摊的煎饼，让石痴好好吃顿家乡饭。石痴吃力地坐起来，忽听姐姐的说话声，忙叫她靠近点，他要仔细看看阔别多年的姐姐。艳花却怯生生地倒退了一步，她怎么也不敢相信眼前这个面目全非的人，就是当年那个生龙活虎的弟弟。大妈见状，忙把一个叠好的煎饼捧到石痴胸前，石痴用双臂去接，可接了三次，那煎饼还是掉到了地上，这时大妈才恍悟道：

“你看俺这糊涂虫啊，孩子没手怎么拿东西呢!”她拾起煎饼放到桌上，同四婶商量说：“四嫂，咱俩喂吧，你喂面条，俺喂煎饼。”

石痴赶忙摇摇头：“大妈、娘、姐姐，我不能让你们喂饭，我来家的目的就是锻炼自理，也包括学会自己吃饭。”

“你这犟脾气也不分好歹，没有手非要自己吃饭，谁给你定的规矩?昨天晚上就没吃，今儿个还不吃，你要饿死不成?”母亲心疼地责备儿子。

“听我说，娘。”石痴回答，“我早已不是孩子了，怎能再让娘喂饭。”

“哟，你这犟孩子。”大妈有些生气地说，“当了几年兵就眼生起来了，你小时候大妈的奶水都喝过，现在喂口饭又咋的啦?”

“不，不，侄儿不是那意思……我是说……我自己能行……”

还没等石痴说完，艳花就抢过话去：“我听明白了，俺兄弟的意思是不能再让长辈喂饭，那我不是长辈，我来吧，行吧?”

“不，都不能喂……”石痴急得大声叫起来。

四婶、大妈她们强行喂饭，实在是出于怜悯与焦急，她们不仅未曾见过这等重残，而且从没听说过。其实，石痴的犟劲她们是完全知道的，他同幼年一样：只要认准了的事情谁也劝阻不住，说服不了。

挂面、煎饼放在桌子上，谁也没再劝，没再强喂。但谁也不愿离去，她们像在等待着什么……

只见石痴固执地弯下腰，高高翘起两只断腿，用嘴和臂撕扯着裤腿，然后坐稳身子，用臂推掉遮住半边脸的黑色眼镜，大声道：

“大妈、娘、姐姐，你们仔细看看我，毁了的已经毁了，剩下的就是这些：四块肢碴、一个躯干、半只眼睛、一张布满疤痕的脸。不，还有……还有更珍贵的东西，在这里——心脏、大脑！”

三个人一齐围上来。大妈偎在床上，爱怜地抚摩着石痴的截肢双腿；四婶贴近石痴胸前，双手抚摩着儿子布满面颊的伤痕，擦拭着儿子失控的眼泪。石痴把全连顽强战斗、直至全部阵亡，以及自己受伤重残的全过程进述了一遍。张大妈听完后长叹一声说：“打仗就是祸害，可是不打仗也不会有现在的安生日子。俺家你大哥就是在朝鲜牺牲的，尸首还在那里，听说不少人死后连个名儿都记不下来。石痴侄子的身子不能和正常人比，就像他自己说的，有心脏、有大脑就是一个整人，有些人身子全，可不做好事，有心有脑反是祸害，那才是真正的废人！”

四婶、艳花都不哭了，听着石痴的回忆和大妈的讲述，她们似乎明白了更多的东西。但明白归明白，眼下的难题正等着她们去排解，这就是：面对重残，石痴如何生存下去？四婶年逾花甲常年有病，艳花婆家远，家务担子重，也有痨病缠身，谁来照料他的生活？

四婶娘俩依然期待地凝视着大妈——这已成为她们的习惯，每当遇到解不开的疙瘩，总是找大妈指点。

大妈懂得她娘俩的心思，继续说：“俺是60多岁的人了，从小跟着爹娘受穷，下山西，闯关东，从没听过见过像痴儿这么重的伤残人。他人是残了，可有志气，咱山里的孩子没有孬种，你没听清他的话？他还有心和脑，他是个完整的人！他兴许能干出点大事，可那是以后的事。眼下咱应该找个伺候他的人，说得大胆点，就是给他找个对象，行不？”

四婶眉头拧成疙瘩，哀叹道：“少一条腿都不好找，痴儿光剩下块光秃秃的肉蛋，大姑娘小媳妇连看都不敢看，谁敢跟他？”

“要不就花钱雇个人照顾他。”艳花很有把握似地说，“猛子是光棍，他俩又是小时候的好伙伴儿，你看怎样，大妈……”

“你们扯得太远了。”石痴突然不高兴地打断了艳花的话，“要是雇人照顾，我规规矩矩留在休养院不就很好吗？我来家的唯一目的就是躲开叫人烦恼的照顾，磨炼自理自护的能力，向人生极限挑战，走好今后的路！”

人，只有失去某种东西，才深知这种东西的珍贵。石痴伤残后形成了一个有规律的生活习惯：在任何陌生场所，他都尽其所能地保持一个完人的形体，不卸腿，不摘帽子，不摘墨镜，竭力不使陌生人感到惊讶，就是吃饭、喝水、穿衣这些基本生活必需，他也极想独自一人“秘密”进行，只因自己无力办到，才不得不让工作人员护理。很显然，他的羞涩、自卑和惧怕被人取笑的心理的形成，是与此相关的。

张大妈她们离开以后，石痴开始拼命地用臂搓掉帽子，推掉墨镜，四肢扑床，一点一点爬到桌边，臂碴触扶桌沿，因伤处神经剧痛，一次只能坚持半分钟左右。腚在床上，头在桌上，嘴触到碗沿，唇压碗边，使碗形成半立，这样有利于吸食。不料将碗碰翻了，面条洒了一桌子。他就势趴到桌边舔了两口，终因臂痛不撑而“退席”了。

这是他自负伤截肢以来的第一顿“自食”！尽管这只不过是面汤淌到桌子上，他用舌头舔到嘴里的，总共不足两口，但他却感到是多大的收获啊！他如糖似蜜地品味着吸到嘴里、流进胃里的汤水渣沫，食欲的涎水超过了两口饭汤，他多想痛痛快快地饱吃一顿，把一碗面汤一饮而尽啊！他心想，等一会儿，两臂稍微不痛时，再把碗推倒，多多淌出些汤沫，爬到桌子上去，狠狠地喝几口。若能办到，就将面条全倒在桌子上，一次都喝进去。

过了一会儿，两臂稍好，但眼睛又阵阵作痛，干巴巴、涩糊糊的，脑袋也在胀痛。他很想闭上眼睛，稳稳地睡一觉，驱走全天的疲惫和令人烦恼的精神压力，可浑身灼痛使他无法入睡。

第五章　无奈活着

那幅临来家前在脑海里勾勒好的绚丽画卷渐失颜色，那颗跃跃欲试的心，骤然冷却下来。他想哭，想让情感在哭声中迸发，他期待更震撼人心的一曲悲歌。

第五章　无奈活着

同其让人不屑一顾的名字一样，石痴禀性刚直，思维单纯，但勇敢刚毅，吃苦耐劳，幼时曾被断定是一个智力欠足、呆痴有余的憨孩子。当时村里的先生见他鼻孔下总挂着两道铮明的白杠，头大脖细，很是有趣，在登记户口时，就据其形起了个“石痴”的名字，并解释说“石”为坚硬，“痴”为憨钝，最能概括其貌其质。后来刘步荣来石家，听这名字很别扭，曾几次想改未成。石清祥认为，名字的好歹并不表明人生的好歹与贵贱，一个“臭”字也能叫到老。正如父亲说的那样，石痴并不痴，在军队这个大家庭里，他逐渐形成了军人特有的机灵、活泼、沉着的性格。重残后的卧床生涯却使他性格骤然改变，原来的刚直爽快、勇敢坦诚被沉默寡言、抑郁多思所取代，使他与从前判若两人。他爱上了阴天下雨、刮风下雪、雷鸣电闪的氛围。当无尽的时间与阔绰的条件降临并由他自由支配的时候，他感到如同罚徒刑一般难熬。他突然惊恐地发现自己是个失业者，是个被永远剥夺了求知权利的局外盲人。令人炫目的时空运转把他折磨得焦躁难耐，他不得不在伤痛中请护士读书，让大夫念报，看看小人书，体味画中语，直至一个字一个词地学读、学记，让这些似乎不属于他的、先人创造的知识精华输进他那纤维粗糙的大脑。

知识像润滑枪膛、弹槽的机油那样，使他那只能容纳枪、炸药包、手榴弹、战壕、冲锋等单一符号的大脑细胞渐渐地活跃起来，单调性格的铜墙铁壁，终于被砸开了一个口子。

但是，不论大脑里有了多少“润滑油”，也不论知识帮他开拓了多少“新大陆”，面对回乡后遇到的一大堆新难题，他仍心乱如麻，任凭怎样梳理，也泛不开沫，理不出头。

屋里院外，一片寂静，虽是白昼，但石痴总习惯闭目坐卧，喜暗厌光，因为伤眼常使他见光头晕，遇风流泪。

日子一天天过去，一种新的巨大的精神重负，正随着安静生活的开始在石痴心头与日俱增。他向大妈和母亲所做的生活自理的保证，并没有兑现。如果说每天只喝两口汤，他可以享受到五至十分钟的兴奋感的话，那么，十天半月之后，这种兴奋感连同虚荣心早就荡然无存了！更何况，他生活中的最大困难——便解不好办。在休养院迫不得已，靠工作人员料理，在家靠谁？靠母亲？笑话！

他那幅临来家前在脑子里勾勒好的绚丽画卷在渐渐失色，急不可待、跃跃欲试的心，骤然冷却下来，像是要一节节地僵化、坏死，如同早逝在邻国之邦的腐腿，在快速地剥离躯体。他想哭，想让情感在哭声中迸发，他期待比一场战斗的胜利更震动人心的悲歌！

时间在死寂中一分一秒地逝去，那盈盈欲滴的眼泪却一直没有出现。虽然失去眼球的左眼陷窝里不时滚出一股股浑浊、粘黄的液体，但那不是泪，而是因泪囊损伤、分泌失控而流出的溃液，它已占据、取代了石痴抒发感情的泪腺……

声泪已经冻结了。石痴在床上聚了聚劲，“腾”地一下子坐了起来，暗自骂道：真他娘的笨蛋！连哭一场都不能，这“哑巴子”的滋味真比哭还难受十倍！

不哭了！哭，老子不内行，无此嗜好。当年头烧了个半熟没有哭，骨肉散架“大搬家”没有哭，现在江山到手，幸福将临，一息尚存，反倒想哭了，没出息！

他顷刻之间来了精神，身立臂摇，想出去溜达溜达。趁冰雪未化，天冷无人，出去纵情地跳跃，放肆地奔驰，痴情地饱览乡间的壮美，同家乡的山水石崖、沙丘草木好好亲一亲……

不知不觉中，他居然站立起来了，同伤前的他一模一样，依然是位整装待发、威风凛凛的军人。正当他挺胸立正、举腿跨步时，只听“哐当”一声，便囫囵个儿从床上栽了下来，那令他自我陶醉的英姿也被“哐当”没了！

凡截肢者，残留部位的神经感官依然健全如初。因此，石痴至今仍不适应与残为伍。他总觉得原肢仍在，仍和伤前一样想则即到、干则即成，这使他常常发生心理幻觉与身残肢缺的冲突，这种冲突总以“哐当”摔倒而告终。每每“哐当”一次，身上、头上就会多一个眼儿或一道口儿。

这次因幻觉栽下床来，他没顾得上疼痛，因为除去“哐当”声外，他还意外地听到了“咔嚓”声。随之猛觉腚底下有件咯人的硬东西，把腚挪开一看，原来是他的提兜儿，这是回乡所携带的唯一行李。他用嘴擒起提兜的底儿一抖搂，“当啷”掉出个东西来：原来是个破口琴。

他和这把口琴告别久了，是谁把它放进提兜的呢？他的心底油然升起一丝温馨：这无疑是告别时刘步荣给装进去的。他竭力想用两臂把它夹起来，可臂碴像木棍一般不听使唤，每次抱起都滑落到地上，他就干脆躺下身子，用嘴衔了起来。

怎样才能把它弄响呢？两臂固定不住，他便用嘴咬住口琴的中间部位，狠低头，猛弯腰，尽力让口琴抵近不够长度的残臂。当头弯过胸部，逼抵两臂中间时，两臂腕顺势捂住了口琴的两头。他又狠劲地钳紧，来了个“三合一”固定法。口琴掉落得少了，但无论如何都吹不响，因为咬紧无法吹，口一松就会落地。

他将嘴稍稍松动，琴在嘴间缓慢滑挪，从高音到低音，从这头到那头，只吹了一遍，足足用了十多分钟，憋了一头大汗，而且掉了五次，咬起五回！但不管怎么说，总算吹响了，尽管因琴孔生锈，有好几个孔不响。

人在不同的环境条件下，有不同的生活情趣。口琴被吹响，简直像给停止跳动的心脏注射了一针强心剂！刹那间，石痴抑制不住兴奋地自语起来：嘿！这块生锈的废铁竟被我弄响了！真不简单！这琴声比那“哐当”声强一万倍！我要将所有的孔统统吹响，响遍全村……

这口琴，还是石痴刚穿上新军装的时候，班长刘步荣送给他的。在艰苦的抗日战争的日子里，每当作战间隙，刘步荣总是热情地教他学吹口琴。在防炮掩体、阻击坑道、行军路上，石痴曾愉快地、磕磕绊绊地吹奏过一首首战斗进行曲，活跃了部队单调的文化生活。

如今，石痴觉得这口琴依然不失当年的迷人光彩！他实实坯坯地坐在地上，紧紧地抱，狠狠地吹，痴情地练，尽管他没有半点音乐细胞：不会简谱，不懂节拍，只是强憋硬磨地仿出点原调。但他觉得，这些都不重要，重要的是，这是“哑”的突破，“声”的重响！他从残破锈蚀的口琴之响，联想到五官残部的复用，残余生命的再生！他将《大刀进行曲》《八路军军歌》《志愿军战歌》一一吹过，然后自己评论开了：

“吹得都不错，只是运气太短，节拍不准，不能得奖。但精神可贵，就给个口头奖吧。”

他自报自吹，自吹自奖，终于把欲悲未哭而积聚心头的泪液撩拨出来。琴伴泪液，洒向无垠的远方。

四婶与大妈一直对石痴放心不下，每次来劝他吃饭喝水，他都是点点头或摇摇头不吭声。一天到晚他干得最多的事是吹口琴。嗓音哑了，琴声低了，人瘦了，但依然“咿咿呀呀”地吹着……

四婶面对半路上新添的这半截儿子，整日里忧心忡忡。儿子现在是劝不听，喂不吃，四婶心里焦急，又无计可施。除了祈祷神灵，就是求助于张大妈，而大妈也是束手无策，不知怎么办才好。

这天，张大妈忽然领着方巧兰来四婶家串门，说是来看望四婶，实际上大妈别有用意。

这方巧兰，原来就是石痴的“未婚妻”。说未婚妻，其实是由双方父母随意定的婚约，既不是“娃娃亲”，也不是自由恋爱。当时年仅14岁的石痴不懂这些。

叫大妈极感沮丧的是方巧兰来后不愿见石痴，也不敢直接进石痴的屋。她已听到了“吱吱呀呀”的琴声，大妈问她对石痴的印象，方巧兰淡然一笑说：“俺俩从来就不是什么未婚夫妻，说心里话，他参军时俺确实看他有些灵气，可他现在这个样子，俺可以同情帮助他，别的没法做到。”张大妈见她态度很坚决，也就没再说啥。

石痴依然在吹，如痴如狂地吹，把他自己会唱的军歌吹了一遍又一遍。

张大妈本想在石痴婚姻上给张罗一下，可刚开头就碰了壁，她不得不同四婶商定，劝石痴早搬到四婶那边去，吃喝拉尿好有个照应。她说：“痴子，听大妈一句吧，还是搬到你娘那边去，万一有个好歹，娘在跟前。大妈看得出你是个有骨气的孩子，可眼前自己不能吃喝，几天就熬垮了。大妈无能，不能给你找个媳妇，唉！”

“是啊。”四婶说，“就听你大妈一回劝吧，搬过去，咱娘俩在一块儿，我还能动，就是烧口热汤热水，娘能喂就喂，不能喂还有旁人帮忙。”

“不行!”石痴固执地说，“我不能让您照料，我自己能行！要是现在不锻炼自理，老了咋办?”

张大妈见劝说无效，便向站在后头的猛子使了个眼色，叫他同石痴拉拉知心话儿。猛子“嘿嘿”一笑，坐到石痴的床头。大妈与四婶会意地一笑：“你兄弟俩是老对子，多拉拉知心话儿，啊。”说罢两人就离开了。

猛子，顾名思义，是依其特有的莽撞性格获得此称。他姓王，名得胜，早年父亲当货郎，家里日子过得还行。猛子刚出生，他爹就手端酒盅，悠悠悠地叨念：这孩子头大膀宽，又胖又圆，脸带官相，身带福气，将来必定有出息，就取名得胜吧！

猛子 6 岁那年，父母先后患不治之症相继去世，猛子被本家婶母收养，从此，掉进了“后娘包”。

婶母死后，猛子已长大成人，光棍一条，独立生活。他思维简单，没有弯弯肠子，叫打就打，叫冲就冲，从不问结果如何。打仗支前，他立过功；在本村生产，他受过奖，这一切都出自一个“猛”。他不嘲不傻，但有勇无谋，人们称他猛子，不论是褒是贬，都顺理成章。

老村长就是看中了他这一点，在他的“精心”培养下，猛子入了党，当了民兵连长，进了党支部，终于有了一点“官相”。

相似的境遇使猛子和石痴从小就成为挚友，他俩的性格是：石痴粗中见细，而猛子则是全粗全直。

今天猛子的到来，一是大妈让他以童友的身份开导开导石痴；二是老村长的旨意。老村长觉得在石痴来家的那天晚上，自己怕这怕那，不敢出面，十分丢丑，让猛子给赔个不是，也挡挡脸面。

猛子坐到床沿上，两手紧攥着石痴两只短臂说：“大哥，你不会怪我太无礼吧，你刚来家那阵……”

“你猛子兄弟客套啥？怎么能怪你呢，我丑态惊人，又加上当了几年‘烈士’，是我自己造成的嘛。”石痴又亲切地问：

“这么多年了，兄弟过得好吧？听说你还进了支部班子，这太好了！现在几口人了？快说说，叫大哥高兴高兴！”

“大哥你真会抬举我，还几口人哩，连小孩他妈都没有，还是光棍一条。不过这几年，多亏二叔老村长的照顾，叫我入了党，当了点小干部。”

“噢，兄弟有出息，比大哥进步快。只要扎扎实实地干，孩子他妈就会来拜访你的，儿子、孙子都耽误不了。哎，村里有啥好消息可要随时告诉大哥呀！”

“大哥放心，我会常来找你玩，大妈和二叔都说要我常来看看，你不能动，我帮你干些零活、赶个集什么的。你有啥过不去的事尽管和我说，我没啥智谋，可我有的是力气。”

“好吧，猛子弟，大哥是个无用的家伙，来家只有依靠你帮忙了，咱们是‘光腚’至交，请你帮忙心里踏实啊。”

猛子喜夸奖，见石痴很敬重他，恣得颠儿颠儿的。他一会儿扫扫当门，一会儿拾掇拾掇床铺，一会儿生火取暖，一会儿擦桌子、刷碗……石痴这人，对乡亲们的帮助都觉得于心不忍，只有猛子例外。于是，他就直截了当地指挥他，把方凳、暖壶、茶缸、假腿和绑腿衬料等全放到床头，放到伸嘴或伸臂够得着的地方。然后劝道：“好啦，老弟，都安排就绪了，我知道你公事多，家里忙。你忙去吧，有事我再找你。”

“好，大哥，你有啥事叫四婶子喊一声，我随叫随到。”

张家湾是沂蒙山区腹地的小山村，四周群山环抱，前有南珠山，后靠红崮山，东临油篓崮，西接百草关，远不足十里，近不到百步，真是迈步脚踏山，出门眼朝天。

沂蒙山脉千奇百怪。但却有个天律界规，就像造物主的精心安排，山势构成大都为东西走向，山山相接，绵延无际，形成一线式的分列态势：一条山脉，一道平原，一条岭峰，一道沟坎。由于山体连环相接，使张家湾村处于东西狭长 20 里、南北窄至百米的峡谷地带。源于百草关分水岭的九曲河，穿过张家湾，东汇沂河，注入东海。

第五章　无奈活着

许是洪水暴涨、泥沙淤积与地貌演化的缘故，在九曲河北岸形成一片南低北高的三角地带，因三角带背后有一道南北梁直通红崮山，人们便认此为“风水脉头”。相传古时有许多人来此探幽，巡赏野趣山色，都称此地穷山恶水，不出富豪才人。唯独一位张氏猎人，禀性独特，不信邪，毅然看中此地，落户扎根，繁衍后代，张家湾由此得名。

石痴来家独辟自理之途的愿望，仍无任何结果。他每天深夜起床，爬行或膝行，来到房屋东侧的南北土梁上，一坐就是一整天，一直等到天黑路上无人时才返回。他双上肢均在臂腕下5厘米处截肢，加上双臂神经剧痛，极难学会自己装假腿。再说，双下肢均在膝盖下7厘米处截除，即使假腿能装上去，走上十步八步，也会因腿短打弯而双双脱掉下来。

如果有谁碰见他躺在荒梁上，问他怎么走来的，又如何返回去时，他只好谎称是别人把他背来的，再由别人背回去，这样就避开了人们的注意力，心中增加了几分安逸感。

四婶、大妈和邻里乡亲不时送来些煎饼、糊粥、面条、鸡蛋，这是当时农村最高级的饭食。但只见送，不见石痴吃，桌子上、床头上、方凳上都摆着各种各样的食物，有的干了，有的变质酸了，有的翻倒在床底下。四婶每每看到这些食物不见少，就心急火燎地唠叨：

“痴儿啊，人是铁饭是钢，一顿不吃就心慌，你咋老不吃，想当神仙啊！”可石痴总是含混地答复哄走母亲：“你咋知道我没吃？每人送一份，都让我吃上还不撑破肚皮！”

张大妈是位极富情感的老人，她见石痴屋里铺盖少，用具缺，乱七八糟，活像猪窝，就赌气找到老村长，气呼呼地数落道：“他二叔，俺倒要问问你，你是怎么照顾人家重残荣军的？痴儿屋里要啥没啥，在前线冻不死，在家里也会冻死、饿死。”

“享受多少，具体怎么照顾是国家的事，咱一个穷山沟哪里有东西给他？我再找人给他整理整理就是，反正他住不了几天，国家会有法子给他养老的。”老村长说。

老村长没听大妈的劝告，猛子只好找上村里张明喜和民兵排长寇长功，把石痴的屋子收拾了一番。猛子宽慰石痴道：

“痴子哥，今后不准你客气，有过不去的事尽管找我们，你今生今世要是找不上对象，俺搬来和你住一块儿，让我这个傻兄弟照顾你一辈子!”

“那可使不得。”石痴说，“我找不上对象是小事，但不能误了你的终身大事，老弟为人忠厚，又能干，哪能找不上对象!”

三人又帮石痴连买带借置办了一点日常生活用具，并给他置办了残废人不可缺的“三壶一盆”——暖壶、茶壶、尿壶、便盆。这些东西像陈列馆里的陈列物一样摆在那里，石痴对此只能望而兴叹。

石痴将自己的全部优抚金——每月 42 元全交给母亲，由母亲统筹整个生活开支。四婶年逾六旬，体衰多病，却始终每天给儿子送饭送水，一早一晚都要过来给儿子装假腿，穿衣服，盖被，端尿，关门，尽管石痴每次都执意不肯让母亲干这些活。

四婶每次端了饭菜来，总像对石痴小时候那样，一手端碗，一手拿筷子，将饭菜夹起来，先举到自己嘴上试一试，吹一吹，然后再送到石痴嘴上，见儿子不张嘴，就再吹一吹，再举到儿子嘴上。

“来，这回不烫了，旁人喂你不吃，娘喂你还不好意思张嘴？你吃饱了娘才放心，你这顽皮东西咋着啦?”

石痴看到眉发染霜、满面皱纹的母亲还在用颤抖的双手拿着碗筷，哺喂已成年的儿子时，心中是何等揪心难过啊！母亲历尽清苦艰辛，得不到晚辈的孝敬，却让儿子成年之后再将其母体育婴所剩的最后一滴血浆吮净，作为儿子，于心何忍？

“娘，痴儿已经成人，要是连饭都不能自己吃，那我回来见您，就是个虚伪的孝子，还是让我自己来吧。”

“娘活了这么大年纪，从没见过没胳膊没腿的人自己能吃能喝，你在娘跟前讲大道理，屁事不当，俺不愿听这些没根没梢的话……”

“您别生气，娘，自己吃饭，时间久了也会逼出功夫来。”

“那好，俺倒要看看你怎么把饭吃到肚子里去。”四婶送了饭来索性不走，一定要看看儿子如何吃法，她总觉得儿子在哄骗她。而石痴则无论如何也不想让别人包括母亲窥测到自己吃饭的“秘密”——那种不堪入目的自食丑态！他知道，假如人们发现他这罕见的“猪舔食槽”的饮食方式，孱弱的母亲会急出病来；同情怜悯者会竞相争助；好奇者将盛传不厌，也许会越传越离谱。那样，对他来说，心理上的压力是不能承受的。

四婶对儿子总觉得无所适从，可毕竟是自己的亲骨肉。儿子曾给了她死的悲伤，现在又给了她生的喜悦。看到儿子在一天天消瘦，她总是担心不已：这样下去还能活多久？她总想豁出一切，就是抽骨吸髓，抛头舍命，也要为儿子寻一条生路。

这天逢金山大集，四婶特地买来些石痴爱吃的食物，煮熟后盛满两碗给石痴端来。

“痴儿啊，你看娘给你做的啥饭，快起来尝尝。这是带汤的饭食，娘得喂你，要不会烫着你，嗯?”

石痴连忙爬起来，探头一看，乐极了：“哎呀，杂面？半辈子不见了，您还记得俺喜欢这东西，您可真是好娘哩!”

“你这傻瓜蛋，当娘的能忘了这个？你先别动，等娘给搅一搅，吹一吹，不冷不热再吃，啊。”她一面鼓起掉牙的嘴，“扑扑”吹着，一面用筷子在碗里反复搅着。

“娘，您快放下，天天都是俺自个吃，怎么今回又要喂呢？您非要喂，我就不吃啦!”

“不喂，热面汤会烫着你！你一个集空要砸十来个碗，今天赶集忘了买碗，你再砸碎这两个，就没法吃饭了。”母亲在竭力寻找喂饭的理由。

“娘，您快放下，我保证能自己吃。我就把这面条当作一个碉堡，早晚把它吃掉，您快回去吃饭，您不走俺还是不吃。”他立坐床头，扎煞着臂碴，倔拗地说。

四婶犟不过儿子，无可奈何地离开了。石痴前天接连打碎了四个碗，一个咸菜盘子，气得他两天粒米未下。这当儿他可就顾不上这么多了，他确实饿急了。四婶刚走不一会儿，他就开始把嘴巴迅速接近目标，由于食欲心切，在嘴咬碗沿、用力猛吸时，独扶桌边的右臂突然滑了一下，失衡的身子猛向右倾，“哐当”、“呼喳”——连人带碗一齐翻到桌子底下。两碗杂面，一碗扣到头上，另一碗洒了个精光，碗打了个粉碎。这杂面“碉堡”不是被吃掉了，而是被摔碎了。

四婶并没走，只是站在屋外窗下。儿子总不让喂饭，更不让在跟前看，早使她疑心重重，但一直没法解开这个谜团。这回她就要弄个明白，谁知还没来得及看个究竟，就听屋里“哐当”一声，匆忙进屋一看，天哪，儿子四仰八叉躺在地上，杂面洒了一头一身。她赶忙过去扑拉着儿子身上的面汤，一面惋惜、心痛地唠叨：

“啧啧，我说你这邪乎东西哟，好劝歹劝你不听，这倒省事了！烫着哪里了？娘去请人治伤。”

石痴以最快的动作爬起来，他顾不上摔伤的疼痛，害怕娘吓犯了病，更怕这次“秘密”的暴露会毁掉自己实现自理的计划，于是，他佯装轻松地说：

“娘，我一点也没摔着，这不关吃饭的事，是扶偏了，出溜下来的，不就是两碗杂面吗？您别当回事。您看我自己就能爬到床上！”说罢，拼尽全力，爬向桌子、床头之间，臂揽桌腿，嘴啃床沿，膝顶担床的石垛，不想连续多次未能翻上去。

四婶连忙抱住他的双膝，猛力往上推，总算翻到床上了。尽管石痴拙劣地掩饰着摔伤部位，并哄骗母亲说地上的血迹是鼻孔里流的，说他破鼻子是多年的习惯，但四婶逐渐感到儿子是在哄骗她。她不得不说出了多少日子来憋在心中的话：

“痴子，你不能再这么下去了，你管不了自己，还硬撑着不叫别人管，娘天天心跳不安，夜里噩梦不断，不是娘不疼你，娘不中用了，你还是回休养院去吧，啊？”

面对满腹惆怅的老娘，石痴无言以对。此时，他隐约感到最初匆匆来家，是一种毫无客观依据的心血来潮。他沉思了一会儿，作出了一个他认为是万无一失的，也许是更加丢人现眼的应付方案。

“娘，您千万甭为我担心，能在家就在家，不能在家我就回去。临来时，休养院的领导说了，我啥时回去都行。这样的话，我这几天就回去。我让院里来人接我。我想还是深更半夜走，走时就不惊动您了。我只带走被子褥子，您就不用管了。”

“嗯。”四婶紧锁的眉头舒展开了，“娘这就放心了，啥时候走，总得叫猛子他们帮你拾掇拾掇，过些年，混好了再来家看我。唉！娘不得不劝你走啊！”说罢，就要去给石痴煮荷包蛋，石痴拒绝了，他谎称瞌睡，劝走了母亲。

两碗杂面汤虽说一口没吃，但石痴一点儿也没觉着饿，刚才那股饥饿感早不知上哪儿去了。此时，他一点睡意都没有，浮想联翩，思绪万千。他感到自己的命运又到了一个重大转折的时刻。他丝毫没有失败的苦楚，也不愿多想眼前的得失祸福，只是暗自在心中“列队检阅”来家8个月的经历：

情绪还算乐观，但起伏无常；

身体虽然渐衰，但无妨生存；

砸碎饭碗141个，菜碟盘23个，茶碗7个；

摔碎茶壶、暖壶各5把；

泼掉饭菜上百次（个）；

因摔伤、冻伤用药90余次；

动用劳工（日）3个；

拖累母亲近200天……

自练收获——零！零！零！

这是百分之百的失败！这是一弹未发就被俘的彻底惨败！摆在面前的自强不息的蓝图，开始由明到暗、由白变黑，成了一道无边无际的环形死亡巨坝……

他那一切自理的理想，被现实蚕食、吞噬了；他胸中那对未来生活的憧憬与迷恋，也在朦胧、迷离。他沉浸在紧张、孤独和空虚之中。

30年的坎坷岁月，数不清的痛苦灾难都熬过来了，却从未像今天这样一筹莫展。他的求生蓝图变成了一个要挟他的幽灵，并不时发出轻狂的讥笑：

“嘿嘿，伙计，你不是从来不肯向困难服输吗？现在知道它的厉害了吧？承认现状吧，投降吧！”

啊，残废就是“难度”的最高极限吗？残废就是残而无用的废物吗？就是一堆无用的行尸走肉吗？

是“残”必定“废”吗？这是何等令人恐惧、痛楚的字眼啊！

外面刮起了大风，屋脊窗棂也刷刷作响，天色渐渐暗淡下来。下雨了。在急骤的风雨声中，他似乎听到了一个阴沉的声音：你是寄生虫！你想将残弱之躯拴到正常人的身上，吸吮别人的液汁，苟延自己的生命，真是瞎熬了光阴，不该啊，不该啊！……

他觉得非走不可或非死不行了。对他来说：“好死不如赖活着”没有实际意义。他唯一看重的，就是自己这尊残缺的躯体，还有没有可挖掘的生命潜能。

累了，再也不愿苦思冥想了。他闭上唯一的一只眼睛，像等待送上碉堡的炸药的瞬间内爆；像躺在一条干涸河床的沙石里，静听远处山洪的暴发，等待它的滚滚到来……

几天后的一个漆黑的午夜，四婶被石痴一阵急促的呼叫声惊醒。她慌忙应声，边起身边想：“唉，孩子要走了，说啥也得见他一面，这苦命的孩子哟！”

黑暗中，她好歹摸索到院子里，边走边呼喊：“痴儿啊，痴儿啊，你等娘和你说句话再走！”然而，摸到门口，发现门大开着，屋里黑乎乎的。进屋摸了摸床铺、桌子，啥也没摸到。她急忙从褂兜里摸出火柴，擦着一照，除去桌边上放一把门锁外，啥也没见。她呆立在当门，凄楚地咬着嘴唇，心里涌起一股难忍的酸痛。

她默默地站了许久，口中反复叨念着“阿弥陀佛”，祈祷儿子回休养院后能时来运转。站够了，祈祷完了，便拿过桌上的门锁，无可奈何地关门上锁，步履沉重地返回自己屋里……

第六章　独困斗室

超重残的现实使他明白，付出一般代价侥幸取胜是徒劳的。唯一赢得生活自理的权利，就是用空前残酷的方法和百倍的努力，甚至是整个生命的代价，去摘取那高悬的生命之果。

在张家湾多数人看来，像石痴这种离不开别人护理的重残，重新返回休养院是绝对必要的。在家中，别说是无人照料，就算是有兄弟姊妹乃至爱侣贤妻形影不离，关心备至，他也不能在家久住，因为他不仅需要护理，更需要及时治疗。

四婶心里很矛盾，她总觉着儿子是被自己劝走的，觉得自己太狠心了。不过她确实出于慈爱之心，想叫他少遭些罪，多活几年。可如今看不见儿子，心里又刀绞般难受。

天刚蒙蒙亮，她就起床到大门口转悠了一圈儿。院里院外冷冷清清，她不禁老泪纵横。她找到张大妈，冤痴痴地大哭了一场。其实，大妈又何尝不作难呢？对石痴，帮不上忙，劝不进话，谁知他究竟在想些什么呢？她对四婶劝走石痴感到不可理解，本想唠叨她几句，可见她哭得一把鼻涕一把泪的，只好改口道：

“别哭啦，四嫂。走了就走了，哭有啥用？依俺看痴子是有不好说出口的话，除了吃穿拉尿，就没有妻儿念头？快 30 的人了，常人之情他没有？健康人需要，他更需要，可到底咋办呢？真真愁煞人呐。”

“你说得在理啊，大妹子，他这次来家老不愿走，八成是想好歹找上一个，你看巧兰那闺女还行吗？她倒通情达理。”

“俺再找她试探试探。”大妈说。

“你看着办吧，大妹子，要是能成的话，俺就找人写信，叫痴子汇点钱来，早成早办，省得夜长梦多。”

两位老人谈兴正浓，老村长王少刚悄悄来到跟前。

“两个老嫂子在嘀咕啥呢？大侄子这些日子怪好吧？”他手拿长杆烟袋，一边朝烟荷包里装烟，一边蹲到两人中间的一块圆石上。

“刚走了，昨夜里人家来车接的。在家里可怜呐，天天不见吃喝，俺也伺候不到点子上，人总不能神活呀。”

“可惜侄子残得太重了，要不给他找个伺候的，一来料理穿衣吃饭，二来可以成婚为伴。不过嫂子你不该劝他走啊，我工作忙，没及早过来探望，他就匆匆走了，真过意不去啊。”老村长似面带歉意地叹道。

“全靠他二叔操心费神啦，刚才俺还议论痴子临当兵时和巧兰定下的婚事呐，要是有这闺女伺候俺痴子，俺就烧着高香了，死也安心合眼啦！他二叔你就操心，当当介绍人吧！你又是村长，保准没差！”四婶这番和盘托出的表白，把大妈弄得尴尬不安，她早知道巧兰被王少刚家的地位所吸引，而王少刚的最终目的，也是把方巧兰配给自己的憨儿子王峰双。她多次规劝巧兰同石痴见面的目的，是想投石问路，看巧兰是崇尚“光荣”还是看中地位，结果发现她不仅看中地位，而且有诽谤“光荣”之嫌。但大妈相信，人不会一成不变，何况，他们还有“源头关系”作基础。如今四婶已过早地泄露了“天机”，她只好佯作真诚地说：

“可不是嘛，他俩早有姻缘，成与不成，他二叔语重千斤，一锤定音喽，你就给作作这个媒吧！”

老村长一边哼哈地应酬着，一边想：这俩老娘们儿想拿俺孔明当阿斗耍，我王某本来就对石痴没什么好感，这小子刚来家就嘲弄我，让我在大众面前抬不起头来，还想巧兰的美梦，真不知天高地厚！他转念又一想，不能把话说白了，先给她们个甜枣蜜啦蜜啦！于是说：

“这桩事嘛，两位老嫂子尽管放心，凡是您愿意的事，兄弟我必定效劳。我看石痴与巧兰青梅竹马，天生一对，我试试看，一家女百家提嘛。至于‘一锤定音’，我可不敢当，事情成不成，由男女双方定，父母不能包办，干部更不能包办。”

“俺一定叫俺痴子重谢他二叔的大恩大德，成不成酒两瓶，我先装好酒等着他二叔来做喜客。”四婶眉开眼笑，就像儿媳已近在眼前似的。

“好，我一定来，你们忙着，我走啦。”王少刚悠悠地走了。

石痴深夜返回休养院，并没引起张家湾人的震惊，更没有人想到他根本没回休养院！自从母亲劝他回休养院后，石痴一连想了几天。他实在不愿回去再受人一把屎一把尿、一口水一口饭的伺候。他要活下去，靠自己活下去——一切达到自理！而眼下又不具备这种“自理”的条件。怎么办？他的脑子里突然冒出一个大胆、奇特的想法：造一个回休养院的假象！于是，他把被褥、食品等东西藏了起来，又闹出一点响声，让母亲以为他真回休养院了，他则在屋内最暗的旮旯躲了起来。好在这是间闲屋，极少有人来，没有人发现他。

他要在这人不知鬼不觉的环境里搞一场自身“革命”！超重残的现实使他大彻大悟，他知道，付出一般代价侥幸取胜是徒劳的，正像用慈悲和忏悔请求敌人给予宽恕一样。现在唯一赢得生活自理的权利，就是用空前冷酷的方法和百倍的努力，甚至是整个生命的代价，去抢摘那高悬的、也是只有冒死才可获得的生命之果！而这一切，只有躲开人们包括母亲的同情、怜悯、相助，自己在独居的世界里才能做到！

已经是第五天了，可以肯定地说，这五天中，他在自己设计、发动的这场所谓“革命”中，得到的是全方位的失败！他不得不停下来，躺到床上，品尝这失败的滋味，同时冥思苦索，反复地数点着自己所知道的当代伤残者的榜样：奥斯特洛夫斯基失明、瘫痪，写出了蜚声国际的《钢铁是怎样炼成的》；中国的保尔·柯察金——吴运铎，以及诸多先辈、同辈中，有的失明而四肢健全；有的虽截肢但保留较长，能够自理或部分自理；还有的四肢无全但断面吻合、余碴神经处理较好，软，圆滑，有长度，经苦练可以臂代手，持具饮食，甚至达到拿笔或捆笔写字的程度。

而自己呢？实难用臂碴有所作为，而只奢盼嘴巴能长得长些，再长些，让嘴巴得到生活所必需的所有的东西！

他终于明白了，从同类榜样的自理生涯中找不到打通自己封闭的再生之门的路，古今中外的书籍中也找不到。

他想得有些累，于是牙一咬，坐了起来。恍惚中，看见墙上的军用水壶在晃动，是饥饿或视线模糊造成的吧？他挪动身子，逐渐挨近墙壁，抬头再看时，发现水壶旁边有个小东西在蠕动。他一下子来了兴趣，像囚徒发现了越狱的墙洞，又像主人见到了隔世重逢的家犬。他快速地挪向墙根，直到把腿碰痛。再抬头细看：啊，蜗牛！

他的脸几乎要贴到墙上了，他要仔细地考察一番。蜗牛在蠕动，极慢，似动非动，分不清头尾，只见椭圆形的躯壳微动，而且是沿墙往上爬的！

天哪，这小家伙咋上这儿来了？有你给俺做伴，真好。可你到哪里去？爬到墙顶？爬到屋脊？不，千万不能冒险，那会摔伤身子的呀，我也帮不上忙，咱们都出不去……

喂，歇一歇再爬吧，这路又陡又滑，能锔得住吗？你没脚没爪，怎么会滑动自如？而且还始终驮着巨大而笨重的甲壳！

他简直看呆了，他从心中叹服这万物群体中的弱族。它同他一样，没有爪脚，蠕动极缓，比起翱翔苍穹的雄鹰，比起凶猛迅捷的猛兽，无疑算不了什么，可它们至死不返、坚韧不拔的毅力，比起我石痴来，却是当之无愧的英雄！

蜗牛终于爬上了墙壁顶端，消失在一道墙缝里，石痴却陷入了沉思，心底萌发出一股羞恼：妈的！我还不如一个小小的蜗牛！下一步该怎么办？不能踌躇，绝无余地，要么在达到“一切自理”上有所突破；要么就此作罢，今生今世依靠别人寄生，他要作出明确的抉择！

没有退路了，还得练，难道真比不上一只蜗牛？他把已经摆设在床上的“摊子”又重新用嘴进行布置、规划，把摆设物一一推到床边沿，然后翻身，背朝床外，面向床铺，臂扶床沿，膝蹬垫床石板，滚到地下，膝立跪行，将床上的碗筷、汤勺、叉子、咸菜碟、五张煎饼、两个鸭蛋、几块豆腐干，另有假腿上的皮带、备作捆勺吃饭的松紧带和以木代臂的木筒子等，分成三份，分别放置在床上、地上和桌上，以适应采用立、趴、卧三种吃饭姿势的需要。

搬运餐具，靠两下肢膝碴触地蠕挪往返，膝碴万一硌破或偶尔神经抽搐，就再加上两上肢——双臂扑地，四肢运作。取放餐具当然只能靠嘴、靠牙齿，而一旦嘴部神经痉挛，餐具也就该掉下摔碎了。由于部位机件的迟钝与失灵，每每嘴叼物出现危机，他便会下意识地举臂救援。但这往往会导致腿颤软卧，双臂抢地，戳伤瘫倒，物碎人物，鸡飞蛋打。

为了防止别人听到看到，他又返回原处——爬到床上，再由床作阶梯，谨慎缓慢地爬向桌子，跪立桌面可触及窗户。他用嘴把窗帘精心地拉盖严实，下边的帘沿用口琴、绑带、腿套等压牢。

他继续练着。一会儿趴在床上，像四蹄动物一样，嘴咬煎饼上头，膝压煎饼下头，吃完一口，双膝将煎饼向上蹿一蹿，再吃一口，再蹿一蹿，直至吃到末了，再也咬不到的时候，两膝就一松一挪，趴下去，用嘴叼起最后一口煎饼。这里所说的“一会儿”，是指嘴臂咬触或挪动物件的过程，而不是泛指时间的长短。文字在描写异常人的动作上，有时还无法和描写正常人那样表达精确。这“一会儿”，有时是几分或十几分钟，有时则长达几十分钟甚至一小时。吃碗里的饭更是不易屈身伏首，只能嘴咬碗边，伸脖抬头将碗缓慢举起，两臂半空捧迎，慢慢举到嘴边，进而两臂拼力捧紧，嘴唇左右挪摆，吸食进口。这时，嘴需快速返抵碗沿，再喝再返，再进再抵，这种惧怕碗掉饭倒的时差局限，基本排除了口嚼细咽的需要，而这一连串动作都是在强忍臂痛的情况下完成的。

每“吃完”一顿饭，他都全身大汗淋漓，气喘吁吁，不得不停下来休息，接着，再考虑另一顿饭怎么“吃”法。他感到难度更大的，是抱勺吃饭，两臂夹起勺子，一掉再掉。掉在床上好捡，用嘴叼起来就是，掉到地下，那就得三番五次滑到地下去捡。就算不掉，抱紧运作，伸臂舀饭，举臂运饭，直至靠近嘴，已是饭掉汤洒。碗里没食物，勺子轮空转，十有八次吃不到一口饭。双臂的捧碗夹痛有时比伤口发炎疼得多，他只能用忍耐来弥补拙笨。臂短不牢靠，开头还能接上嘴巴，可连“吃”几次以后，距离越拉越远。他就另起炉灶，把木筒子套在臂上，再抱夹，再试吃，再实验，但他很快就放弃了这种办法，因为木筒不仅增加了滑度和硬度，还根本夹不住勺子，而且套上筒子的臂碴再也卷不回来，唯一的腕部旋转也被僵化，“残废”得更厉害了。

皮带与松紧带的使用价值也很小。他用拼命般的挣扎、忙乱，捆了半天也没捆上。中途失去手的人，学做系扣，可是个“耗资”巨大的漫长工程。用嘴系扣也不行，双臂不够长度。松紧带倒能套得上，但让它固定勺子达到吃饭的目的，简直太遥远了。勺把插在皮肉和松紧带之间，若舀上来的食物重了，它就左右摇晃而翻倒；若空无负荷又会直而不弯，捞不到碗碟中的食物，时间长了，还造成臂碴麻木、充血、剧痛，结果这种工具也被淘汰了。

虽然没有尝到成功的喜悦，但基本弄清了哪些方法可以坚持，哪些必须淘汰。

时间很宽裕，这对他有利。他不必再担心四婶、大妈与众人争相喂饭，使他永远处于被动，一事无成；也不用委曲求人，讨吃讨喝，打搅别人的正常生活。煎饼、豆腐干早就吃完了，可短时间里不会饿死。他发现麦秸笼子里还有半笼子霉腐的瓜干（这是四婶的储备粮），泥罐里还有半罐子水，每天两口水、三块瓜干也能坚持他个把月，他有着极强的忍饥能力。时处春夏之交，他不必担心冰天雪地带来的寒冷，蚊子、苍蝇虽多，但偌大一个活人，任凭它们吃，任凭它们啃，总有剩余的。他有架部队发的小蚊帐，但因顶窄、无门，他钻不进、出不来，不便使用。

他尽管求生艰难，但不悲怆，并且还有些沾沾自喜。他未料到，一次并不高明的撒谎即如愿以偿，把所有不利的因素都抛到九霄云外。他欣慰地感到，这是致残以来，第一次享受到无拘无束的自由。这间草屋及屋内所有的东西，统统都归于一个自由之躯管辖，真是天然的自由王国，放纵的自由世界！这种自由，简直使他达到了陶醉的程度。时间在一天天过去，而他似乎失去了对时间的感觉。门闭、窗封，视力的纤弱，光线的暗淡，几乎分不出昼夜，他觉得也没有必要去分。凡事都要瞎摸，而唯一引路的还是嘴和臂。大部分时间，他像生活在梦中，不论是睡着还是醒着的时候，都有这种朦朦胧胧、似真似假的感觉。

只有两样东西——食品和水的消耗，使他感到了时间的威胁。麦笼子里的瓜干再也够不到了，而泥罐里的水，如果不把泥罐扳倒，趴到罐口吸喝，也休想捞到半滴。但无肢人的最高招，就是能大反个和底朝天。装瓜干的笼子在靠墙的一块一尺高的板石上放着，他爬到笼子的正面，膝立起来，探头弯腰，嘴咬住笼子边沿，用力猛拉，接连几次，笼子终于翻下板石，笼底朝天。他慢慢趴下去，用头将笼子拱起，使劲推到一边，用臂在翻倒出来的东西里轻轻划拉了几遍。好像有烂草、破布等物同瓜干混掺着，但瓜干肯定很少了，要不然，他肯定拉不翻它。他按定量，就地啃了三块，其余的没再另装，就原地不动地放在那里，返回床上。

又坚持了几天，那种食水双断的危机感再次罩上心头。他虽看不见，摸不到，掂不出究竟还有多少水，但从盛水用具的轻度上判断，已所剩无几。这是隔世独居以来的第一张“黄牌”。

必须以最快的速度取得最显著的成果！全面收获不行，就必须做到单项突破，捧碗或勺饮，要分开练习，牢牢掌握要领，以便在大庭广众面前，也能得心应手，运用自如。那时，他将满怀胜利者的自豪，奋力爬到桌面上，掀开窗帘，大声地呼喊：

“娘，快来开门，您的痴子已经学会吃饭啦！你亲眼看看俺是怎样把饭吃到肚里去的，从今后您不用担心了！”他这样甜蜜自豪地想着。

磨炼在加快，往返于床——地——桌的次数在增多，体力消耗也在加大。旺盛的斗志能够激励行动，但却不能遏制体能的衰耗。他开始出现间断性的腹烧与头晕，但他仍坚持每天三块瓜干两口水的定量。欲速则不达，本想加快速度反而不得不放慢下来。

差不多50天过去了，如果说在“生活自理”锻炼上多少有点进展的话，石痴觉得不是在练吃饭上，而是在双臂疼痛的减退上。他把这一成果归功于这段藏匿生活的磨炼。他想，如果再加大锻炼，让臂碴在坚硬的碰撞摔打中增加韧力，今后也许不论拿什么东西都永远不会再疼痛了。然而，顾此失彼，臂痛减退了，可用来练功的基本用具：三个碗、两个盘、一个碟全砸碎了，剩下的只是勺叉、筷子。

除了练双臂，他又想到了腿，想到了自己的真腿和假肢。他喜欢把假肢比喻为过继来的“义子”，让它为自己“尽孝”。他觉得，人的四肢是同一母体的孪生兄弟，兄弟血肉相连，手足同牵一母之情，他不能忘怀双手曾赋予他少壮时代的“心想手到”的幸福，操之皆能的自豪；他也不能忘怀双腿曾赐予他少壮年代的奔跑、跳跃和跨越……

衬布、腿套、绑带和假腿的全套配件都是现成的，他在休养院曾试走过，但那不是自己的功夫，从缠绑组装，到搀扶卸腿，都是由护理员小郭一手包揽。来家后，自己不会装也不能装，这“义子”虽近在咫尺，却从未“尽孝”。他开始摆设另一个摊子：缚料（绑腿用料统称）

都摆在床头上，假腿竖在桌子里首，先将缚料抱到床边（因双臂疼痛好转，他可以臂代嘴），然后按嘴、臂所及距离，一一摆好阵势，再用嘴将假腿拖过来，竖在床铺中段的边沿。

一切都摆好后，他便坐了下来，端详一会儿，再用嘴或臂探摸一会儿。光线暗，视力弱，不得不用触觉来弥补视觉。昏暗中，他按照小郭给装假腿时的捆扎顺序，先将衬布咬过来，搭在膝上，头尾蜷成圆圈状，左臂压住衬布的低头，右臂开始沿膝下腿碴转圈裹缠。可顾此失彼，每当缠完衬布，再伸嘴去取绑带时，那已经缠好的衬布就自行脱落了。伸嘴去取放在床上的绑带，身躯就必须随着取物的距离而倚卧，而倚卧又必须由残臂去支撑，已经缠好的衬布一旦失去臂的压力，那衬布也就自行掉落下来。换一个方式，用嘴固定衬布，让胳膊去取绑带，仍然不行：没有手指的胳膊如同一根木棍，单肢独臂不能取物，而用双肢去夹抱绑带，同样会因臂短而使身子、特别是双腿失衡落地，嘴压衬布挪位造成松落。这是上肢折损者装腿走路的首道难关，其艰难程度如同他练习自食一样。这种人间罕见的艰难，远不是文字所能表达的。

没有他法，只有重新来，只能再练，由生到熟，由拙到巧！

在“重新来”了百遍千遍之后，腿与衬布似乎有了某种胶合作用，臂夹绑带和嘴压缚料能够较好地配合了。

接下去，就是在已经缠妥封好的衬布上面加缠绑带，这比缠衬布更复杂，因为一副绑带长达 6 米以上，一旦失手掉落，就得重捡、重绑。他嘴衔绑带，递给扶腿待命的双臂，臂接绑带后，附在膝下衬布之上，嘴压其头，双臂抱夹绑带，在腿上依次循环转圈。这是费时费力、返工最多、装腿序列中最棘手的部分，常常是刚缠了一圈，“嘣”掉到地上了，下床重捡重绑。首次试装，掉落竟达 100 多次。捡绑带要经过上下滚爬的煎熬，卷绑带更是个拙人学巧的大工程。卷妥的绑带，成圆状如皮球，很难夹抱，一旦蹦到地上，就完全散成一条长长的带子，必须从头到尾重新卷起来。所以，必须特别注意绑带，一旦蹦掉，就得大体估计出落地方向，以缩短寻找的时间；嘴必须随时校正绑带的位置，因为一旦卷偏了，就造成皱折，难以捆绑，难以舒展；双臂则是掌管全盘的主力，既要防跑防偏，又得压实卷紧；而双臂必须将绑带牵近于两腿之间，防止牵紧弹出，前功尽弃。

捆上绑带，算是完成了整个装腿工程中最艰巨的部分，接着是装腿套、装假腿、锁扣、放裤……装腿套是最容易的一项，全部用嘴完成：嘴扯腿套，扬高，翘起一腿碴，伸到腿套的头口部位，套住边缘，进而嘴撑、腿挣。伸进残腿后，嘴咬套边猛扯猛拉，直至蹬底、穿妥。第二肢碴照葫芦画瓢，如法炮制。

再往下，就是腚挪床边，衔过假腿，端正位置，准备装腿。这是最后一道工序。啊，全部工程就要竣工了！此时此刻，石痴心里一阵兴奋和激动，觉得有股难以抑制的热流在全身搅动，像第一次套上假腿那样，但那是别人给装的，而且第一步和最后一步都是在别人搀扶下完成的。而现在，他将用自己的心血，缔造出人物混合、死活配套的行走肢体！

他将断肢一一装进假腿的空筒里，但在操纵皮带锁扣的时候又碰到了障碍。用臂锁扣？够不到。用嘴锁扣？头低过度会翻倒。真败兴！在整个工序的最后卡了壳。绝不可前功尽弃，就是用血肉作原料也要把真假腿焊接起来！他将已经装进假腿筒里的腿重新拔出来，用牙咬住假腿带子，一一提到床上来，两假肢脚面朝上，用棉被稳定住，然后再把两半截断肢装进假腿筒，校正姿势，猛蹬猛压，约摸上端仅露双膝时，便开始锁扎固定假肢的皮带环扣。这在嘴工上又是一项尖端技术，又是一个未曾尝试过的“处女作”。

他把包在大腿上的固定皮卡反复校正扣妥后，开始用臂穿插环扣，那短而粗笨的臂碴抱夹着长长的皮带，像盲人手持丝线向针孔里穿引一般，很难穿上。把环卡立起来，皮带头一触又倒了。他发现臂穿无望后，又改用嘴穿。先将环卡竖起，再将皮带头挪至环卡跟前，用牙咬，嘴传使之互相靠近。在调到可以用舌尖舔拉时，便调转位置，让嘴处在卡带对面，舌尖从卡孔中将皮带舔拉过去。舌头毕竟不是吸铁的磁石，而皮带更不是一块铁。一切纯属侥幸——不知不觉中，臂压着了皮带，嘴舌猛吸，牙咬住了带头，竭力一拉，穿上了！

没有经验可循，不是“功到自然成”，也许只能靠上帝发慈悲吧？每一个细微动作都是按“谱”类推，成功只是像星花一闪就熄灭了。他没有放过这个星花，在尝过它的短暂甜蜜之后，他期待着星花的重现。他整天整夜都在虔诚地重复着同一个动作，终于，皮带能够应运而进，被封闭，被锁扣了！他觉着，这场“自理锻炼”，不比二五〇高地的战斗差几分！

现在，他可当真要下地走路了！两条装配好的腿，从床中间缓缓挪向床沿，悬向半空，开始着地，臂扶桌子角，眼看当门。他想好了，等稍稍适应一会儿，便走到窗前或门前，把母亲喊来，向她报喜，让她大吃一惊！

“偷别”近俩月，母亲恐怕早盼着儿子来信了。母亲，您知道吗？儿子就在您老身边，他不得不暂时与世隔绝，独囚居室，穷途觅生，现在您的儿子已经百炼成才，能装会卸假肢，而且行走自如了！

他取过两只拐杖，夹到腋下，猛一使劲立起身来，刚刚扬拐抬腿，就“哐当”摔倒在地上了……

不知过了多长时间，他从晕迷中醒来。只见一只假腿扭卧在身子底下，两拐摔出老远，另一只假腿还挂在腿上。两臂黏糊糊的，有些疼痛，头仍在眩晕。他极力回忆着摔倒时的情景：架上双拐，身躯直立，刚抬右腿，就觉得眼冒金星，还未等稳住身子就失去知觉了。

看来，不是装腿故障，这就万幸！可为啥会眼冒金星？而且发生在起身走路的时刻？原来，这三天他把全部精力都集中到装腿工程上，如痴如醉，玩命苦练，竟连每天三块瓜干也忘记吃了。是饿晕了，体力不支摔倒的。

他开始向“饭堂”——北墙根儿的瓜干处爬去。浑身一点劲也没有了，爬不动。干脆，滚过去！他躺直身子，像打场的碌碡，极艰难地朝北翻滚起来。当再也滚不动的时候，头正好触到了麦笼子上。他用嘴划拉一阵，再擦眼细看，发现瓜干没有了，只有些细碎的渣渣，无疑，这是老鼠们替他吃了。他顾不得脏，也不嫌少，趴在地上，伸出舌尖，一点一点地将那渣渣舔到嘴里。

水！水还有吗？他曾一度想少喝或不喝，保留点救命水好用在刀刃上，但现在却不能再忍受了，舌头拉不动，肚子里像火烧，已好长时间没小便了。忍耐总有极限，先喝了再说。离泥罐相距不足一尺，他急火火地爬到跟前，嘴扳罐口，咬紧罐沿一拖一压，“咔嚓!”水罐碎了！

“完了！罐子碎了，命也保不住了!”他来不及犹豫，臂扒罐碴，把仅存在罐碴洼孔里的水连吸带舔几口。

他那干枯的残躯里虽然润进了一点食水，但远没有满足需要，他连返回床上的力气也没有了，只好躺在地上，束手待毙。现在，死亡凶狠地扼住了他的脖颈，卡住了他的喉咙，但不是立即处死他，而是让看不见、摸不着的巨大黑手，摇着熊熊的火把，慢慢地烤焦他的生命……

他已被判了“卧刑”，躺在地上一动不动，偶尔睁开右眼，从上到下、从左到右地环视一番，像在求援，但没有回应。屋里的一切显得那么阴沉黑暗、高傲自大、险峻狂暴，它们是驯服者的祭品，是弱者求生的屏障，是即将把他判押到另一个世界的法官！

……

他开始发高烧，一会儿酷热，一会儿冰冷，他重新陷于汽油筒、燃烧弹、冰山火海、弹雨笼罩的厮杀中，但他不能自卫，不能反击，任凭“敌人”骄横肆虐，狂轰滥炸……

石痴藏匿自练近两个月后的一天，两辆胶轮小车推着两个陌生“异形人”来到了张家湾。这两个人，一个也是四肢全无，另一个是烧伤，左腿全失，装一条假大直腿。他们在离村不远的地方停下来，让推车人返回，他俩则向过路人打听村干部和石痴的家。他们俩，一个是休养院重残所所长刘步荣，另一个是重残方仁，今天特意赶来探望分别半年多的战友石痴。

村干部猛子向客人问明来意后，说：“石痴不在家，他差不多两个月前就返回休养院了，走后一直没给他母亲来信。”

刘步荣、方仁被弄愣了：这是怎么回事？家里无人，休养院里没影，他重残压身，难道会“逃跑”？他们详细询问了村子周围的地理环境，以及使其轻生或遇险的疑点，但回答都排除了这些可能。

刘步荣是急性子的人，他难耐这叫人跺脚的闷心事。他本不愿在石痴母亲面前暴露自己，因为他总觉得自己一直欠着这个家庭的血债——石痴的父亲就是因他而死的！他曾侥幸地想，只要石子不说出他的姓名，四婶就永远认不出他，因为他同石痴一样烧伤毁容。实难料到，今天竟碰到这种怪事——石子竟失踪了，他能不急吗！

刘步荣拄着单拐，猛子背着方仁，艰难地向四婶家走去。当他们出现在四婶面前时，四婶还以为是儿子回来了呢，但定神一看并不认识。

一见面，刘步荣便迫不及待地问："老人家，你家石痴到底怎么了？他到哪里去了？你快说说！"

四婶对这位脸烧得像儿子的陌生大汉的出现，觉得很突然，她还没从惊疑中醒悟过来，就听他劈头盖脸地追问，她的心陡然悬吊起来，怪不得一走未回音，原来俺痴子是瞎了？（注：瞎，当地方言为丢失。）

"到底瞎在哪里？你们怎么知道的？"她反问刘步荣。

"我是在问你，你怎么……"刘步荣还没说完，便被方仁打断了："大娘，您老不知道，这是俺休养院重残所的领导，我和石痴都归他管，石痴没有回院，俺是特地来看他的，大娘您想想看，他当时是怎么离开家的？"

"我说四婶子，"猛子也憋不住了，"痴子哥是咋着走的，我不知道，您总该知道，您想想他当时咋说的，说给两位领导听听，咱好去找他呀！"

四婶已泣不成声，她边哭边骂自己："都怪俺狠心，见孩子在家遭罪，他又不让人管，俺就劝他回院。后来他愿意回去，说为了赶车，他晚上走，叫我不用起来送他，院里来车接。他走的那天晚上，俺睡醒一觉，听见痴子急三火四地喊娘，说院里来人叫他。等俺赶到他屋里一看，人早就没影了，唉，俺该死啊！"

急得跺脚挠头的刘步荣听了这番述说，紧接着追问：

"那么，他是怎么'走'出去的，接他的车子和人都在哪里，你看清楚了没有？"

“没见车子，也没见人，痴儿咋走的俺也没见影儿。”

“俺的傻娘哎，他双腿都没有，能会走会飞？深更半夜来车接你也相信？”

四婶被问懵了，她那单纯的脑子里确实没画过这些圈圈。

四婶悟不出儿子的去向，也判断不出他的吉凶，只是悔恨交加地号啕大哭。刘步荣感到了事态的严重。他摘下墨镜，用手绢擦了擦眼睛，重新戴上，抽出一支“玉叶”香烟点着，吸了两口，然后问方仁：

“小方，你说石痴还能活着吗？”

“我觉着，根据俺重残的体会，石痴似乎不可能离开他住的房屋，但叫我不敢再想的是，他现在恐怕早已……”他看了四婶一眼，把下面的话止住了。

刘步荣沉痛地点了点头。蓦地指着猛子喊道：“钥匙在哪里？快去找来！”

猛子不知底细，忙问四婶，四婶则连连摇头。

刘步荣没有耐性找钥匙，他把拐“哐哧”扔掉，不容分辩地吩咐：“我扶着小方，你们快去找钎条、大锤，撬开门，看个究竟！”

刘步荣架着方仁，四婶紧跟在后头，来到东院的石痴门前。不一会儿，猛子扛来了家伙，大家心里怦怦直跳，等待即将出现在眼前难测吉凶的情景。猛子力气大，扬起大锤连砸了三锤，那铁锁和门鼻就断裂落地了。

猛子把门慢慢推开，大家扶着搀着走了进去。里面的景象把他们惊愣了：石痴在摆满插勺、碗盘碎碴、装腿衬布、绑带、假腿、拐棍中间巍然而坐，两支臂碴似举非举，似抱非抱，昂头挺胸，一动不动，全然是一座气势非凡的雕塑。

这姿势，刘步荣和方仁并不陌生，他们无数次地亲眼目睹过已经牺牲而仍保持举枪待发状的战士。而此时的石痴却是举臂待饮，欲毙求生！

刘步荣习惯地摘下烧伤后四季常戴的军帽，垂首默哀；方仁在猛子搀扶下，艰难地低下头去，不时翘臂抹去眼角溢出的泪水；猛子也在小声抽泣；四婶则认为儿子还活着，要不他为什么会坐着？她不顾一切地跑过去，把儿子揽到怀里，用手摸了摸，晃了晃，断定儿子已无体温时，才把手一松，倒在地上，嚎哭起来。

正在这时，方仁大喊一声：

“快，快找医生！快去快去呀！”听他一喊，大家都愣住了，四婶煞住了哭声，刘步荣急问：

“怎么了？你看见他怎么了？”

“他嘴角在抽动！你看，还在抽动！快，快弄点水来！”

猛子连忙跑出去找医生。

四婶端来了水。

刘步荣卧地而跪，偎住了石痴。

四婶抱起儿子的头，两手扒开嘴唇，刘步荣端着茶壶，壶嘴触着石痴的牙缝儿，水顺着牙缝滴进干裂的口腔……一壶温水喂下，石痴仍无任何反应，只是嘴角抽搐稍见快，胸部起伏渐趋明显。继续喂第二壶水。四婶与刘步荣像救护刚从激战中抢下来的危重伤员，一个紧盯其每一个微小而标志复活的蠕动，轻轻擦着他脸上的泥巴、蝇屎和鼻涕眼液的污迹；一个手端茶壶，一滴一滴润进那生命之水……

当第二壶水滴进过半的时候，石痴终于缓缓睁开了那只深陷的右眼，紧锁的牙关也张开了，但不会说话，只发出“啊，哈，啊哈”的声音……大家总算松了口气。

听到了消息的王少刚和乡亲们先后赶到。猛子去乡里请来的王医生，一进门就大声责备：“嗨，把病号放在当门里，健全人也会遭殃。”

这时，四婶才如梦初醒地将儿子抱起来，在大伙儿帮助下放到他的床上。王医生边检查，边抢救，边询问。最后，给石痴输液打针时，才发现他所有的血管都扁得找不到，无法进针，只好改为小针注射。在心率和呼吸渐趋正常时，王医生才仔细地打量他：他全身总重也就是四五十斤！

刘步荣忧心忡忡地说：“马上送医院抢救吧！”

王医生说：“他全身除残疾外，没有其他病，要不然甭说近两个月，

20 天就完了，他最缺的是食水营养！他也许早在 10 天前就断食了！”

“可他老不会说话，总不能光这样等着吧？”刘步荣依然心存忧虑。

还未等王医生回答，石痴突然说话了：“我会……我能……叫我咋说……都行，刚才是……舌头不行，我好久不说话了，你们……都听见了吗？”

“听见了！听见了！”大家纷纷答应着。

这个本来就具有传奇色彩的乡间新闻，随着石痴的被发现、复活、说话，变得越发奇异。这间差一点成为埋葬石痴的“囚室”，又一次变成了山里人瞩目的中心。人们不顾屋里令人作呕的异味，纷纷挤进去争看石痴“辞阴还阳”的尊容。

石痴神志已恢复，他老想爬起来，感谢大家的盛情，尤其使他感动的是，刘步荣和方仁也在关键时刻出现在这里。

张大妈挎着鸡蛋，张井大爷抱着老母鸡，张明喜、猛子等人提着饼干和山果野味，争相问候，争相喂饭，但石痴仍然坚持谁喂也不吃，只让刘步荣喂上了三个鸡蛋就说吃饱了。

王医生觉得这么多人挤在屋里，不利于病人安静休息，便建议老村长招呼大家离开。老村长按一贯的做法，指令猛子把众人劝走了。

屋里只剩下刘步荣、老村长、王医生、方仁和石痴。四个人中真正理解石痴闯出罕见之祸的只有方仁。他与刘步荣前来探视患难挚友，恰巧碰上此事，实为不幸中的万幸。其他人则是惊愕、可怜，同时也纳闷断食缺水近两个月怎么还能活着？老村长说：“我是这村的负责人，对石痴的不幸遭遇，我有不可推卸的责任，可连他娘都认为是回了休养院，又怎么会自己在这里躲了这么久呢？如果是不愿让他娘伺候，那也应该让我知道，另想办法呀。”

石痴虽然获得了空前丰盛的食水，可一餐难补两月，他的残躯极其虚弱，精神恍惚异常。听了老村长这一连串的话，他没说什么，也不想说什么。方仁知道石痴不能回答也不愿回答的心理，就像代表他似的说：

“村长说得对，可那是正常人的生活规律。”

“当时是谁把他锁到屋里的？谁那么大胆，把人锁在里头反倒一声不吭？”老村长没领会方仁的话，继续追究事情的原委。

刘步荣本来就很窝火，把一个重残人搞得人不人，鬼不鬼，一村之长还在追问别人的责任。他一手扶左腿，“腾”地站起来。

“你当的什么村长，啊？我这残废兵是在你管辖的一亩三分地里出的灾祸，你还装腔作势。告诉你，不论谁锁的门也有你的责任……”刘步荣本想继续“轰”下去，被方仁打断了：

“俺所长是个‘炸弹’脾气，村长别见怪，五分钟就好。依我看，既不能怪罪村长，更不能怪罪锁门的，没有主家的同意谁敢锁门？这不是秃子头上的虱子——明摆着嘛！叫我说，惹祸的只能是石痴本人！我虽然不是他的同谋，可是知晓他人生秘密的半边权威！”

听了方仁的话，石痴没说什么，只是两腮与嘴角的神经抽搐了几下。知底细的都知道，他在受伤毁容后，已经没有什么音容笑貌可言，而任何喜怒哀乐都会促使这种神经抽搐的加剧。只是不知道这当儿的抽搐到底是高兴还是不高兴。

“就你小子会打岔，老子是‘炸弹’还是‘地雷’关你啥事，不用你装好人！”刘步荣没好气地顶了一句。

尽管有方仁“捎带”性的赔礼介绍，老村长被“轰”后仍感委屈，特别是“装腔作势”这个词，实在难忍。他刚想辩解一下，王医生说话了：

“现在，病人的精神状态已接近正常，可以有节制地活动、说话了。”他从药箱里取出一叠处方笺，放在膝上，拿出水笔，像一位现场采访的新闻记者，郑重地说：“干啥的说啥，卖啥的吆喝啥，我是医生，自然对生理学感兴趣。石同志全残自禁近两个月，在无食断水的环境下竟能活了下来，这到底是什么原因？实在叫人不可思议。石同志，你能简要地告诉我吗？”

石痴的虚弱是可想而知的，他无力活动，也懒得说话，但他毕竟是经人家抢救而活的，况且语言封闭近两个月，他也很想诉诉衷肠。听到王医生的问话，他坦率、缓慢地说：

“其实，没啥奥妙……无非是……‘上帝’的宽恕。”

“我是说，”王医生没听懂他的话，继续道，“这么长时间，你吃什么，喝什么？正常的忍饥耐力绝不会超过10天，可你待了近两个月！”

“最初一个月，能吃个半饱，因为那个麦秸笼子里有半笼子地瓜干，还有半瓦罐水，我省着用……”

王医生感慨不已。他察看了比筛子还小的麦秸笼子，即使盛满笼子，也不会超过20斤瓜干。他像在荒僻的无人之境突然发现了稀世异族，急于想揭开那层面纱：

“听说你的生活费不算少，为什么还要独居禁室，自找罪受？难道你没体察到人们，包括你的亲属都在帮助你，让你过得舒畅些吗？你这样不近情理地躲起来又是为什么？”

没有回答。石痴的右眼时而勉强睁开，时而又慢慢地闭上，两腮的神经交相抽搐。这种“表情”似乎在说：别再问为什么了，你不懂！

刘步荣深怀同情地道：“我早就劝过你，也警告过你，像他这样只有一截残躯的人，一旦离开别人的护理就等于判死刑，可他不听劝告，非走钢丝不可，咳！叫我说啥好呢！”

“你们呀，不知重残人的滋味。”方仁说话了，“让你的母亲、妻儿或者任何健全的人，给你喂10天的饭，背着你往返厕所，解腰擦腚，帮你瞎摸，当拐杖……你心里会是什么滋味？是很幸福还是很痛苦？”

方仁稍停顿了一会儿，紧接着说：“石痴与世隔绝，自居禁室，绝不是心血来潮，出风头！重残人渴望求生自强，宁要一天的自理，不要永恒的护理！”

“真了不起。”老村长突然佩服似地说，“我现在才明白痴子的动机，你们真不愧是人生的楷模哟！”

王医生惊叹不已：“方同志的解释有道理，你们残情相似，感受相同。我再冒昧地问一句，饮食自理这么难，那排泄呢？怎么自理？”

两人均陷于沉默，方仁有点难为情地垂下头去，王医生也觉得有些尴尬：“对不起，对不起，我怎么能随意乱问呢！”

“不必在意。”方仁抬起头来，面带愁色地解释，“其实，吃喝便解，是任何动物都不可缺的行为，谁也不能回避。只是在异常人身上，就变成一种难言的‘绝密’！俺俩已经盟誓绝不泄露这个‘绝密’。对不起，王医生。”

“王医生啊，不容易哟，我们的战士在战场上英勇杀敌是英雄，在寻求生活自理这个新战场上，同样不是孬种！”刘步荣动情地说。

“好了，同志们。”王医生低头掏出手帕，擦去流到两腮的泪水，“今天我看到的是你们这些实实在在的英雄，实实在在的人，你们面对丧失了基本生存条件的严酷现实，用残缺的身体顽强地求生，实在令人感动……”

石痴听着他们的对话，心情很激动。王医生见他一次次地翘头，知道他想坐起来，便把棉被叠高，垫到他头上，使他处于半卧状态。接着，又将输液用的葡萄糖倒在碗里，让他喝下去。

这时，猛子匆匆进屋，说午饭已准备好，叫老村长招呼刘步荣、王医生等人一起去四婶那边吃饭，王医生说啥也不去，称他此行的收获比一顿饭超出百倍，但看见石痴脸上一阵抽搐，众人又执意相劝，只好一同去吃饭。

午饭后，他们再次商量石痴的康复措施。刘步荣依然坚持送医院，王医生还是主张就地疗养，而老村长则力求送回原单位，方仁则分析道：

“石痴他哪里也不能去，我了解他的执拗脾气。既然王医生肯定他能很快恢复，在家里休养不是更方便吗？再说，咱们可以借此机会，在这里住一段时间，既能亲眼看到他的康复，又可以顺便交流交流俺俩自理生活的经验……”

还没等方仁说完，石痴就接过话来：“好！好！”他挣扎着坐了起来，王医生赶忙把他按到枕上，说：

“不能这样，听我的，三天以后才能起床，我每天都来一趟，你没有其他病，你很幸运。有两位患难战友陪着你，你们好好聊聊吧，我先回去，明天再来。”

王医生走后，刘步荣一直没有说话。当他刚一进屋看见石痴那枯竭的残体时，他断定他死成定局，顿觉心都碎了。更使他不可思议的是，在家乡的土地上竟会发生如此骇人听闻的事。他本想一走了之，以示义愤，但见石痴渐趋好转，而王医生又大包大揽，才勉强同意了方仁暂时住一段的建议。这会儿，见石痴又是坐起插话，又是侧身行礼，刘步荣的心又“呼”地热了起来，石子，真不愧是钢铁战士啊！

他欣然从凳子上立起身来，没拿拐棍，三步两步闯到床头，挨坐到石痴跟前，攥住石痴枯瘦如柴的短臂，话中有话地对村长说：

“死了的人又活过来了，这也有村领导的一份功劳哟！哎，村长，你能帮他找个对象吗?”

老村长知道这位“红脸官人”对他不满，但又慑于石痴事故的严重性，不敢当场顶撞，把事情弄僵，只得故作镇静，含辣吐香地道：

“是啊，咱们痴子能有今天，全靠刘所长及时发现。对痴子俺确实关心不够，可他连自己亲娘的照顾都不要，俺们也是有口难言，有劲使不上。至于物色对象，我可以尽力而为，他曾有过未婚妻，虽没正式结婚，可也不算‘坐家女’了，试试吧。”

刘步荣一听到“未婚妻”这个词，精神为之大振。他十分清楚，这些无畏的战士，在火线上，武器是他们的第二条生命，失去武器就失去了一切；现在，丧失了自理能力，对象就是他们的第二生命。他一改对老村长的不满意，惊喜地说：

“真有此事？那太好啦，这‘红娘’非你莫属。依我看，这事只要村长出面撮合，准能成!”

“决不辜负所长的鼓励，我会尽力而为，不过成不成我可拿不准。”

这时候谈论婚姻之事，好像与气氛不协调，石痴与方仁一直沉默不语。他俩虽在一起无话不拉，但从不谈及婚姻的事。刘步荣和王少刚说了半天婚事，想看看石痴的态度如何，可石痴他除了腮、嘴间的痉挛抽搐外，没有其他表现。

刘步荣把刚刚点着的香烟“啪”地摔在了地上，这是他“炮筒子”开始击发的信号，他不能容忍下属在重大问题上冷落他。老村长见状，以安排食宿为由，悄悄离开了。方仁则胸有成竹，他见石痴长时间没话，身体又极度虚弱，猜想他对婚事的提及一定十分反感。为避免冲突升级，便一会儿努嘴，一会儿使眼色，弄得刘步荣像进了迷魂阵。方仁趴在刘步荣耳朵上叽叽咕咕了一阵儿，刘步荣才幡然醒悟。于是，便按方仁的提醒挤到石痴跟前，大声说：

“石子，快睁开眼，今天啥也不谈了，让大叔专门报告你几个好消息！”石痴没睁眼，但身子稍稍动了一下。刘步荣继续说：“第一，咱们重残所五个截去四肢的，其中有两个——方仁和大王已基本掌握了自己吃饭的要领。”

刘步荣再看时，发现石痴早已睁开了眼睛，全神贯注地听着他的话。

只有患难，方能知难，只有有感受，才能有感情。对战友的进步，石痴哪能不庆幸、感奋?!

“第二，”刘步荣继续兴奋地宣布他带来的好消息，“我已正式呈请上级批准，年内调来沂北县工作，到时候咱们又在一条战壕里作战，在一个锅里摸勺子，在一个槽子里吃食了，你高兴不高兴啊，我的石子同志?”

“那还用说，如果能办到的话，到时我会亲自去迎接你。”石痴终于说话了。这是他的肺腑之言，不论在硝烟弥漫的战场，还是在重伤致残的患难岁月中，他们都是同甘共苦、相顾相怜的战友，而刘步荣来沂北的动机，也是显而易见的。

刘步荣继续说：“第三，根据你本人历来的要求和愿望，休养院已经批准你在家长期休养，但是，这个方案是在你没出现这次事故以前批准的，如果不妥，我会重新建议另作决定。”

石痴已经艰难地坐了起来，他因过度兴奋而显得紧张，他为刘步荣对自己想得这样周到而深深地感动着：“大叔，这太好啦！这些好消息对我们重残人简直是事关命运的大事。长期在家休养是我的终生愿望。我不适应城市生活，还是在农村好。遇到麻烦，就是死了也算不了什么，如同流血牺牲一样，现在有，将来还会有，没有痛苦和波折，就没有生活，也没有生命。”

刘步荣曾一度对他的这个残废兵很悲观，现在再次听到他的这番话，自然很是欣慰。于是，又拐弯抹角地扯到了婚姻上。

“你说像咱们这种人不适于城市生活，这很对。双料残疾注定不能‘贪好求洋’。比方说求婚吧，必须把农村作为咱们找对象的‘主攻阵地’，还要最大限度地降低条件，不能以功求婚，以资求爱。年轻漂亮的不行，残疾丑陋的也可以；学生能人不行，文盲憨厚的可以。总之吧，只要人家有意，咱们无权挑剔，能帮咱烧壶水、喂口饭就很了不起，小方，你说呢？”

方仁和石痴一样，在重残人的人生纲领中，还没有写上女性的条款，但既然所长提问，也不得不附和几句：

“凡是你说的，我都同意，就是条件降不得，因为咱们没做错事坏事，伤体毁容是为了守国门，保江山。叫我说，宁可不找对象，也不能降低条件！”

石痴也点头同意方仁的见解。刘步荣同方仁各抒己见，相持不下，争得面红耳赤。正在此时，大妈两手端着耳锅，悄悄进来了。刘步荣连忙站起接锅，大妈已稳稳地将耳锅放到桌子上。她用褂袖抹了一把汗，说道：

“痴儿身子虚得吓人，俺给他煮了个鸡，保养保养好得快，你们都得吃点，山里人喂的鸡，黑爪的，比洋鸡香。”边说边随手撕下一只腿，硬让石痴当面吃上。石痴扬起臂碴挡住大妈的手，说等啥时饿了一定吃上就是。大妈有些扫兴，只好将鸡腿放回耳锅里，随后坐到床沿上，不由自主地长叹了一声。

刘步荣看到老人的一举一动，不禁浮想联翩：当年转战沂蒙，浴血奋战，赢得了胜利，这绝不仅仅只是依仗沂蒙群峰的天然屏障，更重要的是依靠沂蒙山人的伟大献身精神，眼前的大妈就是这种伟大精神的缩影。他不忍心让老人处于这般窘境，便诚挚地劝道：

“老人家，您千万别为难，石子长期没进食，不能一时吃得过饱，您老的心意，您煮的鸡，我一定叫他都吃到肚子里。”

“嗯，还是首长说得顺耳朵，你只要保准叫他吃下去，俺就放心了。”她稍微停顿了一会儿，又问道：“刚才进来时，听你俩争竞什么以功求婚、降低条件是啥意思？俺人老心野，好探听事儿，不碍事，不保密吧？”

方仁与刘步荣不由互相对视了一下，觉得这位老人真有意思。刘步荣毫不保留地将两人争论的问题如实托出。其实，大妈在门外把大体意思都听到了，只是对一些咬文嚼字的话听不懂，经刘步荣一解释，她弄明白了。

刘步荣和方仁要大妈评评理，看谁的正确。

大妈略皱眉头，想了一会儿说：“依俺看，两个看法都对，刘所长的意思是说别太讲孬好，剜到筐里就是菜。残废无情，困难中帮一口强似富有帮一斗，只要有个人烧壶水，喂口饭，煎汤熬药，就能稳住穷心不跳，保住身子不受委屈，这是挖干的，玩现的，没有法子的法子，不行也得行。”

“方同志说得也有道理，人活着谁也不愿当残废，可您几个的身子是为国家葬害的，要是连个对象也找不上，今后谁还去为国效忠？”

“可话又说回来，这光荣、觉悟、感情什么的，一下子聚到一个闺女家身上，她暂时不通你就得等待。依俺看，好的找不上，孬的先不找。像当年抬担架支前那样，先发动群众，轮着照顾痴儿，待条件成熟了再说也不晚。”

还没等大妈说完，刘步荣和方仁就“嘿嘿”地笑个不停。刘步荣说：“老人家，您分析得很有道理，真不愧是老根据地的革命母亲。不过，您说要发动群众轮流值班，那可使不得。俺是休养院的人，生活没问题。俺是想重残荣军的婚姻大事，至今还没有一个解决的，将来也许会逐步得到解决。您放心，组织上比咱想得还周到。”

“等到将来实现了共产主义，这件事就不成问题了。可到那时候，咱早就去马克思那里领取‘黄泉’勋章了。问题是，眼下人家谁能看中咱这号没爪的丑八怪呀！”方仁故意要了个怪样。

“你小子就是吐不出句吉利话儿，三分钟不讲怪话嘴巴子就痒痒，什么‘黄泉’、‘丑八怪’，咱们作出点牺牲，受点委屈，为的是让大家和后人过安生日子，咱们看不到共产主义，还有子孙后代嘛!”

大妈宽慰道：“闺女们也不是铁板一块，她不通咱可以动员教育嘛。巧兰和石痴虽说没正式完婚，可有话在先，等我和王少刚商量商量。就是他们爷俩同巧兰来往密切，不知底细，待我了解了解再说吧。”

刘步荣对大妈十分敬重，他像勉励别人又像自勉地说：“咱们不能过分自卑，要冷静、沉着，稳住阵脚，有大妈这样的革命母亲给咱当参谋，咱们一定能突破这座人生路上的‘桥头堡’。”

石痴对婚事仍然不以为然，他的思绪久久地沉浸在那几个好消息上。他知道，方仁与大王的四肢都较长，抱碗取物要比他利索得多，假腿走路也极少脱落。他跃跃欲试想再练练，但因身子虚弱而无法如愿。当刘步荣再次询问他对婚姻大事的看法时，他为不让这位长辈失望，只好淡淡地点了点头。

第七章　没有硝烟的战斗

像爆破碉堡那样，拿出百倍的勇气，强攻硬拼，不怕丢人，不怕失败，不怕牺牲，以最大的代价攻下这座求生路上的顽堡！

石痴恢复得很快，一个星期后，不仅吃喝正常，还让方仁把所学到的自理本领都教给他。在刘步荣的勉励下，他俩开始了顽强、艰难的自理磨炼。前面讲过，自理的关键是装假腿，因为只要能装上假腿，即使不能走动也可以站起来，而只要能站起来，就可以够到平常够不到的东西；就可以立在地上，坐在桌旁，即使别人喂饭，自己趴下身子吞食，动作也能灵活不少。

于是，先从难处着眼，两人动臂，一人动手，开始给石痴装腿。捆的捆，扎的扎，扣的扣，不多时两只假腿就安装好了。刘步荣双手搀扶，方仁在一旁观察校正，活像刚入伍的新兵在操练步伐。只在屋里走了一个来回，石痴就大汗淋漓，一条假腿脱出，两人一齐摔倒在地上了。刘步荣毕竟有手，他一个滚身爬起来，单臂将石痴拖起，将自己的拐棍伸到石痴的腋下，两人“三合一”，好歹挪到床前坐下，再将石痴脱出的假腿重新装上。

“操练得法，动作正常，出腿不凡。摔了个‘咣当’。”方仁风趣地评论着。他看得明白，刚装上假腿就脱出摔倒，完全是由于膝部打弯造成的，他怕影响石痴的情绪，就没详细评论。

石痴休息片刻，又扶拐站起，要求继续练下去。刘步荣也装了一条假腿，他担心扶架不好再摔倒，就再三劝他明天再练，但劝不服，石痴还是要自己走走试试，刘步荣只得再搀扶他练。两人刚到门口，就见四婶面带笑容匆匆走来。

四婶看到儿子竟能站起来，还会挪步了，这比她看到石痴小时候刚学会挪步时还兴奋。她走近床前一把扶着儿子的肩膀，感慨万分地说：“可盼到出头之日了，想不到俺痴儿还会有今天，这都幸亏您这些同志哟！”说罢，“扑通”跪到当门里，“咯噔咯噔”磕起头来。

前面说到，刘步荣不愿暴露身份，可从来到石家，他就依然觉得像15年前一样，一种无法形容的亲情，在溶化着他的欠债情理，他曾几次想说明身份，但又觉得时机尚不成熟。今天看到四婶跪在地上向他感恩谢情，他再也无法控制感情激流的喷涌，扔掉手中的拐棍，也“扑通”跪下了：

“老嫂子，您别给俺谢情，我还欠着您的人命债哪，您好好看看我是谁?”

“你……你不是……痴子的首长吗?”

“娘!”石痴大声叫道，“您听着，他就是刘步荣、刘大叔，也就是当年在咱家住的那个侦察员!”

“刘步荣——老刘——侦察员?”四婶喃喃自语地重复着这些陌生而又熟悉、遥远而又亲近的称呼，缓缓站起来，擦了一把昏花的眼睛，举目重新打量着。

刘步荣又说话了：“老嫂子，您打我一顿吧！您狠狠地打我一顿，骂我一场，我才好受些，我害苦了您全家，当时错断了敌情，没想到鬼子提前出动，造成石大哥被惨杀，小石子被砍伤，你全家妻离子散，让您苦熬了15年……我欠您的债，拿什么还呀……”

刘步荣声声哭喊，勾起了四婶对往事的回忆，两人一块哭了起来，方仁、石痴劝也无效。四婶虽说没文化，见识短，但仍不失为革命母亲。她哭了一会儿，就擦去眼泪，双手去拉刘步荣，见他不起，就开导说：

“他刘大叔，快别难受了，日本鬼子是咱大家伙儿的冤家对头，他光害俺家就不害别家啦？你说俺家是你害的，那你身上脸上的伤残又是谁害的？叫俺说，咱要恨，就恨鬼子，俺咋能怪你呐！快起来吧，要不嫂子也跪下陪你!”

四婶这般通情达理，刘步荣感动得难以自抑，缓缓爬了起来。

“老嫂子啊，你能宽宏大量，原谅俺老刘，我今生最大的一笔‘债’也算交下账了!”

在惨遭劫难的岁月里，四婶确曾多次想过：打从同这个姓刘的侦察员结上联系，就一直没摊上点吉利事儿，好端端的家庭被折腾得死的死，走的走，残的残。可当她看到这位当年顶天立地的英雄，同样身负重残，同样与自己的儿子那样烧伤毁容，不可辨认时，她的心软了，无限的悲伤怜悯，远远超出了怨恨。并且，她心里清楚——就像刚才对刘步荣讲的那样：这仇应记在共同的敌人日本鬼子头上。

第七章　没有硝烟的战斗

刘步荣向四婶介绍了方仁同石痴同室磨炼自理，共同交流各自经验的打算。令四婶深感宽慰的是，儿子并不孤独，还有像方仁这样的重残做伴。但她对他们的作为没有信心。她伸手抚摩着方仁那稍长些的断臂深情地说：

“多么壮实的小伙子啊，被炮弹打成这样，要不他啥活不会干哪，唉，可怜哟!”

“大娘。”方仁满不在乎地说，“俺过去是英雄，可现在这‘鹰’(英)都飞走了，光剩下个‘熊’字了。不加高温难成才呀，俺要把‘熊’字重新投到熔炉里，来它个再冶炼，再铸造，把飞走的‘鹰’翅膀再找回来，让‘英’与‘雄’再焊接起来，重新做个真正的英雄!”

四婶听不懂这些形容词，她只懂得，儿子的人生太苦涩了。她不忍心看见他那“孤桩”身形，更不忍看到他用嘴当手的样子。她仍希望儿子早日回到休养院去。于是她淡然应酬着。

“嗯，反正你们都同意，那就再留下待些日子吧。”

于是，他们三人同住一室，刘步荣单人一铺，方仁则与石痴同床便于同练。每天两餐，由大妈或四婶做好后送来。

吃法依然如故：固体食物——窝头或煎饼，方仁用双臂抱着吃，石痴用嘴啃，若是流质食物，则由刘步荣协助他们吃。

一天中午，大妈和四婶特地擀了面条，让他仨犒劳犒劳。她俩连锅一块端到屋里，目的是想亲自喂他们，但刘步荣却谢绝说：“您两位的心意俺领了，可俺这些重残兵怪着呢，像大闺女一样，生活怕人帮，吃饭怕人看，请不必担心，有我在场，保证没问题。”

大妈说：“我不是外人，我是烈士的娘，喂你们一口饭还不应该?”她将面条抄到碗里，举到方仁跟前，夹起面条，用嘴吹了吹，触到方仁嘴上，但方仁就是不张口，老是一个劲地摇头。刘步荣见大妈急得流泪的样子，便高声喊：

“你给我咽下这一口！不吃也得吃，每人都吃一口!”

方仁无奈，只好羞答答地张开嘴，“哧溜”了半天才把一口面条咽下去。大妈又端到石痴跟前，石痴照样羞答答地张开嘴接食，因其嘴上有伤，“哧溜”的时间更长，面条吸到嘴里，里边嚼外边掉，大妈就一点一根地重夹起来，重新塞进嘴里。石痴只吃了这一口，就再也不吃了。四婶对大妈说：

“你的面子不小啊，俺喂他都不吃，你的心到了，让他们自己吃，咱走吧！”

大妈放下碗筷，脸上含着满足的微笑，俩人搀手离去。

刘步荣见“外人”都走了，就兴致勃勃地说：“好啦，不用弄那别扭熊样了，现在只剩下咱这些破烂货了，谁也甭怕丢怕羞了，咱就是用假腿的脚丫子夹着吃，也没有人见笑了。”他拖着假腿，手拿碗筷，把锅里的面条分别盛到三个碗里，一一端到桌上，排成一行，然后抬头看了看他俩。

“同志们！”这是刘步荣的老习惯，两个人以上，张嘴就是“同志们”。“现在饭已安排就绪，怎样吃法来？这顿饭很特殊，方仁也不能自己吃，咱就不搞‘实弹演习’了，干脆来个一人喂俩人吃，最后再喂我自己。要大胆泼辣，一气吃饭！”

“我说所长同志，你捣鼓那些整齐划一干吗，咱不能巧吃、雅吃，还不会笨吃、拙吃吗？我看干脆把面条倒在桌面上，来他个‘露天开采’，趴在桌子上‘滴流出啦’一阵子，不就喝饱了嘛。”方仁一本正经地建议。

“你小子就是好多嘴打岔，你难道要桌子当碗喝一辈子？少废话，听我的指挥，现在开始吃饭，张嘴！”

见刘步荣不容分辩，两人便像一对羽毛精光的雏鸟儿，乖乖地张嘴待食。刘步荣虽手指俱全，但因烧伤造成粘连，端碗、夹筷都很吃力。他抄一筷放进这个嘴里，再抄一筷放进那个嘴里，这个早咽到肚里去了，那一筷还没夹起来。两人只得焦急地、眼睁睁地瞅着碗里的筷子，咽着唾沫期待下一口面条的到来。这情景，无不令人动容！这是一种空前浓烈的、在战火中冶炼出来的战友之情，是一种不是“血统”、超出血统的兄弟之情！共同的目标，共同的理想，共同的战斗境遇和共同的患难感受，把他们紧紧连在了一起！

第七章　没有硝烟的战斗

刘步荣忙乱地喂着两张嘴，累得满头大汗。两碗面条足足喂了一个多小时还没吃完，俩人怕把所长累坏了，便同时叫停，说吃得太饱了，撑坏了，刘步荣这才捧起剩余的冷面条，喝了。这些异常人的生活就是这样，不论在医院，还是休养院，只要护理人员不在场，他们就以轻帮重，以强帮弱，有手的帮无手的，有眼的帮无眼的，像一个此伤彼痛、此失彼忧的同体血缘之族。刘步荣便是这群体中的典范。

他同特级战斗英雄何万祥是同乡，又是同一天入伍，同营战斗生活了多年。他有着同何万祥一样爱憎分明的军人气质，他不但是战场上的英雄好汉，而且还是蜚声全团的爱兵模范。每当战斗严峻险恶的时刻，他往往大发碑气："妈那巴子，奶球的，谁延误了战机，我就不轻饶他!"然而谁都清楚，越是关键时刻，他越是冷静沉着，从不轻易让战士拼命，作无谓牺牲。而每当战斗结束，同志们对指挥有方的连长报以钦佩之情时，他总是那句说过千百遍的老话："嗨，把你骂了一顿，别见怪哟，百多条人命可不是闹着玩的。"

现在环境大变，驰骋疆场的军人生涯结束了，他所率领的不再是一支生龙活虎、所向披靡的英武群体，而是一支伤残之躯组成的卧床队伍。巨大的变化，使他一时还不适应指挥这支队伍。

短兵相接、刀光剑影变成了卧床待护，这是一场没有炮火硝烟的、终生都将为之搏击的求生鏖战!

这些特殊"兵种"，凭着他们久经考验的耐力，可以吞服任何难咽的苦果，但冷酷的极限之网却将他们牢牢地捆缚在方寸之境，毫无用武之地。刘步荣也有伤有残，他深知部下的每一项特殊需要。他本人已年近半百，早已无成婚之念，但重残人最急需、最迫切的莫过于强化自理，创造条件，找上对象，以利终身。刘步荣几乎天天祈盼着这场新型爱情之树能早日萌芽结果。

刘步荣知道，沂蒙山人是最富革命觉悟的，当年他也曾被这里的"识字班"们爱过，追求过。石痴返回沂蒙山老家，对找对象、建立家庭无疑是有利的……

喂完面条，刘步荣放下拐棍，不声不响地把石痴原来用的和方仁带

来的自理工具，一一摆到桌上，摆放在他们臂、嘴够得着的地方。

“同志们。”他挺胸肃立，像在连队前讲话那样，“你们的自理锻炼将一步比一步艰苦，任务一天比一天繁重。从今天起，我再也不给你们喂饭了，也不准别人给你们喂饭，你们要自己创造生存的条件。靠别人的施舍永远也不会成功，换句话说，夺取求生自理的胜利，最终还是要靠患难者自己！你们要像爆破碉堡那样，拿出百倍的勇气，强攻硬磨，不怕丢人，不怕失败，互相交流，协同共勉，豁出最大的代价攻下这座求生路上的顽堡！我也不再帮助、监督你们了，我还要尽早回院料理公务。”

每次都是刘步荣出去之后，两个人的练功才正式开始。练功道具除了石痴原来的那些外，还新添了方仁带来的适于臂捧的高径筒盘、利于喝水的小茶壶和一把长柄饭勺。他们按“工序”排列：装腿——到位——自选练习用具。方仁自知本领不行，真切地提议：

“俺掌握自理的‘技术’是吹出来的，根本靠不住。我看，咱还是共同练，我帮你装，你也帮我装，既可发现长处，又可避免短处，你看怎么样？”

“嗯。”石痴同意道，“所长真心实意地关心咱们，他回避是对的，对我来说，几乎谈不到互助，只是死磨硬撑，你的双臂稍长一些，练练肯定比我强。”

“别客气，咱们都是一个‘炮弹老师’逼出来的，不会有什么惊人的出息。言归正传，现在开始，我先装。”方仁把衬布、绑带、腿套一一摆在床边，接着，捆衬布，缠绑带，装腿套，装腿，锁扣……动作比石痴利索，也快点，只是在捆绑过程中，同样出现掉落、散乱、重绑、重装现象。

石痴开始组装，他仍按自己苦苦硬磨的顺序，用臂，更多的是用嘴，或嘴臂结合，反复多次才勉强装上。

方仁看完石痴的装腿过程，不禁暗自长叹：这样装法，每天装三次，就连吃饭的时间也全部占用了！但他没有说出来，因为他知道没有别的代替方法，失肢者的潜能宝库只有从嘴巴上开掘！

两人相搀相依，挪到桌前，分别坐到离桌子一拃左右的地方，方仁依靠臂的优势，将刘步荣排列好的餐具重新按他们的需要，一一推置于嘴、臂够得着的位置上，然后以自己“略高一筹”的口气说：

“我先开始，你仔细观摩，要是有‘新鲜动作’出现，你千万别放过，咱可不是做游戏，啊！”他稳稳地抱起勺子，铲上饭菜，谨慎小心地抽出碗沿，缓慢地往回抽运。未等运到嘴边，因胳膊上举高度不够，勺子失衡一歪，连饭加勺一齐翻倒在桌子底下了。

“不要烦。”方仁自己叨念着，“不要悲观失望，在困难的时候，要看到光明……要学会……吃……”不等说完，“咕咚”从座凳上跳了下去，钻进桌子底将勺咬起来，再臂扳桌腿，返回座凳上，继续“教练”下去。他使尽全部解数，“教”了几个项目，成功率极差，不是丢了勺子，就是倒了饭碗或根本不到位。他气愤地把勺子“当”地摔到桌子上，继而抱起一个萝卜咸菜——这是他最拿手的：双臂紧抱，用力举到嘴上，“吭哧”一口啃了个大豁子。接着一鼓作气，一个三两多重的咸菜疙瘩被吞下去了。

“我说老弟，你一次啃个咸菜疙瘩能抗得住吗？要是葬成痨病咱可担不起哟！”

“怕啥，咱现在一无老婆疼爱，二无儿女牵挂、死何惧之？想当年在朝鲜时，我搞了个美军罐头，用刺刀挑开一看，里面稀糊糊、红彤彤的，原来是西红柿！掀开铁皮，狠狠地喝了一口，我的妈呀，又酸又涩，那罐头上的铁片子还把嘴唇刮去了一块肉，鲜血与洋柿子混到一起，真是又酸又痛！啃咸菜疙瘩算啥，它孬好是国产货！”

“你又扯远了，那是好汉时代的‘家常便饭’，咱们还是老实、规矩些，苦学吃喝技术吧，挨熊是小事，生存是大事，继续干，总得交出个满意的答卷吧！”石痴渴望得到点意想不到的收获，催方仁快点练。

“好，我再来，我就不信这个邪，世界‘王牌军’咱都和它干过，不信一碗饭就吃不到肚皮里去，真活见鬼！”

方仁双臂狠抱勺把，猛劲捅到碗里，连搅带拱，铲满勺子，为防止再次翻倒磕掉，就干脆来了个快抽猛传，结果勺子刚抽出碗沿，就因抽臂过猛而翻到桌子上了。此时，他像一头饿猪，两臂一抽，脸贴桌子，嘴触桌面，“哧溜哧溜”地用舌头舔了起来，把石痴逗得哈哈大笑：“你这不叫用碗吃饭，是以桌代碗，以桌当盘嘛！”

“我吃得不规范，你来呀，领教领教老兄的高招，将来要出席个名流盛宴，也显得雅观些。”方仁反将起军来。

“我来就我来，快三十岁的人了，还得让人喂饭，真他娘的抬不起头来。”石痴先抱勺子，后铲饭，勺子抱得虽紧，但伸不到位，未到碗边就“当啷”掉了。他没再重捡、重铲，而是舒腰拉胯，像要增长手臂似地伸出臂碴，把碗夹起来，缓缓送到嘴上，刚要伸头张嘴，“啪！”那碗落到地上摔碎了。

“好一个‘用碗’吃饭的名师！”方仁嘲笑道，“我拿桌子当盘舔，你比我还先进，拿‘当门’当碗用。”

二人反复演练失败，加上石痴将碗打了个粉碎，两人情绪大伤，对视无语，备感求生的路途是多么遥远和艰难。

沉默良久，还是方仁打破了僵局，“依我看，咱不搞这笨驴做法了。我们这种人，打从倒下去的那一天起，就基本失去了礼仪和尊容，绝没必要搞排场、讲美观、论姿势，不管是站着、坐着、躺着，还是倒着吃，也不论是用碗、用锅、用瓢、用桌子，更甭管用臂抱、用脚夹、用头拱，还是用舌舔，只要把饭装到肚子里不就行了吗？”

“对，小方讲得有道理。”刘步荣一边往屋里走，一边说，“咱们当年都是肢貌健全的军人，可现在失去了以往的条件，在这种情况下再强求原来的样子，那不是幻想吗？”刘步荣的话，包含了对同伴和下级的深刻同情。

“我也这么想。”石痴说，“苦学一点自理功夫，并不是为了追求雅观，它可以避免别人代劳，磨炼自己的意志……”

刘步荣见他俩情绪又高昂起来，便询问磨炼进展情况如何。方仁毫不隐讳，开门见山地说：“今天一无所获，大败，特败，一败涂地！”

“你俩作个示范我看看。”刘步荣说。

两人相互推让，谁也不愿露丑，刘步荣只得点名石痴先来。石痴无奈，伸出双臂，连抱了多次未将勺子抱到“手”里。随即靠扶方仁肩膀，倚桌而站，俯身再抱，终于将勺把紧紧夹住。然后将勺头伸进碗里，似搅非搅，那碗悄悄转动了一下，勺子“当啷”掉到桌上。随着这一声响，石痴的身体轻微晃动一下，接着一下子摔倒在地上了。

刘步荣、方仁急忙连摇带喊，没回声，便急告四婶喊人求医。碰巧王医生在张家湾巡诊，匆匆赶来，一试脉搏稍快，又解开石痴的上衣，才发现他腹部扁空、塌陷。

“怎么样，什么病?”“有没有危险?”“在家能不能治?”刘步荣等人急切地问。

王医生疑惑地说：“没病，是缺食，他整个腹腔几乎都空了，这是咋搞的，他怎么会老不吃饭呢?”

“怎么可能呢？今天还吃的面条!”刘步荣说。

方仁忽然警觉道：“他可能吃完以后又吐出来了。”他趴到床桌缝隙一看：“快看，都在这里！准是在我装腿的时候，趁机吐掉的。”

王医生与刘步荣看后，认为确实像呕吐出来的，无病无灾为什么呕吐？到底是什么原因？刘步荣见四婶老用手按着石痴的脖颈掉泪，就急匆匆地问：

“老嫂子，你先冷静点，想想以前石子每天吃多少饭？是你喂，还是他自己吃?”

四婶沉默了一会儿，然后说：“每次送饭来都是他自己吃，从不叫俺在跟前，他到底吃多吃少，俺都不知道。”

“那他多长时间便解一次?”王医生问。

“这俺就更不知道了，吃饭都不叫俺见，都快三十的人了，便解能叫俺见吗?”四婶如实回答道。

“不必问了。”方仁说，“这事我全知道，我们是无法料理便解的重残人，都有这种难言的煎熬，吃不饱，饿肚子，吃饱了，怕便解。我当初也是这样，怕大便，十天吃不到三天的饭，每到大便鼓着腚的紧急关头，又羞于张嘴启口，就拉到床上，拉到裤子里，那滋味，真比上刑场还难受！后来，我就不管那一套了，谁不吃不拉？没手料理还得让大便憋死不成？但石痴顽固不化，他至今依然害羞、憋便、少食。”

听到方仁的解释，人们才恍然大悟。王医生惊异地说：“真是少一不成花花世界，上一次我就断定他没病，这种情况不能只靠一般病理治疗，不打破心理病结绝无出路！这样吧，我留下一瓶葡萄糖，醒来后给他喝上，看来重在攻心！重在关心！”

刘步荣送走王医生刚回来，石痴就醒了。刘步荣忙催四婶和大妈把葡萄糖给他喝下去。

四婶见儿子缓过来，手抚石痴前额，柔声叫道：“痴儿，刚才是咋着啦？多长时间不吃饭了，啥事都瞒着娘，你不知道自己是废人？”

“没……有啥事，兴许……是遗传吧，娘您不是也有个晕症吗？”他仍故意转移目标。

“你给我老老实实交代明白！”刘步荣再也忍不住了，“究竟多久不吃饭了，要死死在火线上，干吗采取现在这种办法？快讲！”

“啥事？你让我交代什么？你简直太多心了。”

“噢，我多心，我问你：你到底是植物还是神仙？我看干脆，要么，好好地活，要么痛痛快快地死，用忍饥挨饿消磨时间，这不是英雄，是狗熊！”刘步荣越说越火。

石痴没有回答，两腮至嘴角急剧地抽搐了一阵。在这位耿直领导和战友面前，他只能报之以苦笑。

正常人谁能想象，人会有这般“绝密”？对失去手、脚的石痴来说，便解是最不可名状的痛苦。屙尿，是人类乃至所有动物的本能，但它毕竟是“羞耻”和需要回避异性的。石痴截肢后，全然丧失了自理便解的能力，这对于一个年轻人的身心是多么残酷的折磨！

对此，他只能是无奈地回避而没有办法解决，惯例是少吃少喝，尽最大可能减少便解次数，经常是七八天、十几天甚至二十多天大便一次。而当饿得不能再饿时，就稍稍吃一点。别人喂饭不能不吃，吃后再设法偷着吐出来。而当十几天、二十天临近，腹响肠鸣，需要大便的时候，他必须全方位戒备，忍痛憋着，屏息期待便解良机——夜静无人之时，裸身爬到厕所。

整个便解过程，是一个冗长、复杂并需要保密的艰巨工程。一旦暴露，就会带来更沉重的心理压力……

正因为这样，石痴此次在家久住的首要愿望，就是想彻底解决便解大关。可眼前却是难关依旧，“秘密”却很难再保。

石痴的苦衷只有方仁理解，他将此事透露出来，是迫不得已。然而，即使别人理解又有何用呢？石痴怕“羞耻”的心理是不易打破的。

他们的苦练在继续着。石痴依然不声不响地模仿吃喝动作，方仁则四爪朝天，躺在床上闭目养神。刘步荣见了，很不高兴地说：“小方，你任务完成啦？你来这里是游山玩水、闭目养神的吗？嗯？”

“不，任务倒没完成，也没法游山玩水，我是觉得，光学会吃……那……”

“那个屁！你小子也会学憋人啦？打开窗户说亮话，什么这个那个的，我一听就够，快说！”

“对呀，我已经对您说过，光吃不拉不就变成狗身上的那种……那种叫什么来着？”

“憋吃。”石痴憋不住地插了一句。

“对啦，叫‘憋吃’，这寄生虫真怪，只有嘴没有腚眼儿，听说用显微镜也看不到它的腚眼，咱们要像它那样就好了。”

“你小方就是能胡扯闲蛋，说正事嘛，你扯到狗身上去。”刘步荣对他这个“油滑嘴”兵历来软硬兼施，可对他提出的大例难题，也十分焦虑：“真是饱汉不知饿汉饥，不受哪家苦，难知哪家需。我自以为对你们怪关心，却把这么个大事给忘了。我他妈当的什么所长？小方，你说咋办？”

“我倒设想了个大体框框。”方仁开门见山，“不论在所里还是在这里，没有一点重残人用的辅助工具，即使有一星半点破凳子、破桌子，也都不规范，不耐用，时常造成物折人伤。是不是可以先做个大方凳，中间截成半圆形孔洞，高一米左右，长和宽量量再说，两边各有一个扶手架，扶手架的靠墙一面有个放手纸或拐棍的平板，另外弄个擦腚的木架。这是俺无手人设想的，石痴能不能适用还难说。但必须声明：这些用具经费由我出钱，否则就别做。”

刘步荣一听，高兴地一拍大腿，说：“钱不钱是小事，先解决困难要紧，不能憋着大便制定规划，我这就去找村领导，安排木匠干！”说完拄着双拐走出大门口，正巧迎面碰上大妈、老村长王少刚和张明喜，便直截了当地说明了情况，老村长指了指张明喜：“你看，他就是木匠师傅，能不帮忙吗？”

张明喜随即表态：“刘所长，您有啥活尽管安排，我保证按时完成，明天就让石痴大哥用上。”

“那就多谢了。”刘步荣说，“待会儿你去问问他俩，把规格、尺寸记住。”

“好，我马上就去。”

他们并肩走到院子里，停了下来。

“刘所长。”老村长汇报似地说，“按照您的吩咐，俺给石痴大侄子找对象的事已准备就绪，他们约会地点就在四婶的院子里，您看怎样？”

“俺和巧兰谈过三回。”大妈插话说，“开头她硬是不表态，不言语，今早晨稍有点转意，同意见见面。我已经介绍了痴子的情况，她没有啥反应，到底咋着很难预料。”

“好，感谢你们的大力协助，咱们一定共同努力，让事情早日有个着落！”刘步荣十分兴奋。

“不过……”刘步荣突然说，“我还没来得及和石子谈谈，这些天，他们急于突破生理难关，我实在不忍心干扰他。”沉思片刻，他猛然抡了一下拐棍，“稍等一等，我这就和他谈谈。”说完拖着“吱吱”作响的假腿来到屋里，指着方仁说：“你快点给我出去，我有急事要办，快！”

“啥了不起的急事，又不是紧急突袭。”方仁一面撑架立身，一面嘟囔着。

屋里只剩下刘步荣和石痴，刘步荣紧靠床头，同石痴挨肩而坐。

“石子，现在我通知你个重要事情。”刘步荣显得既庄重又兴奋。“你从前那个未婚妻表示愿意和你见面啦，说不定有八成希望，现在定好了见面时间，千万别错过这难得的机会！”

没有回答。石痴脸上呆滞无光，好像根本没听见刘步荣在说什么。

“你到底去不去？必须马上表态，说话！”刘步荣急不可耐地催促着。

仍然没有回答。石痴像个木头人一样，一动不动，甚至连呼吸都听不到。

“兔崽子，你是干什么吃的？什么英雄战士？你根本不配！”刘步荣不该此时发火，可一旦到了扰不住扳机的当口，就非“走火”不可，不管后果如何，先嘣出去再说。

“你要我说什么？你以为我还有谈恋爱、找对象的权利？”石痴停顿了一会儿，接着反击：“我历来没有认为自己是英雄战士，我十分清楚自己的处境和分量。”

“我他妈的没有空闲和你罗罗，现在我命令你，愿意也得去，不愿意也得去！”刘步荣真要大动干戈了。

“这里不是战场，婚姻自由，您不会不知道吧！”

院子里的人等得心急，又听到屋里像吵架，便急忙跑进来劝解，可仍无济于事。

“不是战场又怎么样？干啥事都得有命令，我是所长，说话你就得听！”刘步荣软的不成，就想用硬邦邦的“令”字把石痴“轰”到现场去。

“大侄子。”老村长王少刚凑过来，嘴贴到石痴耳边，“我看还是去吧，就在您娘那边，人家刘所长是一番好意呀，成与不成另码事，咱不能亏待人家一片诚心。”

“可不是嘛，大侄子都快三十的人啦，没人照管这一辈子咋过呀，不为留后代也得为自己过下去，不看佛面也得顾人情，不去可不行。”大妈恳切地劝着。

“去！喜事难逢，机会难得，这一仗一定要打胜！”刘步荣、方仁不失时机地帮腔。

此时此刻，石痴的心像被晴空霹雳给轰懵了，他觉得这不是上“情场”，简直是上“刑场”！一个连拉尿都不能自理的“肉轱辘”同一位漂亮姑娘坐在一起，那岂不是进行一种美丑对比的酷刑吗？他像掉了魂似的待在床上，没了主意。去吧，无疑会出现尴尬的场面；不去吧，眼下众人紧逼脱不了身……

“来，小方，明喜，你们帮他装腿、换衣裳，动作要快，装得要合体，好看！”刘步荣不懂爱情，但懂趁热打铁，他见石痴沉默不语，就抓住战机，指挥大家上阵。

经过独居禁室和近一段的艰辛磨炼，石痴装腿技术已有长进，只是未能掌握要领，每装一次需要四五个小时，且装不合适，需要别人帮助才能装好。

听了刘步荣的话，方仁同张明喜、猛子赶忙靠上去，让石痴伸直腿，衬的衬，绑的绑，套的套，装的装，三人一齐下手，不一会儿就把假腿装好了。

“站起来！”刘步荣不给石痴留空隙，“走走看看，姿势行不行，嗯，要抖起神来，军人嘛！”

石痴别别扭扭应从着，缓缓地挪动了几步，觉得腿没装合适，走一步咬咬牙，痛得钻心，像喝醉酒似的站不稳，同时又感觉心跳得很凶。

“直起腰，挺起胸来，迈开步子，走得稳当点，自然大方点，千万不要摔倒了，在这种时候摔倒了，那可就糟透了，要随时注意，嗯。”刘步荣俨然是一个导演，指点着这位不称心的男主角。

“所长大叔，凡是截了双下肢的，都直不起腰来，更挺不起胸脯，石痴剩的短，又没有手臂支撑，要是挺得太直，就会失衡摔倒。”方仁及时提醒着。

刘步荣更急了：“那咋办？别说让姑娘看，就是让我这丑八怪看也够呛！”他略一思索，又说：“来，再来一次，把我的军装找出来套上，从走上不能改进，就从扮装上弥补，总得有点活人样嘛！”他叫大妈、张明喜打开他和方仁的背包，翻出三件衣服，两件是刘步荣的半新单军衣和四兜铜扣干部服，另一件是方仁新做的超肥斜纹裤。

刘步荣让石痴躺到床上，两腿担在凳子上，由大妈、明喜分别从两脚套上裤子，扎上腰带。老村长、刘步荣给他套上单军衣，扣好纽扣和风纪扣。大妈又找来木梳，把石痴那几根稀梳的头发朝后拢了拢，戴上半新的军帽，刘步荣将墨镜擦干净，亲自给他戴上……

“好，站起来，走一走！”

石痴由张明喜扶着，来回走了几步，结果更不利索，更走不动了。肥大的裤子和贴身夹骨的褂子，形成很大反差，上身尖而圆像钢笔套，下身则像胖女人裹着宽大的裙子。

张明喜、方仁憋不住笑，刘步荣近看了远看，左瞧了右瞧，也觉得够个稀世“模特儿。”

“算啦！像咱这块料子，就是穿上蟒袍玉带，搽脂抹粉也不像个样。”石痴无可奈何地说。

“丑就丑，笨就笨吧，顾不得这些了。现在快说说你准备怎么谈法。听人家说，这和打仗是一样的道理，从战略上要藐视它，战术上要重视它。这第一句话咋说？第一个动作咋动？都要表现得非常动人，要有吸引力，还要有什么……阳刚——不过我也没有经验，只是提醒你要注意点儿。”刘步荣渴望成功，却苦于无法相助。

“依我看，这要看临场的具体情况，根据对方的反应，及时应酬，这又不是留声机，事先定好调子，到时播放就是，人家也是大活人哪！”方仁接过话头说。

“不咋的。”大妈宽慰道，“都是庄户人，他们从小在一块长大，谁的肚子里盛几碗饭，都一清二楚，说差了也不碍事。”

“我再提个注意事项。”刘步荣可谓苦口婆心，“咱爷们是玩炮弹的，不会恋也不会爱，但不准说怪话、歪话、粗话，村里给咱这种好机会，一定要……”

这时，猛子一步闯进来，叫快些去。老村长见刘步荣还在一个劲地嘱咐，便与他商量道：

“刘所长，方巧兰在等着哩，现在就去还是……”

“好，马上去！”刘步荣“嗖”地立起身来，“机不可失，你俩小伙子把他搀过去，坐好后赶快离开。”猛子和张明喜搀扶着石痴来到四婶的院门口，大妈等人紧随其后。进院一看，四婶正陪方巧兰坐在门槛上闲拉，大妈悄悄地招招手，四婶却随大妈走出来。石痴他们来到距巧兰几米光景的石磨跟前，按事先规定，猛子与张明喜即迅速离开，最后那几步，留给石痴自己走。

石痴虽没装好腿，并遭受新式“着装”的束缚，但有两只拐杖夹在腋下，站得稳稳当当。巧兰虽然坐在门槛石条的东侧，离他很近，但一直没抬头，更没打招呼。石痴紧夹双拐，半步半步地挪着，他并不怕摔倒不雅观，而是怕出洋相挨刘步荣等人的熊。他终于来到巧兰的面前，他扶拐躬身，缓缓坐下，把双拐紧紧揽在怀里。

第八章　如此“洞房花烛夜”

盼了几天、张罗多日、熬了半晚上眼的花烛之夜，竟这样结束了。新郎光着腚受了伤，新娘赤裸着身子逃之夭夭。闹洞房的看到了任何新婚之夜所不曾看到的情景。

第八章　如此“洞房花烛夜”

石痴对腚下的这条石门槛透熟，那因日久天长地摩擦而溜滑锃亮的石面，曾有他儿时爬滚的烙印，它曾是他的天然饭桌、不动的板凳和捏泥人的娱乐之地。可此时此刻，他如坐针毡，心跳难抑……

15年的军人生涯，几乎占据了他整个青年时代。在紧张的战斗岁月里，他极少同女性打交道，更甭说同一个女子挨得这么近，这滋味，真比卧工事、打阻击、眼盯太阳盼天黑还难受哩!

他决然不敢冒昧打破这个神秘的僵局。他甚至想，只需让她顺顺当当地看一眼，那就等于完成任务了。如同激战前一样，越是平静、沉寂，他就越加紧张、焦躁。他不是惧怕失败，而是有一种无法名状的恐惧感……

方巧兰则恰恰相反，她神态坦然，时而举目远眺，时而低头沉思，许是为了应付寂寞，她特地随身携带着活儿——纳袜底。她一只手拿着袜底，另一只手紧捏针线，针线随着手的起落，在袜底上钻进飞出，发出有节奏的声响。很显然，她也没有先开口的打算。

他俩虽是本乡本土，一起长大，但经历却有很大差别。她幼年跟伯父念过几年私塾，新中国成立后又上了多年“识字班”，还当过妇女干部。她在听到石痴牺牲后，曾搞过几个对象，但均因家境、人品难尽其意而未定下来。

方巧兰长相标致，在当地几个村里堪称是出类拔萃的姑娘。不论是赶集上店，还是开会串亲，只要遇见她，小伙子们总习惯向她行个“注目礼”，或当面显显能，说句俏皮话，无事找事地搭讪几句，给眼神儿“拉拉馋”。

她因家境较宽裕、又无兄弟姐妹而深受父母宠爱，父母过世后，她的女“光棍”生活依然挺富裕。她一直寻思着物色一个相貌与之匹配，家境富裕，而且有点官衔、有点名望的对象。石痴突然“复活”来家，曾一度使她情绪阴郁寡欢，她恼恨自己，命比纸薄，挑来挑去，竟等来了一块烂石头!

她曾在较远的地方悄悄“面试”过他，令她万分惊讶的是，他竟没有半点当年的容颜了。她可怜他，更害怕他。

现在，这块“石头”就横在自己身边，该如何是好？听老村长的安排？还是听大妈的意见？表面上，她神态自若，可内心比石痴更难受。她不仅懒得开口，也不敢抬头看上一眼，因而就把一切时间都磨在这袜底上，好像这袜底就是排解不幸的尤物。

时值晚秋季节，老槐树叶子大都已凋零飘落，被阵风吹赶着，飘落到院里院外，只有朝阳避风的南端枝梢上，还挂着一些稀稀拉拉的枯黄叶子，风刮树摇，应声飘落下来。

时间在一分一秒地逝去……不知过了多久，石痴突然听到什么响声，他像一个机警的哨兵，慌忙抬头寻找，不料，一支拐杖“啪嗒”从怀里滑落到地上，他立即躬身用两臂去捡，但连续三次均未捡起，就赌气不捡了。

方巧兰动了恻隐之心，弯腰伸手，把拐杖捡起来，竖在石痴左腿边上，而后又坐回原处。

“麻烦你了！”他情不自禁地先开口了。其实，这是他的习惯语，即使换上任何一个人帮忙，他都会无一例外地照搬这话。

长时间的沉默。

“石痴兄弟。”她终于冒出了第一句话。而且还十分客气，在他名字的后头加了个“兄弟”，“你今天叫我到这里来，到底有啥事？”语调中似乎透着埋怨。

“巧兰姐。”他也报以同样客气的尊称，“我并没有请你到这里来，我想，这大概是别人安排的。”

“既然是别人安排的，想必你知道来这里干什么。”

“这里是我的家，主人在自己的家里坐坐有啥不可以的？至于你来这里干啥，你不会不知道，那就是你我的婚姻问题。”石痴脱口而出。

“婚姻问题？”她故作震惊地问道，“什么婚姻问题？我不明白你的意思？”

他没有料到她会这样回答。他曾想到过她不会同他结为夫妻，但没想到她竟矢口否认这桩确实有过的恋爱关系。他腮嘴神经失控地抽搐了一会儿，脸上似有一股火在灼烧。

第八章　如此“洞房花烛夜”

“巧兰姐，你果真不明白是什么意思吗？那我来提醒提醒你。”他稍一停顿，扬起左臂碴的褂袖子，擦了一下失明眼眶里流出的液体，把墨镜朝上托了托：

“15年前，我当兵临走的时候，在河东柳树底下，你曾海誓山盟地对我说：‘俺不嫌你穷，也不嫌你孬，就是逃荒要饭，住鸡窝、钻猪圈也绝不动摇。你尽管安心去部队，也许战争会给你带来不幸，但那是光荣事业的需要，只要你留下一条腿，我就是属于你的。’这些深情的话，曾激励过一个士兵的斗志，即使绝难的时刻，那士兵心里依然牢牢地记着这些话……”

“哦!”她佯作记了起来。“你的记性真好。我好像这么说过，可十多年前的事了，谁能记得这么清，可是，你现在连一条腿也没留下呀!”她一边说着，一边扬起头，好像重新辨认当年的心上人，但只是瞬间一睹，并没看到他脸的正面。因此，她的紧张感似乎有所缓解。她悄然向他靠近了一点，竟敢伸出手，在他膝盖的上端轻轻地摸了一把，猛然间，她像被蝎子蜇着似的快速将手抽了回来。石痴的截留肢碴，时近9月知觉渐差，加上视力模糊，他并没有发觉这次“偷袭”。

“说得不错，我石痴确实连一条腿也没留下，而且连剩下的双手、脸面、五官，也都残废了。但请放心，战争给我留下了更重要的部位——大脑，还有不亚于正常人的思维功能。难道你以为人生的尊严和价值标准，仅仅是按照肢体的完损程度来衡量吗？你所说的‘光荣事业的需要’到底是指什么？”

“痴子兄弟，你扯得太远了，我说的只是一条腿，要是你仍能留下一条腿的话……唉！多么冷酷的命运啊!”她既是出于反击，又想激怒对方。

但石痴并未动怒，相反，他还有些高兴，因为他终于弄明白了方巧兰的真实想法。这样，他就好顺顺当当地向刘步荣他们交代了。今天的“相亲”他不想来，从根本上说，他觉着和巧兰已没有成的可能。更进一步讲，他也不希望这桩婚事能成。自己这残疾的身体，已经给人们、给社会造成了麻烦，怎能再去拖累一个自己曾经挂着、恋着的姑娘！尽管这个姑娘已经忘却那段山盟海誓，已经看不上他，他觉着也无可厚非，谁愿一辈子伺候一个四肢全无的残废人！

他今天来，还想通过方巧兰之口，听听人们对他残疾之躯的议论评价，他也好知道今后该注意些什么，该怎样生活……想是这么想，可当一些话从巧兰嘴里说出来时，他总觉得心里疙疙瘩瘩的。

方巧兰也在想着自己的心事。

她同石痴的关系属父母包办，她对他贫穷的家庭并不满意，但对石痴本人还算钟情。她曾让他去当兵，期待他在部队能出息个军官，有朝一日转回地方，起码也是乡长、区长的官衔，到那时，她就是乡长、区长家属，清吃坐穿一辈子，岂不惬意！

但她心比天高，命比纸薄，盼来的不是一位英武漂亮的军官，而是一位手脚皆无、面貌全非的“肉轱辘”。在这之前，老村长王少刚又是培养妇女干部，又是选拔接班人，把个方巧兰摆弄得晕头转向。王少刚的目的，是把方巧兰配给他的傻儿子王峰双。王家虽说家境富贵，但那王峰双人儿欠佳，慑于一村之长的权力，她处于极度矛盾之中。她曾暗自比较：

王肤体完好，但傻里傻气；

石身残体废，可智力正常；

王外表俱全，腹内空空；

石体貌俱失，内心充实；

……

如果只能在石痴和王峰双两人中间选择的话，方巧兰又没有完全、彻底拒绝石痴的勇气。她想在一个突然的瞬间，能发现一种能使她最终作出抉择的决定性因素。于是，她不得不硬着头皮，又一次悄悄伸出了右手，颤巍巍地触到了石痴的腿上，这一次仍触到膝盖上端，手指由慢到快，沿着膝盖上端的肥阔单裤和裤里的牛皮锁套徐徐推进。因为有一层厚厚的皮套相隔，石痴感觉不出也无法发觉贴衣而过的“偷袭”，他也想不到她会使用这种两性情爱中极其罕见的探秘小动作。

一个未婚闺秀，做出如此超乎寻常的动作，是方巧兰迫不得已的选择。她曾多次听老村长及其家人说，像石痴这种重残人早已丧失了生育功能，即使尚有部分功能，其后代势必先天不足，形同其父，生出来就没有手足，没有眼睛，面孔一模一样。更有人传说，石痴没有“三大件”，小便都是蹲着尿等等。

她的手继续向石痴大腿根中间的目标推进，此刻她像进入了角色的演员，再也感觉不到羞涩和惧怕了。突然，她身子失衡地晃动了一下，她的手触到一撮似肉非肉，软乎乎、冷冰冰的怪物上，她不禁“啊”的一声惊叫，把手抽了回来。与此同时，石痴也被突然袭击吓了一跳。

“你要干啥?”他慌乱地叫着。

“没事儿，我没干啥，我也不知……有啥事。”她竭力回避，惊得语无伦次。

此时，石痴急切盼望猛子、张明喜或方仁、刘步荣出现在面前，或把他领走。然而却不见他们一点影子。他本能地侧起身子，臂触石阶，拙笨地翘起屁股，朝门槛石条的西边挪了挪。

方巧兰又向他挪近了一点，“你这腿到底从哪儿截去的？还留下多少?”

“截去的很多很多，留下的很少很少，它已经不配称腿了。”

“当时为啥非截去这么多?”

“需要截这么多，有啥办法!”

方巧兰抬起头来，轻轻瞟了一眼，发现石痴仍不注意她，就把袜底收起来，从褂兜里掏出小圆镜，对着脸照了照，把飘洒在前额的发梢拨正，然后又说：

“痴子，咱们坐了这么长时间，你连头都不抬一下，你就不愿拿下墨镜看看俺的模样，也让俺看看你?”

“免了吧，别吓着你，也为了本人的自尊。”

“俺不勉强你了。”方巧兰显然没有完全遵照老村长“探明暗残虚实即可断绝关系”的旨意办事，而是掺上了自己探明真情、两相比较、选择其一的念头。于是，她又一次悄悄地将右手伸到他的假腿上。

“干什么？你老拨弄我的假腿干吗?”这次石痴感觉到了。

方巧兰早已将假腿上的皮带环扣解开了两条:“兄弟，你能不能把腿卸下来，叫我看看究竟是个啥模样?”她边解边挪，俩人几乎靠到了一起，巧兰的手更是向预定目标快速推进。石痴对异性很怯生，情不自禁地侧身一挪，不料腿悬、腚空，“扑通”摔倒在巧兰身边!

“冲啊！爬起来冲上去!”

石痴一听，是刘步荣他们在院子南边大喊，就索性未爬也未动，顿时觉得窝囊透了：腿被摘掉，人被摔倒，方巧兰在看笑话，外边的人在喊叫……

原来，石痴和方巧兰在门槛坐定以后，王少刚、刘步荣、猛子、张明喜，还有几个小青年，分别藏在院前屋后，窥视这场精心安排的古怪、罕见的“谈情说爱”。

在“观恋”的人群中，刘步荣、猛子当然不是寻开心、看热闹，而是出于对这桩婚事的莫大关注。从石痴落座到对方的最后一个动作，刘步荣都收入眼底。他看不到方巧兰的心里，他似乎觉着巧兰主动、积极，石痴败退、应付，他急得满头大汗，几次想喊都被别人制止。看到方巧兰主动伸出手，在石痴大腿上抚摩时，刘步荣感到“有门”，不由兴奋地脱口而出。不料这一喊像一块石头扔进了平静的水池，机敏的鱼儿骤然逃散了。方巧兰羞得一溜烟逃走了。

巧兰一跑，躲在各个角落的人们一齐拥了出来。猛子、张明喜连忙把还躺在地上的石痴扶起来，七手八脚把他背回屋里。不明真相的小伙子们争相进屋问结果如何，被刘步荣气呼呼地挡在了门口。他一手拉单拐，一手抟烟卷，“嚓嚓”地走到石痴床前，不由分说就熊上了:

“我他妈看得清楚清楚，你小子在战场上是英雄，可在事关终身大事的场合，还不如个狗熊!”他又气又急，两眼通红，伸手摘下墨镜，抹了一把浸出的眼液，又擦了一把眼镜，重新戴上，把刚刚吸了不到一半的烟卷“啪”地摔到地上，继续大发雷霆:

“大家看得明明白白，人家女方有好几次主动进攻，你不但不主动，反倒一再退却！你是故意输的，找不上对象活该!”

石痴总觉得方巧兰不像是在“主动进攻”，而是在试探着什么。但他没有解释，任凭刘步荣劈头盖脸地训斥，一声不吭。

这场大呼隆，只有方仁没参与，他在当门里摆开阵势，把假设的便具——凳子、扶手架竖在靠北墙的地方，做便解练习。张明喜为打破僵局，故意问他。

“喂，方大哥，你咋没到外边看看热闹?”

“看热闹？一块废肉谈情说爱，由组织导演安排，还有那么多人陪场、参观，这是标准的寻开心，耍猴儿!”方仁像自己被愚弄，愤愤不平地发起牢骚来。

“唉，他方哥呀，”大妈见状连忙劝说，“话可别这么说，刘所长一片诚心为痴子。那看热闹的算屁事，都是些不懂事的孩子，千万别往心里去。”

“本来嘛，我们这些人，七分像鬼，三分像人，能不惹人围观、哄场？这种做法，即便是同情，也让人烦心。”方仁又说。

“这事全是我的责任。”老村长把话揽过去，“事先没料到会来那么多人，千万别在意，啊!”

方仁把话接了过去：“我看这出戏才是个序幕，高潮还没到来，要想继续演下去，就得依靠当地领导才会出现奇迹。现在暂告一段落，请老村长、大妈和两位兄弟回家休息，咱们再继续上马练‘尖端’好吗?”方仁的几句“和稀泥”话，制止了议论、争辩，省了老少爷们不少口舌，各自回家去了。

刘步荣这人，好就好在火气来得快，消得也快，错得迅速，改得及时。人们刚走，他就迫不及待地问：

“新的‘尖端’怎么练法？我能帮上忙吗?”

方仁直说：“这是事关肛门腚眼的事，你最好回避，咱们还是坚持‘探索自理不见人’的原则，你出去玩，俺自己干!”刘步荣应声而出，方仁和石痴把门关上，开始“上班”。

方仁只是在吃饭上比石痴略胜一筹，便解也没啥高招。他们装好腿后，先让石痴坐到便凳上，反复操作脱裤、提裤，适应起落的变化。假脚蹬杠板，臂揽扶手架，摩擦屁股，扎腰带。每当束手无策、凳歪人翻时，两人就用臂碴相互搀扶，翻跪到凳子上或趴在地上，长臂帮短臂，假腿协假腿，共同探寻哪怕只是最细小的有助于便解的窍门。

四只臂碴，四条腿碴，两个人“轱辘”，像两个打麦场上的碌碡，不停地滚动着。他们大汗淋漓，围住便凳，扳压扶手架，头拱地，腚朝天，裤子随之下降，降到两臂够得着时，再返原调转过来，或者单臂撑地，屁股侧立半空，脚蹬杠板，另一臂紧抱单拐，撑起稳住身子，对准目标，开始揩擦……

随着新便具的做成，他俩锻炼的劲头更足了。

这是世上罕见的最新运动项目，其训练难度绝不亚于体操表演。一遍遍的苦磨，一次次的惨败，一回回的校正，一点点的交流，他们费力挖掘着残缺肌体的潜能，他们对每一个最细微、最容易叫人疏忽的小动作都极为关注。

当看到石痴用拙笨的动作，在扶手架、便凳、拐棍与墙壁的辅助下揩完屁股，用假脚勾架，臂撑凳面，使身体倒立，自行穿上裤子的时候，方仁兴奋地拄着双拐欢呼跳跃起来。刘步荣听到欢呼也急奔到屋里，加入了如疯如魔的欢庆。他们跳着、爬着、抱着欢呼，欣喜的泪水盈满眼眶。刘步荣扬起拐棍敲击桌子，张开他那补过皮的嘴巴有节奏地哼出：“好了，好了，好了！”五条假腿的“嘎吱”声、拐敲桌子的撞击声和口中吐出的哼唱声，汇成一股嘹亮的交响乐章。世上有谁对所谓“便解成功”报以由衷的庆贺呢？只有这些备受磨难的重残人！石痴自己更是激动不已！看吧，他臂捧腰带，牙咬裤边，背倚木架，双脚蹬空，酷似杂技演员在表演一项高难度动作。他的脸色由红变紫，脖子的青筋鼓得老高，失控的泪液顺腮而下，两腮与嘴角神经在急剧地抽搐……

刘步荣对石痴的进步，并不盲目乐观，他深知这只是一个小小的突破，但他大加渲染，目的是鼓起石痴自强求生的勇气，减轻他的心理重压，并以此鼓舞全体重残人员。再就是借机作个小结，脱身返回休养院。

他特地求猛子跑了趟合作社，买来两瓶景芝白干，准备意思意思。

第八章　如此“洞房花烛夜”

四婶和大妈送来了午饭，老村长王少刚、张明喜也闻讯赶来了。

“两位老嫂，村长大哥，感谢你们光临，今日算双喜临门，一是石子与巧兰的婚事有望，二是石子自理大有长进，因为这些，我也该回休养院了。”他一边说着，一边把酒瓶盖拧开，分别斟满六个酒盅。

老村长有点难为情地说：“这怎么行呢？您是客人，又是劳苦功高的荣军，怎么能让你请俺喝酒，这……”

“这就不对喽，来日方长嘛，待以后我再来的时候，尽管让你们招待我。来，我们举杯，为咱们石子的成功，也为感谢乡亲们对我们的帮助，干杯!”

“唉，俺这些庄户脑瓜，礼道就是不够用的。好吧，就算只为大侄子的进步也该干了这盅酒。来，两个嫂子。”老村长劝大妈和四婶一齐举杯，一饮而尽。

刘步荣知道石痴、方仁都不会喝酒，便只顾自己瞎嚷嚷，又是“感谢”，又是“麻烦”地净说客套话儿，不时向老村长、四婶、大妈敬酒。当他发现猛子、明喜同偎在床上的方仁和石痴另成一伙在交谈时，就端起酒盅，走过去揪住猛子的耳朵，酒盅顶到他嘴唇上。

“来，你这几个小家伙，躲到这儿另起炉灶，你也得给我喝上这一盅。”猛子紧闭双唇，一盅酒都洒到脖子里了，张明喜趁机跑了出去，猛子也挣脱刘步荣的大手跑了，险些把刘步荣闪倒。

老村长也斟满一盅，双手捧到床边劝道：“咋样，两位侄子不赏二叔个面子，喝了这一盅?”石痴摇头不接，方仁笑眯眯地要了个滑稽动作：

“嗯，今天咱得干一杯，憋住气也得干了，意义重大啊！一是给刘所长饯行；二是祝贺石兄自理取得了伟大胜利——不仅能吃，而且会拉；这三嘛，就是我那本家方巧兰大姐……”刚说到这里，就被刘步荣给岔开了。

“你小子总是张口伟大，闭口伟大，也不怕闪着嘴巴子，你知道什么人物才配称伟大？嗯?”

“这有啥不当的？小人物也有伟大的，名人也有不伟大的。依我看，四婶、大妈，还有村长大叔，对咱们重残人作出了贡献，让咱们为这三位长辈的健康干一杯!”方仁只是瘫子打猎——卧着喊，不能斟酒，不能举杯，大妈就抢先斟满酒盅，接着又为方仁端盅，四婶为石痴端盅，她知道儿子不会喝，问道：

“敢喝吗？不敢喝娘替你。”但石痴没听劝，把脖子一伸，嘴唇触到四婶的拇指上，伸出臂碴托着四婶的手背一掀，酒盅扣到嘴上，喝下去了。

刘步荣因有心事，两杯酒没喝完，饭也没吃，就起身告辞：“我们马上要回去了，劳驾你们二十多天，没有什么报答，请收一点生活费。”说着就要伸手掏钱，却被大妈压住了提包，双方争执不下。最后，石痴作裁决：“我是主人，这事算我的。”刘步荣没再过多推让，说：“俺俩走后，石痴继续在家休养，这是我院目前解决重残自理和婚姻大事的一项部署，相信你们一定会帮助他找到成功的路子。”

老村长等一一应允，并一再让刘步荣放心勿念。

刘步荣和方仁走后，石痴一直沉浸在便解初见成效的喜悦中。五年以来，他驮着这个沉重的包袱，不敢多吃饭，从此，肚子不会长期挨饿了；从此，他将恢复人的正常饮食，永远结束那“饮食恐惧症”。

吃饭要领还需要进一步熟练掌握，但他已不再畏惧它。既然苦练已经出现曙光，尝到了甜头，封闭之门总有缝隙，或许会随着臂痛的渐缓而找到这个疑隙。他知道自己的自理还很原始，很拙笨，有待于长期的磨砺，但他把这些从“上帝”手里夺来的东西，看作是求生的阶梯，并决心沿着这阶梯走向生活的长廊。

他高兴地夹起双拐，快步（他以为是快步）来到四婶屋里，他要向母亲倾吐喜悦之情。

“你那上级该是都走了?”四婶漫不经心地一边烧火，一边搭讪了一句。

“嗯，都走了。刘步荣很忙，我已经几次催他回院，他们这次来对我帮助很大，我已基本学会了自己装腿走路，吃饭虽说还没全学好，可也能吃到肚子里，我还学会了……”刚说到这里，忽然被母亲的话打断了：

“行啦，你活了快三十年了，才学着吃饭，才学会挪步，还赶不上个三岁的孩子，你就不觉得丢人？”她说话时竟气得面色紫青。

“娘，您这是怎么啦？您不觉得这是孩儿值得高兴的事吗？”他对母亲的语言和举动感到震惊。

“俺不管你喜还是悲，你必须早天回去，残有埝去，死有埝埋，你是国家的人，在家里咋行？俺老了正需要别人侍候，咋能管了你呢？”

“我来家就是奔您来的呀，您是我生身母亲，我身在天边，思乡盼家，不就是想您老人家吗？我今后的路还很长，还要学更多的自理本事，将来也一定能孝敬您呀！”

“俺用不着你孝敬，烂木不成材，废人难尽孝，你不会给俺带来福气，反会叫俺早死！”她气得扬起火棍几下子把锅底下的火砸灭了。

石痴从未见母亲发这么大的火，他极感突然，心中那一腔兴奋之火，早被母亲砸灭了。他呆若木鸡地立在床前，不知如何是好。一个慈祥可亲的母亲，为什么会骤然一改常态？他沉重而迅速地重复着母亲那句非同寻常的话：“烂木不成材，废人难尽孝，你不会给俺带来福气，反会叫俺早死。”不！这不是母亲的本意！

“娘，您千万别生气，您说我会叫您早死，到底是咋回事？是别人说的，还是先生算的？”石痴缓和地问道。

“谁也没说没算，是俺自己想的，命中无儿别强求，俺命里本该就没有你这样的儿，俺小儿还在着，他终究会回家给俺养老送终的。”

“您消消气吧，娘，要是您确实需要我走的话，我会听您话的。”石痴拖着沉重的“脚步”，趔趔趄趄走出来，四婶竟没有出门护送。

自打石痴从“禁室”被救，到刘步荣他们留下，四婶到儿子屋里来的次数突然减少了，也不如先前待儿子那样亲热了，而石痴他们一心扑在苦练上，并没注意到母亲的变化。

原来这期间又闹出了一场风波，遍及张家湾家家户户，无人不晓。当年石痴在家的时候，曾一度有过“命中克母”的传言，但因其早年离家参军，“克母”之说也就随之消失。时隔15年后，传言重起，说他是一颗无法降服的灾星，他若在家，当娘的必遭厄运，不死也得瘫，并殃及全家乃至全村。这类消息的传播多半来自王少刚的老婆——张玉梅。

原来这张玉梅曾是个久闯江湖的人儿，少女时代同国民党吴化文部的兵痞们常有交往，不仅赚了大量钱财，而且肚子也日渐膨胀起来，丑闻传遍十里八乡。事有巧合，此时恰逢下关东的王少刚返家，30岁上仍是光棍一条，便把张玉梅要了过来。张玉梅怀子进门，自是省了王少刚的功本，不久便生下一子，取名峰双。张玉梅喜出望外，王少刚则心情沮丧，他们表面是同床夫妻，内心里各怀鬼胎，互不服气。王少刚曾公开泄愤：

“娶你这种乱人穿的破鞋，一辈子难逢好运，这孩子傻乎乎的，也必是个‘万人种’!”张玉梅却说：“我鞋破可总有人喜穿哩，你为啥不找个雏儿？这孩子不论是什么种，咱得给他找个好媳妇，那样我就再给你生一个纯种的。”

由于张玉梅前科不好，臭名远扬，家务、社交等一切大事小事，均由王少刚独断专行，唯有王峰双的婚事，两人夫唱妇和，都把眼光瞄向了方巧兰。当然，王少刚是另有心思：我现在正精心培养方巧兰，若能说给峰双为妻，一旦成亲进门，那小杂种是干咽唾沫，靠边站！我先犒劳犒劳，补上大破鞋给带来的终身之憾！

这样一来，方巧兰与石痴的婚姻也就必然成了王少刚夫妇的心病，为此他们大造舆论，目的只有一个：把石痴驱出张家湾去！

于是乎，石痴“克母”的消息不胫而走，传遍了张家湾及邻村，也传到了赵家旺石痴的姐姐艳花的耳朵里，她听后大吃一惊，抛下家务、孩子，攀山越岭，来到娘家，向四婶说了个一清二楚。

四婶是个虔诚的天命论者，听了女儿这番有枝有叶的话，便深信不疑，铁了心要撵儿子赶快离开家，只是当时刘步荣等人在此，难以开口。按理说，亲娘赶儿出门不该，然而四婶说得明白，她小儿还上卦哩，卦里说他身体健全，终究会来家给娘养老送终的。

几天后的一个上午，正在屋里坚持自理锻炼的石痴听到门外一声喊：

“大侄子，咱政府领导来看你啦!”随着喊声，王少刚一步踏进屋里，接着介绍起来。屋里光线暗，石痴又看不远，除老村长外，还见两人一高一低，看不太清面容。

“这位是咱区里的贾书记，这位是咱金山乡兼咱金泉农业社的张书记。”

“噢，噢，请坐，领导请坐。”石痴连忙让座。

来人虽说知道张家湾回来了个重残，但并不知底细，今天亲眼看见，不禁一惊。他们呆看了一会儿方才“哦哦”地各自就座。

“今日领导亲自光临，一来是看你，二来嘛，有件事要跟大侄子商量，你有啥说啥，啊!”老村长对石痴说。

“行啊，有啥事请领导指教。”石痴应酬着。

“石同志。”贾书记客气地说，“我们今天来拜访你，想顺便了解一下你的婚姻问题。”他停了一会儿，见石痴没有什么反应，又继续说：“你参军前曾有个未婚妻，叫方巧兰是吧?”

“有过这事，14岁那年定的。”

“你们的关系现在怎样？感情如何?”

“一个是健全人，一个是重残，说不上什么感情，因为没有多少来往。”

“噢，是这样。据说，方巧兰已经年过30，她急于确定自己的终身大事，多次找政府提出：要么和你结婚，要么另选对象，现在先听听你的意见。”

“确定跟谁结婚，这是个人的自由，谁都不能替对方下定论，我只能确定自己的意向，对吗?”

“我的意思是说，你是军人，又是重残人，像你这种极特殊的情况，在婚事上政府必须非常重视。简单地说，你是同意保持关系呢，还是……”

“让她选择吧，她要是另找我绝不反对。”石痴坦率地说出了自己的想法。

老村长心里一阵喜滋滋的，他很久以来一直想听听石痴的实底，今天算是听清楚了。他暗自庆幸自己与老伴的分析分毫不差，可外表还得装作同情石痴：

“大侄子啊，别这么说，巧兰姑娘不错嘛！就是年龄稍大点，这不算啥，只要她不嫌咱孬，能照顾你不就行啊！”

“是啊！”一直未搭话的张玉红书记也觉得石痴过于倔强、清高，“依我看，只要人家愿意，咱还有啥理由挑剔？”

“说得有道理，婚姻是相当严肃的大事，各自都应体谅对方的难处。至于另找的说法，我看不可轻易提，那会伤感情的。”贾书记由紧追下文改为循循善诱。

最后，两位书记作了这样的安排：事情还可挽救，不能草率了结，老村长再给女方做做工作，在条件成熟的情况下把婚期定下来。面对两位陌生领导，石痴也没再固执己见，表示同意上述安排。

老村长王少刚送走了两位书记，悠悠悠地跑回家去悄声告诉老伴：“那小子公开表态，让巧兰另找，还说他绝不反对，只是那姓贾的怪口紧，还安排我给他当大媒哩，等着瞧吧！”

这个被冠以“老村长”尊称的王少刚，是个极擅长要手腕的人，在得知石痴将长期在家休养的消息后，一直心神不安。这个愚昧、闭塞的小山村里忽然添了个天不怕地不怕的“痴祸”，势必对实现自己的欲望造成潜在的威胁，自己精心培养、即将到手的方巧兰，弄不好就毁在他手里。当他察觉方巧兰脚踏两只船时，只好随机应变，让张玉梅出面劝巧兰去政府投石问路，观察政府动向，进而试探石痴对此事的态度，以考虑下一步的行动计划。

张玉梅听了老伴的一番“大政方针”后，眉头一皱，闷起缸来，认为这一呼隆反而把事情弄得更复杂了。

“嗯，在条件成熟的情况下把婚期定下来……”王少刚暗想，石痴不难对付，而张玉红毕竟是自己的小舅子，一拃不如四指近，到关键时候他得听我的。看来，姓贾的倒是个祸眼，另外“军婚”这张王牌也不可忽视。当今国家对这些“荣军”特别重视，一提到“最可爱的人”，人们就无不肃然起敬，买东西九五折，娱乐场所优先，乘车半票……在“军婚”这件大事上不可掉以轻心，万一弄拙失手，我这顶土地老爷的乌纱帽也会成为陪葬品！

他沉思良久，然后对张玉梅说：“他娘，你去把巧兰找来，我有话对她说，快去快回！”

“噢，俺这就去。”张玉梅不敢怠慢，应声而去。

王少刚火速召见方巧兰，给了她多少钱物，面授了什么机宜，人们不得而知，只知道就在当天，张家湾村传出了个令人咂舌的消息：石痴与巧兰定于腊月三十结婚。这则近乎神话的传闻，压倒了“石痴克母”及一切马路新闻和道听途说。就连石痴的母亲四婶也给弄懵了。

“等着瞧吧，腊月三十开眼界喽，新娘不新新郎新哟！”张家湾的男女老幼都在传扬着这独具风韵的新闻。人们怎么能不乐呢？在这个群山环抱的小山村里，他们一年 360 天，天天埋在坡里同土石打交道，只有大年三十以后的几天是闲暇日，而在过年的同时，再遇上桩赏心悦目的新鲜事，那真是难得的精神娱乐！张家湾人将继“闹鬼”之后，再次大开眼界！

石痴虽已 29 岁，但对异性的欲恋却从来没有也不可能达到一个青年人的鼎盛热度，他的形体迫使他一改本性，砰然关闭了“恋异”之门。开始，他曾企盼巧兰离他而去，可现在她既然愿意，而且态度坚决，他还能说什么呢？他欣然接受了这个现实，而且同意马上结婚。他找母亲商量：“该咋办？准备哪些东西？”

四婶冷冷地：“有啥准备的？我手里分文没有，一双筷子两个碗一样办公事（即办喜事）。”可她心里却暗想：你倒不如回休养院结婚哩。她想让痴儿尽快回休养院享福，也怕他留在家里出现“灾星克母”的可怕说法。但说归说，最后还是向儿子要了 20 元钱，到街上割了几尺红绸子，买了几支蜡烛，又到街坊邻居家借来一床棉被，一床褥子，就算准备就绪了。

张大妈跑来一看，急了一头汗。房屋没拾掇，石痴身无一丝儿新，锅碗瓢盆、油盐酱醋，要啥没啥。她急匆匆地说：

“这么着吧，俺叫几个男的来拾掇屋，再找几件新衣服给大侄子换换，人生新婚，一辈子一回，咋能这么寒碜。”说罢，就急忙朝外跑，却被石痴喊住了：

“不能借，大妈，俺假腿假臂的穿常人的衣裳不合体，也挪不动步，一切都照原样就是，你要去借这婚我就不结了！”

大妈只得让步，但依然怜惜地、一遍遍地察看着石痴的装扮、形貌，一会儿把他的帽子洗了，把假腿上的鞋刷了；一会儿又钉钉纽扣，正正领子，搓搓褂袖上的尘污。又把她的侄子张明喜叫来，给石痴刮了胡子，拢了头发，擦了墨镜，然后就要领着石痴到镜子前照一照，看行不行。可他说啥也不照，拉到镜子跟前也不抬头，说：“伤残至今从没照过，俗话说疤瘌眼照镜子——自找难看，更甭说，我比疤瘌眼还疤瘌眼，是吉是凶随他娘的去吧！”

不知咋得，石痴这几天心神局促难安，像揣了个小兔羔，老是“嘣嘎嘣嘎”跳得怪讨厌的。结婚，这个闪电般跑来的幸运事，是多么玄妙啊！他吃不下，睡不着，像在掩体里打阻击，眼瞪着太阳落山，急待出击时刻的临近。

腊月三十终于来到了。天还不亮，石痴就匆匆爬起来，一倒一正，一扬一搓，把绑带、衬布卷好，一件件，一层层，臂夹、嘴咬，一阵忙碌，抢先将假腿装好。然后嘴咬壶盖，将壶扳倒，弄湿毛巾，擦了脸。又将取下的墨镜放在毛巾上，用臂碴来回擦了擦，重新戴上去。再把尚未晒干的军帽取了戴上，全身上下也就准备就绪了。

天刚蒙蒙亮，主持婚礼的老村长王少刚、张大妈，一对女嫁客，还有四婶、艳花等都已提前到达。老村长见石痴早早起床，衣着穿戴就绪，不禁暗喜，说：“大侄子就是听话，通情达理，不愧是经过部队锻炼的人呀。”

大妈看石痴由于过分紧张，面筋抽搐，说话都有些结巴，就批评道：“你紧张个啥？啥人不是人？啥人结婚都是天理人情！有啥值得大惊小怪的？沉住气，啥都不用你操心！”

经这一说，石痴慢慢冷静下来。这时，院子里传来了一阵喧哗声：

第八章　如此“洞房花烛夜”

“叫新郎到外边来走一走俺看看，好不好？”

“好！”

“叫新郎新娘跳个‘合欢舞’好不好？”

“好！”

常言说，揭人不揭短，石痴对自己的“短”本来就很敏感，经这群闹房的小家伙们一喊、一轰，就更触到“短”的痛处了，顿时眼花脑涨，“啪、啪”把两拐一推，“哐哧”一腚坐到床上：“娘那熊的，不办了，不结了！”

主婚人一听急了，连忙上前规劝。最后还是按大妈的调解办理，但必须答应石痴的两个要求：一不举行大的仪式，比如两人互致鞠躬礼什么的；二不请客，不设宴，不闹房。

婚礼程序就这样被从简了一大半，新娘到家也只是在院子里呼隆了一阵子，进屋后两人便各自独居床的两头，闷坐起来。

老村长却舍不得丢失这个大好机会，他趁机大讲他这个“媒人”在石痴婚事上的功劳，讲开创了婚配的历史纪录啦，等等，还罗列了一大堆拥军优属、破格照顾、特别关怀之类的话。人家信不信并不重要，重要的是，他要让人知道，石痴的这个女人是他村长一手张罗的。

当讲到婚礼已毕，不准闹房时，在场的人顿感懊丧，不愿再听王少刚自我表功的演说，呼啦散去，各自回家忙年去了。

夜幕降临，四婶早早地给新房里点上双烛——长明灯，自己就回屋划纸、烧香去了。

一对粗大的蜡烛，闪烁着橙黄色的光芒。新娘盘腿坐在床的里端，上穿桃红色夹袄，下套竹竿绿单裤，头上顶着方巾大小的蒙头红，用石灰粉线薅过的脸上点缀着白红相映的胭脂。本来就很漂亮的方巧兰，一经打扮，愈显得端庄、秀丽。

新郎坐在床沿上，他因未卸假腿把双下肢悬吊在床下，这样可以不受假肢的挤压而多坚持一会儿。他没有英年男子的相貌，没有所谓的阳刚之气，也谈不上衣着的装饰，他唯一的“光点”就是面腮与嘴角的抽搐痉挛稍稍缓慢了些。

尽管禁止闹房，但在洞房内仍然挤着十多个半大孩子。他们一扫刚来时的大喊大叫，静静地站着、坐着，把视线投向新人，特别是投向新郎的每一个举止，渴望能从其对新娘采取的细微动作上猎取到一点收获，以便使年五更添上一些新的佐料。

这些闹房的孩子，多是在石痴参军后出生的，他们自不知他的原貌。他们老想伸手去摸新娘腚底下的栗子枣，可又恐怕这位吓人的新郎会突然发出一声巨号。不摸吧，又违背闹房的规矩，心里发痒，觉得太枯燥乏味。真是的！一个特殊新郎把好端端的沂蒙山风情给搅了！

有的孩子心里鼓将得憋不住，就喊道："喂，您两口子抽支烟俺看看行吧？""您挨得近一点亲亲行吗？""大叔您把腿拿下来叫俺看看行吧……"但两人都一动不动。

"喂，你们都赖在这里干什么？走开，走开！叫你们不准闹房，还来胡闹腾！"猛子肩挎形影不离的"汉阳造"，边喊边挤进屋里，把孩子们轰出门外，蹲候在旮旯里不愿走的小赖皮，他就用手拧着耳朵梢，一个一个朝外提溜。他把最后一个孩子提溜出去时，顺便回头淡然一笑，说了声"痴哥早休息"就匆匆走了。

洞房里的两位新人依然一动不动。没有含情脉脉的窃窃之语，没有醉入肺腑的动人秋波，不知那寂静、冷漠、令人窒息的气氛预示着什么……

新郎没有久坐不动的本事，他臂扶桌边，动了动身子，用迷蒙的右眼斜视过去。借着烛光，他发现她头上的"蒙头红"早已扯去，露出弯眉大眼、细腻而红润的双腮、匀称而略显上翘的嘴唇——她依然同当年一样漂亮。

"巧兰姐！"他实在憋不住了，终于说了入洞房后的第一句话。

巧兰稍稍抬头，闪电般地看了他一眼，但马上把头低了下去。

"我想问你，那天你突然跑来承认'一条腿'的说法是错误的，同意结婚，这究竟是什么缘故？难道你当真喜欢一个超级重残吗？"

"俺当然不喜欢残废，俺只是觉得你太可怜，你失去的太多了。"

"我很佩服你的直率，但不知道你说的'可怜'指的是什么。我敢保证，今生今世不会沦落到乞丐的地步。”

“痴子弟，咱先不讲那些大道理，我问你：你现在到底还有没有‘生长’?”

“什么生长？我过了今夜就够三十啦，再长就长胡子、长皱纹、长病!”

“不是，不是……你这人真够傻气，就是那东西……”这话太难启齿了，她壮了壮胆才脱口而：“就是有没有生养子女的东西呀!”

“……”石痴没有回答，他无法回答。

“……政府每月给你多少钱?”方巧兰突然把话转到待遇上来了。

“每月 42 元。”

“你觉得咋样？是应得的报酬?”

“这不叫报酬，这是‘残废金’。”

“怪哩，一条腿才十来块钱，还比不上条猪腿值钱，你不后悔?”

“我们不是给个人卖命，而是给国家保江山，不能把自己的肉体当作商品出卖……我对付出的一切毫不后悔!”

他们的对话就这样进行着。看上去好像性格不一样，好似在争辩是非曲直，又像在梳理私生活的淤节——各自遵循着不同的思维方式，谁也摸不清谁的底细。

夜，已经很深了，青年、幼童们在欢快地闹着年五更，老年人早已进入了梦乡，他俩也已体乏、眼涩，疲惫不堪。特别是石痴已长达十多个小时没有卸腿休息，这在平常是不可思议的，但这毕竟是一生只有一次的非常时刻，他必须全力地坚持、再坚持。

当地有个风俗——新婚之夜不脱衣，而且必须拖至三日过后，这个习俗对假肢的石痴简直近乎酷刑!

“天都快亮了，你还坐在床沿上干啥，睡不?”新娘不冷不热地说了一句。

“你先睡吧。”石痴心悸难安，应付了一句，他在担心：一旦卸下假腿，“原形毕露”该咋办?

“你为啥不睡？有啥心事?”她在催问。

“睡……我，我有个坏习惯，总想坐够了才睡。”这种搪塞是令人难信的。他的真意是，等她睡着以后，自己再卸装上床，不让她突然看见造成惊慌，以后在长时间的接触中再使她逐渐适应乃至最终接受重残这个现实。

“要不，”石痴又补充说，“你先下床，待我御装躺下后，你再躺下？”

“不行。”她反对道，“你先脱我害怕，还是我先你后，我头朝里闭上眼，行不?”接着，“骨碌”一翻，面向墙壁。

“好，行啊!”石痴疑虑顿消，开始“稀里哗啦”一件一件撕把起来，将假腿与棉裤和衣竖在床头。这样卸腿也等于脱衣，因棉裤腿卷不上来，只能裤、腿共卸。

方巧兰不仅没敢偷看，而且当听到异常奇怪的响声后，直吓得两手捂住耳朵，一动不动。

他没有脱内上衣，也没敢拎过棉被盖身，只是屁股悄悄向床北头挪了挪，默默地呆坐着。他在考虑防范措施：咬起被子躺进去？那冰块般的断肢必定会被她触到；坐在外边过夜？更会被一眼看穿全形。他像一个急待销赃的小偷，躲不开，销不掉，静静地坐在烛光闪烁的寒夜里，自己也不知道在等待着什么。

时间在寂静中流逝着，方巧兰似乎睡着了，时而发出低微的鼾声。

石痴依然不知如何是好。两个小时过去了，四肢短碴早已被冻僵，浑身失控地摇晃起来，下巴骨打得咯咯作响……

娘的，胆小鬼！一没偷人，二没犯罪，死都不怕，竟自己吓起了自己，混蛋透顶！他终于咬了咬牙，鼓足勇气，用嘴咬起被角，“哧溜”钻进了被窝。

他侧身躺下，将双腿底碴狠劲地蜷缩到腹上，屁股尖翘得老长，突出在被窝的最前沿。这是他全身唯一最完整、最标准、最漂亮的部位，不怕发觉，不怕细察。他太劳累了，一天装腿的时间超过了一个星期，躺下不久就打起了呼噜。

然而，这位有心的新娘并没有睡，她的鼾声原是“火力侦察”哩！

她听到了呼噜声，便轻轻地伸过一只脚来，但没触到东西，她又使劲地朝被窝深处降了降身子，一试，嗬，超过了分寸，脚捅到了他的脖子！她又向回蹿了蹿，重新伸脚探试，搜索了半天还是没触到腿的踪影。为了增强触觉强度，她早在石痴卸腿之前就已脱光了衣服。她两腿窝蜷着，双膝已触到了石痴腚瓣上，顿觉浑身麻嗖嗖的。这电流般晕悠悠的感觉，并不亚于同其他男人的接触。可是，这不是她的终极目标，在她领受演出这场蹊跷闹剧时，没有也不允许有这一情节。

王少刚原以为，方巧兰与石痴的婚事，他只要稍施小计，就会草草了结。但不料贾书记如此重视，而巧兰又脚踏两只船，摇摆不定，石痴又占着军婚的天时地利，久拖不决。这个即将到手的女子一旦配给了石痴，不仅自己的美梦落空，而且石痴有了妻子专护，势必永远钉在家里不走了。怎么办？从眼前情况看，与其攻其离散，倒不如“促其成全”，这既能体现出一村之长尽到了责任，又不违背实现美梦的愿望。为表示急人之需，他当面交给了方巧兰100元钱，并面授机宜，说石痴最大的疑点是没有“生长”，你可利用成婚的方便条件，将此事查清楚。如果确实没有那就好办了，如果他百般阻挠不让查，那就证明不是虚传。这个大胆的“策略”，是他深思熟虑之后才形成的。

接受百元重金的方巧兰并没有完全改变“脚踏两只船”，那每月42元虽比不上公家脱产人员，但对她倒有一定吸引力，况且他或许还有别的什么待遇，只要证实他确实有无“生长”，她就作出最后抉择。

她双膝在他腚瓣上贪婪地享受了一会儿，又继续试探，但因石痴的腿碴已上蜷到了腹部，腿碴外层又夹了一层棉被，使她预定的“侦察”目标难度增大，就连上次使她大吃一惊的冷冰冰的东西也没发现。

恰在此时，石痴在睡梦中突然失控地将腿碴猛一伸，这一伸正好捅到了新娘的腹部，她虽然吓了一大跳，却意识到“目标”正在暴露。她稍稍定了下神，肚皮又与腿碴相触，能够感觉出，断肢伤疤处的骨碴，皱巴得酷似树楂一般。她打了个寒噤，起了一身鸡皮疙瘩，随即退到一边。蜡烛即将燃尽，可光亮依然。透过烛光，方巧兰瞅见了平蜷着的石痴那细如面杖、尖如钻头的臂碴，心中不禁“咯噔、咯噔”颤跳。见石

痴睡得很死，方巧兰犹豫片刻之后，两腿缓慢岔开，下腹挨向他臂尖。她挪动极缓，心跳加速，生怕他突然醒来……

石痴睡梦中缓动了下身子，继而翻了个身，另一臂碴正巧打在方巧兰的腿上，他突然“骨碌”侧身，翻爬，坐了起来。

“你干什么?”

方巧兰吓了一跳，慌忙掀起棉被，把自己的身子盖住了。这一掀一盖，正好把石痴亮了个大鸭蛋，一个肉轱辘暴露无遗了。

“你干啥？你咋跑到这头把我弄醒了?”他睡眼惺忪地问道。

“过来……玩玩嘛。”她庆幸自己刚才的举动未被发现，但又觉着那关系“生长”的东西还未探试，不禁一阵焦躁，因为她掀起棉被以后，虽然一下子看了他的全身，却未料他还穿着个白裤头。天已快亮，时间紧迫，不能再磨蹭了。于是，她披着棉被，大敞着前怀，偎在石痴跟前，掀起被头把石痴与自己包成一个被窝，柔声道：

“玩玩吧，你喜欢吗?”

石痴回头一看，一双雪白的乳房已挨到自己的胸前，周身顿感一阵燥热、冲动，如在虚幻之中，他喃喃地说：

“你不怕……”

“你这人真是的，怕啥？光明正大!”她已经把手伸到他裤头的松紧带上，她忽然发现松紧带上下，有一片疤痕，心里就嘀咕起来。她耐着性子，硬着头皮，扯着松紧带往下猛力一拉，那碗口般大、横跨两胯之间的巨大伤疤顿时映入她的眼帘，她没敢再细看，就闭着眼睛“噢”的一声，冲过石痴的身子，“咕咚”跳下床来，慌慌张张中，竟把石痴连人带被一块拉下了床。

石痴没顾得上痛，快速爬起来问：“方巧兰，你……你到底想干什么?”

方巧兰憋得脸通红，支吾了半天，突然一不做二不休似的提高了嗓门道：“我是在测验一下‘怪密’。说实话，我本来对你还有点意思，不料你……你……骗人！人家都说你没‘生长’，你却不吭不哈，你现在还有啥话可说？你本来就是十足的无蹄无爪、吊蛋精光的怪人，还要逞能逞强!”

“我确有过错，我最大的过错，就是瞎了眼，没认清你，被你花言巧语所蒙骗!”石痴气得满面抽搐，脖子上的青筋鼓得老高。

石痴突遭一摔，不仅腿、避受伤，而且腚上、脸上也都有伤，眼镜也被摔掉。他光腚拉碴，加之怒气冲天，脸都有些变形了，十分难看。方巧兰既怕又恨，一个劲地喊着：

“你是破头、烂身、怪物，你快滚开，我害怕!”她边说边退。

石痴气愤到极点，怒不可遏：“你给老子过来，让我咬你一口解解恨，我打一辈子光棍也不要你这坏女人!”石痴大声喊叫起来。

这时，仍在屋外偷听的几个小青年一齐拥进屋门，几个女的见两人都光着腚，一伸舌就吓跑了。几个小青年，主动上前帮石痴揩去血迹，从地下抱到床上，盖上棉被。此时，方巧兰处境更是窘迫，想跑吧？身上一丝未挂，想再发几句狠话，又羞于开口，只好硬着头皮，弓着身子“咕咚咕咚”跑到床上，把她的衣服一划拉，抱在怀里，从人缝里“哧溜”一下跑了。她那狼狈相倒把这帮小青年惹得捧腹大笑。

张家湾一些人盼了几天、张罗多日、熬了半晚上眼的花烛之夜，就这样结束了。新郎光着屁股受了伤；新娘光着腚逃之夭夭。闹房的看到了任何新婚之夜所不曾看到的内容，不仅看到了新婚夫妇的全裸镜头，而且看到了新郎那令人震惊的圆体体貌!

天亮了，石痴躺在床上疼痛难忍，蜜月带给他的“甜蜜”感，实在让他受不了!

哎哟，真是傻透了气的憨瓜哟，永远埋葬这伤心的一幕吧，这还不够窝囊一辈子的吗？石痴欲哭无泪，想喊无声，只有悔恨地接受着肉体和心灵上的折磨。

大年初一，是合家团圆、酒美肴盛的欢快日子，而石家却死气沉沉，除了门框上的新婚对联因未贴牢而被风吹得嗦嗦作响外，其他什么动静也没有。四婶没有过来看儿子，石痴也没心思装腿去给母亲拜年。

早饭过后，张大妈端着隔年饭和菜肴给石痴送来，但石痴说啥也不吃。大妈一大早就听说石痴和巧兰在新婚之夜闹崩了，便猜想必定是王少刚要了手腕，把事情弄坏了，又见石痴身上有血迹，顿觉闹得不轻，但她深知石痴的脾气，越生气越不说不道，问了几遍，他只是摇头，再问还是摇头。她只好将饭菜放在桌子上他伸嘴够得着的地方，回家了。

张大妈刚走，外面就走进一大帮人，依然是王少刚领头，后头是上次来过的贾书记、张书记，还有方巧兰和几个医生模样的人。

“今天是大年初一，区乡领导特来给你拜年了!”王少刚首次省略了“大侄子”的开场白：“同时嘛，也来调解一下你俩的婚姻矛盾。”

石痴没有作答，只是由卧而立，跷腿挪腚，向床边移动，这是他卸装后礼迎客人的基本动作。

贾书记一边安排医生为石痴处理伤情，一边说：“石同志，听说你们的婚事出了点故障，具体情况不了解，但有一点是错误的，没经过批准就擅自结婚，这是违反法律的……”

“是啊，贾书记批评得很及时，很正确，这也是我本人法律意识淡薄造成的，我是一村之长，有不可推卸的责任。当时只想早为大侄子解决生活特需，就忽视了法律政策，事情又弄成这样，真是好心落了个瞎泡事哩!”

“具体责任、是非问题，以后再说，现在先把核心问题摆出来！谁是谁非，是散是成，彻底弄个水落石出。真够意思，过个年都不让安稳。”张玉红书记显得很不耐烦。

原来昨晚上方巧兰光着腚刚跑出屋后，就碰上等候在那里的张玉梅母子二人。王峰双一看巧兰全身光溜溜的，就傻乎乎地问：“你咋没穿衣裳？早跟石痴睡了吧？”张玉梅当即扇了他一耳光。她让巧兰快穿好衣服，说内情她已听清楚了，三人密商后便叫王峰双陪巧兰连夜赶到乡里，找到他舅张玉红，如此这般地告了一状。张玉红曾因错断婚姻而犯过错误，心有余悸，王峰双虽是外甥，但怕重蹈覆辙，事关重大，就一早派人将贾书记火速请来。

“现在你们双方都如实说，为啥打架，矛盾出自哪里，要实事求是。”贾书记边说边扫视着两人的表情。

方巧兰朝前跨了一步：“各位领导，俺先说行吗？”

“嗯，谁说都一样。”张玉红点头道。

“他不该隐瞒自己的身体真相，直到昨天晚上，俺才看清他的身子。他没有‘生长’……什么都没有，他是假人、怪人、死人……俺死也不和他过。”她边说边哭，声泪俱下。

石痴面色严肃，没有说话。贾书记是部队转业干部，他曾见过不少伤残荣军，但却未见过石痴这样残情超常而又没有面色表情的重残。他弄不明白，在挑战与诋毁面前，他反倒闷了缸。于是，贾书记提醒道：

“石痴同志，你怎么啦？为啥不说话？她说得对不对？”

石痴“哦”了几声，说：“方巧兰说得很对，这事的确怪我，是我不对。其实，不用别人说，我本人理应最清楚自己是怪人、坏人、丑人。”

“这不只是方巧兰个人的看法，残废人历来受歧视、被取笑，这不仅因为残疾人是少数，而且还因为他们缺少常人的技能、体魄和容貌，为了求得起码的生存条件，他们必须时常遮丑、扮装。这既是为了抚慰（欺骗）自己的空虚，也是为了哄骗别人。我痛感惋惜的是，错估了自己的身份，没能坚持原来的主张，这是造成这场滑稽丑剧的原因……”

两位书记惊疑地倾听着从这位重残者口中说出的这些平日极少听见、令人似懂非懂的话。

王少刚凑了过来，假惺惺地劝道：“大侄子，这事全怨我处理不周，大年大节都没过安稳，全怪我没头脑。”

方巧兰见石痴没有还击她，反倒更来劲了：“你为啥光说笼统话，你身子的真实情况为啥不说？”石痴没理她。

“这事不必争论，可以验证。”张玉红说，“你们打仗的事是咋着来？是谁先打的谁呀，嗯？先把是非弄清楚，然后再验证！”

“他先打的我，不信您看。”方巧兰边说边解衣露胸，在两乳之间确有一道蹭破皮的血口子。

“什么打的？”贾书记问。

“用拳头打的，用脚踢的。”巧兰回答。

“哈……”贾书记突然一阵大笑，把三个人都笑愣了。贾书记收住笑说：

“石痴讲得有道理，这确是一出滑稽戏。你们看，他没手没脚，怎么能拳打脚踢呢？真是千古奇冤！”

这场闹得天昏地暗的婚礼官司，被贾书记这一笑戳穿了，张玉红、王少刚坐立不安，方巧兰也不再狡辩，她不得不承认，由于自己的疏忽，一切伪装都被剥了个精光。

“依我之见，”贾书记站起身来，庄重地说，“对我们的祖国和人民来说，像石痴这样的重残人，不是什么‘丑人’、‘怪人’，而是有功之臣！绝不允许对其任何嘲弄、诬陷！不是有人说没有生育能力吗？今天我们带来了男女医生，来个就地诊查，挽回影响。”贾书记说罢，就叫张玉红吩咐医生分别查体。

“我不查，我一切正常，反正我绝不跟他。”方巧兰吓得边说边朝外跑。

“我也不查，这事儿已经了结，没有必要再查。”石痴也反对查体。

贾书记劝道：“你们夫妻一回，难道就没有和好的余地了？”

“哼，想得倒美，一个炸弹坑里捡来的半截肉茬子，还想和好人配对，真是癞蛤蟆想吃天鹅肉！”方巧兰说完，气冲冲地走了。

“你们看怎么办？”贾书记眼看着张玉红，突然问。

“我看不如趁早拉倒。”张玉红果断地说，“既然是男方已明确表态，我看就按他的意思办吧。”

贾书记很同情石痴并深感其找对象的难度，他和方巧兰再拼凑成块儿的可能极小。他还隐隐约约地感到，此事好像并非方巧兰一人不通，如果还有他人插手，万一出现不测，石痴又无自护能力，后果很难设想。他看了一下石痴说：“好吧，我也同意你们的意见，就此拉倒，因为你们没有登记，省去了离婚手续，将来能结婚更好，不能结婚也要找专人护理！你们看如何，谁还有不同意见？”在场的人均点头表示同意后，贾书记又深情地对石痴说：

“望你保重，别悲观，听说你在部队上过‘速成’，你会有用武之地的，农业社的事情多着呢，你的前途很光明。”说完他们各自回去了。

第八章　如此“洞房花烛夜”

贾书记留下的这番话，使石痴从刚刚结束的这场浩劫中醒了过来。“还有用武之地……前途很光明！”卧床六年来他头一次听到这样鼓舞人心的话。且不说它能否应验，但就这话语本身的新鲜味，简直就是鼓起他求生勇气的号角！

结婚的尴尬和不快渐渐远去，石痴躺在床上，反复咀嚼、体味着贾书记的这句话：“还有用武之地……前途很光明！”他纺佛已伤愈归队，正步走进团部指挥所，精神抖擞地举手行礼：“报告首长，石痴受伤已痊愈，体力恢复正常，有何战斗任务，尽管下达命令，石痴将全力完成！”

“嚯，从现在起，要改换成另一种武器——锄杆子、笔杆子，向生产进军，向科学进军！你能行吗？你能像保尔·柯察金那样，在和平建设的工地上找到自己的位置，发扬火力，杀伤敌人吗？……”这是谁的话？像首长的，又像书记的……

啊，真的找到位置了！一天，突然来了一个干部，叫他马上去农业社报到，任务是担任高级社主管会计。他高兴极了，像士兵领受任务一样，背起背包抓起枪，直奔预定目标……尽管累得气喘吁吁，但心里却像滴落着甘美的露珠儿。从此，他天天泡在账本算盘里，收入、支出、核算，干得熟练精确，头头是道，谁敢说我是块废肉？我要在会计的岗位上兢兢业业地工作，说不定将会成为沂蒙山区第一个无肢就业的会计！到那时，将永别寄生的日子，变成自食其力的劳动者，不仅自己能养活自己，还能挣钱恭孝母亲……

突然，首长、书记走远了，行进的队伍也走远了。他立身举步，匆匆追赶，不料“哐当”摔倒了，他被摔醒了！

原来是一场梦！

第九章 又拿起笔杆

石痴决心拿起笔杆子，来代替那依旧留恋的枪杆子。难有所尽，苦有其酬。他用超强的毅力去克服眼与纸笔贴近造成的眩晕、臂捧笔触纸不灵活等困难，并在村里筹办了图书室。

第九章　又拿起笔杆

随着春节的过去，隆冬已失去它冷酷的威严，明媚的春色开始重返沂蒙。石痴被巧兰推下床后摔伤的部位已痊愈，他像悬崖夹缝中的松柏，经过风霜严寒的洗礼，显得更强壮了。

一天早晨，石痴早早地爬起来，昏暗中匆忙摸到假腿装完，头拱桌子，将军帽、墨镜戴上，夹好双拐立起身来试了试：腿有些痛，但能坚持，就踉踉跄跄走出门外，朝东一拐，步入高低不平的梯田里，左一步，右一步，深一脚，浅一脚，时而一步踏高顶倒了，时而一脚落空闪倒了……

他终于爬上了南北梁。这里比一般地势高几十米，是一道南顶村边、北至红崮山的天然丘陵屏障。他累得满头大汗，上气不接下气，再也无力登攀，便就近在一块蘑菇石上坐下，把双腿卸下，衬料晾到石头上，然后躺到刚萌青的草坪上。

他终年卧床，绝少有到野外来的机会。他要在这块透熟的家乡故土上重温少年岁月的梦。晨光越来越亮，万物在苏醒，荠荠菜、和尚头、老翁花、苦苦菜、米冠头，一撮一撮，一墩一墩，拱裂土层，拔颈抽叶，飘发出阵阵醉人的芳香……

游山逛水，花前月下，自然不是重残人的情趣范畴。弱视使他不能举目远望高山，也无法近览翠绿葱郁，但家乡的山水别具韵味，貌熟地亲，情切于怀，早已千百遍地收映在他童年的记忆中。

张家湾，是个与世隔绝的穷山庄。自古至今，村里的人一茬茬，一代代，土生土长，规守陋舍，繁衍生息。村里的老辈人说，张家湾两山横跨东西，九曲河从村前穿过，村基北高南低，酷似簸箕，沿河壁石上仰下翘，故而富根扎不进，蓄财挡不住。于是，后辈抱怨前辈，儿子抱怨老子，责怪祖宗选居不当，首辈穷，辈辈穷，挪不动，搬不动。岁月久了，穷惯了，也就成了“命中注定莫怨天”。其实，这里也有令人神往陶醉的天然美景，丰富的地下宝藏，当地就有民谚说：南麻、鲁村、钓鱼台，要看圣景燕子崖，西临东指百草关，北靠织女洞，南依龙洞金牛栏……这“金牛栏”指的就是金山乡一带。这些亘古相传的佳景，在前朝史书、壁画和出土文物上都有记载。

在春光的沐浴下，石痴贪婪地观赏着家乡的贫瘠与美貌。风在轻轻地吹拂着，他缓缓地闭上了眼睛。

“嗨！大哥，你怎么上这儿来了？是谁把你背来的？”

“噢，猛子弟，你怎么也上这儿来了？”石痴机警地睁开眼，一“骨碌”爬坐起来。

“俺是来找你的。”猛子说，“俺到家里没找着你，四婶子也不知你的去处。你不是可以过临时组织生活吗？大队要开党员会，我背你去，在农业社办公室开。”

“让我参加党员会？我不是正式的不好意思去。”

“咋不行？论贡献，你比俺还大哩。我说让你去，老村长没说不行，去吧，老闷着干啥？”

石痴顷刻热血沸腾，这是负伤后，也是离队以来首次参加组织生活，这预示着同他的部分肉体生命同时断送的政治生命也将开始复苏。可一起到“临时”二字，就觉得怪丢人，怪惭愧。再一想，在火线上，出现指挥危机时不同样是“临时”指挥吗？不管这些，反正我不是汉奸、野心家，只要对国家、对集体有利，“临时”一辈子也行。他快速装上假腿，让猛子扶着，最早来到办公室。

这是两间石墙草屋，坐落在村后一个打麦场的北侧，是初级社到高级社以来的办公场所，也是全村唯一的公共场所。室内陈设极简单，一张两抽屉破桌，桌面上放着一摞账本子、算盘、墨水瓶、蘸笔等，靠东墙根有一张单人床，床上铺一张破席。时近中午，全村 13 个党员先后到齐。党支部由三人组成：支书由王少刚兼任，组织宣传委员分别是方巧兰、猛子。像这样的小村，“三人内阁”既是“党委”又是“政府”。

“同志们，”王少刚首先讲话，“这次党员大会非常重要，在县委‘四干’会上，传达了伟大领袖毛主席‘还是人民公社好’的伟大号召，现在的高级社已经完成了它的历史使命，必须向着更高阶段——人民公社迈进。我们要在总路线、大跃进的大好形势下，掀起大办人民公社的伟大高潮。下面由方巧兰宣读上级文件。”

方巧兰论学识，在张家湾女流中首屈一指，可念起文件来却磕磕绊绊，像老太太啃面瓜——平拥平推。读得不清，听得没味。在读完文件分组讨论时，大家异口同声说："说咋着就咋着，叫干啥就干啥得了，讨论管屁用!"

"谁说管屁用！要提高认识!"王少刚虽说也谈不出个子丑寅卯，但还是批评了几句"放屁"论者。又强调了人民公社政社合一、一大二公的无比优越性及公社的组织原则、生产方式和分配制度，最后，让党员下通知，明天召开第一次社员动员大会。

党员会以后，石痴没再参加会议。他像初上战场不会打仗一样，对总路线、大跃进、人民公社这些新名词并不甚懂，但也绝不说孬。他觉着凡是中央号召的，上级提倡的，都是好的、正确的，必须坚决执行。他开始关心起"公社化"来。

骤然降临的"公社化"堪称划时代的运动。大炼钢铁，大搞食堂化，大搞丰产方田；以营、连、排为建制的生产单位，转为生产大队、生产队，三级核算，队为基础；实行思想革命化，以阶级斗争为纲，促进各项事业发展。人们随大势而躁动，虔诚地渴盼着一个没有阶级、没有剥削、高度发达富强的社会——共产主义的早日到来。

为了紧跟日新月异的大好形势，张家湾的领导班子作了部分调整：除原有三人外，新补张明喜为大队长，寇长功为主管会计。五人"内阁"各负其责，是张家湾党、政、财、文的"中央"机构。在强烈的社会震荡中，在会议场所、生产营地，都没有石痴的位置。这个历来富有上进心，一贯敢冲敢拼、不甘落后的人，只有暗暗地为自己的无用而羞恼。

一天，猛子送来一大沓自己摊的煎饼，发现石痴很不高兴，就问："大哥，你有啥过不去的'火焰山'？尽管说出来，俺来帮你解决!"

"没有困难。"石痴冷冷地说，"告诉你，今后不准再来送饭，我要自炊自食，不再麻烦别人!"他说办就办，按照很久以来的设想，掏钱让猛子买来一个光棍耳锅，四个绝户大套碗，一叶案板，一把刀，两个水罐，一个小水缸和其他必用炊具。除去逢集叫四婶和街坊邻居代捎些青菜、熟食外，其余要全部自备、自炊、自食。从此，他开始了求生历程上新的磨炼！

不论酷暑还是严冬，他都以膝行或爬行，在自己的房前屋后，院东院西，用短臂拣草拾柴，一根草秆，一片树叶，一块秸根，一节干棒，都是他猎获的珍宝。他仍然偷出偷进，偷摸偷拾，最怕被人发现，尤其怕被母亲发现，惹出又是送又是帮的后果。拾柴、做饭对他来说还不是最难的，最难的是担水、擦火与切菜。离水井只有 200 米，可让他往返一趟不亚于百里长途。他用膝行运水，将罐系套在脖颈上，行至井边，用牙咬住井绳放罐汲水，一罐水要趴在井沿上反复十几遍甚至几十遍才能灌满罐子，有好几次咬绳上提用力过猛，将牙齿荡掉了几颗。一罐水双臂抱，双膝行，随行随晃，随晃随泼，等爬到家，一罐水仅余下半罐。因爬行取水双膝时常被石子硌破，他就干脆饮用屋檐水。每逢下雨时，将锅碗瓢盆全放在屋檐下，一场大雨接的水可用月余。

擦划火柴，因双臂平齐极难抱拿细微物件，每当用舌尖舔出火柴杆，臂抱擦划时，火柴杆不等竖起抱牢，早就滑落在地了。后来改为把火柴盒全部退出，一次抱住几十支一并擦划。擦划时，大腿压紧固定火柴盒，弯腰低头，使短臂抵触火柴盒磷面，“噌、噌、噌”——“轰”地一家伙，全部划着了，结果眉毛、头发、胡子一块被烧了。可由此找到窍门：擦火前，先备好柴草或纸屑放在跟前，一旦擦着，快速扔进柴草里，这样就可以引火烧锅做饭了。切菜也因臂碴触痛无法抱刀，这倒容易改进，用嘴“拿”刀，臂压力背，瞄准位置，狠劲施压，菜便迎刀刃而断了。一棵葱花，一把芹菜或韭菜，两刀三断即作罢，切粗粗吃，切细细吃，不切也同样能吃，没有外人贵客，自劳自食，概无好坏之分。有笑话说，笨人锄地榜破了脊梁骨，而石痴切菜却切破了嘴唇！

端锅、烧火并不难，只是臂、腿触觉较差，时常因端偏、失衡造成锅翻、饭倒、嘴臂烫伤，食撒满地，徒劳一场；烧火引着裤子也是常有的事，眼看不清，假腿又不知痛，何时烧至皮肉，才知取水泼救。但他决不介意这些生活小节，时常安慰自己：能做熟了就吃熟的，不能做熟就吃生的，反正比在战场上吃被套好得多！

善良的张家湾人，对他的一举一动都很关心，碰见他担水，就帮他提送到家；碰见他切菜、烧水，就夺过菜刀，捡起火棍，一帮到底，把饭做熟；碰见他摔倒爬不起来，就把他拉起来，扶回或背回家。久而久之，熟了，习惯了，不以为奇了，人们也就帮得少了，而这正是意志坚强的重残人磨炼自己所祈盼的！

人的潜在活力究竟有无极限？保留多少活性肉躯才算生命与延续生命的界定标准？这在生理科学领域，也未必有现成的答案。石痴这个被判定最多只能活三年的人，在经过六年苦涩的煎熬、艰难的锤炼后，终于跨入了生活逐步自理的“黄金时代”！从舌舔饮食，牙装假腿，到抱勺自食，臂嘴装腿；从由他人喂饭解便，到自筹、自炊、自食。他在一望无际的沙漠中，一丝丝一点点，向着求生目标奋进！不仅如此，他在做熟饭后，总坚持给母亲送饭。最初母亲不要也不吃，冷冰冰地拒绝。但石痴仍风雨无阻，每每两臂抱碗送饭，常常人倒、碗碎，立不起，爬不动。他认为，孝敬父母没有固定的信条、法规，不论老人言语冷热，都必须自觉地、责无旁贷地行孝于始终。这也是在填补自己人生短欠的债务。

四婶曾为谣言所困惑，力劝儿子离家返院，但她终于被儿子的孝敬之举所感动，不久就每送必吃，时常含泪千叮咛，万嘱咐：“痴儿啊，别再送饭了，娘的命苦，你的命更苦，残成这样还总想着娘，你有孝心，娘也有愧啊！往后，你有好吃的，俺过去吃就是了。”

看到母亲转冷为热，石痴高兴极了，他不怕寒暑，苦苦往返，就是为了看到娘脸上的笑容。他“扑通”跪倒在地：“娘，您真好，您能接受残儿子的孝心，这是痴儿的最大快乐。”母子的感情裂缝终于弥合了，尊老爱幼的民族传统，终于冲破了迷信邪说的桎梏！

随着时光的逝去，石痴求生路上的收获越来越大，但他已不满足这些了。他认为自理自食是人类最起码、最平常的事，是人的最低作为。一个人如果一生一世只学会了进食、排便，这同低级动物有什么区别？

同身体健全时相反，现在，他总喜欢刮风变天，喜欢下雨下雪，喜欢独处苦思。对健康的青年一代，庞大的战争场面已经浓缩成电影、戏剧、故事，但他依旧留恋战壕掩体，依旧想听那真枪实弹的尖啸声；他

渴望在雨夜突袭急行中，再次碰到大王的枪口上；他渴望在相似的决战中再次看到杜玉民、徐风明、万中祥这种既英勇善战、又牵家思妻的军人。可眼前的现实告诉他：对不起，这里只有你寻求自理的“职业”，永远不会有别的用武之地！

他见过许多残废军人和因公致残的人，他们有工作，有贡献，有报酬，享有常人的尊严和礼遇。纵观他人，比比自己，这绝不是一般跨度的优劣悬殊，简直就是天壤之别，他悔恨羞愧地叹道：

我欺骗了人生，贬低了人生价值，在激流狂涛中被冲倒却未奋身挺起，像只折损翅膀的“残蜂”，不去吮花劳作，而是苟安食蜜……

我要工作！

四婶已注意到，儿子的屋里几天不见烟火了。她去大妈家借来一瓢面，又掺上两把黄豆面子，擀了一点面条，煮好盛到两个碗里，端着来探望儿子。

“痴子，快起来，娘给你擀了碗面汤，是杂面的，你不是最爱吃杂面吗？快趁热吃吧！”四婶把碗放在石痴伸嘴可及的桌边上，又找来小勺子插到碗里。

“娘，您千万别忙活，我一点都不饿，您快喝了吧。”石痴坐起来，用臂将碗推向四婶那边。

“您这仔羔子，成了铁打的啦？都三天不冒烟了，这不吃那不用，想当神仙吗？”

石痴为不让母亲生气，便装作真诚地把嘴伸到碗里，“哧溜、哧溜”地吞了几口，夸赞道：“娘做饭真可口，可我早吃饱了，实在咽不下去，还是娘替我吃了吧。”

娘儿俩互推互让了半天，谁也没有再吃一口。

四婶深知儿子的禀性，遇有心事解不开，时常三四天汤水不进。她寻思儿子准是又在考虑婚姻的事了。他已经30岁了，应当考虑了，可像他这等人，谁能中意？真是煎熬人心哟！四婶心情沉重地走出门去了。

四婶刚走，就听院子里有人喊石子。石痴一听是刘步荣，就一骨碌爬起来，正待装腿迎接，刘步荣已来至床前，“看你，大叔来了，也不出门欢迎。”

“大叔，做梦也没想到您能在这时候来，欢迎！”

“怎么了？又钻牛角了？钻牛角可是越钻越悲观。来，让我介绍一下，这位是公社分管民政的房主任，以后有事尽管找他帮忙。”石痴这时才发现在刘步荣两边各站着王少刚和房主任。

“噢，是房主任，老领导了，欢迎，我眼神差，请谅解。”

“不客气。”房主任答道，“我知道你的情况，咱都是军人出身，你有啥事，尽管直说，不用客气。”

他们分别落座在床沿和凳子上。王少刚忙着张罗涮茶碗、茶壶，沏茶待客。石痴兴奋地说：“大叔，既是为我而来，那就别客气，和我一块多住些日子，出出主意，描绘一下我这重残人的生活蓝图。”

“好小子，我可不是专门为你来的。县里叫下来蹲点，摸清公社化后的优抚情况，住在你们金山公社里，任务紧，限期完成，我只是借机会来打个逛。”刘步荣又询问了前些日子给石痴寄来的临时党组织关系信和他的生活情况。

“早收到了。”石痴感激地说，“知道大叔已经来县里任职，我高兴得两三夜没睡着觉。前段已经和组织联系上，并参加了村里的党员大会。我的三条生命，肉体生命和政治生命基本恢复，现在只剩下枪杆子这条生命没有恢复，也不能恢复了。”

刘步荣沉思了一会儿，意味深长地说：“你能不能在严酷的条件下，找到一种虽不是枪杆子，但能代替枪杆子的东西？当然，这需要你去发明、改装一种适合自己操作的新式武器，到那时，你不就又有枪杆子了？”

“好！”石痴臂一扬，兴奋地说，“大叔，你一个学问不高的人当了局长，理论也随着棒起来了，真够意思啊！”

“刘局长啊！”王少刚一面给刘步荣、房主任递茶水，一面说，“您两位领导不知道啊，俺这老侄子可有毅力哩，这些日子他一概拒绝别人给他喂饭、送饭，还不准他母亲近前帮忙。现在他全是自己做自己吃，实在不简单哪!”

“他怎么做饭，乱弹琴，怎么能让他做饭?”刘步荣责问。

“没啥了不起。”石痴说，“还不是那老一套，做熟了就吃熟的，做不熟就吃生的，没有生的就让牙休息一会儿，当年咱吃棉被套不也熬过来了吗?”

“太邪乎了。”刘步荣说，“现在是和平环境，还能再让你吃棉被套?以后随着经济的发展，你的生活会进一步改善。只要江山不变，人民不会忘记咱们的。县领导得知你住房漏雨，都很不安，决定拨款300元给你盖间房，由房主任和村干部来办，近期完成。”

“这事没问题。”王少刚大包大揽，“村里石匠、木匠都有，就算不拨款，有领导一句话俺也得叫大侄子住上新房子。”

“可别错解了我的意思，我讲的是艰苦奋斗，新屋我不要，不如旧屋随便，别找那些麻烦了。”石痴争辩道。

“这你甭管了，盖个小草屋先凑合住着，等将来国家富了，说不定叫你享受享受双层小洋楼呢。”刘步荣笑着说。

“别取笑了。”石痴说，“要是按功行赏的话，盖个小洋楼让咱首长大叔享受几年才顺理成章哩。我住啥都行，就是不习惯更新换代，瞎折腾。”

“房子并不高级。”刘步荣解释，“同社员的住宅一样，房址要尽量与老人靠近点，便于照应，将来要是找上个‘识字班’(沂蒙方言，意为姑娘)，也有利于照顾老人。”刘步荣在具体安排了建房事宜后，兴致勃勃地告诉石痴：“石子啊，大叔给你带来几样消遣、解闷的东西，你看能不能对趣。”他叫房主任帮他拿过提包，拉开拉链，把一本本书举到石痴眼前晃晃：“这是学生们赠的书和一把口琴。你缴获的日本鬼子的那把口琴老掉牙了，要更新换代。孤独苦闷极了，就把它当成阵地上的‘生土豆’、‘棉被套’，抱起来解解危机。这几本书中有《钢铁是怎样炼成的》，中国的保尔吴运铎的《把一切献给党》，还有《牛虻》和《英雄故事集》等。这是几本画报、小人书，视力好的时候看书，视力差的时候看画书、画报。这是个微型矿石收音机，眼睛看不见东西时，就戴上耳机听广播。”

刘步荣抬头看了一眼石痴，问：“怎么样，它们能作你的临时伴侣吗?”

石痴的嘴角神经快速抽搐着，激动地说：“不是临时伴侣，是永远的同行，也可以说是对象，是爱妻！可我怎么报答您呀!”

“有法报答。”刘步荣开玩笑地说，“等再出现‘二五〇’阻击战，你再背我脱险一次，不就报答了吗?”他的话惹得三人一齐笑了起来。笑过之后，石痴说：“大叔，有件事您帮我参谋参谋，我想办个临时图书室，活跃活跃山里人的文化生活，钱可以从我的抚恤费中出。这既可以给社员们学知识提供方便，也可增添自己的生活情趣。您看……”

王少刚突然插话说：“你不能走，又不能写，咋着管理图书？你母亲也年老体弱，听说她还要你……要你……回休养院哩!”

刘步荣深为战友的坚韧自强而高兴，但也担心石痴是一时心血来潮。

“我知道难度怪大。”石痴说，“听说人家没手的可以用脚写字。没腿没手的，还能用嘴写字。可我倒好，不仅手腿全没，而且眼瞎、嘴残，含物没有收缩性，进物难，出物快（兜不住涎水）。我已经多次试验，用嘴能写字，只是神经失控，补皮弹性差，张合吃力，但只要经常磨炼嘴的张合功能，也许会逐步适应。不信，我写写你看看。”

刘步荣惊疑地拿过一本书，背面朝上，放在桌子的边沿，又抽出自己的水笔放在书上，三人的眼睛都盯住石痴的动作：他假腿倚住桌棱，躬腰低头，竭力张大嘴，咬住笔杆，笔尖在舌口的搓托下，在纸上徐徐蠕动，一捺一勾、一歪一撇地勾画着。每一笔，每一画，都是两片嘴唇和舌头一翘一收、一伸一缩、一探一动的指挥结果。

写着写着，口涎顺笔而下，流到笔尖，泡在纸上，同落纸未干的墨迹会合了。挪挪部位再写，不等拼成样，涎液潺潺跟踪，同墨水混染，成了一堆堆淡灰色的污垢。衔笔久了，口劲小了，写着写着“呱叽”掉了，再衔再写。历时十几分钟，钢笔滑掉十多次，累得汗流浃背，终于写成四个大字。

这四个大字整整占了书的一个背面。刘步荣与房主任像测试一部精密仪器，验收一项稀世产品，调过来调过去地端详。那字既不像汉字，又不像外文，笔画该长的短了，该短的则长了，整个形体，不像文字，倒像一个着色模糊的圆形印章。三人久看未懂，石痴告诉他们这是“艰途觅生”，他们都愣住了：这哪里有这四个字的模样！但又都不愿泼冷水。房主任言不由衷地称道：

“像！像！像得很，确确实实是‘艰途觅生’嘛，这手字连我都写不上来。”王少刚也随声附和：“好，好，写得好！”刘步荣不识几个字，既然没看懂，也就没说什么。

又坐了一会儿，刘步荣几人要走了。临别前，刘步荣握着石痴的残臂，说：“依我看，你的文化学习还处在原始社会，也就是说，现在还没有进入前沿阵地，没有找到发扬火力的有利地形。办图书室的设想，可以试试看，但绝不可勉强，残废金不能用来购书！”他停了一会儿，又接着说：“好吧，石子，我该走了，如有适当的对象人选，可别错过良机哟！”刘步荣每次和石痴见面或分别时，总不忘提此事。

石痴有了精神“伴侣”，浑身顿觉轻快，他高兴地从床上爬到地上，抱来一撮柴火，准备做晚饭。在嘴咬茶缸往锅里添水时，发现缸子里有六个鸡蛋，这是前些天大妈送来的，早就忘没影了。他把鸡蛋放进锅里，添水、升火煮起来。煮熟后将耳锅扳倒，控出开水，把鸡蛋弄到缸子里，正待给母亲送去，母亲正好一步踏进屋里。娘俩推让一番，最后四婶说：“六个鸡蛋咱娘俩各吃仨，要不娘一口也不吃。”石痴无奈，只得服从，四婶边吃边问：

“你今早晨还愁眉苦脸的，现在这么高兴，又是你哪个伙计来过？”

“娘，现在我有事干了，还是老刘帮的忙，他给带来一个小收音机、一把口琴和十几本书，我有了消磨时光的伙伴了，能不高兴吗？”

四婶不认字，也听不懂儿子说的这些“伙伴”是啥意思。石痴就把刘步荣带来的东西一一向母亲作了介绍。

娘俩感情融洽了，拉起呱来也没完没了，一直拉到天上黑影。石痴硬让母亲听听收音机，却听得院子里涌进一些人来。四婶出门一看，啃，老少爷们满满登登挤了一院子。四婶大惑不解，将先到的张井老汉、大妈、猛子、张明喜等让进屋里。还没等坐下，猛子就直喊：

“大哥，你那洋戏匣子在哪里？快打开听听，过过穷瘾，你看，门外那些人都是来听戏的。”

石痴赶忙让母亲擦火点灯，招呼大家进屋坐。摆在床上桌上的书籍、画刊、口琴被大家“扑棱”抢光了，他们有的趴到灯前看书，有的举着画报翻阅，有的拿起口琴端详……

跑来观景的多数人是文盲，他们的“热点”是听戏、开眼界。50年代的沂蒙山区，除县城外基本没有音响设备，多数人没见过收音机，这个微型矿石收音机无疑成为张家湾有史以来的奇观。石痴把喜欢摆弄机器的大队长张明喜叫到跟前，让他戴上耳机，拧开开关，屏息收听，播音员那柔和的标准普通话，时高时低、时断时续地传到耳朵里，张明喜边听边咧开大嘴欢叫：

“哎哟，真神了，是个女人声，好像唱歌一样，快听啊！”

一人听，众人等，听者兴高采烈，等者焦急跺脚。石痴要求每人只限五分钟，让大家人人都能听一会儿，他看着马蹄表精确地计算着时间……

不论老小，谁听谁说“神”，一无线，二无人，三无鬼，一个小小木匣子，想说就说，要唱就唱，这不比神还神吗？人们被这块会说话的木匣子倾倒了。

石痴是土生土长的张家湾人，但他回村前未料到家乡会封闭、愚昧、落后到这种程度，电影、电话、广播在这里依旧是神话，他倍加感到了办个图书室的必要性。大家得知石痴这个想法后，都齐声拥护，只有大妈在赞许的同时，也为石痴担心：“你办图书室是个大好事，可你这残身子能受得了吗？这是动笔动脑子的麻烦事儿，你咋个管法？”猛子、明喜也与大妈的意思差不多，很赞成办图书室，但不忍心看到石痴遭罪、受苦。张井老汉是位清末秀才，他对事物一向有独到见解，他评判说：“壮志未酬谓之败，欲而不达神难畅。侄儿乃负难之体，折物劳身不足惜，不如一试为上。”

石痴兴奋地说：“感谢老少爷们的支持，我决心试一试，就算失败了，也不过几本子书，而得到的是钱买不到的人生经验。”

十天后，石痴收到了从邮局寄来的200多册书籍，这是王纯青得知消息后筹措寄来的。石痴随即将伤后的172元积蓄给王纯青汇去。

有了书，石痴就开始了紧张的图书室筹备工作。一间形似“团瓢”的小草屋太小，摆不开，盛不下，桌上、床上、凳子上、当门里、里里外外全是书。猛子、明喜和小学的曹老师帮着摆弄了整整一个上午。张明喜将墙外的一棵槐树砍倒，制作了个简易书架，曹老师给钉了一本图书往来记录簿，一个初具规模的山沟免费图书室开张了。

正如所料，石痴碰到的第一道难题，是不会写字。靠别人帮忙，让借书人代笔，终究不是长远之法。农村借书看的，大都是些初小、高小或扫盲“速成”的青少年，他们受集体生产劳动的制约，借书时间紧，还书时间长。每当借书人拥挤、排队时，石痴就又羞又急，不能亲自写下书名、人名，而借书人不等代写代记，一声上工号响，抓起书本就急奔山坡。时间久了，借书手续自行简便，谁想看即看，谁想拿即拿，当面答应看完就还，实际上是有借无还。不到两个月，200多本图书随人飘散，图书室荡然一空，石痴这位图书室“室长”也就失业了……他的精神“伴侣”才存活了两个月就去了，陪伴他的仍旧是孤独、寂寞与无聊。当劳作一天的人们带着疲惫、收获和各自的沉思步入梦乡的时候，石痴却在万籁俱寂的黑暗中，重复着其唯一的拿手本领：从床上爬起来，跳到当门里，挪到抽屉前，嘴咬臂拖，拽开抽屉，碰碰撞撞，拱过来摸过去，摸到了吃饭勺子，爬回床上，腚坐床边，臂扶桌沿，口咬勺把，臂抱勺颈，沿着桌棱，瞎瞎摸摸来回往复地胡乱勾画着。过去由嘴写字，不仅口涎难抑，而且写出的字别人看不懂。现在，他试着加进了两只臂碴，他双臂神经剧痛已好转。

这就是暗堡，突破口就选在这儿，我就不信挣脱不了残躯的束缚，走向人生的“自由王国”。石痴的牙齿咬得咯咯作响。

勺子在桌棱上“哐啷、哐啷”游动，画了一阵，再将勺头调过来，把朝下，头朝上，继续重复同一个动作。他坚信：短臂抱勺吃饭能成功，用同样的姿势练写字也一定会成功！不同的是，勺把长而扁，笔杆则短而圆，怎样才能突破这道防线？

画着，画着，勺子“呱嗒”掉了，他直了直腰，拣起勺子继续画。画着、画着，“哐啷”又掉了……突然，他脑海里闪出一丝微光：臂不够长，笔杆不够长，能不能接上一节东西，再在圆滑的笔杆缠上胶布？试试看！

他摸到火柴盒，划了几次，点上油灯，装上假腿，找到刘步荣的水笔，咬下笔帽，撕下左眼帘的胶布，用臂压嘴转将胶布缠在笔杆尾部，笔帽套在缠有胶布的笔尾。因笔杆加粗而笔帽套进去很短一块儿，笔杆果然长出不少，仅次于长柄勺。

他将书背面摆正，两条假腿叉开，站稳，双膝弯曲顶在桌棱上，嘴衔臂抱笔杆画写起来。口涎依然顺笔而下，字迹依旧模糊不清。写着，写着，顺势弯腰低头，上身前倾，缩短笔纸距离，嘴与笔尾脱节，臂神经按大脑指令旋转、滑擦、移位，再写那“艰途觅生”四个字。结果，四个字写了不足十分钟，而且比以前清晰、正规了。

“好，又突破了一道防线！”他兴奋地喊叫起来。

石痴对自己失灵的残躯从来没有估计过高：伤嘴的拙笨，眼与笔、纸贴近造成的眩晕，臂捧笔触纸的不灵活，假腿不能超出它许可的站立时间，不懂文法规范……他知道，这些困难，都必须用超强度的毅力去克服！

他把学会写字的喜讯告诉了母亲，并要母亲给弄点钱买书买笔，四婶欣然答应，说：“只要你心情好，长本事，咋着都行啊。卖上几只鸡，还有几块木板也卖了，俺再找埝借一借，没有过不去的事，该买啥你尽管说就是。”

没过几天，四婶筹集现款100余元，找人买来五支水笔，五本笔记本和大量白纸，剩下的钱全买了图书。这一来，石痴一下成为文具图书的“暴发户”。他像考入高等学府的学生，不惜笔墨，着力“深造”，这支笔咬碎了，再换上另一支；这一张画满了，再铺上另一张。在他的生活中，已经不分昼夜，没有时间的局限。他牢记古人凿壁偷光的学习精神，牢记保尔·柯察金瘫痪失明、口述著书以激励后人的崇高风尚，暂作患难前辈的同行。难有所尽，苦有其酬。他的字迹由模糊不规范到逐步清晰规范，由大如拳头到小似铜元，由四邻不靠、笔画失衡到形体集拢工整。同时也把在部队“速成”学到的早已忘记了的字词牵了回来。

张家湾的“免费图书室”又开张了，借书人一如从前，拥挤活跃。大队班子的猛子、张明喜不安地跑来劝道：“上次损兵折将，200多本书全部赔光了，要是再垮一次，大哥你咋生活？吃饭穿衣量家当嘛，再说这又不是不干不行的事儿。”

正在兴头上的石痴听不进这些劝告，说：“这怕什么？那次垮台不怪人家，是我自己造成的。现在我会写字记账了，绝不会再垮台的。”

两位大队干部对这位“文人”难以理解：用嘴和臂拿笔，跪着写字，字像螃蟹爬的，大似核桃，还说会写字了呢？虽然不理解，他俩人还是常在工余时间跑来看看，有忙就帮忙，没事就闲聊。

事物的规律就是这样：一桩难定优劣的陌生事物，经过多次的反复、检验和熟识之后，就顺乎自然地被承认、被接受。石痴刚来家时，男女老幼都很惧怕，不敢接近，不敢交谈。现在则一改昔日的情形，乡亲们在劳动之余、阴天下雨、节日和夜晚，总要抱着娃娃，手拿活计，来图书室凑凑热闹，看看书报，听听矿石收音机播送戏文。张家湾人对石痴就是这样由怕到亲、由疑到信、由远到近的。他们既千真万确地目睹了他那仪表的怪异，又实实在在地感受到他那晶莹照人的丹心。

图书室运转正常，有借有还，交接有序，越办越红火，有十多个热心的青年自掏腰包，为图书室购书添画。一时间，这个坐落于沂蒙群峰怀抱的小图书室，名噪四乡八疃，成了这块封闭土地上的大雅之堂。在图书室日趋活跃的同时，石痴的两间新草屋也落成完工。新屋建在旧房前百米处，根据这一地理上的方便条件，小学曹老师提议筹办扫盲夜校，满足青年们求知进取的欲望。为了办夜校，石痴没有搬进新居，而将新屋让给了扫盲夜校。经酝酿选举，石痴被选为夜校名誉校长兼政治教师。他这个生来没进过学堂的人，竟当上了“校长”，他自己也感到吃惊不小。他又上来了倔性子：要干就干好，不能只图名挂号，必须尽快学会真本领。在夜校上课要写粉笔字，同练钢笔字相比，粉笔更短而且脆，难度更大。“咬写”、“抱写”均告失败后，他便按照钢笔写字的要领，将粉笔固定在弹壳、笔筒里写……

从此，他在管好图书的同时，又开始履行夜校教师的一些职责：政治课、传统教育课，有时也上文化课。

5月的一天，猛子两手捧着一张报纸风风火火地跑来，惊喜万分地对石痴说：“大哥，好消息！你上报纸了，我看不懂，是小学曹老师说的，你快看，在这儿。”他手指报纸的右上角，将报纸铺在桌面上。

石痴的脑海里向来没有这种事的印象。他按猛子的指点探身低头看去，标题字较大，甭费多大劲就看清了，标题是《奇人奇迹》。文章介绍的是石痴开办图书室、自强不息、负残扫盲的事迹。“这是咋回事？谁搞的这一套？”作者的名字他看不清，他让猛子看，猛子在文章的末尾看了一阵子，说那人名他认不下来，便伸出手指在当门上画出了落款字样：“新华社记者张敬春”。

石痴不认识记者，想来想去，断定是刘步荣捣的鬼。刚学挪动，站而未稳，还没迈出第一步就登报宣扬，这岂不太丢人现眼了？这则消息不仅在张家湾引起了轰动，而且还招来全国各地的大批来信。内容大同小异：赞赏、钦佩、惊叹并要求亲笔回信。

这篇文章，把张家湾人的扫盲活动推向了高潮，不仅青少年踊跃参加，就连成人、老年人也积极来校学文化、听故事、听传统和形势报告，学员猛增到100多人，图书室的书籍增到500多册。借书、入学的，不仅有本村的人，还有周围村的青年，石痴的名字也腾地一下子响了起来。

一个炎热的中午，石痴正在卸腿晾晒衬料，王少刚领着他舅子——金山公社副书记张玉红匆匆来了。石痴连忙招呼说：

“二叔、张书记来啦，快请坐。”

“今天张书记到各村视察工作，顺便过来看看你。”王少刚介绍说。进入石痴的视线圈内，他才发现这位张书记比从前胖多了。他身高体阔，由于脸上过于丰满，眼睛显得偏小。张玉红15岁就在乡政府当公务员，手脚勤快，思想单纯，很多领导都夸奖他是未来的“好苗子”。随着时间的推移，张玉红青云直上，他开始感到自己非凡人之体，而是出类拔萃的早熟“天才”，在工作中逐渐养成了好吃多占、贪婪无度、官气十足、高傲自大的坏习气。久而久之，人们背地里送他一个绰号——“张玉皇”。玉皇，老天爷是也！认为这样才能准确地概括他的官风本质。

张玉红没有落座，他站在那里注视着石痴卸腿的每一个古怪动作，看了一会儿，又面向王少刚说：“嗯，这没爪人还真有一套哩。”

“嗯，凑合一伙吧。”石痴应酬着。

“哈哈哈……哈哈哈……”张玉红竟突然大笑起来。很显然，这是石痴嘴撕绑带、臂助嘴忙的卸腿动作引起的。像这种近乎凌辱的嘲笑，石痴已视之如常。王少刚也在赔着笑，笑够之后，才话归正题：

“张书记这次亲临咱村，有重要指示，你办的图书室和夜校惹出大乱子啦！”

“大乱子？”石痴一愣，但随即又平静下来，“什么大乱子？哪里出的大乱子？”

“哼，你还跟没事一样！”张玉红来势凶猛，他两手抃腰，双眼直瞪着这位“轱辘人”。“夜校发生了重大强奸案你不知道？这是我社甚至我县首屈一指的大案，它严重破坏了总路线、大跃进、人民公社的大好形势。你一个啥都没有的废人还搞这搞那，你不觉得丢人吗？你目无党纪国法，专断妄为，破坏干扰革命大方向，性质严重，念你残情太重，可以免于刑事处分，但必须给予‘拔白旗’的处分！从今天开始，图书室、夜校立即关门！我还要代表公社党委责令你：马上返回休养院！”

王少刚也附和道：“张书记说得很正确，像咱这小山村闹出这等特大要案，太严重，大侄你就接受处分，接受教训，挽回影响吧。”

石痴呆呆地一动不动，如果不是神经的抽搐，简直看不出他是活人。他被这阵莫名其妙的狂轰滥炸弄懵了。他完全知道猛子与巧兰的事，那不是强奸，也没有通奸，而是巧兰挑逗猛子被王峰双碰着造成的舆论，还没来得及弄清真相。他不懂“拔白旗”是什么处分，也没有惊惶失措，他对任何一种灾难都已司空见惯。

“咋着啦？对处分有没有意见？”张玉红进一步逼问。

“我想请教张书记，这‘拔白旗’是啥意思？”石痴问道。

“嘀，你也真够痴的，连拔白旗都不懂，拔白旗就是双开，是党员的开除党籍，是干部的撤销职务，回家抱孩子，懂吗？”张玉红慢慢地答道。

“处分不重，不重。”石痴慷慨大方地说，“双开对我影响不大，一不是正式党员，二不是干部，三没有孩子可抱。不过让我离开是不可能的，这里是我出生的地方，是我唯一的家，我不能没有享受家庭温暖的自由。”

“你当然有家。”张玉红说，“你的家应在部队，你在哪里伤的，就该再回到哪儿去。”

“是啊。”老村长附和道，“你在家里也没人照顾，还是回去好啊，你这种情况，理应由国家专门供养嘛！”

石痴感伤得很，他原本是响应号召，为节省国家开支，寻求生活自理才回家“找罪受”的，没料到家乡的“领导”不但不欢迎，反而强令他返回。他心里清楚，这绝不是整个领导层的意图，但又无能前去拜访、请示，只得硬着头皮回答：

“张书记，我认为本人错误不大，也可以说根本就算不上错误。图书室和夜校，是办是停，领导说了算，但说它破坏大跃进、公社化，这是一种偏见。至于大案要案，更没有足够的证据，那也许是某些人的预谋。”

“好你个石痴，你敢这样和我说话！”张玉红火了，“你马上给我走！回你的休养院！”

“我就是不走，我不能走……”

石痴的脑袋嗡嗡作响，不由自主地倒在床头上。张玉红还不解气，赶过去大发雷霆。王少刚生怕把事情闹大，急忙把张玉红拉到门口，嘀咕了几句什么，便悄然离去。石痴对这位“玉皇大人”知道得不多，他觉得他傲慢放荡、信口开河的语言，比战时首长骂娘还厉害一万倍！

他对任何“处分”都不屑一顾，更不在乎撤销职务，因为他的最高“职务”就是战士。假如残废等级也算“职务”的话，他倒宁愿撤一百回！

夜校与图书室被勒令关门了。石痴躺在床上等待着两桩厄运——“拔白旗”和赶出家园——的到来。

他在困惑中想到，在农村万事中，荤素难断的男女事端绝非个别，可像猛子这种直来直去的莽撞汉子干出此事，是令人难以置信的。他平时只会听人家使唤，干活卖力气，出工一身汗，回家一身土，异性话题是他的大忌。王少刚看中的正是他这种憨气和傻气，才不惜一切地“培养”他。王少刚曾大包大揽地告诉猛子：

“大侄子，只要你事事听我的话，二叔保证给你找个最漂亮的‘识字班’。”

“二叔您尽管放心，俺没有办法有力气，长得不俊心眼直，只要您叫俺干的，刀山火海俺也敢钻。”猛子傻乎乎地搬进了王少刚的家。

精明人耍心眼、兜圈子，耿直人玩硬的、拼肉蛋。王少刚高标准、严要求培养接班人，猛子扎扎实实、鞠躬尽瘁听他的话。他是王少刚家的唯一整劳动力，推土垫栏，挑水喂猪，推磨压碾，抱孩子扫天井，甚至给主子夫妇端尿盆、烘热窝。猛子成了王家无本万利的“觅汉”。然而，“革命接班人”如饥似渴盼望的“最漂亮的识字班”却一直无影无踪。

这个铁杆儿虽然猛却不傻，知道自己所干的这番事业近乎长工或“觅汉”，唯一的报酬是一口残羹剩饭，但他不能抱怨，不能反抗，因为他已被封为“法定接班人”，无论如何都必须认苦为荣。伙伴们都不受这紧箍咒的约束，时常有人逗他：

“喂，猛子哥，你的‘漂亮媳妇’要是娶得太晚了，可耽误孩子上学、接班啊！”这虽是一句真假兼有的玩笑，却在这个直筒子的灵魂里引发了一场“革命”：可不是嘛、同龄人的孩子都念完初小了，自己至今连老婆都没有，岂止耽误孩子上学，就连孙子重孙子统统都耽误了，这一辈子混瞎了，瞎到底了！

第九章 又拿起笔杆

“去他娘的，不再听他那一套，出这个冤枉力了！”猛子突然伸腿不干了，他躺在主人——王少刚的饭棚门板床上，不吃不喝，不说不道，翻来覆去，唉声叹气。夜深人静之时，哼哼唧唧，先哭后唱：“北风那个吹，雪花那个飘……”那唱腔比哭爹还难听。王少刚对此很纳闷，一个铁打的直汉子怎么会突然变味？他亲自端菜提酒，来到猛子床前：“大侄子，身上不舒服你早该对二叔说说，今天我来陪你喝一盅，起来，起来！”但猛子眼不睁，嘴不张，呈现出一脸的苦楚。王少刚伸手摸了摸他的前额，不像发烧，于是劝道：

“大侄子，你是最听党的话的人，历来忠心耿耿，立场坚定，旗帜鲜明，干啥像啥，二叔也没亏待你，把你提成民兵连长，进了支部，这都是求之难得的最高荣誉啊！怎么忽然要起小孩子脾气？是有人欺负你，还是想你爹娘啦？”

不劝则罢，一劝反而引发了号啕大哭，“呜……呜……我的娘哎，我的爹呀，您把俺甩得好苦噢……您叫俺听书记的话，俺一听听了半辈子，可谁知俺心里啥滋味啊，我的命好苦哎……”

“孩子，正因为你命苦，二叔才把你搬到咱家来的呀！”王少刚劝说无效，便连使眼色，把老伴张玉梅请来。张玉梅一腚坐到床上，向老伴挤了挤眼：“你快走开吧，你当的什么村长书记呀，你知道孩子心里啥滋味啊！”老村长离去，张玉梅伸手搭在猛子的前额上，横摸竖摸，然后慢声细气地规劝道：

“嗨，俺那好孩子，你的苦楚二婶子最清楚。我和你二叔结婚的时候也都是快30岁的人了，你二叔不也急得活蹦乱跳啊！二婶俺也急呀，二十七八的大闺女，夜夜抱着枕头睡，春梦环绕盼郎君呀，你只要顺顺妥妥地听你二叔的话，好好干，二婶子能眼看着你打光棍？到时候你想要哪个就要哪个，保证挑个最漂亮、最滑溜的！”

猛子的哭声早停了，他一骨碌坐起来，抹了一把脸，“扑通”跪在张玉梅的脚下：“二婶子，您是天底下最疼我的人了，您能帮俺找上老婆，俺就管您叫亲娘！”张玉梅连忙张开双臂将猛子拉起来，两人相依坐在床沿上，张玉梅夸口道：“好好吃饭、干活，找媳妇的事包在我身上，你到底看中哪一个啦？尽管和俺说个明白！”

猛子不假思索地把心里话捅了出来：“我相中了巧兰，您帮俺当当媒人吧。”张玉梅最担心的就是他与巧兰勾搭，不料他竟果真如此。这个窝囊废，还真想往高枝上跳哩！她暗想：老娘这就叫你尝尝媳妇的味道！

“你猛子真傻，巧兰不是和石痴睡了觉的吗？能吃鲜桃一个，不图烂杏一筐嘛，你要个‘二水货’人家不笑话？”

“您不是说石痴那玩意儿不行吗？他怎么和巧兰睡觉呀？”猛子突然逼问。

“嗨，您真是个直棒槌，那是巧兰说的，可谁又亲眼见过？只有巧兰见过，说不定她办了好事又故意卖乖呢！”

“那俺找谁呀？”猛子认真地憨问。

“你看那贵香行不行？她哪儿不漂亮？二婶子和她做过伴，浑身溜滑。她又是个贞洁的闺女，从没和男人乱来过。你不要有要的，听说她还想跟石痴呢，你想想看。”

“贵香是个好姑娘，她要是真愿意嫁给石痴不更好吗？痴子哥没人照顾，怪可怜的。”猛子想啥说啥。

“你可笨透气哩，你可怜他干吗？要当真跟了他，那他就赖在家里不走了。你没听说他克母妨家，还殃害全村？害了全村就只留着你一个？”

“那……那……”

“那怎么啦？你男子汉不主动进攻，还等人家脱了裤子去抱你不成……”

没想到，张玉梅这番既想保住猛子当“觅汉”，又想调虎离山钳住方巧兰做儿媳的话，却被巧兰听了个明明白白。她自打离开石痴后，就一直倾慕猛子。听了婆婆这番挑拨，更坚定了她同猛子好的决心。于是，便出现了所谓学校“强奸案”的谣传。这件事使王少刚得失各半：得的是保住了方巧兰，失的是丢掉了猛子。但他又心生一计，在大队食堂多次垮台，石痴管理图书室、夜校有方的情况下，他便借机搞垮夜校搞食堂。这就是所谓“拔白旗”的由来。

第十章　整顿大食堂

当兵就该打仗勇敢，当农民就该下大力种好田，当干部就该尽职尽责管好事儿。石痴不顾来自食堂内外的冷嘲热讽和人身羞辱，大刀阔斧地整顿食堂。

第十章　整顿大食堂

酷夏时节，石痴极少活动。一天中午，他忽然想起两天没见母亲了，便匆忙装上腿，刚要出门，不料四婶出现在跟前。

“痴儿啊，你好好看看这是谁来了？”话语中充满了欣喜。

石痴一边答应着，一边放下假肢，抬起头来，摘下墨镜，仔细看：只见四婶左侧挺立着一个细高个青年，他面容清瘦，脸形方正端庄，眼睛炯炯有神，面带笑容。他旁边站着一个女青年，身材匀称，容颜清秀，一双大眼睛笑眯眯地望着眼前的这位异常人。石痴呆看了一会儿，将视线转向四婶：

“娘，您今天是咋着啦？怎么也迷惑起儿子来了，既是新来的贵客，您和俺直说不就是吗？”

“哈哈哈……”四婶笑了，她笑得那么幸福，那么坦然。在四婶的感染下，那对男女也爆发出一阵爽朗的笑声，石痴木然呆坐，急切地期待着解开眼前的谜。

“傻孩子，想想当初咱家曾有几口人？”四婶依然和儿子捉迷藏。

“当初有几口人？噢，有大大（父亲）、娘，有姐姐、还有我……还有谁来？还有……弟弟，可弟弟，不是被俺大爷卖给外地，失踪了吗？”

“哥哥！”那高个儿青年突然喊道，“俺就是你当年的弟弟小坤呀！”刚说到这里，他已泣不成声，“扑通”跪在床前，双手揽住石痴的两只断臂，号啕大哭起来。石痴对这从天而降的大喜事，毫无思想准备。他用断臂使劲地搂着艳坤的脖子，亲昵地连声呼叫：“弟弟、弟弟……你还在世上，你还活着……”

四婶与儿媳徐新容也失声痛哭。这天各一方、互不知晓谁死谁活的一家，沉浸在突然团聚的幸福中。

“好啦，苦海有岸，阔别有圆，咱们能有今天，不是苦尽甜来、喜从天降吗？”石痴首先揩泪坐起，劝慰大家别再哭了。

“好孩子，都别哭啦。”四婶也兴奋地说，“和您哥好好亲亲，您哥又添了个新弟弟、新弟媳，俺半路上添了两个儿子，一个儿媳妇，够我喜一辈子的！”

艳坤站起身来，揩干眼泪，向石痴介绍道：“这是您弟妹徐新容，俺去年结的婚。大哥从小坎坷多难，来，咱给大哥磕个团圆头。”俩人同时跪倒，磕了三个团圆响头。新容庄重地说：“大哥残得这么重，生活一定很难，我们要多多照顾您。”

石痴也感慨万分地说：“新旧社会两重天，弟弟、弟妹双双归来，是大哥想不到的大喜事。大哥是为了求生活自理才来家的，想不到今天你们也回来了，这下咱全家可团圆了。”石家22年悲欢泪，要说最痛苦和最幸福的，应当数四婶，她只身一人苦苦煎熬了20多个春秋，总算把活着的都盼到了自己的眼前，而更叫她高兴的是连儿媳妇也一块儿盼来了。

原来今天一早，当艳坤夫妇回到家乡，突然扑进娘的怀抱的时候，四婶又一次用疑惑的眼神迎接了第二个儿子的归来。不同的是，小儿子没有“烈士”的传说，没有身负重残。四婶用颤抖的双手抚摩着这个5岁离怀的娇儿，仔细地、从头至尾地端详着，回想着儿子儿时的一切印象，她很快就认定了自己的亲生骨肉，用泪水与欢笑追回了20载阔别的记忆。

“坤弟呀!”石痴满怀深情地问，“你的命运和大哥一样苦，5岁就卖给了人家，你是怎么长大成人，如今又怎样重返家乡的呀?”艳坤眼含热泪，见大哥询问心切，便端起杯来喝了口茶水，然后说：“大哥别伤心难过，小弟慢慢告诉你……”

在石清祥被日本鬼子杀害的那一年，小艳坤刚满5岁，同年姐姐被卖，哥被劫，母亲患疯症，小艳坤也未能幸免。一天夜里，当四婶搂着小艳坤睡熟后，他的一贯不务正业的大伯石清红偷偷摸进屋里，擦火看准了孩子的位置，蹑手蹑脚地把小艳坤抱到门外，放进一个绑在车盘上的木箱里，然后架起车子连夜急奔，推出了张家湾，推出了沂北县，越推越远……

在一路哐哐啷啷的颠簸震荡中，艳坤醒过来了，他想坐坐不起来，睁眼看不见东西，急得大哭大喊：“娘，娘，快来抱我呀，我冷，我饿，我怕……”

不知过了多长时间，艳坤嗓子哭哑了，车子也不哐啷了，木箱盖被打开，石清红把他从箱子里抱出来，让艳坤跟着他走，可他不会走了，他哭得眼肿嗓哑，浑身战栗，爬不起来。丧尽天良的石清红不管这些，捞钱是他的目的，他伸手拖起艳坤的胳膊，拉到附近一个深宅大院里，一位50多岁的老头儿跑来迎接：

“嗬，石先生可真是君子一言，说办就办。好货，满能出落个棒小伙子。”

“不瞒你说，这孩子是我的亲侄子，你可要好好照养，多给些赏钱，老兄实在是赌账太多，不得不这么做呀!”

“知道，老哥既以亲侄相许，我哪能亏待你呢！来，屋里坐，屋里坐。”主客相伴进屋，嘀咕许久。里间走出来一老一少，她们是母女二人，来到小艳坤跟前。

“叫什么名？长相怪招人爱哩！小弟弟。”那姑娘又问：“饿不饿？走，去里间吃饭!”她抱起小艳坤走进了里间。艳坤不说话，也不吃不喝，他还没从突然失去妈妈的噩梦中醒过来。石清红酒醉饭饱之后，主家一把掏出20块现大洋，他拱手接钱，眉开眼笑，恣得合不拢嘴，竟醉醺醺地嘱咐开了小艳坤：

“好孩子，亏你救了大爷一条命，等大爷混好了再来看你。这里有你的亲爹亲娘，要好好孝顺他们啊!”石清红满载而归了，小艳坤却从此陷进了苦海深渊……

时光，对幸福中的人显得那么短暂、珍贵，而对苦海中的人却又那么漫长、难熬。小艳坤在这个家里度过了12个春秋，他夜数星星，昼数山石，朦胧地数着离家时间。家乡的地貌，亲娘的声音和模样，一天一天，一年一年，渐渐地模糊了，但他思念家乡和母亲的心情更迫切了。

艳坤17岁那年，未经养父母同意，便毅然报名参了军。在部队，他从不放过打听家乡的机会。根据他含混模糊的记忆，大家分析认为他家在沂蒙山区，养父所在的蒙山县也属沂蒙山区。自己到底是哪个县呢？四年后，他复员回家时，养父母均已双双故去，姐姐也出嫁了。在当地政府的关怀下，他被推荐到沂蒙钢厂当了工人，次年与同班女工徐新容结了婚。

一个星期天，工友们在宿舍争着看一张报纸，报上登载了这样一条消息，说是有个无肢重残人办图书室、搞扫盲。艳坤身世坎坷，同情苦命人，他抢过报纸，如饥似渴地看了一遍。看着看着，童年的丝丝藕连熟情在脑际间依稀可见，影形渐大：张家湾——石痴——四婶！“啊，我找到家了！我找到家了！”他“腾”地蹦起来，挽着新容的双手纵声高呼：

“我有了家了！我又有了娘和哥哥了！走，回家去！”夫妻双双匆忙乘车北上……

“大哥。”艳坤感慨地说，“你落了个重残是坏事，可你要不是因此上报，弟弟也找不到家呀！”

“那是人家记者的功劳，是新社会的功劳，没有记者提供线索，你上哪里找家呀！”

“是啊，弟弟将永远记住这些。”在问及大伯时，石痴爽快地告诉弟弟：

“他早死了，一辈子没干好事。听说47年国民党重点进攻时，他偷割‘国军’的电线卖钱，被当场抓住，痛打一顿，几天后就死了。”

“那太好了，他坏事做尽，不管落到谁的手里，都该死！”

石痴睁大右眼，尽最大可能地端详着跟前这副既陌生又熟悉的面孔：他有些像父亲，也有些像母亲，他对儿时的弟弟还有所记忆，面对20年后的这个大小伙子，他显得有些自卑：“小坤，你看看大哥还有没有原先的模样？”

“有，有原先的模样。”艳坤勉强回答。

“四肢、眼、鼻子、嘴都残了，也像吗？”石痴继续问。

“啊？不……不要紧……不难看，很像原来。”艳坤更空虚地答。

“不讲实话，大哥不是要你测定能不能参加男子选美比赛，是让你看看还有没有像当年大哥的地方。”

“不，大哥，弟弟不是已经认定你是亲大哥了吗？你就是只剩一块骨头、一条腿，弟弟也会认你大哥的呀！”石艳坤敏感地发觉了石痴所提问题的含义。

石痴对弟弟的机灵和答复很满意。啊，20 年的人生旅途，出落了一个刚壮、成熟的弟弟，他比我强多了！

四婶与儿媳新容已备好饭，端到石痴的高桌上。这是 20 年来第一顿团圆饭，石痴没有回避，也没怕露丑，用练成的自食方法同全家一块吃饭。艳坤小两口见大哥吃饭这么艰难，都争着喂他，石痴还是坚持自己吃。四婶不声不响，只是喝酒。新容斟一盅，她就“吱溜”喝下去，一连喝了五六盅后，她竟老泪纵横，痛惜地责怪道：“团圆，团圆，团圆这一霎霎有啥用？20 多年不见影，刚到家一天就要走。走吧，走吧，都走吧！”老人“哇”的一声大哭起来。

石痴急忙问是咋回事。

“噢，是这样。”徐新容抢先说，“俺俩来时走得仓促，没来得及请假，我和咱娘闲拉时，说想明天回厂上班。没和娘说清楚，这事怪我。”

“娘，您别难过。”石艳坤说，“也不必计较这些，既然我已找到家了，多待少待都一样，远在天边，近在心田嘛，我多回来几趟不就有了吗？”

石痴看了看母亲，见她仍铁青着面孔，眼含泪水，自己也觉得酸楚，但他想象不出为什么会有这种感情。他沉思良久，感情凝重地说：

“弟弟，弟妹，咱们这个家团聚是多么不容易啊！父亲中年被杀害，姐姐被卖，我很早参军在外，你又从小失踪 20 多年。咱娘孤苦伶仃，在苦水里泡了几十年，眼前刚尝到母子团聚的喜悦，你们就马上要走，她咋能舍得？咋能不难过呢？我欠父母的养育之债太多，又无法回报，弟弟呀，现在就全靠你啦！”

石艳坤愧疚地说：“大哥这么艰难，还自己做饭，孝敬咱娘，我肢体健全，能不好好尽孝吗？至于工作单位远，我想请示领导帮助解决。娘和大哥放心，我和新容一定尽最大努力，照料好娘的晚年生活，照料好大哥的生活。”

四婶的脸舒开了，她反哭为笑地说：“只要有孝心我就喜极了，远近娘不嫌，俺自己还有本事，你只要常想着你哥的难处，娘就放心了。”

一家四口，沉浸在无限幸福的团圆气氛中。艳坤两口子不等吃饱就起身迎候前来探望的邻里乡亲。在前来探望的人群中，也有王少刚。他得知石艳坤突然回家的消息后，心情阴郁沉重，这不仅因为艳坤机灵、聪慧，两口子都是工厂的人，更重要的是他的出现势必导致石痴居家不走了。他一旦得到家人的照顾和弟弟的出谋献策，其能量与影响势必成倍增大。假如说石痴的出现给他的官运构成了威胁的话，石艳坤的出现则把这种威胁又推进了一步。纵然有张玉红这把保护伞，但在对待石痴的问题上，仍暴露出许多无法掩饰且对自己很不利的漏洞。几经反思，王少刚决定采取一种更开明、更现实的以柔克刚的应变策略。

他同四婶及艳坤夫妇礼节性地寒暄过后，便把众人劝出，来到石痴的床头。石痴一直等待张玉红前来“拔白旗”和赶他出家门。现在，王少刚独自到来，他认为凶多吉少。

“老侄子。”王少刚谨慎地挨到石痴的身边坐下。“这些日子身子骨还好吧？二叔事太忙，没捞着过来看你，别见怪哟！”

王少刚这一百八十度的大转弯，使石痴很感意外，就很客气地回答：“感谢二叔的关怀，不知‘拔白旗’什么时候开始啊？”

“噢，那件事你就别老放在心上了，二叔会尽最大努力帮你讲情的，张书记的脾气你知道，他说一不二，可二叔心软可怜你哟！这回爷们就是豁出脑袋也要求下这个情来，决不能‘拔白旗’！”

“感谢二叔大恩大德。”石痴顺水推舟地应道，“我的‘错误’的轻重我自己有数，你不必豁出掉脑袋的代价，那太不值得。”

“那可大意不得。”王少刚故意加重分量地说，“万一被开除了党籍，这辈子不就彻底完啦？这是事关终身的政治生命啊！不过你尽管放宽心，二叔决心一帮到底。可二叔也有件过不去的事哩，不知贤侄愿帮不愿帮？”

“二叔真会开玩笑，我一个废人能帮您啥忙？”

“是这么回事儿，咱村的食堂还缺个管理员，你去负责，保证能搞好。那里有会计，有办饭的，你只要说句话，定定制度，分分工，动动脑子，出出主意就行。当今全国都实行食堂化，这是共产主义的萌芽。

你搞好了，也等于找到了奋发图强的岗位。到那时，全社、全县甚至全省都来参观、取经，你准能上报当模范，说不定二叔还得沾你的光哩!”

王少刚请石痴“出山”办食堂，绝不像他说的那样好处万端，其用心只有他自己知道，那就是用将功折罪的妙法，把这个令人生畏的超级重残套在濒临垮台的食堂里。这样，既能免除石家兄弟对他的怀疑，又可巧用重残人的某些长处把食堂管起来。如果搞出名堂，肉肥汤也肥，功劳、名誉都是他一村之长的。幸运的话，大器晚成，捞个公社级的官衔；万一搞糟了，失败了，那也绝无害处，就说石痴有前科，新账旧账一块算。到时候把“保护伞”请出来，罗列罪状，上纲上线，一划拉，那就不只是“拔白旗”了，而且必定能把他撵回休养院!

石痴被张玉红、王少刚弄了个下马威，心有余悸，但想来想去前面的事“错”就“错”在“未经批准”上。今天是书记大包大揽，亲自批准，绝不会再犯“拔白旗”的“错误”，即使有错误也不会掀到他一个人身上。再说孬好人家书记都求情，不干就会驳了人家的情面。于是，“一切行动听指挥”和“艰途觅生”的强烈愿望驱使他服从了。

“二叔既然不嫌俺笨，那就试试吧。不过，听说食堂不易搞，面临垮台，二叔可要多加指导。”

“老侄子说哪里话，食堂是新生事物，困难再大也要搞下去。你只要下决心搞好，再大的难处由二叔和你一块承担。”王少刚眉开眼笑，依然大包大揽。

石痴第二次走马上任了。

食堂坐落在村前河边的一个四合院里，距他家200米左右，共有三间能用的堂屋，两间坐东朝西、可供做饭烧水的草棚。院子里摆放着鏊子、火炉、水缸、锅碗瓢盆、案板、刀勺、扫帚、扁担、水桶等。做饭的，大都是三四十岁的家庭主妇，还有几个年轻姑娘。会计是寇长功，炊事班长则是支委方巧兰。整个食堂没有章法可循，每一三餐都是老婆孩子大呼隆，生熟食物几乎全是吃一份拿一份，怀揣腰掖，连偷加摸，能者多得。奇怪的是，炊事班长是总管，就连会计的账目都是她的“直辖区”。食堂设有小灶，享受小灶待遇的，多是支部成员、公社干部和视察工作的往来干部。

石痴夹拐“上班”，来到大院一看气得浑身打战：饭桌上下全都是乱扔乱放的糊粥、煎饼、剩菜、窝头、熟地瓜头、玉米粒、大豆、白菜帮、咸菜疙瘩，还有柴火、板凳、碗筷、瓢碴等，交织堆积，杂乱无章……各家的猪鸡鹅鸭，吃的吃，拱的拱，刨的刨，糟的糟，活像一个饲养场。食堂的工作人员打牌的打牌，下棋的下棋，拉呱的拉呱，谁也不管不问。

见这位新官前来上任，人们敬而远之，躲躲闪闪，谁也没凑近搭讪。有人看见石痴一脚踏进一摊孩子屎堆里时，还发出一阵哄笑声。听到喧闹声，寇长功从屋里走出来，见石痴站在院子里，忙说：“大叔快屋里坐，你来得正好，听说您来管理食堂，我这会计就好当了，您说咋办就咋办，总算有个依靠。”

“这算什么食堂？简直是活糟！”石痴气愤地大声吼叫起来。

“大叔别生气，公家场所都这样，你看哪里不合适，尽管吩咐，慢慢改进就是。”寇长功本来是个很实在很能干的青年，但在食堂却毫无用武之地，只能俯首帖耳听呵声。

“哟，真是新官上任三把火呀，刚当上管理员就要起权威来了，你把俺吓坏了咋办？”方巧兰对石痴的吼叫很不耐烦。在食堂里，她是绝对权威。

“当官要权我没瘾。”石痴说，“但损坏东西我疼得慌，在这儿不论多么高的权威，也不能忘记自己是普通庄户人。”

对一般社员来说，损坏粮食、公物，心里都不是滋味，但一想到是集体的、公家的，也就该管的不管，睁一只眼闭一只眼了。大伙儿听石痴一阵数落，都觉得不过分，也觉着应当管，必须管。随即按吩咐行动起来，把室内外卫生统统整理了一番。石痴对大势所趋的食堂化，无力判断其性质和远景如何。他认为，当兵就该打仗勇敢，当农民就该下大力种好田，当干部就该尽职尽责管好本行。他不顾食堂内外的众多干扰、对抗和对他的羞辱，对食堂人员进行了大胆的整顿，完善了必要的规章制度，铺张浪费现象大有收敛。根据群众建议，食堂建起了养猪场，养了18头猪，既避免了浪费，又增加了收入，改善了群众生活。

石痴很兴奋，有会计寇长功的合作，使他有了干好工作的根基。会计对他言听计从，有令即行。两人一个不怕风险，一个不惜力气，互相辅佐，提携共进。方巧兰虽然也常以支委的身份进行干预，但她对石痴有一种“自然怕”的感觉，更给石痴奠定了干好工作的基础。

石痴再次感到自己不是全废之人。管理全村数百人的伙食，将全部精力投进这项全新的工作，使他整日处在兴奋之中。当他看到食堂日趋正规，社员们对一日三餐给予赞许的时候，他看到了自己的能力，在众人面前的自卑感减小了。

他像保护自己仅存的那点微弱视力一样，保护着刚刚到手的神圣职责。他每天在家与食堂之间往返两趟，凌晨3点起床，4点装完假腿，5点准时到位。

他必须以“早”补“拙”，坚持笨人先起身，笨鸟先归林的不同常人的工作法。当人们还在恋睡的时候，他早就用嘴臂抱起扫帚打扫院子、收拾饭具、刷锅添水，然后去唤醒会计和炊事员……

时代的变迁，常常伴随着许多“新生事物”的出现。亘古习俗告诉人们，凡是新的，就强过旧的；新的无量，旧的有限；新的令人神往，旧的让人厌恶。那个年代，“新生事物”就多得叫人眼花缭乱。比如，公社号召粗粮变细粮，低档变高档，吃地瓜不见地瓜，吃高粱不见高粱，在饮食领域搞一次“革命”，就是其中之一。

张家湾食堂的“饮食革命方案”有些难产。石痴这个刚刚发“红”的人物，接二连三挨了几次批评警告后，就专门去找大妈商议饮食如何“革命”。大妈心灵手巧，早年开过饭店，要过手艺，她与女儿贵香和几个巧妇反复钻研、探讨，设计出一个别开生面的饮食“样板”。

大妈领着革新组的巧妇们，将煮熟的地瓜剥皮，放进缸里捣烂，搅成糊状，然后沥去水分，加进荞麦或玉米粉和成团，反复揉搓，呈半固体状，再切成小团团，揉润、造型……

这天方巧兰没来上班，办饭的人们格外活跃，不时传出阵阵笑声。她们忙而不乱，有条不紊，在大妈的指导下，造型的造型，点缀的点缀，上笼的上笼，烧火的烧火，一片忙碌景象。晚饭前半小时，第一笼“样板”食品出世了：笼屉上密密麻麻摆满了成双成对的金龙玉兔，银鱼花鸟，猫狗鸡鸭……

这时，正好王少刚陪同张玉红走进院内，一眼看到这蒸气环绕、香味扑鼻的馋人景象，快步赶到跟前，又闻又看，又摸又拿，很是高兴。张玉红见到这活灵活现、栩栩如生的面食动物造型，问：

“这是谁的杰作？简直太逼真、太美啦！大姐夫，你这食堂搞得够厉害哟，我给你挂号，嗯？”

“嗨，这点小意思算啥，还不都是上级党关怀的结果，我王少刚吃几碗干饭你当书记的还不清楚？”

在说话品评间，第二笼、第三笼陆续抬了出来。揭开一看，嗬，不仅有飞鸟走兽、螳螂、蟋蟀，还有更令人叫绝的哩：一组是在大田耕种繁忙的社员，一组是六畜竞野，一组是鸟兽比翼。别问质地如何，不求好吃与否，单就工艺造型而论，真是巧夺天工啊！

“好！实在是好，你们张家湾有能人，有天才呀！”张玉红边欣赏边赞不绝口地夸奖着。

“张家湾就是真龙天子圣地，也是您张书记的造化，要想锦上添花，还得你来栽培呢！”王少刚不失时机地恭维着。

张玉红的视线突然停在了一个特别的造型上，那是个比众像高大几倍、身阔头肥的官像，头戴洋草帽，双手拃腰，瞪大眼睛虎视全场。他不禁愣住了，“这是什么人的像？这么高大突出？”

“这不是一般凡人之像。”王少刚附和道，“要是神仙行的，起码也得关公以上的头衔；要是凡人行的，至少也得县级以上官职。”

“噢，妈的！”张玉红的笑容骤然收起，“你把干活的人都给我叫来！”

王少刚不知哪山出猴儿，忙将食堂里办饭的妇女都喊到跟前。

“我问你们：这个戴洋草帽的是什么人？”张玉红手指着高个塑像问。

“那是个大官呗，要不他能长那么高？”贵香一本正经地回答。

“什么大官？多大的官？”张玉红紧追不舍。

“那你仔细地看看他的职务呗。”这个愣姑娘大胆地说。

张玉皇低头朝雕像背后一看，在一块豆荚皮大小的硬纸上，清晰地写着“玉皇”两个字。

“啊，是我。奶奶那个屁的，你们胆敢污辱我张玉红？还把老子贬成一只胳膊的残废人！”他一腔怒火终于迸发了。

贵香一看，雕像确实掉了一只右臂。就在笼屉的一边找了找，拿在手里，客气地说：

“对不起张书记，胳膊被弄掉了，是上笼时没小心挤掉的，现在我再安上去，啊！”她正在做“断肢再植术”时，被张玉红飞起一脚，“夸哧一哐啷”连桌子加笼屉一起大翻了个，“吃地瓜不见地瓜”的革新产品撒了一院子，滚的滚，爬的爬，死的变成了活的，好不热闹！

正在堂屋里间编写食堂简历、清理账目的石痴和寇长功，忽听外面有砸桌子的声响，跑出来一看，才知道是张玉红在大发雷霆。还没等石痴弄清是咋回事，就被张玉红气势汹汹地熊上了：

“好你个姓石的，你胆量倒也不小，竟敢唆使坏人侮辱公社领导，你安的什么心？”

石痴不知如何回答，尴尬地站在那里。大妈一直为女儿的莽撞捏着一把汗，不料责任又转嫁到石痴身上，她见事要闹大，不能不插嘴了：

“张书记你可别冤枉好人哪，这事全怪俺死妮子多嘴多舌，这地瓜捏的玩意儿，谁也没分哪是官，哪是民，更沾不着你张书记的边。再说这事石痴不知道，俺是故意背着他做的，想叫他大吃一惊呢。要说有错，就都算在俺身上，是俺先提出来的。”

“妙，是你首创的？你能想得这么周到？你以为我猜不出，塑造仇人掉胳膊会不是无臂人的联想？”张玉红风雨大作，越想象越真切。

“不对！”贵香毫无顾忌地插话说，“那只胳膊当时没捏结实，上笼蒸时自己掉的，再蒸时把胳膊捏得结结实实，保证成不了残废行吗？”

“看吧，你们自编自演，一个掩掩盖盖，一个凶相毕露，这还不够明白吗？你一个黄毛丫头，真是野蛮成性，到底演的什么鬼把戏？快给我找出指使你干的人来！”张玉红脸色青紫，语无伦次。

这场景大出王少刚所料，他本想利用石痴搞好食堂，一来缓和同石家的紧张关系，二来抚慰社员的不满情绪。不料今天却来了个先喜后悲，左右为难。他一直想插嘴调停，却找不到火候，眼看形势急转直下，只好硬起头皮搅和：

“张书记，这桩事你别太生气了，我也有责任，谁叫我是一村之长来？这面捏的人儿不一定是你是我，这贵香疯疯癫癫的，不必当真。待我调查清楚后，再向您汇报，可以吗？”

“你少掺和！”张玉红厉声喝道，“这个烂妮子分明指的是‘我的胳膊’，这是个阴谋，我一定要弄清楚是谁让这么干的！”说完，他又转向贵香，厉声问：“那上面写的名字又是怎么回事？白纸黑字，真真切切！”

“那上面分明写的是‘玉皇’两个字，咋能说是写的你呢？”贵香毫不相让。

张玉红显然没有料到张家湾真有“能人”，贵香这番“理论”把张玉红顶得张口结舌，他不得不搪塞：

“那是我的诨名字，反正……是坏人干的，少不了是你们这些异己分子编出来的，你们无论怎样狡辩也逃脱不掉诬陷革命干部的罪责！”

话音刚落，只听一阵哄笑，原来是社员们收工来吃午饭了。

张玉红一看，四周围了这么多人，便让王少刚叫着石痴等人来到堂屋里间，继续他的训话。

“石痴，”张玉红说，“你不应该到这里来胡闹，支部让你来任职是错误的，我再次勒令你离职反省，马上写出书面检讨，拔了白旗还没公布，就又卷土重来，侮辱领导人，这是政治犯罪，你懂不懂？”

石痴蒙在鼓里，他只知道贵香她们在执行“吃粮不见粮”的食堂改革方案，却不知她们创造了“动人”奇迹，张玉红的定罪使他深感委屈：

“我不在乎撤职、‘拔白旗’，你完全可以按照自己的意志去办任何事情，但书面检讨我不写，因为我没错。”

“你敢抗拒我的决定?！没有你们这些混蛋，饮食革命照样进行！”说罢，飞起右脚把会计的办公椅踢翻了。

大妈见张玉红气势汹汹地走出堂屋，又见屋里屋外砸得一塌糊涂，气愤地说：“大官咋着，大官也有坏蛋，人有罪，粮食也有罪吗?”说完，咕咚咕咚走到石痴跟前说：

“走！书记叫滚，你还赖在这里干啥?”石痴在大妈和食堂人员的劝说下，离开食堂回了家。回家后，他还没来得及品嚼这次事故的缘由，王少刚又上门求援了。原来张家湾村的局面正日趋恶化，除因连年减产造成部分社员外出要饭外，民风村风也随之败坏，庄稼被盗，家禽牲畜被抢，已司空见惯，而食堂的屡屡垮台正是这种坏风气的直接后果。王少刚已多次挨批和被警告，要他限期把张家湾搞上去，只是由于张玉红的一再庇护，王少刚才保住了官。他一进屋就满脸堆笑说：

“这次张玉红把你气得不轻吧？他工作方法太简单粗暴了，别看二叔和他是亲戚，可我不能说他的好。呸，他算老几?！刚才让我熊了一顿，他已承认批评你是错误的，并让你继续任职。”

“我不计较他的个性。”石痴说。

“老侄子呀，只要你不生二叔的气，食堂你还得管，这不关张玉红的事，咱爷们本庄本院，干好了肉肥汤也肥，有二叔掌舵，你怕啥?”

石痴并没把食堂事件看得很重，况且前面已出现过“拔白旗”的威胁，他又有不当“寄生虫”的强烈愿望，就顺势说：“既是二叔信任俺，那就再干一段试试吧，可如果再出现类似事件，您也要承担责任！”

“那当然，那当然，今回是叫贵香给搅了，要不然，我是不怕张玉红要熊。他有啥了不起的？他官再大也得管我叫姐夫！”

在王少刚的巧妙撮弄下，石痴等人又把食堂办了下去。他们的粗粮细做在全公社引起了轰动，现场会、学习班不断，取经队络绎不绝，石痴成了名噪一时的先进食堂事迹介绍人。石痴对“事迹”中的庞大数字：每天净收废钢铁 20 万斤，食堂养猪 2000 头，饮食实现革命化，每日三餐糕点化，食堂炊具机械化等，很感不妥，主张如实汇报，但遭到拒绝。王少刚说：“时代要求我们必须以虚带实，以少带多，敢想敢说敢干，思想太保守实现不了共产主义!”

对一个信仰共产主义的战士而言，要是真能做到一天干完一百年的事，倘或一夜之间实现最高理想，是不难接受的。但这些随心所欲的“新事物”是党的纲领意志还是某些人的随意想象?石痴弄不懂这些大道理，但他无时不坚信，自己曾为之付出巨大代价的共产主义是无限美好的。他渴望在有生之年能看到甚至能享受到她的无比甜美，虽然他想象不出她那美好的具体样子。

奇怪的是，这些虚实并举的“事迹”竟能引起巨大反响，众口称赞，越说越大，越传越奇。在不足10天的时间里，张家湾村光焰四射，一面红彤彤的典型红旗升起来了。一件“新生事物”红了，一个人物、一个单位也红将起来；一个村食堂红了，一村之长也必将红起来。霎时间，这个名不见经传的旮旯村，名声大噪，传遍了沂蒙大地。

一点火星，引起了燎原之势！濒临险境的王少刚得救了，他名利双收，不仅懒、馋、贪、占能得以延续，而且第一次获得了“红旗单位”的殊荣。他对老婆张玉梅毫不掩饰地说：“巧妙利用石痴这块废料，可以收到无本万利的好处，这是一道既能挡风、又可护身避邪的桃门！可他只配挡风遮雨，不可久留大用。”

在东方地平线上诞生不久的食堂化，还未找到一条兴旺发达的路子，就花木凋零归本还真了。张家湾食堂虽然还“红旗招展”，但一个令人沮丧的现实却大煞风景：经初步估产，大秋作物严重减产，原先命名的千斤、万斤乃至百万斤的“样板田”、“卫星田”，庄稼不遮地皮，山田大面积荒芜，或被山洪冲垮，一度喜形于色的干部社员垂头丧气了。

减产造成了人心恐慌，食堂的粮食在莫名其妙地减少，规章制度已不如煎饼、糊糊起作用，办饭的怀揣腰掖，干活的连偷加摸，谁也不敢管，谁也不愿说，因为谁都需要吃需要喝。一天，饿急了的贵香摸起一个煎饼刚咬了一口，就被闯进来的王少刚发现了，当场示众，开了批判会，让贵香认错，贵香不但不认错，还把张玉梅和方巧兰娘俩偷粮的事揭了出来。

方巧兰仗势显能，“啪啪”打了贵香两个耳光，当贵香还手时，却被王少刚拉了“偏心仗”。办饭的、管账的、干活的都亲眼目睹了这个令人气愤的场面，大伙儿趁机丢掉手里的工具，轰然而散，各自回家了。至此，这个革命化的食堂极其鲜艳的红旗一并消失了。一会儿挨熊、一会儿“红”得发紫、一会儿臭不可闻的石痴，也归本还真，重新卧床了。

这一次，石痴没有犯大错误，但也没有引人注目的成绩，他的唯一结论是“不适应形势”，一个将军一条令，不知谁是谁非。他觉得身体还可以，但眼睛老痛痒。终于有一天，他的眼睛——那只只有一线之光的右眼，突然什么也看不见了……

第十一章　从专护到专爱

一个为了人民幸福而失去了自己幸福的人，就不该享有幸福吗？他自己不能爱、不敢爱，也不应该被别人爱吗？

第十一章　从专护到专爱

沂里医院坐落在山水相映的沂河北岸的沂里镇，这里是沂水、沂北、蒙山三县的交汇处。它曾是一所部队医院，当年接收过国内战争和抗美援朝战争的大批伤员，50年代后期交由地方管辖。党政机关进城以后，这所医院便以其地理位置和为老区人民提供健康保障而蜚声沂蒙。

这所医院的医务人员大都是医德高尚、医术精湛的原班人马和一部分从野战医院转来的白衣战士。

在外科病室东侧5号单间病床上，躺着一个新来的特殊病员。大夫、护士和住院的病员们围拢在室内室外窥视、议论。

“天哪，太残了！啧啧……”

“什么武器打的？这么厉害！”

“这个人真撑折磨，光剩块肉棍棍还活着哩！”

“唉，像这样的人就是活下来，还有啥意思……”

院里对这个特殊病人特别重视：被褥、床单、枕头、暖壶、食具等全是新的，里里外外干干净净，利利索索。

刘步荣叫值班大夫把院长王纯青叫到跟前，说：“小王，王纯青，今天把这个病号交给你，你要想尽一切办法，力争让他的右眼重见光明！”

王纯青院长一看，原来这个特殊病号就是石痴，他连忙扑上去边摇晃边惋惜地说：“我的老首长、老战友，我一两年不见你了，让你受苦遭罪，真对不住。”

石痴点了点头，算是对王纯青热情客气地回答。

“嗯，你小子当了院长还没忘本，不错，有人道主义的情味。”刘步荣夸奖着这位当年的随身卫生员。

“您老首长真会开玩笑，我这小小业务院长还不多亏了你培养。请首长放心，您交给的任务，我一定尽最大努力完成！要完不成任务，您可以再捅我一拳头嘛！”

“你小子‘二五〇’的往事还牢记着，秋后算账派！”这些从战争火海中走出来的老战士，仍习惯按资排辈。

王纯青是“二五〇”高地的幸存者之一，他同刘步荣在休养院共事两年后，便返回原籍，分配在沂里医院当业务院长。

“小王，”刘步荣认真地提醒说，“我要事先警告你：要是治不好石子的眼睛，我拿你是问！还有，你要提高警惕，石子有住院开小差的历史。”

王纯青听后一笑：“老首长把咱们的英雄说得过于神奇了，没有腿还能‘开小差’？太滑稽了！”

石痴从来医院就一直沉默无语。这是他的第三次失明，他知道自己的视力如果丧失将意味着什么。但他厌恶医院生活，他是被迫送进医院的。他蚯蚓般地盘爬，拼命地揉搓，即使将眼皮揉搓破裂，只要能看见一丝光线，他也在所不惜。但他失败了，不得不老老实实地静下来，等待命运的判决。在一片漆黑的世界里，他忆起了崔大夫那句临别惊语：

“同志啊，你赖以生存的希望都凝聚在这只眼睛上了，一定要像保护生命那样保护你的眼睛。”现在，这只赖以生存的一线之光消失了，这就意味着赖以生存的条件也自然消失了。死亡对他并不可怕，他曾是一个几经死亡而又复苏的人。他认为，生命的长短并不重要，重要的是一生要活得有价值。在总结一生功过的时候，他唯一感到遗憾的是没有留下供人借鉴的东西，没有用自己仅有的热能去照亮人生的荒原。

石痴嗜好沉静遐思，可事与愿违，每到一个生僻的地方，总有络绎不绝的人群，怀着不同的心态前来围观。这不，眼下就涌来一大帮子清一色的“白种人”，他们都用惊奇的眼神注视着这位新来的病号。石痴看不见他们的面孔，他怯生生地期待着会诊的结果。

崔大夫走近石痴床前，紧紧抱住他的双臂：“石痴，你好！能听出我的声音吗？”

“啊，你是……崔大夫？”他迟疑地答道。

“这是你的第二个家，但你现在熟悉的人不多，外科只有我和你熟，王院长刚来不久，有事就找我，治病还是老搭档，这是王院长的指示。”

“哦，哦。”石痴只是连连应着。

“石痴同志，现在先写病历，然后查体。”崔大夫手拿病历卡和水笔，开始询问石痴的简历。还没等石痴回答，王纯青就急不可待地说："他嘴有伤，我来。"他替石痴一一作了回答，然后让石痴躺下查体。

查完体后，崔大夫说："内脏问题不大，右眼同原来伤情造成的视膜障碍区别不大，但眼际红肿，内膜浑浊，不排除外部感染，更大的疑点是炎症所致。这里没有器械，等休息一下再到眼科详细看看。"

"你是说还有复明的希望?"王纯青忙问。

"我希望是那样，但没把握，我会全力以赴的，现在需要了解一下他的生活状况。"崔大夫又关切地问："石同志，你在家里都是怎么生活？吃什么食物？自己吃还是别人喂?"

"常年卧床，吃饭由母亲喂，弟弟帮，食物有煎饼、糊糊、馍馍、瓜果，反正都是庄户饭。"

"你残情这么重，难道还有什么体力活动?"

"没有，我没有体力，也谈不上活动。"

崔大夫大惑不解地摇了摇头。这位曾被认为只有百分之一生还希望的人，居然顽强地活了下来，对此他深感钦佩，但对分别后石痴的生活情况实难猜测。

"石老兄啊，"王纯青说，"崔大夫被称为是'巴甫洛夫'，他的医术曾经使你转危为安，相信他一定能给你治好眼睛。他不光是外科权威，也是眼科行家，你就放心地让他治吧。"

"我毫不怀疑崔大夫的医术，可我的眼睛不会有希望了，还是放我回家吧，我实在不想过医院生活。"石痴依然固执己见。

"安心治吧，伤病也同敌人一样，你弱它就强，你强它就完，要作长期打算，我们正在物色人，准备专人照料你。"王纯青安慰道。

"不行!"石痴忽然焦急地爬起来，竭力掩饰着无可言状的苦楚。"我不要专护，我不住院，我没有病，失明不痛苦，我喜欢黑暗，我不怕!"

"不!"王纯青激动地说，"光明属于每一个人，更应该属于为夺取光明而斗争的人。论打仗你是行家，但治伤除病你就是外行喽，还是把这份权利留给我们拿镊子的吧。"

石痴无言以对，他知道不论如何挣扎也走不了、挪不动。痛苦达到饱和程度以后，也就没有痛苦了。他没再想到轻生，他在竭力默想着今后的应急措施：要少吃少喝，减少麻烦。这里没有专用便具，更糟的是眼瞎之后没法处理大便。要沉着，要冷静，要挺身咬牙，坚持几天！

按照首次会诊的顺序，石痴又到眼科门诊作了较细的复查，崔大夫找到王院长提出了治疗方案：

“经检查证明，石痴突然失明的主要原因是过度劳累引发炎症造成的，左脑颅骨夹有弹片，直接压迫眼神经，左眼的伤患影响到右眼视力，这些都是潜在的原因。看来复明术不宜作，因为它株连脑、眼神经。据他自己说，当年在其他大医院也都没敢作，手术成功率低，弹片略有移位，就会有危险，他是九死一生的幸存者，我们不能再冒险了。”

“这么说，他的眼睛没有挽救的余地了？”王纯青焦急地问。

“不！”崔大夫解释说，“我的意思是，他的生命和我们的技术能力都不宜再冒一次风险，我想给他作保守治疗，先用中药秘方，然后中西医配合，只要能消除炎症，就可望恢复原有视力。但从长远看，他的视力会出现周期性的反复失明过程，因为谁都无法叫他不劳累。”

“那好。”王纯青说，“我支持你的保守疗法，先取得突破，然后从长计议，但一定要慎重、稳妥，把你的全部看家本领统统使出来！”

“请放心，我会这样做的！”

两人快步走进石痴的病房，崔大夫把治疗方案如实地告诉了石痴。石痴听说不开刀，高兴地坐起来说：“崔大夫想得真周到，我最怵头开刀，只要不开刀，我就服从命令听指挥，在这里凑合几天。”

“不开刀是治疗的需要，开刀也是治疗的需要嘛！”王纯青校正道。

“可我有个想法，还得请院长同志高抬贵手：我别没什么大毛病，能不能准许我带着药回家治疗，反正在哪里都是吃药。”石痴恳切地请求。

“你瞧，刚才还说听指挥，转眼就变卦，要是在火线上我王纯青不听你的指挥，你咋办？你会让我自由行动？”

“就是嘛！”崔大夫接过话头说，“任何事物都得有规有矩，不及时会诊、调药，很难有理想的效果。”

“好，服从，服从。”石痴有些不情愿地答应着。

他从被强行抬进医院后一直没大便过，这种生活琐事，正常人一般想象不到。这天，他似乎不能再坚持了，在吹过熄灯号后，又过了将近3个小时，趁夜深人静，别人看不见，他爬起来到处瞎摸乱抓，把假腿、衬料全划拉到跟前，装好腿，夹好拐，摸出门口，摸到走廊，边走边想：厕所在哪里？唉，继续摸吧！

世界对失明人统统是一种待遇——有灯无灯全盘黑！他在凭嗅觉寻找：病房、道路、草坪、石头、障碍……一次次摔倒，一段段爬行。他怕被人发觉，怕人帮忙，怕丢人！但他那谨小慎微的“绝密”举动，还是被人发觉了。一位值夜班的女护士几乎“摄录”了他“绝密”的全过程，她流下了眼泪。

两个疗程过去了。一天早晨，石痴一觉醒来，忽然发现床头上空一片黄澄澄的颜色，慌忙用短臂搓了搓右眼，啊，看见了桌子的轮廓！看见了假腿的轮廓！又看见了久别的短臂！又看见……

“喂，崔大夫、王院长，我又看见啦！快来呀！”他那无法抑制的、欣喜若狂的喊声，回荡在病室里、大院里，震撼着刚刚起床的人们。

“哎呀，你喊什么？这样喊叫会打搅正在休息的病号，你有急事快告诉我吧。”目睹他去厕所的那位护士边进屋边责怪他。

“我看见光明啦！我高兴啊，我要给崔大夫磕头啊！”

护士刚要转身去找，就看见走廊那头崔大夫、王院长、护士长、值班大夫以及护士们，边穿工作服边急匆匆地跑过来，不一会儿，小单间就挤了个水泄不通。

“报告院长、崔大夫，我又见到光明了，我给你们磕头吧！”他果真跪在床头，弯腰垂首，头扑到床沿……

王纯青匆忙双手将他抱住，按到床上，说：“我的老战友，你疯了是咋的？你报答俺，俺报答谁？论实际贡献我们得给你磕头。快说说你的能见度，能看到屋里所有的人吗？啥时候出现视光的？”

“是今天早晨，刚刚醒来，突然发现眼前有黄橙颜色，揉搓后就看到了桌子、床铺、胳膊、假腿……视力远近同原来一样。”

“来，再测试测试。”王纯青站在一米开外的地方，崔大夫手指王纯青问：“你能看清他是谁吗？”石痴凝神注视着这张熟悉、英俊、亲切的面孔，激动地喊：“你是王院长、王纯青对不对？”

王纯青一下子扑过去，抱住了石痴的双肩。

崔大夫望着眼前这位自己救治过两次，如今重见光明的不屈的病人，内心充满了欣慰。

“王院长，您稍离开点，小心压着他的腿。”人群中那位目睹石痴解便的护士有礼貌地提醒道。

这时，王纯青、崔国正才突然醒悟到自己是值班大夫。两人迅速离开病床，崔大夫歉疚地说：“对不起，伙计，我怎么忘记你是病人了呢！”忙伸手抚摩石痴的截肢伤口，问痛不痛。

石痴早被复明的喜悦所淹没，他紧紧抱住崔大夫的手，爽快地说：“您是大夫，他是院长，压得再疼也不敢反抗，服从命令听指挥嘛！”一句话把大家逗得一阵哄笑。

王纯青赞叹说：“真没想到，我的石首长当年的活泼劲儿又上来了，希望再接再厉，保持到底怎么样？”

“快别瞎扯了，我连‘脚长’都没有，哪里来的‘手长’（首长）嘛，我只当了一时三刻的瞎指挥，就变成光杆司令了，你要叫我首长啊，还不如揍我一顿好受。”

“不！”王纯青一本正经地说，“打仗可不像咱们开玩笑，那是杀人的职业，弹指一挥就见胜负，战时一分钟，平时三十年，你就是干了一分钟的指挥，也是我永远的上级！今后请你直呼小王，不准叫院长！”

“那就由我喽。”石痴说，“对任何一级领导都应该给予尊重，我会喊你小王的，但不是在这里。”

“王院长，”那位夜班护士的声音又响了，“是不是该让病人休息一会儿？他的眼睛刚复明，不能累着呀！”

“我看也是。”崔大夫说，“他的炎症本来就是累的，咱们该走了，让他休息吧。”大家刚走出门不远，王纯青又忽然折回身来悄声对石痴说：“我说过给你物色个专护，我们再三研究，决定让李艾荣作你的专护。”他指了指提议让休息的那个护士，继续说：“生活中有啥难处，尽管让她帮忙解决。你看行吗？”

石痴一听，不禁心惊意烦，就算住到急诊室里，也会被“专护”们气死！他烦恼地回敬道：“这种特殊优待，还是免了吧，本人是块贱料，咋能贪享荣华富贵呢，建议撤销这个决定！”

“好一个服从命令听指挥，你怎么能出尔反尔呢！”王纯青故意激他，随后就查房去了。

尽管石痴对“专护”从心眼里不情愿、不乐意，但并没影响他右眼复明后甜滋滋、兴冲冲地激动心情。他不但没感到劳累，还总想起来跳跳才够劲。不能闭着眼休息，应该睁大眼睛，饱览新到来的世界！熬过了 3 个月、2000 多个小时漫漫长夜的他，多想把视力所及的景色全都摄录眼底，汇入记忆啊！

他痴痴地、贪婪地享受着视力赋予他的莫大喜悦，不知什么时候，他的左腿“腾”地跳了起来，然后又缓缓落回原处。

“你的腿怎么啦？”一直坐在他视线以外的桌子边的“专护”惊讶地问道。

石痴被她吓了一跳，他没有发觉屋里有人，于是顺便答道：“噢，没关系，神经痉挛，也许与变天有关，经常这样。”

“那，你截肢的伤口痛不痛？要不要告诉大夫开点药？”她边问边移动身子，从桌东头一直挪到床边。

“截肢 8 年了，伤口已经基本定型，除了被假肢磨坏和摔破外，没有多大疼痛，伤口多了反倒疼痛少。”他显得有些拘谨，每当回答完问话，就习惯地将湿毛巾挑在臂尖上，来回地悠荡着。

初秋时节的沂蒙山气候渐近凉爽，但在这间没有后窗的狭小屋子里，仍有些闷热。

“噢，你觉得怪热是吧？来，我帮你扇会儿。”“专护”居然跨近床沿，伸手将毛巾抄过去，在石痴头部上方一下一下地扇起来。

石痴没料到她会这样，随即举起短胳膊慌慌张张去夺毛巾，她把手一扬，他就抓空扑不到了。他反感地“扑通”躺倒在床上不动弹了。

“我的老天爷，这还了得，我便解、穿衣、吃饭都要暗自偷办，这一家伙派来一个‘宪兵警察’，天天左右不离，岂不把大便都屙到裤筒里？把尿尿到被窝里？这不成了标准的死囚吗?”他惊恐地这样想着。

她一边扇风驱蝇，一边问这问那，但石痴不屑一顾，他想的是怎样摆脱眼前的“警察”，怎样想法尽快回家，对她的问话只是“嗯、啊”地敷衍应付。

扇了不一会儿，他就骨碌一翻，回头朝里，任性地说：“我要睡觉了，护士同志，请不要再扇了，那会受凉感冒。”

“那好，你安静地睡会儿吧，毛巾放在枕头边，有事就喊我，别客气，啊?”她在床前稍稍站了一会儿，听到石痴发出鼾声，才走开。

她真的开始履行“专护”的职能了，趁石痴入睡的机会，她跑到集市上买来一把芭蕉扇，两个带盖的瓷碗，一把喂饭的羹匙和一个端饭用的传盘。又从保管室领来了苇席、被褥、方凳及危重病人用的便解器皿。

她在北墙根搭起地铺，撑起蚊帐，然后把屋里的陈设整理了一遍，又拉开抽屉，取出一块纱布，跪到方凳上擦拭玻璃窗上的灰尘。她干这些零活的动作并不快，也不算利落，常常干完之后仍有漏拉，就一遍又一遍地返工重做。

石痴没有真睡，而是想借故把她支走，自己可以不盖被单、不穿厚衫地“自由凉快”。但好景不好，“自由”了不一会儿，“专护”就闯进来了。石痴看她很像要“安营扎寨”，很是窘迫、失望，但看到这位护士的作业动作，又令他发笑，只是不敢笑出声来。他不愿再看了，慢慢闭上眼睛，唉，一霎一霎地熬吧！

她擦完最后一块玻璃，关上窗子，回头环视了一遍被整理的房间，觉得很满意，取下口罩擦了擦汗，然后又戴上去。接着又坐在床边的方凳上，抄起刚买来的新扇子，不知所然地扇开了。扇着、扇着，她又听到了鼾声，那声音低沉而浑重，艰难而凄苦。“啊，残情这般重，从未发出过半点呻吟，更没提过过分要求，话语极少，表情严肃，当真是

‘伤多无痛苦’吗？不，他肯定在心灵深处潜伏着常人难测的巨大苦衷，让他尽情地安睡吧，也许只有睡去才能消散痛苦。”她暗自想着。

石痴刚来院时，同他刚到家时一样，多数人惊奇、惊叹、担心、害怕，这位李“专护”也有某些同感。她曾怀着好奇心，想一睹这位重残“古怪人”的尊容。在那天目睹石痴去厕所的时候，那爬行、解便动作，着实把她惊晕了，痛愣了，她不由自主地流下了热泪。他的眼睛意外的复明，并多次将院长叫“小王”，两人互相热烈拥抱，互喊对方是领导、首长，她亲眼目睹了这一切，亲耳聆听了他的真实故事……她有些不知所措，甚至不敢冒昧地把和他初见时的朦胧印象联系起来。

她是从野战医院刚转来的护士，见过并亲手抢救过许多刚从火线转来的烧伤毁容、枪弹重伤和冻伤截肢的伤员。凡是烧伤毁容的，均呈现紫红色，仪表大同小异，相似非似。她觉得石痴很像她的一位熟人，但不同的是他脸有植皮、四肢皆无。她客观、慎重地一想，就断然推翻了：“不是他，按当时的危急情况，他恐怕在转运归国途中就牺牲了。”

芭蕉扇在来回地、轻轻地扇来扇去，她不知是在扇还是在想。扇子“扑啦”掉到了他头上，她慌忙伸手拿起来。石痴的身子动了动，由原来的仰卧转成侧卧，在翻动时墨镜腿滑下耳朵，镜子落到鼻梁以下。不知因复明过度兴奋而致累，还是连夜失眠造成的疲乏，他真的睡熟了，平日里羞于见人的满脸疤痕暴露无遗。

她悄悄放下扇子，蹲下身子，两手扳着床沿，屏息静气地观察起来：深陷的左眼，一道半指宽的弹痕把眼皮穿割为二，形成一寸长的陷印；两腮与嘴之间的两股神经，极不规则地抽搐、卷曲、痉挛……她的心跳速度在加快，泪水也不知不觉地涌出眼眶。她没有再往下看。“是他，太像他了！”她差点要喊出声来。

不知什么缘故，当她再看见那副令人生畏的面孔和深度截肢的时候，恐怖变成了怜悯，陌生换成了理解。她掏出手帕，轻柔地、一点一点地抹去他左眼窝浸出的一串浑浊的眼液。她在用双手扶正他墨镜时，把他搅醒了。他打了个舒身，举臂摸了摸眼镜，坐了起来。

“啊，护士，是你动我的眼镜了吧？”他怀疑地问道。

“不，是眼镜歪到一边去了，我帮你扶了扶，现在需要点眼药了，你躺好，我给你点药。”

“现在不点，你不会，还是让崔大夫点吧。”

“那么，你现在该不该解手了呢？难道我不应帮你的忙吗？”她大胆地提出了这一往后会经常遇到的“问题”。她曾几经忧虑，帮一个成年男子处理便解并非陌生活儿，然而他是四肢全无，非亲自动手不成，这是多么令人害羞打怵的事啊！可自己是“专护”，责任不容她再犹豫下去了，更何况她已大体断定了眼前的这个人是谁。

“不行，绝对不行！尽管我身体不囫囵，可我是个大活男人，怎么能叫你帮忙呢？我会吃就该会拉！”他执拗地回答着。

“你别逞能了，你不相信有人愿为你作出帮助和牺牲吗？”

“谁都有自己的生活情趣，但我确实不需要别人付出牺牲，希望你马上离开这儿，我不要专护。”他比她更固执。

“你不能自作主张，我执行院长的决定。你实在觉得不方便，我给你便壶，万一不行就快喊我，啊！”她把小便壶放在床头上，就匆匆离开了。

他确实被尿憋坏了，见她走了，就急急火火赶快动作，但也出了差错，造成“流尿作业”。不论怎么说，总能自行单干了，他对此深感自豪。

石痴要求撤掉专护的意见不但未被医院采纳，医院反而还让专护住在单间里，除去打饭提水外，全天24小时严格看管。因此，他小便只得像小偷一样，偷偷摸摸，唯恐发出声响。

一天早饭后，李专护洗涮完了碗筷、整理好了卫生后，略带兴奋的表情对石痴说：“石同志，向你请个假，我今天要回家一趟，我已托付值班护士暂时照顾一下。我很快就回来，你要有事，尽管喊一声就行。”

他很高兴地点头同意，暗想：你永远不回来更好，我好自由自由。“专护”走了以后，并没见值班人员过来，“形势大好”！他急忙火促地开始行动：戴上帽子，装上假腿，披上褂子，戴好眼镜，夹上双拐，步出门口……他要“检阅”一下自己回家的实力。

附近没有动静，大概又是星期天。他沿走廊向东走，走得特别慢，他怕走快了假肢“嘎吱嘎吱”作响，被人发现就吹了。

来到最东边墙根下，一看有个小便门，插着闩，他放下拐杖，一边用肩猛顶住木门，一边用臂狠捣门闩。门闩插得很松，很快便弄开了，他拄拐跨出门去。这里是一片划归建房的荒地，迎着轻拂的微风，脚踏柔软的野草，通过假脚底下那“唏唏唰唰”的踏步声，酷似触电，由假脚传到假腿，再传到全身。

他纵情地、狂荡地走着，像刚出笼子的鸟儿，终于来到了自由世界，来到了梦幻中的自然空间。他觉得脚底生风，两臂变翅，“嗖、嗖、嗖”地飞翔着……不知走到哪里去，甚至不知自己在行走，他的心早已掠过医院上空，飞过高山原野，飞到母亲的身边……

走了很久很久，也许有十几里、几十里了，不觉来到一座山脚下，再也走不动了。眼前有棵古老挺拔的大楸树，树下有块一米见方的大石条。他咬牙坚持挪到石条跟前，“扑哧”坐到石条上，呼呼地喘了半天粗气，这才觉得浑身都被汗水湿透了，腿也痛得要命，卸下来一看，原来磨去了铜钱大的一块皮，伤处渗出血水。

金秋初降，风光宜人。石条的左前方是个很大的荷塘，荷叶在微风吹拂下，飘飘闪闪，似喜迎嘉宾；特有的沂蒙水珍——白条鱼儿在荷叶、浮萍掩映的水丛中追逐；山脚下，田埂旁，到处是青黄相间的草丛，草丛中不时传出“吱吱乖乖”、“窸窸窣窣”和“噔愣噔愣”的叫声。天空有几条白云似动非动，像是天幕上骤然盛开的栗子花，点缀着苍穹那单调的蔚蓝。

这里依山傍水，背靠巍峨的蒙塔山，前有玉带般美丽的沂河。从这里极目远眺，可以鸟瞰全镇的壮美景色，饱览沂蒙群峰东麓的千垛连环崮。石痴酷爱这里的山水、草木，他应该为自己曾经浴血争夺过的壮丽河山而陶醉，但他却看不见这些佳景，一个终身卧床的人是无权奢享天然野趣的。

他卸下假肢，陶醉在优美的自然景色中。不知不觉中，他躺在石条上，头枕假腿，酣然入睡了……

“石同志……石同志……”喊声在山涧回荡，“专护”李艾荣丢了病人，急得火烧眉毛，边跑边喊。她心想：这下糟透了，石痴八成是开小差回家了！她来到了楸树旁，一看，愣住了：他怎么会在这儿躺着？是别人把他背来的？还是有坏人把他……她来不及多想，连忙跑到石条跟前，按捺不住地喊道：“俺那老天爷，你咋会上这儿来呢?!”

没有作声，也没动弹。

这可把她吓掉魂了，她扑上去伸手摸了摸石痴的额头，热乎乎的，她才放了心。见他睡得很甜，便没再惊扰他。她见石痴只铺着褂子，穿了件背心，就把隔离衣脱下盖在他肚子上；她又发现他胯下有几块鹅卵石硌着他，就轻轻地将石块摸出来，可这一摸把他触醒了！

“滚开！你这该死的野雀，敢把一条蚯蚓啄碎!”

“哎哟老天，你是咋着啦？哪儿来的野雀，你睡‘盲撞’啦是吗?!”

“啊，你是谁？你……我当是，我当是……”石痴醒了。

“你当我是野雀啦？啊!”

“不，对不起，是我做了噩梦，真厉害哟!”他余悸未消地形容道。

“那就快说说，说完了咱好回去吃饭，说吧。”

“我在一条羊肠小道上行走，忽然和一个贼人相撞。贼人手举利刀，要挖出我的心脏做标本，说只要给他心脏，就赏给万两黄金。我竭力反抗，贼人没挖成，便硬将我的衣服剥光，逃得无影无踪了。我光着身子紧追，追到一个荒山里，找到了衣服，但伸手去拿时，却变成一摊灰。正当我犹豫不定时，忽见天空中飘飘悠悠刮来一块云彩，那云彩一会儿红，一会儿黑，一会儿绿，一会儿蓝……云彩突然飘到我头顶，徐徐下降，降着降着，‘嘣噔’蹦出一个白胡子神仙。他僧衣长发，红眉绿眼，手摇金杖，纵身飘落到眼前，咒念道：‘你身临绝难，有什么妙法相救?’

我说，‘哪有妙法相救?’

神仙说，‘我有一种骨肉还原丹，你只要吞下这种药，就会回春还原。’他一边说着，一边扬手，于是一粒明晃晃像黄豆大的炼丹飘进我嘴里。我顿觉精神大振，浑身发热，手脚呼呼生风，‘蹭、蹭’见长，腿已长到膝下，长到腿肚，长到脚脖；手已长到腕部，长到手脖，长到手指……正在这时，从天上飞来一只野雀，嘴里叼着一条正在蜷曲挣扎的蚯蚓，那野雀突然落到我的头上，‘嘁嘁喳、嘁嘁喳’地叫了一大阵子。再看那白胡子神仙，却不见了踪影。那条被咬伤的蚯蚓掉到我身上，野雀也展翅远飞了。再看长出的手脚时，连影子也没有，依然如故。那遍体鳞伤的蚯蚓，从我头顶滑到脖子上，又从脖子滑到肩上、腿上，最后落到那摊衣服灰中，被灰蚀得翻滚、卷曲、蹦跳不止……”

“你看这梦有多凶！唉，要不是该死的野雀给破了风水，我也许能大难呈祥，断肢重生呢！”他懊悔、惋惜，好像当真错过了一次肢体回炉复新的机会。

“噢，你把我当野雀搅了你的美梦对吧？怪不得你刚醒就叫我‘滚开’。”她说得泼辣、直爽。

“不，不，哪敢把你当成野雀，我是说，这个梦要是继续做下去的话，也许有个很美好的结局，真的会长出四肢，可惜只长了那么一霎霎。”

“你这人，真是做梦娶媳妇——净想好事！腿和臂都失掉那么多年了，还能长出新的来？那不变成仙体、神灵啦？你别一天到晚想入非非了！”她见自己的规劝并没有消除石痴的遗憾，就皱了皱眉头，略加思索，然后故作高雅地说：“那挖你心的贼人是个幽灵，它没能挖去你的心，那就证明你的意志是任何残暴所征服不了的。嗯，那衣服变成灰呀，证明你失去的只是皮毛，得到的将是……将是什么来着？”

“将是灾难与死亡，对吗？”石痴给她补充道。

“不对，不对。”她快速地纠正，“你得到的将是纯质的骨肉。你看，除掉‘皮毛’，剩下的不都是‘骨肉’了吗？那位白胡子神仙嘛，就是上帝，就是国家，就是所有同情和理解你的人。他们希望你恢复健康，‘骨肉还原丹’就是他们给你的精神力量和物质待遇。人们用健全的体魄去营造美好的社会，不也节省了你的力气吗？对不对？至于冲了你美梦的野雀，那不是别人，正是我！我小时候大人们都叫我‘野雀’，‘野雀’，实际上叫喜鹊，谁家幸运降临，大福大贵，它就飞到谁家的屋脊

上恭喜、庆贺。你听那叫法，‘喊喊喳，喊喊喳，谁逢大喜俺都夸’！俺这有福之雀都飞到你的美梦里啦！我琢磨着，那条蚯蚓就是你本人哩，人家野雀把它救出来，不但没舍得咽到肚子里去，还那么疼爱地含到嘴里，你还骂人家‘该死’，人家一气之下还不飞嘛！”她一口气说完这么多，眼望着石痴，意思是：“我说得怎样？你服吗？”

“哎呀，你李护士可真会瞎编乱造，竟把自己说成野雀，把俺比成蚯蚓，大概世上再也没有比蚯蚓更低能的动物了。”

“不一定。”她意味深长地说，“蚯蚓无能，赤身光板，没有手脚，但它有松土肥田的超级功能。要是没有它，田地就会凝固、板结，咋能长好庄稼？再说你吧，你不能为庄稼松土，但可以润泽人的心田，用自己美好的品格，去感化那些干枯的心灵，那你不就成了灵魂工程师了吗？”

“快别说了，反正我同蚯蚓差不多。”他用左臂把眼镜压下来，用臂碴习惯地抹去顺脸颊而下的眼液，说：“请等一等，让我再看一眼这难得的风景！”

“啧啧，那就尽情地看吧，又不用花钱买票。秋天有啥好看的？草木枯黄，树叶落了，给人一种凄凉感。”她说的倒是实情，只是她还不可能更深地理解卧床、弱视者对自然景色的奢望。

石痴一会儿静静地聆听微风吹拂楸树所发出的“窸窣”声；一会儿把视线转向远处的苇塘，约约绰绰地观赏着被轻风荡起的涟漪；一会儿又垂下头来，深深地嗅闻身旁的草香气息，伸臂亲昵地摸索一番，然后抬起头，端正姿势，神情庄重地望着远方，长久地、目不转睛地呆视着。

“喂，石同志，你的眼睛能看多远？岱崮、柴崮顶峰都能看到吧？”她不无调侃地问。

“两米以内把握大些。”他一动不动地回答。

“那你昂首挺胸地往远处看，能看到什么？这不是瞎子点灯白费蜡嘛！”她显得有些泼辣过度。

“不，我的眼神经损坏很重，崔大夫的结论也证实了眼睛在日趋变坏，周期性的失明时间会更长。我早就有一种预感，因此，每逢黑暗来临时，就静坐床头，凝神远眺，让意境和视线合一，横跨山河湖海，遥看众峰叠嶂，把鲁山和龟蒙顶上的峭峻奇石收入眼底，让那烽烟漫卷的‘二五〇’高地映入心间……这是残盲人生活的重要内容，是不可多得的‘精神会餐’！常人无法理解，请别见笑。”石痴像一个激情的文学家说道。

李护士静静地、虔诚地聆听着这些似懂非懂的话，不时掏出手帕揩去眼眶中浸出的泪花。看上去，她显得十分激动。她颤抖地叹了一声，狠狠地咬了一下嘴唇，突然问道：“你刚才说‘二五〇’高地是什么地方？”

“朝鲜。”他脱口而出，“那是我们葬身的地方，怎么能忘呢？”

“啊，你是在那里受伤的？”她已从他的伤貌和对话中断定是他，但由于伤情重，时间久，加上脸有补皮，难免会有误差。上百万志愿军，成千上万的伤员，难免有同伤、同名同姓的，她曾误认过另一位烧伤患者而弄得很难堪。

“当然，那次战斗将永远留在我的记忆里，因为那是我整个生命的重大转折和分水岭。”他遥视东方，好像又一次置身在战火中。

“你受伤后转到什么地方？是后方医院还是前线包扎所？”她紧紧追问。

他收回视线，低下头来，冷冷地说：“在那种环境下，哪能找到医院，只是在漫无边际的雪野里挣扎、滚爬，听天由命……”

“那，你到底是怎么回来的？难道没有人救过你？”

“不！”他突然变得兴奋起来，“也许是俺命大不该死，正当俺奄奄一息的时候，有位朝鲜小姑娘出现在面前，真是梦一般啊！她拼尽全力把我拖到她家中——一户朝鲜阿妈妮的家里，是她们娘俩——后来才知道她们不是娘俩，给我煎汤熬药，喂水喂饭，才使我终于活着回到了祖国……”

听到这里，李护士的泪水已经蒙住了视线，她曾一度朝思暮想的那个人竟大出意外地活在世上！她竭力控制着难以抑制的感情，稍稍镇静了一会儿，偷偷抹去眼泪，接着问道：“你还想念那位朝鲜阿妈妮吗？”

这一问使石痴愣了半天，他深情地答道：“对恩重如山的亲人，哪能不想啊？可相隔千山万水，想又有啥用呢！”

“阿妈妮被敌机炸断了双腿，不过，她依然坚强地活在世上。”她边说边瞅着石痴的表情。

“她被炸断了双腿?！你是怎么知道的，你去过朝鲜？”石痴顿时惊叫起来。此时他既悲痛又惊讶，顿感这位护士大有来历。

“我是听说的呗，你不相信吗？”

“那你到底从哪儿来的？你去过朝鲜还是听归国部队说的？”

“不光是去过朝鲜，还打过仗，救过人，负过伤呢！”

“你既然知道阿妈妮的情况，也该知道那位小姑娘的下落呀！”

“那小姑娘叫什么名字？她仅仅是个微不足道的小姑娘吗？”她对“小姑娘”这称呼法有些不满意。

“她姓李，好像叫李什么荣，我叫她小姑娘是因为她长得娇小、清瘦，其实人家还是个堂堂的女兵，是个威风凛凛的军人哩！”

“嗯，她嘛——”她故意把声音拖得很长，“她好像……下落不明……”

“下落不明是什么意思，受伤？失踪？被俘？还是……”说到这里，他戛然停住了，他不愿听到，更不愿说出“牺牲”这个字眼。

她没有马上作出反应，她从与石痴短暂的接触中，已经领略到他的为人：他喜欢直来直去，开门见山。但她作为女性，虽在言语上也喜欢豁达，可在表达友情、特别像她想象的友情的方式上，依然习惯用严谨、羞涩的视线穿透对方的心灵。于是，她又以微妙的目光观察着石痴的表情，但她失望了。从他那副面孔上从来就无法辨别喜怒哀乐，用来表达情感的已不再是容颜，而是声音和动作。

但她还是于细微处窥测到了石痴面部贫乏单调的机械反应：两颊、嘴和墨镜上端的眼眉之间的肌肤在不间断地抽搐。

怜悯之心使她蓦然收住了观察，她说：“不，你不用担心，据我所知，她没有失踪、被俘，更没有牺牲，她现在也许生活得蛮不错哩！”

“啊，李护士，你别让我钻闷缸了，你快告诉我，她现在到底在哪里？”他焦躁难耐。

“你找她干什么？人家也许工作忙，你要是有事我完全可以帮你转告。”她在探明了对方的底细后，显得泰然自若。

“我找她没有大事，也不想再麻烦她，可我欠着她的债呀，她和阿妈妮救了我，我怎么能忘恩负义呢！神是一炷香，人是一句话嘛，我无厚礼相报，也总该有句答谢人家的话呀！”

她得意地笑了：“你要想见她，其实并不难，需要答应她两个条件。”

石痴是个反应较慢的人，当李护士提到要见“小姑娘”需要答应条件时，他竟情不自禁地忘记了自己时刻遮掩、躲闪的残容，猛然抬头，视线直逼对方的脸庞，但意识很快使他躲开了正面。在这极短暂的对视中，他发现她有着一张胖胖的圆脸，浓眉，颧骨扁平，前额略高，两腮黝黑而红润，呈现出朴素的美。他觉得陌生，但又好似面熟，便顺势应酬道：“条件？什么条件？你把话说得明白一点，跟棒槌人说话，不必拐弯，俺死都不怕，还怕啥条件？”

“你得先表明态度。”她接着说，“到底答应不答应？”

“答应，这有啥了不起的，让俺去见上帝也保险不打折扣！”

“那好，你听着。”她一本正经地说，“第一条，不准你叫她小姑娘，她早已长成大姑娘了；第二条嘛……”她说到这里突然停住了，她像接触正常异性一样，心跳加剧，满脸红涨，特有的羞涩使她难以贸然启口。但石痴一点也没察觉到她的这种特殊变化，忙问：“第二条是啥？”

很显然，像石痴这样的人，即使套用比祝英台更直白的语言，他也很难明白。于是，她鼓起勇气说：“这第二条，就是她要伺候你一辈子，和你永远生活在一起！”

同她那纯朴痴情的愿望相反，石痴一听这话，那急不可耐的迫切心情顷刻间消失了。他不知道她与“小姑娘”的关系，更不知道她为什么代替“小姑娘”提出条件，而且还伺候自己一辈子。他似乎感觉到她就是那个女兵。万一是她，又会咋样？不论是谁，只要是女性，“永远伺候”、“生活在一起”，就意味着婚姻、夫妻，就意味着有朝一日将“露馅”、“亮相”，被人家推下床来摔个半死，然后被嘲弄。屡屡惨痛教训已迫使他关死了这扇大门。由于世俗的偏见，他作为举世罕见、体貌皆劣之人，绝不具备爱别人、更不具备被人爱的起码条件，即使偶尔有，也是不真实、经不住实践考验的。

现在，他在度过了一段“超凡脱俗”的日子之后，恶作剧又将重演，他怎么能不敏感呢？但他也懂得对她不能像对巧兰那样，人家是恩人，他至少要做到不失尊重，不忘恩情！

“你这是咋的啦？干吗老闷缸？到底同意还是反对？”她对他的长时间沉默大惑不解。

“哦，哦！”他如梦初醒似的抬起头，但没看她。“对她的救命之恩，我终究要报答，但要她伺候我一辈子，这不行，请你转告她，我感激她的救命之恩，但不接受她的条件，对不起！”她万没料到石痴会如此冷漠，这同她八年前见过的那个神志模糊但热情豪爽的重伤人毫无共同之处。于是，她不得不作出另外的判断：他已有未婚妻？还是已婚成家？她不愿这样想下去，于是又问：“刚才你还起誓说，她让你去见上帝也保险不打折扣，现在又来了个一百八十度大转弯，你算不算个男子汉？”

“护士同志。”他也很严肃地说，“我对恩人的报答，可以大到像她对我那样——以命相许的程度，但没想到会有这种‘条件’，这不属于报恩，这是婚姻，婚姻已不属于我，这是不同的两码事！”他开始觉察到自己又惹出麻烦来了。

“不见得。”她继续追击，“你满口答应的条件本身，就包括了一切内容，你自认‘见上帝’都能答应，难道婚姻就不能答应吗？”

石痴顿感事情蹊跷，先前在婚姻问题上留下的后遗症仍使他心有余悸，他不想再请下神来没处安排了，想来想去难得解脱。“嗨，干脆，装软蛋算了！”想到这儿，他心情稍稍静些，说：“哟，护士同志，你千万别真生气，我是个粗人，说话失礼，没脸见她了，只好用另一种办法：遥寄衷肠，铭记心间，千秋不忘。请你亲自跑一趟，帮我传传话，咋样？”

听到这里，她从石条上猛然站起来，略带苦笑地看了他一眼："请别费苦心了，也用不着我传话，你已经见到她了，这就省了你'遥寄衷肠'的麻烦。不过，我倒想知道，你将怎样'铭记心间，千秋不忘'？"

此时此刻，石痴清楚地听到了"你已经见到她了"这句话，他矛盾重重的心屏，被一声清脆的响雷轰得清醒了许多。他顿时紧张起来，连忙扶正眼镜，用臂揪开卷裤，盖住裸肢，羞涩而惊谎地抬头面向对方，声音颤抖地喊着："我见到她了？她在哪里？难道……你就是？！"

她轻轻地笑了，然后抱怨道："你可真够笨的，远在天边，近在眼前，一拃远都看不见、认不清吗？"

"啊，我真浑！"他羞愧莫及，快速端正身子，将墨镜推到左边，蜂蛰似的看了一眼，随即从石条上"咕咚"滚到地下，膝立挺胸，臂碴扶地，"嘣噔、嘣噔"连磕了两个头，第三个头刚要磕下去，却被她两臂紧紧钳住了。在她的协助下，他们又坐回到石条上。

"哎哟，我的救命恩人，你为什么老瞒着我？多少年来，只要我有知觉的时候，就从来没忘记过你，年复一年，月复一月，总打听不着你的下落，想不到就在眼前！我真是笨头笨脑啊！"

"不，这不能怪你，这么大的世界，你又重伤缠身，到哪里去找我呀？再说年年花相似，岁岁人不同啊！八年光景，我从一个十六七岁的小姑娘长成大人，怎么能一见就认出来呢？当年阿妈妮就曾多次说，'这个重伤员恐怕不等回国就牺牲了'。"

"这个我十分清楚。"石痴感叹道，"在我剩余的残体中，也包含着阿妈妮慈母般的关怀，只可惜她的命运也和我一样。"

"是啊！"李艾荣继续说下去，"从把你转走后，我老做噩梦，总梦着你躺在车上挨冻受饿、悲惨死去的情形。回国后这八年，我一直在打听你的下落。你来院里治眼以前，我才刚转来本院工作，曾听宫护士、崔大夫他们提到你的残情，但因为体貌悬殊太大，你当时没截肢，脸也没补皮，加上名字有悬殊，你在阿妈妮家时我听到你叫'石志'，现在才知道你叫石痴。在入朝的部队专列上，也只听你们连长喊'石子'，'石子'这两个字我曾问遍了东北各个医院。因为实在打听不着，我也就灰心不再打听了，但总盼着有一天能旧梦重圆，即便是最不幸的重圆也好。”说到这里，她已热泪盈眶。

石痴对历时八年之后能重逢救过自己的恩人感到欣慰，但他对她亲自护理过千百个伤员而又如此重情有些不理解，便劝道：“唉，李护士啊，你别太动感情了，你的工作注定了你天天看病人，要是遇到伤员就哭能受得住吗？我打听你是合情合理的事儿，因为我欠你的债，你打听我，梦见我，那就太不值得了，像我这肉‘轱辘’咋值得梦来梦去的呢？”

“什么叫‘救命’？你在一线，我在二线，你阻击敌人受伤，我平平安安，谁救了谁？再说，护士护理伤员是义务，哪能存在欠债？更谈不到报恩。”

这时不知从什么地方传来一阵“稀里哗啦”的响声，李艾荣忙抬头看，但什么也没发现。太阳已经偏西，风中带着初秋的微寒，她战栗地打了个呵欠，随手抄起放在石条上的隔离衣披到石痴肩上，他说啥也不披，说病人不能穿工作服，可李艾荣硬是用手使劲压着不准他动。

此刻，他俩已坐得很近，也许她想用自己的体温温暖他的病体，但她越温越凉，她觉得自己的腿也冰凉了。原来两人中间放着假肢，再高的体温也是温不透的。她并没有大惊小怪，而是把假腿挪向一边，将自己的腿向他靠拢过去。他没有躲开，因为他坚信自己“无坚不摧”的冰腿可以击退任何敢于向它逼近的物体，他暗想：早“亮相”，早收场！

她没有被“击退”，她显然也想看看“庐山真面目”。

除个别时候大意，别人极少见到石痴的真腿部分，即使当着别人面装腿，他也是连裤带腿一齐下，从不让别人看见。坏事了，要露馅！李艾荣竟伸手抚摩他的腿了。然而，羞涩而奇妙的发问却不是一个韵味：“冷不冷？你这腿咋是冷冰冰的呢？你所说的‘亮相’是啥事？能让我知道吗？”

“不能，这是‘绝密’，任何人都不能告诉。”他把头转向一边。

“你真的以为世上没有一个女子会爱你，就是有的话，一到了关键时刻也得吹，是吗？”

“不敢说，世上人这么多，我哪能知道见过的人中有谁会爱一个重残人呢?”

“说的也对，我的意思是，你以为我也是那种人吗？那种见异思迁、关键时刻逃之夭夭的人?”

“不，你应该另当别论，你是好同志，救命恩人!”这是他发自肺腑的话。

“警告你，你又违犯了‘规定’，谁叫你又称呼‘恩人’?”

“是，一定改，一定改！可到底叫什么合适？称小姐？称女士?”

“不敢当，我本来是土生土长的庄户孩子，哪能配称呼这个。哎，你这人也够笨的了，咱们按年龄排，我叫你大哥，你叫我小妹，不行吗?”

“不行，我想好了，你大名不是叫李艾荣吗？就叫你的名字吧。”

“你这糊涂人，也真够得上双料梁山伯了，都20世纪50年代了，还赶不上个古人聪明!”她一面责备石痴的愚笨，一面羞得面红耳赤，把头低到两腿之间。心中暗想：要不是你这个不透气的石疙瘩墩子，我在男人面前还从来没有泼辣到这般地步。

没有回答。这是两人长谈以来出现的时间最长的沉默。他认为她的责备甚至诅咒，都是正确的，是有根据的。自己并不比梁山伯愚笨多少，梁山伯的悲剧在于没有及时明白祝英台的性别，而自己的悲剧是不得不以假抵真。他绝不是不懂这些热烈而灼烫的情爱之语。“兄妹”这种朴实无华但又充盈着情意的称呼，深深地触动了他那久藏不露的灵魂，他在暗自解剖和品味着这突然降临的爱情芳香。

沉默中，她用身体的靠近取代了语言，各自都感到了对方的温馨、紧张与战栗……

突然，不远处传来走动的声音，并且由远而近，还伴着议论声。石痴想迅速离开李艾荣，但李艾荣马上又靠近了石痴，并用手扶住他的肩膀。

有人在大笑，有人在喊叫：“喂——都来看哪，弄成对了，站起来照个相吧！哎，那男的没有腿，抱起来照，那才实在哩！哈哈哈……哈哈哈……”

“怎么回事？你快看看。”石痴焦急地说。

其实，李艾荣早看到了，他们背后山垭口有干活的，其中有几个不懂事的半大孩子，医院的几个值班的则站在院后草坪上，他们边喊边朝这边走来，不多时，大楸树下已站了不少人。

“哎呀，这直棍棍还会搞对象呢！”

“嗨，他光剩下个肚子和脑袋，咋结婚法？”

……

“你他娘的没摊上枪子说悠话，要是你残到这地步，早他娘的吓死了，没遭过那种罪就不知那种苦，叫你尝尝那滋味就行了……”人群中有人帮石痴说话。

这种围观的场面，石痴见过不少，但与一个女子一块被围观，还是第一次。他只听见乱嚷嚷，却看不清到底有多少人。他窘迫地催她：“咱们离开吧，要闹出乱子来的。”

“怕什么！”李艾荣也生气了，“光明正大，让他们看个够吧，如果你们也爱他，愿意嫁给他，那我就先让给你们！”人群中出现了笑声、掌声。她理直气壮地说完后，紧紧地靠到石痴身上，石痴也像是受到了鼓励似的，大大方方地同她靠拢在一起。他说：“看看吧，小伙子们，我这残废也有人爱，你们觉得不理解，是不是？”

看看这特重的伤躯，听着他们庄重的话语，小伙子们很感动，他们没再说什么，纷纷含羞离去。

石痴掀去披在肩上的隔离衣，弯腰屈腿伸臂去够假腿，李艾荣赶快把假腿提过来。当石痴咬起裤腿准备装腿时，她发现了他膝盖上磨破的伤，便对他说：“别装腿了，你的腿磨得挺厉害，截肢部位血液循环太差，好的慢，我背你回去。”

“不行，我能走，这是家常便饭，磨得再重也能走。”

她不由分说，把假腿“哐啷哐啷”提到腿前，又将他缠了一半的绑带抖下来，把两只假腿连成块儿，搭到肩上，然后朝石条跟前一蹲：“上来，趴到背上！”

“不行，我从来没叫女人背过，再说这里有很多人，人家会笑话，快还我腿！”他焦急地要去夺假腿。

“你说什么？”她气得叫了起来：“你没叫女人背过？你真健忘，在朝鲜你没叫我背过？残废就是残废，有啥好看不好看的，我非要给人们看看！我背过上百个伤兵，现在咋就不能背了呢！”说完，她一转身，挺腰伸臂，硬把石痴揽到脊背上，猛劲站起来，大步返回医院。

当他们返回病房时，王纯青、崔国正等人早等候在那里了，他们围拢上去，又让洗脸又让吃饭。王纯青见石痴精神蛮好，就打趣道：“我还以为你当真‘开小差’回家了呢，想不到你还挺向往野趣哩！那好办，只要我有时间，就陪你出去聊聊，我也保证能把你背回来。”他已注意到了中午楸树底下的“会晤”情景，本想夸奖李艾荣几句，促其早成，可当着众人不便提及，只得漫河拉草地搭讪。其实，说者无意，听者有心，当石痴听到“你还挺向往野趣”时，脸上不由一阵火辣辣的。他嘴上没说什么，心里却在想，“你小王多美呀，老婆孩子热炕头，可我呢，免冠照片——半身，你知道俺是啥滋味啊！”可此话只能心里说说罢了，怎能讲得出口？“喜欢野趣是人的天性，可要是劳院长的大驾，我可担当不起哟。”石痴自我解围。

“那倒无妨，”王纯青说，“等将来我退了休，咱们选一个有山有水有野趣的地方盖几间房，住在一块儿，搞点创作，也算把高指导员和老连长的重托落实了，你说有多好啊！”

“你说得太远了。”石痴说，“到了你退休的时候，说不定就世界大同了，那时您老兄恐怕早被上帝通缉喽！”

“没有这么严重，我是医生，我要为老兄的健康长寿保驾护航，不会单枪匹马去报到的。咱们要用意志主宰死亡，高质量地去见马克思，你看好不好？”王纯青妙语引发了一阵大笑。

崔大夫发现石痴腿磨破了，对他的盲目行动提出了劝告，并叫李艾荣消毒包扎。临走时，王纯青一语双关地说：“安心休养治疗，等待你成功的好消息！”

按惯例，每次端了饭来石痴总是自己吃，而且还得把护士撵出去才吃。然而这一次，李艾荣却公开宣布：“从现在开始，不准自己吃饭了，这是院长、大夫的命令，完全由我喂饭，吃也得吃，不吃也得吃！”

石痴面对“绝令”，只好服从。当李艾荣把饭碗挨近他的时候，他却双臂捧过碗，嘴伸进碗里抢吃起来。艾荣一阵心急，把碗抽出老远，气得直掉泪。石痴见她这般真情，又怕误了她去吃饭，便无可奈何地张开了嘴，艾荣高兴了，连忙喂起来。于是，饭到口张，菜到即咽，他第一次忘记了以往的推让、客气、羞涩，像自己吃饭一样踏实。一会儿，一大碗米饭吃完了。李艾荣平常给重病人喂饭总改不掉毛手毛脚的毛病，今天却格外细心，每一勺饭菜总要举到自己嘴上先试试，吹一吹。

她喂得很认真，他吃得很香甜，仿佛不是两个人的合作，而像一个人在吃饭。吃饭的觉得用的是自己的手，喂饭的则像把饭咽到自己的肚里去了。艾荣感到，这口口饭菜的吞咽都拉近了他们之间的距离。

“吃饱了！”石痴吃完最后一勺菜说，“撑坏了，七八年来头一回吃饱了，谢谢你，艾荣同志！”

“谢啥？”她得意地说，“净说废话，肚子长在你身上，管我啥事？这回倒有点服从治疗的态度，今后就照这样执行，不摆客套，不搞虚荣，行吧？”

“好吧，能照办的，坚决照办，万一有违规行为，那就请秉公执法、量刑定罪好吗？”他很少在女人面前开玩笑，这下竟把李艾荣逗笑了。

“这就对了，反正你也得听一半儿，我也是家庭的一半儿嘛。”

“什么家庭一半儿？”他莫名其妙地追问。

“就是‘国家’的一半，国家不都是男女各半吗？”她发觉自己说漏了嘴，又慌忙牵强补正过来。随后她仔细地搜视一遍他现有的临时用品，大声说：“我现在以护士的身份，叫你办一件事情，你听不听？”

“啥事？说得这么吓人？”

她绷紧面孔，手指着石痴身上的衣服，“立刻把内衣全脱下来！太埋汰了，我给你作一次大清理！”

“我衣服不太脏，想出院再洗。”

“不行，执行命令！”

“好家伙，你还真像个武官样拿起架子来了，好吧，服从命令，请你回避一下，我才能照办。”

她说了声“封建堡垒”就带门走了出去。石痴慌忙脱下背心、单裤，快速钻进了被窝里。

这天下午，石痴没吃饭，也没再坐起来。李艾荣从宿舍回来给他洗完衣服，已时近黄昏。她到食堂打饭时顺便啃了个凉馒头，提回饭来一看石痴早已睡熟了，就没再喊醒他，自己也和衣躺到地铺上睡了。

其实，这一晚上他们都没睡着。石痴在一幕幕地筛滤着自己婚姻之途上遭受的屡屡挫折和付出的昂贵代价。他曾暗下决心：今生今世誓死不找对象了！但他毕竟是有思维功能、有感情的人！在人皆有之的婚恋问题上，他之所以谨小慎微，回避躲闪，完全是因为他屡遭“婚患”所致。

当他意外遇到当年抢救过他的李艾荣并发自肺腑地感激她，不惜以断腿跪地磕头报恩的时候，他也绝没有半点私欲杂念，因为他完全知道别人看见自己形貌时所产生的印象是什么。直至艾荣将她那滚烫的超乎常规的爱心向他大胆、泼辣地抛过来的时候，他那被迫关闭了的情爱之门才将信将疑地稍有开启。

这突然降临的爱情能保持多久？她能经得起一个超级重残压给她的巨大负荷吗？

艾荣也同样辗转反侧。石痴突然闯进她平静的生活是她预料不到的，她的心之海被搅翻了。

她是肢貌完美的正常人，她当然不能没有自己正常的审美观与爱情观。她曾热烈地追求、豪迈地向往着：一定要找一个健壮、英俊、富有阳刚之气、能文会武、德才兼备的丈夫！17 岁那年，她情窦初开，便遇上了石痴这个英武强悍的士兵。而当他被枪弹夺走了全部的“英武强悍”，仅剩下一块伤残身躯时，她仍矢志不移，当年的“英武强悍”依然盘踞着她赤纯的心屏，并且又加上了“自强不息”的新印象。

她羡慕、崇敬、可怜他，并曾后怕地预料他万一不幸离世可能给她带来的巨大忧伤。一个活生生的影子在她的心中跳跃了整个年龄三分之一的年头。当命运之神使他们重逢在祖国的土地上，她用自己的丹心去焊接断裂的情桥时，她动情地流下了热泪，蜷曲了的心又舒展开来。

她清楚地知道，同他结合将会有很多的艰难、风险与苦楚。楸树底下的风波不就是证明吗？“不，我不怕，一不做贼，二不心虚，既然选定了目标，就要坚决走到底，走到头！”

第二天中午，石痴的弟弟艳坤和猛子受四婶、大妈之托前来探望。艳坤、猛子见大哥已恢复从前的视力，大为惊喜。艳坤说：“大哥，你治疗的效果太好了！全村老少都为你担忧，咱娘和大妈都为你流干了眼泪，多亏这里的大夫技术高超啊！”

猛子憨直地说：“大哥的眼是为俺们累瞎的呀！你快治好回去看热闹吧，庄稼正在成熟，但减产已成定局；被偷被盗严重，为了虚报超产，都把邻队的秋田作物报上去讨好了；村长不顾民情，荒年大办婚事，兴师动众，光酒席就摆了 12 桌；婚后方巧兰与王峰双不合房，村长叫他们强合房。现在村内村外闹得乌烟瘴气，不成样子了……”

李艾荣听他说起来没完没了，生怕石痴听了分心，便打断道：“村里的事由村长操心，你大哥病情刚有好转，他还需要继续治疗呢！”

石痴对家里来人探望很感动，说：“请两位弟弟转告老人和邻里乡亲，我的视力已基本恢复，都是王院长、崔大夫，还有这位李护士他们的功劳。”

两人听了石痴的介绍，感动得不知说啥好，围住李艾荣说了好多感谢的话。

“你们净听他瞎说。”艾荣有点不好意思地说，“都是院长、大夫们的功劳，我只是干了点端盘喂饭什么的小事儿。”

“可不能小看端盘、喂饭。”艳坤说，“俺大哥就是眼睛好使，没有喂饭伺候的也干瞪眼。”说罢，他从褂兜里掏出一叠钱，一份一份摆开说：“大哥，这是你每月 42 元的工资，这份是咱娘卖的鸡蛋钱，八块九，这份是大伙凑的，有一两块的，也有三五块的，共是 37 块，这些钱一共是八十五块九毛，让俺捎来给你买些补品。村里还有好多人要来看你，叫俺捎信问你合适不合适。”

“不行。”石痴说，“不能来看，也不能收钱，我在医院里是供给制，有吃有喝就足够了，怎么能花大家伙买盐打油的钱呢？你如数捎回去，退还原主，把我的交给咱娘，我很快就出院回家，请大伙放心。”

这时，猛子显得有些腼腆，他一直呆看着艳坤，最后不得不伸手戳了戳艳坤的衻襟，艳坤瞥了他一眼说：“你放心，忘不了你那桩大事！”说罢嘴贴在石痴的耳根，窃窃私语了一阵子。

石痴听完，不禁“嘿嘿”一笑，这一笑可把李艾荣给弄懵了，她冲到石痴跟前，摇晃着他的两肩：“快说，你笑啥？你兄弟俩嘀咕的什么稀罕事儿？其实，你不说我也听到八九成啦！”

“哎哟，这有啥大惊小怪的，人之常情，我如实汇报。”猛子连挤眼带摆手，不让石痴说。越捂越疑，越封越闷。李艾荣一腚墩到地铺上假装生起气来。石痴经不住这阵势，就如实地说：“是这样，俺猛子弟是个大老实人，又是童年好友，他见我很难，没人照顾，心里老不是滋味，多次提出要搬到我家，和我住一块儿，说是要照料俺终生。就是这些，哪有秘密呀！”

李艾荣听后“咯咯咯”笑了个够，说：“那不成了结婚吗？两个男人……那叫‘同性恋’！”说完又是一阵笑。这可把猛子弄了个大红脸，他蹲在门后，头夹在腚沟里，唉声叹气，抱怨石痴不该守着女人说这事。

猛子憋了半天，觉得越不说越丢人，鼓了鼓猛劲儿：“腾”地站起来，瓮声瓮气地说：“您大夫别笑话俺这粗人，这里头还有重要原因哩。俺听说大哥要娶张玉红介绍的一个疯婆子当老婆，俺不放心才同艳坤弟一块跑来的。张玉红、老村长他们是想用你的残废金给她治好疯病，把钱花光再把你赶出张家湾去，大哥你可要擦亮眼睛，宁要我也别要她！我怎么啦？我能给你当腿当手，当男人当老婆，我能混饭你吃，能做饭喂饭，能背能推能抱……”他说着说着，“咕咚”坐到地上掉起泪来。

李艾荣自知笑错了，忙连声劝道：“大哥千万别见怪，都怪小妹不懂事，原来大哥是见石哥有难，想帮他，你是小妹学习的好榜样。快别掉泪啦，起来吧！”见他还在不住地抽泣，艳坤说：“大哥要下地拉你了！”猛子这才一骨碌爬了起来。

见猛子不哭了，石痴动情地说：“猛子弟呀，你是个大好人，你的心俺领了。咱兄弟俩住在一块幸福，不住一块也幸福。我为有你这样的好兄弟觉得很自豪！”

午饭号声响了，艾荣叫石痴留住客人，自己张罗餐具打饭去了。回来一看，人都走了，就抱怨石痴：“人家大老远跑一趟，让我惹了一顿哭，你咋叫他们走了呢？”

“留不住，往返上百里，走晚了赶不到家。不要紧，他们是真正的老实人，你不是也作了检讨吗？他们不会见怪，有我呢。”

“那就好，这个大哥还真够感动人的。好啦，准备吃饭，打了三个人的饭，你要多吃些。”

晚上，屋里只有两个人了，李艾荣关门插闩，准备就寝。在她给石痴伸展被褥的时候，发现石痴在非同寻常地看着她，就问：

“你视力本来就很弱，戴着墨镜能看清吗？你伤后的相貌我又不是没见过，你在阿妈妮家也有墨镜戴吗？”

一语戳破了石痴神秘羞涩的面纱，他扬起右臂“啪、啪”两下把眼镜捣掉，痴痴端详着艾荣。艾荣心领神会，抬手将耳梢秀发朝上一拢，石痴趁机近看，不禁惊喜道：“这回可算认准啦！你确确实实是李艾荣啊，我看准你的烧伤了，我亲爱的恩人！”他忘情地抱紧她的手，使劲地摇着。李艾荣依着他极受局限的短臂狂吻着，尽量将手臂伸得近一些、再近一些，但石痴却突然将她的手放开了，羞惭地说：“对不起，李护士，我咋忘记自己是什么人啦！我这不是在发疯吗？原谅我的粗鲁吧！”说完，他“扑通”仰倒在床上。

艾荣被石痴这冷热无常的言行惹得啼笑皆非。她认为，石痴在楸树底下并没有认准她，只是由于她主动表示爱才使他模棱两可地认可了。她深情地责备道：“你这是说的哪里话？这怎么是发疯呢？你原来没有认准我，我不是劝你拿掉墨镜看看我，并让你记起我的烧伤标志吗？”

“我感激你，可不应该打听你。”他后悔道，“我应当偿还恩情债，但不应该再债上加债。”

“我再三说过，谈不上‘报恩’，你打听我和我梦见你都是真情的流露。你这次来院后，我多次探听和查阅病历，可你两次住院病历上的姓名都不同，知道情况的王院长是在我之后来任职的，这就拖长了我寻找你的时间。再就是，尽管相貌、姓名相似，可你高位截肢和面部植皮变形，也使我很难认出你来。前些天才听王院长说，你是回国后才截肢的，我怀着侥幸的心理，主动向院长申请为你作专护，以便在日常护理中，仔细观察，弄清究竟是不是你……”

她把垂到前额的散发往耳后掖了掖，看了看静静听着的石痴，缓缓坐到床沿上，继续说：“坦率地说，一次你睡熟后墨镜脱落到一边，我偷看了你的面容，发现你的腮和嘴部神经抽搐痉挛，断定你就是当年的石痴。近来连我自己也不明白，为什么总是睡不好，吃不下，心里乱得像一团麻，思来想去，就是一个内容：怎样才能让我知道你的一切，再怎样让你知道我的一切。我曾旁敲侧击地向你提问过，被你躲躲闪闪地回避了，这还谈什么‘报恩’、‘还债’呀！”

“那会儿，我确实不知道是你，一直把你当成捎信人。在没见到恩人之前是没法报恩的，当我知道大概是你时，不是下跪磕了头吗？”

“我说过。”李艾荣说，“我不需要你任何物质和精神上的报答，正像你上战场打仗是履行义务一样，我当时救护你也是义务。军人世界里有各种不同的‘恩’和‘情’，但都不是咱们所说的范围，我认为咱们之间是患难与共……只是……我不明白，你用来报恩的行动就是跪地磕头？”

石痴没有料到她会这样来回答他的感恩诚意，他感到脸上一阵发热，说：“我比谁都知道这种古老的礼节，不足以表达感激之意，可眼前你以为我还能有更好的表达形式吗？行军礼？没有手；鞠躬礼，站不稳；磕头虽说不雅观，但它总是迫不得已的形式吧？”

“那，我曾一再提出的条件呢？”李艾荣突然脸红了。

“噢，不准叫护士，不准叫小姑娘对吗？那好办，说改便改，你说咋叫我咋叫，一切行动听指挥！”

“你这人真够呛。”她带气地说，“说你脚小你就扶着墙走，你当真不知道俺要照顾你一辈子的意思吗?”

“饮苦更知蜜甜，我哪能不想有个志同道合的人随身照料？哪能不愿有个相依终身的伴侣？可我这残躯，任何女人看了都会吓坏、跑掉。婚姻，应该是幸福的源泉，可如果是叫人遭罪的悲剧呢?”他怕再次被掀到床下，重演闹剧，只得实话实说：“艾荣同志，你的话我都懂，可我的确不能再找对象了，我不是正常人，被人耍弄过，遭过大罪呀!”

“谁叫你找对象啦，不是说伺候、护理你吗？你想到哪里去了?”她来了一梭子“冷射”。

好家伙！这么厉害，我领会错了？原来不是要同我结婚？我不该把话说得太莽撞、太真切了。石痴这样想着，接着说：“对，对，不是找对象，不是婚姻，那更好，更好，我真糊涂，这是说到哪里去了，你可千万别见怪!”

“我倒不怪你，可我说的条件，伺候你和经常在你身边，总不该再遭拒绝吧?”她把“伺候一辈子”和“永远生活在一起”简化为“伺候你”和“经常在你身边”。

“使不得，使不得！我完全能自理，不用别人伺候。再说我病好后还要回到村里去，你去伺候我，就会失去现在的工作，而我又没有那么多钱为你发工资。我真诚地感谢你的友情。”

李艾荣显得很激动，从床沿上站起来，昂首凝望着门外乌蒙蒙的夜色，然后转过身来说：“把金钱看得比人情贵，有的人是这样，可它永远不属于我！当一个战士把生命置之度外，把责任、义务置于生命之上的时候，还有什么比死更舍不得抛弃的？你石痴不也同样没有一分钱的报酬而抛弃了宝贵的青春年华、健全的身躯吗？我不会浪费生命，不会卑躬屈膝地乞求恩赐。我不怕失业，不怕丢职，我比你条件优越，不但能自劳自食，还可以养活你！要是人生连这点事情也做不了，还不如眨眼刮过去的一阵风呢!”

李艾荣火一般纯朴情感的宣泄，叫石痴进退两难，主意难定。一种异性恐惧症在折磨着他的灵魂。

“喂，我再问你个问题。”李艾荣见石痴傻待着不动，更加重了疑虑："你从前有过对象，是吹了还是跑了？你被谁耍弄过？遭过什么大罪？"

"你，别问了，爱情、婚姻不属于我……"他心不在焉地回答。

不属于？这无疑是自卑与悲观的同义语！李艾荣总算窥破了铁门里头的一点天机。她追问道："奇谈怪论！你不是人类的组成部分？你没有感官功能？你不需要幸福？"

"正因为心理正常，生理失常，才必须找到一种使两者平衡的生存条件，这就是自生、自理、自立、自强，也就是说把已经失掉的东西一点一点、一件一件找回来，夺回来。我知道这不是一朝一夕的功夫，但我不愿重复痛苦，重复失常，让正常的心理掉进失常的漩涡中，那会成为废中之废，残上加残。"

"至于对幸福的态度，"石痴继续说，"我和常人没有什么不同，从来不拒绝幸福。为了追求幸福，许多人惨死在追寻的途中而没看到幸福的影子。人对幸福的追求是无限的，可是……幸福是有局限有层次的，悬殊也是巨大的。我把自强自理、精神充实、'夺回失衡'看作是幸福，这是特殊条件所决定的，难道这不是幸福吗？幸福如果只靠别人帮忙而取得，没有自己所付出的艰辛，是毫无意义的，那绝不是幸福！"

"说得有理。"李艾荣称赞道，"人是应该有钢铁般的意志，有创造幸福的雄心大略。要是再加一把手、增一个成员不是能帮你追回更多的幸福吗！"

"不可能，这是客观现实决定的，任何事物都有局限性。"

"如果有人打破这种客观现实的局限性，冲破世俗偏见，心甘情愿地找罪受，誓与你同享甘苦，结为终身伴侣呢？"

"不会超过半个晚上。"石痴茫然地说，"这好像一个很复杂的工程，不论开始多么畅顺，到头来必定出乱子、遭祸殃。"他终于暴露了怕"爱"的内心秘密。

夜近深更，寒意渐浓，李艾荣稍微向里坐了坐，捏住被角儿说："你坐久了累着，躺下说吧，我给你盖上被子。"石痴顺从地躺下了，她将被角朝上一拉，给他盖好。

“我已经听出你受过委屈，你以为我也终有一天会伤害你吗？我不能说自己多么完美，就凭你我都是军人这层神圣的关系，凭军人之魂结成的血肉感情，我会做出那种没良心的事吗？”

“不，你不会，这在八年以前我就看到了。你是体察患难者最深刻的人，可你毕竟是正常人，我还有你没有体察到的不足和缺陷，正像所有的人都有自己的另一面，生理异常的人更是如此，这可能是形成我失礼和不近人情的原因。”

“我不在乎这些，我会逐渐熟悉、认识你的，但不会干扰、损害你已经形成的习惯。我可以作你的护理，给你做饭、读书，当腿、当手、当眼睛、当拐杖、当医生……”

石痴终于被她灼热的真情融化了，那被遮掩了多年的常人的情感，终于重新放射出来。

“艾荣，你真的愿意和一个不论在哪儿都是永远卧床，都是半大瞎子，都是缺胳膊缺腿的人生活在一起吗？”

“我已经说过，就算找罪受，也心甘情愿，你可以因为种种理由甩掉我，可我绝不会离开你，不管今后生活怎样，命运如何，我都永远属于你！”说完，李艾荣把脸转向石痴，坦然地深吻着他那滚热的面颊和微凉的臂膀，石痴则伸长自己的双臂，迎接她那忘情的吻。

“我不是个正常男人，更不是个好的丈夫，不会为妻子创立家业，不会用男人应有的气概负担家务、保护妻儿，这你想过吗？”

“我想到了。”李艾荣诚挚地说，“我就是为了弥补这些才决定和你结合的。我想你绝不是一棵枯树，而是挺拔的劲松，总有一天，它会屹立在万树之中的。那就是你的青春，那就是我当之无愧的丈夫！”说完，她把他的双臂小心翼翼地塞进棉被里。

石痴激动了，他神采飞扬地撑坐起来，那因激动而充血的面颊，像当年的他一样，洋溢着英壮、豪爽的光泽。他伸出双臂，紧紧地抱住了艾荣的手臂。而她那水灵放光的眼神中，呈现着绚丽、壮美的神采，这不是浓妆艳抹的粉饰之美，而是一种高尚的、纯朴的自然美！

“我爱你，亲爱的荣妹，你是第一个理解我、融化我，把我置于和正常人同等天平上的人!”

“我也爱你，石哥！因为你的形象、你的业绩一直占据着我的心灵，你就是我的生命、我的一切，我把一切都给你……”

正当石痴和李艾荣互诉衷肠之时，忽听屋门“哐当、哐当”地连响了几声，艾荣忙问是谁，外边只哼了一声，没听清声音，她便起身抽拴开门，朦胧中见一男子立在门口，认不准面孔，便问：“你是干啥的?深更半夜找谁?”

“就找你，咱三姨叫你有事，让我顺便捎个口信。”来人傲慢地说。艾荣定睛一看，来人原来是她那所谓的“未婚夫”古录壮。

还是在李艾荣十几岁的时候，父母就给她订了一门“娃娃亲”。那时她小，啥都不懂。当兵后，她感到这事太可笑，照样没往心里去，只是托人把她“不愿意”的想法告诉了男方家。很长一段时间，男方家没什么动静，艾荣觉着这事从此就完了，没想到今晚“未婚夫”竟来了，大概是他听到了她和石痴的事而来的。

李艾荣顿感烦躁、紧张，但很快平静下来，又问：“啥事这么急?我不去。”

“什么事我咋知道?去不去由你，我捎到信就行了。”

李艾荣深知姨妈的脾气，叫去就得赶快去，去迟了，她会像追究逃学不归的孩子那样追问原委。于是，她回到屋里把暖壶里的水倒进脸盆一半，放到床头桌一边，又将铁丝绳上的毛巾抽下来，搭到脸盆边上，然后嘱咐道：“石大哥（这是她当着别人面首次这样称呼），你起床后先洗脸，千万别自己下床乱闯，我回家有点事儿，到吃早饭的时候就回来了”

石痴早已撑坐在床头，他听到了他们的对话，但不知他们是什么关系，便回答：“你尽管放心，我没事儿，你回家待多久都行，怎么不叫客人屋里坐?”

“不必坐了，早去早回，你最好别装腿，不要掉下床来啊!”

“哎，我还没有见识见识你这位英雄情夫哩!”古录壮一步跨进屋里，挨到床跟，黑暗中贴近石痴面部一瞅，“哎哟我的二大爷唉!”他大叫了一声，惊慌失措地蹿出了门外。李艾荣本想抢白他几句，又觉得不合时宜，就耐着性子说："快走吧，还磨蹭什么？"于是两人一前一后消失在夜幕中。

李艾荣自幼跟随早年参加革命的姨妈汪东琴看孩子，转业后又回到姨妈身边，并随姨妈转来沂蒙山。汪东琴因工作需要，改行任本地公社妇联主任。

汪东琴公务多，担子重，很少有空操持家务，李艾荣就利用工余时间，一早一晚跑回家来做饭扫地，洗洗涮涮，料理家务摊子，而汪东琴则一直把她看成自己的亲生女儿，有疼有爱，知冷知热，成为一个难分亲疏的融洽之家。

两人走到半路，古录壮借故岔了道。艾荣到家时，天已过半夜，见姨妈呆坐门槛，一动不动地瞅着她，便有些紧张，忙走到近前问："三姨，您怎么还没睡，找我有事？"

三姨没有答话，气氛显得紧张、压抑。

"三姨，如果您有啥要办的事，就吩咐我干，院里很忙，我还要赶回去上班。"

"听说你大喜临门，找了一位英雄丈夫，恭喜你呀！"

"三姨，您都知道啦？您不同意这事是吧？"

"听听，我怎么敢呢？你现在翅膀硬了，找的又是名人、英雄，我一个小小草民哪敢干涉你的婚姻自由呢？不过——"她把话题一转："中国的婚姻你是知道的，是一夫一妻制，既然另有新爱，那你原先的那个还要不要？你打算怎么说？"

艾荣早就料到这些，但她深信姨父姨妈是党的干部，不会一味固执己见。眼前的事态使她很难堪，可姨父不在家，不便与姨妈争嘴斗强，只是应酬道："看三姨说到哪里去了，俺这啥事都不懂的小孩子，全是您教养出来的，翅膀还嫩着呐，俺找的对象也不是什么名人、英雄，您要是有不同看法，尽管讲，千万别生气，我这次回来正想和您商量商量这事儿呢！"

姨妈没让艾荣马上回医院，她想以长辈的身份劝她三思而后行。她批评艾荣并不完全在于她所找对象的孬好，而在于她事先没吭气，怕一时谣言四起。

这天的晚饭，姨妈特地炒了两个好菜，又包了水饺，准备好好招待招待这位平常从不当客人的外甥女。然而，李艾荣从不沾酒的边，不论姨妈怎么劝也一滴未喝，娘俩只好各行其便，艾荣饮茶，姨妈喝酒。当晚娘俩睡在一头，推心置腹地拉着："艾荣，这些年来，日子过得有苦也有甜，有险也有安，三姨对你好还是不好？"汪东琴略带醉意地探问。

"那还用问吗？三姨对俺像亲娘一样。"李艾荣真诚地回答。

"俺有没有对不住你的地方？比方说，在你们表兄妹之间，吃穿偏心，教养不公什么的。"

"没有，三姨对我和对表弟表妹一模一样，有时还超过他们。"

"艾荣，既是这样，你该怎么对待姨妈？在婚姻大事上，既没事先商量，事后又不听劝告，自作主张，是什么道理？在你眼里还有没有我这个姨妈？"她逐渐严厉起来。

"三姨，我觉得，长辈爱护子女与子女的婚姻问题，是截然不同的两回事，您的养育之恩，女儿永远不忘，可在婚姻上应当有个人的自主权，这是您能理解的。我并不想背着老人擅自订婚，这是光明磊落的事，怎么能不征得长辈的理解和支持呢？"李艾荣长这么大，还是头一回同姨妈辩嘴。

"我是说，像他这种异常的人，你与他结合会不会有意想不到的后果？比如……比如……"三姨吭哧了半天，似乎难于启齿。

"比如什么？"艾荣问。

汪东琴稍微稳定了一下情绪，略带羞涩地说："姨妈说句傻话你别笑话，听人家说这种人一辈子没有生育能力，也就是没有后代。还有种说法，说这种人的后代只能是怪胎。当然了，这种说法没啥科学根据，但人言可畏呀！到那时，艾荣，你不后悔吗？姨妈是为你的前途着想啊！"

"三姨，谢谢您的关怀，可女儿不怕，世上无儿无女的夫妻多得很，他们照样生活得挺好，生个怪胎也不怕，让那些带有偏见的人去瞎说去吧!”

“艾荣，我有责任劝告你，这人姨妈见过，面目全非，全身少了大半，仅剩一截孤零零的‘圆轱辘’，听说脾气也不大好，你想没想过，将来年老体弱时，你管得了他？你不后怕?”

“三姨，我理解您的忠告，我也确实反反复复想过，和他结合，肯定要比常人苦，可不会出现太大的波折。三姨，我也奇怪为什么会爱上他，从见到他的第一天起，他就一直在我眼前闪现，躲不开，抹不掉。我和所有的正常人一样，有着正常的审美观，我崇尚阳刚之美，更爱潇洒、漂亮，可一个为了人民幸福而失去了自己幸福的人，就不该享有新的幸福吗？他自己不能爱、不敢爱，也不应该被别人爱吗？他失去的太多，血流得太多，罪受得太多，理应用爱来补偿；他用肉躯捍卫了和平，我们每一个享受了和平的人，都应尽自己的努力，为他这样的人做点什么。”

李艾荣说到这里，停顿了一下，陷入了沉思。蓦地，她一掀被子坐了起来，激动而坚定地说：“伤前，他是位英武强悍的小伙子；伤后，他坚忍不拔，自强不息！他比我漂亮，比我强得多。他是爱国楷模，军中之魂！作为一个土生土长、普普通通的人，我为能和他相依为伴感到自豪。”李艾荣说得有条有理，朴实感人，汪东琴简直插不上言。

“哎呀呀，艾荣啊，平常总把你当成小丫头，看不出你学习进步这么快，姨妈为你高兴，真是老不如少哟！艾荣，实话告诉你吧，刚才姨妈是跟你开个玩笑，考考你的真心，我可不当你们的绊脚石。”

听了三姨的一番话，李艾荣愣怔了一小会儿，马上激动地紧紧扳着姨妈的脖子，摇晃着说：“三姨您真通情达理，您真的同意啦?”

“不光是同意，你要是思想不通，姨妈还得动员说服呢！你可能知道，上次张玉红想把他的疯子姐硬推给人家石痴，后来贾书记知道了，当面把张玉红臭骂了一顿。张玉红就要诡计，造谣言，说石痴没有生育能力，娶了谁就得生怪胎。姨妈是妇联主任，也曾经是军人，只能成全你们，绝不会责难。不过话说回来，姨妈倒是真舍不得你离开呀!”

“三姨不愧是国家干部，有了您的理解和支持，俺就更不怕那些谣言、误解和中伤了。”艾荣停了一会儿，接着说：“俺也舍不得离开三姨，不过，石痴更需要我，今后我会经常回来看望您的!”

“好孩子，三姨知道哪头重。”汪东琴轻轻摩挲着艾荣的秀发，叮嘱道：

“你也得写封信，征求一下你姨父的意见，他是老革命，不会当挡头的，还要抽空回家一趟，争取全家人的支持啊!”

“俺一定照您说的去做。”

娘儿俩像久别重逢似的，一直拉到天亮。李艾荣匆忙起床，要伺候姨妈吃早饭，但被汪东琴拒绝了：“我还没到七老八十，你得快回去看看，他没人照料怎么行啊，快走!”

李艾荣几乎是小跑般返回了医院。来到石痴屋里一看，没人，暗想：“这人怎么老想开小差，又跑到楸树底下去?”她心急火燎地到处乱找，最后来到院部办公室，推门一看：嗬，他咋会上这儿来?只见四个人围坐在方桌边正在饮酒，谈得热火朝天。看到王纯青手捧酒杯，让石痴干杯时，李艾荣再也沉不住气了：“他不能……喝酒，他眼睛不行!”见她进来，三人同时起身，王纯青惊呼：“好你个小李子，你在偷听我们的军事秘密啊，嗯?”

“啥秘密也没听到，俺刚进门。”

四个人中有刘步荣和贾书记，王纯青把李艾荣向他们作了介绍后，又风趣地说：“老首长，贾书记，您看，这位姑娘就是刚才我提到的，是本院首屈一指的‘特种兵’，也就是石老兄的……那个，那个专护。”

刘步荣因岁数大，又是面伤，在年轻妇女面前一般不动声色，这回却无论如何也不能回避了。他习惯地擦了擦眼睛，仰面正视起李艾荣：细高个儿，长方脸蛋，青发浓眉，面颊红润，看上去温柔善良。

“好，好姑娘。她不光是你小王的‘特种兵’，还是我们重残的‘特种护理’、‘特种妻子’。哎，纯青，你先别陶醉，她首先是国家、军队培养的特种人才。来，姑娘，为咱们革命军人的友谊干杯!”刘步荣用残指提起酒杯，举到李艾荣面前。

“不，我不会，首长别客气，快请坐下。”她双手扶刘步荣坐到凳子上。当贾书记举杯，要为石痴得之不易的复明“意思意思”时，李艾荣忙用手压住石痴刚伸出的双臂：“他不能喝酒，这是我专护的责任，他复明是大夫们的心血换来的，应该珍惜。”

贾书记含笑点头：“说得不错，重残由你来护理，我们就一块石头落地了，谢谢你呀，好姑娘！”

王纯青不禁大笑起来：“哎呀呀，你这个莽撞丫头没细心看看，我们比你还关心他呢！俺喝的是辣酒，他喝的是糖水，这下该放心了吧！”

李艾荣一听，顿时面红耳赤，自己主动给石痴端起杯子，让他一饮而尽。

“刘大叔。”石痴喝了糖水似乎精神陡增，他举臂指着艾荣对刘步荣说：“您光瞎掺和，您想想见过她没有？”

刘步荣摇了摇头：“不认识，我怎么能见过她呢？”

“告诉您，她还是您的对手呢，在入朝的闷罐车厢里，您没拿手灯照她，没警告我要‘注意影响’？”

“啊，是那个小女兵嘎子？”刘步荣取下眼镜，重新打量起李艾荣。看了一会儿，咂了咂嘴，意味悠长地说：“有些像，但长高长胖了，真想不到会是你，我当时还挨了你‘一梭子’，这姑娘的嘴巴是够厉害的哟！”

“强将手下无弱兵啊，您老首长的兵也不能说不厉害哟！”李艾荣还击着。

“可不是嘛！”刘步荣有些得意地承认，“假如说姑娘你是棵‘麦芒’的话，那我的石子就是‘针尖’，这针尖对麦芒——”说到这儿，刘步荣突然停下了，他觉着这话说得有些不合适。

“不！”贾书记纠正道，“不是针尖对麦芒，而是亚当对夏娃。”

“也不是。”李艾荣又纠正说，“俺可不是什么亚当夏娃，俺是石痴与艾荣。针尖对麦芒也没有什么不好的，坚持以理服人，让‘理’挂在‘尖芒’上，撞击出真理，再让‘理’磨钝‘尖芒’，不就可以和平相处了吗！”

“好是好。”王纯青补正说，“也得预防矛盾激化，‘尖芒’摩擦演变成局部‘战争’就严重了，我们的石大哥可是‘神射手’。”王纯青的话引出了一阵哄笑。

刘步荣、贾书记来医院，并非只为了欢聚，他们对石痴的处境一直惦记在心，得知他眼睛复明和喜定良缘后，匆匆前来看个究竟。听了汇报，又目睹了李艾荣回来后的这一切，他们久悬的心总算放下了。刘步荣像刚打了胜仗似的兴奋地拍着石痴的肩膀叹道：“我的石小子哟，你大难不死，必有后福！”

“就算有福，也是靠大叔帮助、关怀！”石痴打心眼里感谢这位长辈。

他们刚起身告别，贾书记又停住了，他似乎感到还有些欠妥之处，鉴于以往的教训，他更愿把事情想得细致、复杂些。他关切地提醒：“刘局长、王院长，您看是不是有个介绍人更妥当一些？”

“我姨妈行吗？”李艾荣抢先推荐。

“你姨妈是谁？”贾书记问。

“汪东琴。”

“汪东琴？噢，原来她是你姨妈？提得好，她是最佳人选。上次张玉红搞的闹剧，把危机转嫁给她，差点把她气疯了。她对这事只会促进，不会促退。”贾书记胜券在握地肯定道。

“好，老伙计。”刘步荣鼓励说，“这事有你坐镇我就放心了。不过，小石子，你那衙门口还关得挺紧吗？”

“大叔放心。”石痴回答，“其实我这道防御工事并不坚固，经不住她这‘糖衣炮弹’的袭击，现在‘敌人’已突入阵地，我早被俘虏了！”

这下把李艾荣弄了个大红脸，她故作嗔怒地说：“谁是你的敌人和糖衣炮弹？依俺看，在战场上大多是敌人先进攻咱们，坏人先进攻好人，在男女婚事上都是男的先进攻女的。”

“好嘛，我看是石子先发起攻击的，他本来就是能攻善守的突击手。不论谁攻谁守，你们双方都是胜者嘛！”说到这儿，刘步荣也不由露出了胜利者的笑容。是啊，他何尝不是胜者呢？他曾多次表示：只要石子的婚姻大事解决了，他就万事皆休了。现在他看到这项“工程”已经奠基，并准备为它“剪彩”。

临别，刘步荣反复嘱咐：办喜事时，女方亲属怎么办，男方怎么办，谁分管哪一项，要安排得面面俱到。王纯青、贾书记向老首长下了保证：当好“红娘”，喜事新办，到时请老首长光临贺喜。

他们走后，李艾荣扶石痴回到病房，卸腿躺下。艾荣见他一声不响，估计是累着了，便问：“怎么，喝醉了酒？喝醉了糖？咋不高兴？”

“真没想到，你姨妈是个大官哩，她怎么会同意咱俩的事？”

“你真健忘，在朝鲜时我不是向你说过吗？是姨妈把我养大的，她是好人，不会阻拦我们的。”

“我是说……如果有一天，她见到一个令人害怕的外甥女婿，那会出现什么样的结果？”

“嗬，你想得倒很周密，我是个有血有肉的大活人，净重100多斤，分文不动，一说就成啦？买头小猪还得讨价还价，还要请经纪、聘裁判呢！”她滑稽而认真地说。

“哟，你倒忽然身价倍增啦？”他也半真半假地说，“我认为，男女结合是一比一，都有同样价值，同等责任，同等需要。我们或者一天一地，或者半天半地，互为补充，同舟共济，绝不存在男尊女卑。至于身价嘛，我虽有自卑感，可并不觉得属于劣等人、下贱人。”

“好了，好了。别再说你那美丑观了，你这一天学没上过的文盲词儿还不少哩！你饿了吧？我给你打点饭去。”艾荣说完，端起饭碗走了出去。

走廊里传来送药车的声响，石痴这才突然想起有两天没给他送药了，便大声问：“护士同志，怎么没有我的药了呢？”

送药的护士边走边答：“你的药早停了。”

顷刻间，一种陡然扑来的羞辱感冲向石痴心头：“停药了咋不通知我出院？是怕我不愿走？是念我有恋人?!”

李艾荣刚端着饭进屋，就听见石痴火冒钻天地嘟噜：“快走，快走，赶快出院，今天下午早晚到家！你快递给我腿，帮我收拾一下！”

李艾荣不知出了啥事儿，放下饭菜忙问：“你犯了神经病咋啦?”当她问明石痴非要出院不可的原委后，生气地说："出院得经过院长批准，你咋能想走就走呢？现在院长、大夫早下班了，眼下事务由本专护自行决定：按时吃饭，按时睡觉，出院的事明天再说！"

他不服也得服，不听也得听，因为她不给他腿，他就干瞪眼，瞎着急。

天黑以后，李艾荣悄悄到食堂打来一桶热水，和石痴商量："石子哥，你明天就要出院，今晚趁黑洗洗身子，换换衣服，干干净净地回家好吗？"

"不行，我没法洗澡，我的生活清单上从来没有这一项，你别操这份心了！"

"不碍事，我帮你洗，我不开灯，你慢慢脱衣服，我兑好水，啊？"她边说边将热水倒进脸盆里凉着，然后抽下毛巾泡到水里，又把方凳放在床边，好让他挪坐到方凳上。

石痴没脱衣服，他的大脑在快速地转着："洗澡？还是查体？"裸体洗澡不就是"全身照"或是"亮相"吗？万一出现不测，那不就是"巧兰闹剧"的重演吗？

"谢谢你，我确实不能洗澡，我怕感冒，感冒对重残人是很可怕的。"他以不可商量的理由拒绝了。

"好吧，我不勉强你，啥时想洗澡告诉我。那就早些躺下休息吧。"艾荣靠上去，要给石痴脱褂子，但他早已用短臂搓呀撕呀地将褂子扒下来了。他躺下后，李艾荣抄起棉被给他盖好，自己也到地铺上躺下了。

"哐哐哐！哐哐哐！"一阵急促的敲门声把已进入梦乡的石痴和李艾荣惊醒了。

"谁呀？"李艾荣一面起身，一面不耐烦地问。

"快开门，有要紧事。"门外传来粗犷的男子声音。

艾荣刚拔下门闩，外边的人猛然一推，门被推开了，差点把她闪倒在地。黑暗中闯进两个小伙子，其中一个摸着了墙上的开关，打开灯，怒不可遏地骂道："好你个浪女人，狗胆包天，关门乱搞！"说罢，一个箭步跨到床前，两手抓住刚刚坐起来的石痴，猛力往外一拉。"扑通

——呼啦——”连人带假肢、脸盆一齐砸到了地上。被惊呆了的李艾荣这时才看清，把石痴拉下床的正是古录壮，另一个不认识的人紧跟其后。在石痴被拉下床的刹那间，李艾荣的头“轰”地一下晕了，石痴赤条条的一截“轱辘”撞到硬地上，会造成什么样的后果？她两眼冒金星，骂道：“你这坏种羔子竟敢打荣军，伤天害理，惨无人道！”她扬起右手，“啪啪”给了古录壮两耳光，旁边那青年举拳一击，将她砸倒，正好压到了石痴身上。她赶紧爬起，迅速把石痴抱到床上。

“石子哥，你怎么样？咋不说话？摔伤哪里啦？”李艾荣没听到石痴的回话，更感紧张。她细细地查看了他全身，没发现受伤，只见他呼吸短促，焦躁紧张。石痴刚才摔下床时，胸口撞到了假腿上，顿感胸闷，似岔了气，但他还是坚持说：“没事。”

李艾荣见石痴没伤着身子，心里一块石头落了地。面对这尴尬局面，她怕古录壮再伤害石痴，便镇定地对石痴说：“事已至此，有些话我也该向他们挑明了。你不用担心，我去去就回来。”说完，她转身对古录壮吼道：“你们还站着干什么？有话咱们出去再说！”说完大步走出门去。

石痴在强敌面前无疑是个强者，可眼下却只能忍气吞声。看着艾荣随古录壮回村去了，他心如乱麻。好不容易挨到天亮。他没有洗脸、吃饭，当大夫们查房时，他早已整装待发了。

“哟，我的石老兄，是不是有重大行动啊，怎么一大早就全副武装，有啥攻坚任务？”王纯青开玩笑说。

“您院长大人可也真客气到家了，到了该出院的时候也不通知一声，如果我不愿走，你就让我住一辈子？”这硬邦邦的玩笑对王纯青来说，是没有先例的。

怎么回事？王纯青紧皱眉头，不知所然地追问：“谁说让你出院的？我咋不知道，嗯？”

院长问得大夫们目瞪口呆，只有崔大夫有点不安地说：“是不是我给停了药引起的？”

“你为什么停药？这么大的事情不商量，不请示，擅作主张？”王纯青气愤地涨红了脖子发问。

“不请示是我不对，可我是按治疗常规停的药，不进行时差方面的调整，没法验证不同药剂的功效，可我绝没有让石同志出院的意图，他的眼睛需要继续观察治疗。”

“原来是这样。”王纯青转怒为笑，“既然大夫已经明确表态，那石老兄还有啥可疑的？难道当真怀疑小弟会赶你出院？”

“不是你赶我走，而是我想走，我要走！纯青啊，刚才我光想着出院了，没想到失言伤了崔大夫，这太恩将仇报了。不过，我的院长老弟，你还不了解我吗？你要是强留我住下去，那就等于判我的‘徒刑’！”

“可你和艾荣的事还没最后定盘，建议你再住一段时间，听听贾书记他们的意见再走也不迟啊！”

石痴本想在出院之前，不再提及此事，但又觉得事关重大，而且是因自己引起风波造成后果的，因而不得不向院方说了昨晚发生的情况。他估计，昨晚上的事情，既然是艾荣前“未婚夫”古录壮所为，那就不会有什么凶险。而自己在这时候断然离去，脱开同她的一切往来也许是避免他俩婚姻危机的唯一办法。

王纯青等人听后，感到惊讶，却也在心中暗暗赞叹石痴高尚的风格。他们一致认为，古录壮身为大队会计，已有好几个恋爱对象，他来这里闹事，主要是争风吃醋，显示威风，压李艾荣屈服和石痴脱离关系。王纯青出于责任和感情上的原因，依然恳劝道：“婚姻和治疗没有任何关系，这不关你老兄的事，只要有灵性、会喘气的活人，就不会错怪你的。”

“正因为医院是治病康复的地方，不是谈情说爱的场所，才得离开呢。再说，此事牵连本院职工，因为我惹出风波来影响不好。我想在造成风波之前，就体面地离开。坦率地说，我没有掉进感情的漩涡里去，我早已习惯了残废和艰难的生活，也适应了婚恋上的挫折。现在，你批准我要走，不批准我也要走，因为我已经全好了，我没有必要再待在这里啦！”

王纯青完全了解被他称之为“石指挥”的这位老战友的秉性，他留不下他，即使强行挽留下来，也会适得其反——为他“开小差”创造了借口。他不得不冒刘步荣拿他“是问”的风险让石痴暂时回避，在取得八成把握之后，再把他请回，促其成婚。想到这里，他只得顺其自然地说：“那好吧，同意你出院，要是老首长追究我，或是指令你回来复查，你可得有令必行噢!”

“你尽管把心放到肚子里，我不听你的，还敢不听大叔的?”

于是，王纯青马上安排管理员雇车子，护士长收拾行李，崔大夫取来备用的消炎药物……在石痴坐上专车——独轮胶车时，王纯青站立车前，面带愧色地说：“石兄啊，小弟太失职了，我一定设法把艾荣找回来!”

第十二章　临危受命

要把社员的苦衷放在心上，对走投无路的灾民给以关心和帮助，你才能得到群众的信任。当干部不是我的奋斗目标，谁来当书记也不是你和我的私人交易，究竟谁干最合适，应该由群众去选择。

“再见!”随着车轮的转动，石痴踏上了回家的路程。

石痴到家时已是晚上9点多钟了，他不想打扰母亲，就让推车人给打开门锁，进屋点上油灯，还没来得及让推车人喝口热水，那人就急急返回了。

石痴没吃没喝就悄悄地躺下了，却辗转反侧，彻夜未眠。他仔细地回顾了回村以来的两次失业。为了艰途觅生，他不怕万难跻身于大跃进的洪流中，在火热的社会工地上找到自己的一席之地，却被王少刚、张玉红给搞失业了。他不愿断定他们不是党的代表，而愿把失业与失败归于自己的无能。他之所以未对他们的粗暴和轻狂给予还击，是因为觉得自己没有足以透视事物本质的能力。因而犹豫、莽撞、盲从始终统治着他那憨直的灵魂……

苦思冥想中，天不知不觉亮了。

“大哥回来了吗?”是猛子的声音，门没上闩，他便推门进屋。

“啊，是猛子弟，你怎么知道我回来的?快床上坐，床上坐!”石痴边说边坐起来。

“大哥，俺好想你哟，每天都来好几趟，总不见你回来。这回好歹盼来了，找你开开心，解解闷。”

“怎么了?闷什么?不在老村长家啦?”

“早回家了。他起初吹牛要给我找媳妇，可给他出了好几年的牛马力，原来是玩我的傻大头。那一晚上上夜校回家，巧兰硬是拉着俺的手，不巧被王峰双碰见，硬说俺强奸了她，还把学校也搞垮了，我真为瞎了人了，吃瞎了饭了!”猛子边说边难受地擦眼抹泪。

“要说你也够傻的了，他要是真心为你成家，那谁还给他家拼命卖力扎迷汉?咱兄弟们傻就傻在这没有弯的直心眼上。不过也别太懊悔了，事情都过去了，吃一堑长一智嘛!”

“你说得对，大哥，咱这没弯的人都叫有弯的人吃了，今后我听你的，咱都是光棍子货，谁不知道这滋味?过几天看个好日子，我搬过来咱合成块住。”

“不慌，猛子弟，我问你，是你自己坚持要走的，还是王少刚把你赶出来的?”

“我自己要走的，从出了那事以后，王少刚和他老婆到处传播我给他败坏了门风，明明自己捣的鬼，却硬把罪名加到我身上。我跟你说过，他们想让我给他卖力气，可又怕我把巧兰拐跑了，我每天早晨给他们倒三个尿盆子，去他娘那个腚的，俺可不干这傻事了!”

“老弟，你的认识能力有进步，咱们搞革命不是为了打倒老霸主再换上新霸主。穷富难定论，只要富得有理，穷得有志!”

“大哥，我看咱村要完蛋了，食堂垮了台，粮食被偷光，庄稼大减产，少数早秋作物也已经吃光了。晚秋地瓜还不到收的时候，听说要共大堆，公社集中分配。眼下已经有十多户出门要饭了，一些人还得了水肿病。辛辛苦苦干一年连个‘秋饱’都混不上，你说还有什么劲?”

猛子的话使石痴深感震惊：解放20多年了，怎么一个不足百户的村子还会出现这么多讨饭的?!

他无法理解这些社会现实，只有一件事他觉得应该赶快去做，那就是自己每月的40多元抚恤金应该派上用场了：这家两元，那家三元，孤寡人家五元……

四婶听见有人说话，忙跑来一看，“啊，痴儿来家了，可把娘想煞了，听说你那眼病治好啦，这可是咱石家的福气。”她扳着儿子的头，细细地察看：“能看多远？看见娘拿的啥?”石痴见四婶手里端着半碗面汤，就说：“看到了，你端的是面条，可我不饿，您快吃了吧。”

猛子接过碗去非要喂石痴，他就伸臂将碗压到桌子上。他发现四婶脸上浮肿，便不无担忧地问：“娘，您脸怎么肿着？吃的什么菜?”

“哪里肿着？是胖的！你那点钱都叫娘花了，你那粮食也都叫娘吃了，哪能不胖呢!”

石痴强忍即将涌出眼窝的泪水。多么善良伟大的母亲！为让儿子免受委屈，她谎称自己生来厌腥，从不吃一口鸡鱼肉蛋。明明是饥饿引起的水肿，却说“吃胖了”。

四婶见儿子终于治愈回家，喜在脸上，甜在心里，但她仍然提心吊胆，怕儿子再出现不测，就指着猛子说：“他哥哥，你不是说要照顾你大哥吗？快搬过来吧，今年大贱年，日子不好过，咱无论怎么苦都能熬，你大哥是从苦海里来的，不能再吃苦了，俺老胳膊老腿的照顾不周啊！”

“四婶子放心，俺想找先生查个吉利日子，很快就搬过来。现在我就先照顾着大哥，有天大的事我顶着，您岁数大了，不要再来回跑了。”

“那好，俺给你钱，你今日赶集给他买些吃的。你二弟厂里忙，说要放啥‘卫星’，没空来家，你就多受点累吧！”

猛子刚要接钱上街，却被石痴劝住：“我吃得了苦，有盛糠菜的肚子，能自理，不需要享受好饭好菜，也不要专人伺候，你还是去队里干活吧，我要是有急办的事一定找你就是。”

就这样，按照石痴的意思，猛子没有搬来，石痴也不让四婶送饭送水，依然独立锅灶，自炊自食。他没有悲观，因为他正在贪婪地享受着疾病、失业都已相继远去后自己奋斗的乐趣，这也是他真正的“平衡”季节。

时近晚秋，张家湾的主粮——地瓜仍然没有收刨，早秋杂粮因减产、被盗、吃青而荡然无存。王少刚因对儿媳方巧兰的贪欲而与老伴张玉梅大闹醋缸，村里的事也无心管了。小队等政策，社员听喝声，等着、等着，霜降过了，一场突如其来的霜冻把靠吃地瓜为生的社员百姓惊呆了：地瓜上了冻，吃他妈那腚！

石痴从大妈和张井老汉那里听到这些消息，心情很沉重。他百思不得其解，怎么能眼睁睁地看着粮食白白地烂掉呢？他那爱管闲事的棒槌脾气又发作了，当即捎信把猛子、张明喜、寇长功等人叫到跟前质问：“地瓜都冻了为啥不收？”

“领导没表态，谁敢收？”猛子答。

“等到表了态，地瓜都烂成泥了吃啥？”石痴追问。

“烂成泥也比犯政策错误强。”张明喜回答。

“混账话！我看趁天好，赶快刨，否则一旦上了大冻晒成瓜干也白费了。不管按什么办法分配，先刨出来，按人口分到户，转过年再按政策找平。你们怕犯错误，我不怕，要是有人追查责任，就直接推给我，我不怕错，也不怕死，撑死也比饿死强！”石痴简直把军人打仗的一套都用上了。

“我看还是先问问老村长吧，人家好歹是一级领导呀！”张明喜向来小心怕事，他觉得石痴的建议有些冒险。

“干不干在你们，我不是领导，可我认为防止烂掉粮食比尊重领导更要紧。”石痴说罢，便没好气地把他们打发走了。

十天以后，张家湾的地瓜果然大部分刨完了，瓜干也晒干收起来了，而一场由此引发的矛盾也白热化了。

农历十月末旬，北风凛冽，雪花飞舞，又一个严冬降临了。一天，张家湾村办公室里炉火正旺，舌战正酣。

“你懂得什么？你知道什么是群众疾苦？什么是党的政策？你井里的蛤蟆——见过多大的天？老实告诉你：能够威胁我王少刚的人还没生出来！”老村长从未发过这么大的火，就像他极少受到顶撞一样。

猛子满肚子委屈，他们三个人在石痴的劝说下，确切地说，在石痴为百姓着想的精神感染和鼓舞下，趁王少刚不在家之际，发动社员将全村各队的地瓜收刨了。谁知张明喜和寇长功到了关键时刻掉链子，不承认了，一口咬定是猛子一个人的主张，猛子则毫不否认地反驳：

“我发动社员收地瓜是正经事，吃了比烂了好，撑死比饿死强，俺是为群众着想，也是为了你好，干了好事当孬事，好心成了驴肝肺，你还熊我……多年来我一直崇拜你，认定听你的话就是听党的话，现在才明白……”

“才明白啥？明白我是反革命？国民党？法西斯？我不需要你崇拜，也不允许你捣乱破坏。你老老实实告诉我：是谁给你撑腰打气，发动社员去收地瓜的？这责任该由谁承担？”王少刚若有所指地逼问。

猛子对这种粗暴行为到了无法忍受的地步，他刚要反驳，却被张明喜戳了一把。张明喜嬉皮笑脸地调解道：“我看这事不用争论，还是二叔说得有理，千人办事一人定弦，当时我就主张请示二叔，可别人不办，这不犯了错啦！”

听了张明喜的话，猛子火了：“我老实告诉你：抢刨地瓜的是我，撑腰打气的也是我，我承担全部责任!”

“我他娘的就不信这个邪，这不是你小子的心里话，你是魔鬼缠身，牛鬼蛇神变种，你没有这个胆量!”王少刚依然含沙射影，侧击后台。

“你才是魔鬼缠身、牛鬼蛇神呢。一村之长烂了粮食不管，出了水肿不问，逃荒要饭也似乎与你无关，你为谁服务?”猛子继续还击。

“妈的，你敢骂你二老爷?你想夺老子的权?死了这条心吧，张家湾的人都死光了也轮不到你和你的后台当书记，你给我滚出去!你不够资格当支委!”王少刚狂怒难抑，一手抓住猛子的胳膊就往外提留，不但没能将身高马大的猛子弄出去，却被猛子轻轻一扬手臂，碰了个趔趄，不偏不歪，正好摔到方巧兰的怀里。这下可把王少刚弄了个火上浇油。作为公爹，要是平常有意无意摔倒在儿媳的怀里，也许能获得一分求之难得的欢心与惬意，可这次是被人家推倒的，是被曾是自家的迷汉“奴才”推倒的，他的老脸往哪儿放?还没等别人拉他，就歪歪斜斜地挺起身子，两步蹿到猛子跟前，举手照他下巴扇起了耳光，嘴里还不住地怒骂：“你狗胆包天，敢打我村长，敢打你二老爷，今天就让我过过手瘾，打个够!”他一边打，一边用膀子撞他的肋骨，谁也不敢靠前劝架。

猛子对这位“国王”恩主的忍让已到了极限，只见他胳膊一扬、一推，王少刚“哐当”栽到当门里，摔了个四仰八叉，嗷嗷直叫：“你个杂种王八羔子，你打死我吧，我活不成了，胯骨全摔断了，快叫上级来人哪……”

名为研究救灾荒，实为追究收刨地瓜“主犯”的支委扩大会议，变成了一个单一内容——打架!出席会议的五个人，除去两个打架的，还有三个心态各异的观战者。看到王少刚在地上打滚骂人，大家只得一齐相劝，伸手搀扶。张明喜同情地说：“二叔，快起来回家吧，谁打人谁有罪，您生气顶啥用?恶有恶报，善有善报嘛，上级自有公断。”

刚进班子不久的寇长功对事情一般都不贸然表态，可在今天这牵连一村之长受辱的“大是大非”面前，他不能不表个态：“俺看二叔别再生气了，就算猛子哥打了你，可你也早还回来了。再说，这是咱组织内部矛盾，不适合张扬出去。依俺看，让猛子哥当面认个错就算了，该咋干的还是咋干，二叔您看行吗?”

“去你娘的吧，你小子和稀泥也不会，什么叫‘就算打了’?什么叫‘内部矛盾’?按你的说法，是我打了他，他倒成了受害的了。呸!这是阶级斗争，这是敌我矛盾!”多年来王少刚养成了“庄园主”般的习气，他的话就是圣旨，只要稍遇不畅，就大惊小怪，大打出手。

只剩下方巧兰没表态了，她也没法表态。她进支部和进王家都幸亏这位书记公公。现在眼见公爹的权势已江河日下，丈夫又是个拿不出门的“半嘲巴”，从来没与他同过床，而这个曾使她一度倾倒的公爹却对她有了一腿。为了以后好有个退路，她曾想与猛子把感情加深一下，却不料猛子赌气毅然离开了王家。

她虽然没法表态，却不止一次地用眼瞟猛子，示意让他快些走开，回避这场打不赢的官司，但猛子没注意到这些，他正蹲在门口边抹泪边怄气。张明喜是唯一带倾向性的“裁判”，他走近猛子，拍着他的肩膀劝说：

“猛子哥，你就老老实实给二叔认个错吧。打了人，总不能无风无火地拉倒吧?”

“这是哪家的混账理?挨打的认错，我没错!”猛子说完，迈开大步“嗵嗵”地走了。

寇长功因调解赚了个挨骂，心里窝憋的不轻，早就悄悄地溜走了。

王少刚依然在当门躺着大骂不止，张明喜要将他背回家去，但他执意要社员来抬他。张明喜和方巧兰只得分头找来几个青年，绑了一副担架把他抬回家去。

谁也没有想到，猛子与王少刚的这次冲突，不是以正义而是以“权”为“理”作了结论：打人的王少刚成了“有阶级斗争头脑”的好干部，而为维护群众利益遭挨打的猛子则被打成阶级异己分子、殴打革命干部的凶手，并被拘留。寇长功也伸腿不干了。这一来，村领导里只剩下王少刚、张明喜和方巧兰三人，各生产队的干部也有不少撂了挑子。好在大冻之前，把地瓜抢收了起来，推迟了一场严重饥荒的到来。

第十二章　临危受命

石痴从出院来家，就遇上四婶水肿卧床，弟弟和弟媳也因饥饿骨瘦如柴，很少来家。他从坐享专护变成了四婶的“专护”，天天为四婶筹措吃喝、煎汤熬药，自己则生菜生吃、凉饭凉吃。纵然有很强的忍饥力，但他也时常感到乏力、疼痛、眩晕……

假腿已再也驮不动他，或者说他已带不动假腿了，他不得不爬着照顾母亲。残废金早就用光了，一个人的供应粮分到三处吃，结果三处都挨饿。初获复明的右眼又出现失明的危险。危难中，他盼弟弟能突然出现，他渴望刘大叔或猛子能突然出现。他天天暗自默念着他们的名字，他担心的不是自己，而是母亲的安危……

两个月后，张家湾的水肿病人突然剧增，由原来的十几人猛增到100多人。由石痴提议猛子领头抢收的地瓜使灾民度过了两个月填满肚皮的日子之后，饥荒再次笼罩了张家湾村。除了王少刚等极少几户外，全村大都没有储备粮、贱年粮，再次出现了囤净、锅光、灶灭、人慌的凄凉景象。

冬蓄的秸秆瓜秧、玉米骨头、榆树皮，再就是碱性颇大的桑杨、刺槐、棉槐叶和各种枯干的野花野菜，都成了充饥填肚、熬度时光的食物。耐碱性的，越吃越多，不耐碱的，越吃越肿，越吃越少，肿得人睁不开眼，张不开嘴，身上一按一个大青窝。

一天傍晚，石痴捧着水煮的荠荠菜给四婶吃罢，刚返回院子，忽听有人喊他，以为是弟弟回来了，顿觉精神一振，惊喜地坐起来答应：“是我，是我，我是你大哥！”

来人走到近前，他才认出不是弟弟，是寇长功。长功蹲下身子一看，不禁一惊：“大叔，你假腿呢？来回爬多不得劲！来，我背你。”说着，就把他抱起来送到屋里床上了。

石痴对这个心地善良的青年很有好感，向他吐露了自己对母亲的忧虑心情。但长功并没听进去，却忧心重重地劈头就说：“大叔，咱村要坏事了！”说到这里，他声音哽咽了，抬手抹了把泪，顿了一下继续说：“现在全村80%的人家断顿了，100多人得了水肿病，春天得病的没治好，现在又火上浇油，一下子增加这么多，死了两个，有半数正半死不活，很危险。王少刚叫人把猛子拘留了！支部已经瘫痪，各队队长都伸了腿，全村陷于绝境……咱都是党员，你是有战功的人，你能不能给中央写封信问问，到底还管不管?”

从夜校、食堂垮台后，石痴家就很少有人近前，经寇长功这一说他才知道村里形势不好。他感叹地说：“长功啊，你真是个好心肠的人，大难之时跑来看我，惦记着全村老少爷们的生命安危。给中央写信我看不妥，饥荒不是个别现象，只是咱这边重一些，即便写了也未必有回音儿，六亿人口，六亿封信谁来处理呀？我有个笨办法，就是去沂州医院求援，让他们派医务人员来，先把危重病人抢救过来，这事要经过大队支部同意才行，你顺便找老村长商量一下，看他意见如何再定盘。”

“不，我饿死、病死也不去找他，他现在越来越不像话了，当了个土地老如登金銮殿，坏透了气！你说的办法很好，怕什么？我去办，人命关天，救人要紧!”

“那好!”石痴欣然说，“我给王院长写封信，你亲自跑一趟。”他叫长功拿过特制的纸夹、水笔，心急火燎地窝憋了半天，不算首尾共写了九个大字：

“此处有急患，速派人来。”

长功叠好信装进兜里，刚要走，石痴喊住他，指着桌上说：“路远，肚子里又没饭，你把这两块钱拿上，路上买口吃的。”

“我不拿，现如今有钱也买不到吃的，啥都是定量供应。”说罢，就急匆匆地走了。

第二天中午，一个十余人组成的医疗队，背着药箱、骑着自行车，浩浩荡荡进了村。寇长功和领队的崔大夫一道，直奔石痴的住处。崔大夫一见石痴脸肿得锃明，劈头就问：“怎么回事？肿成佛爷一样也不去信告诉我一声?”

“崔大夫！您哪儿的话，我在医院时你们照顾周到，吃得又特殊，来家后弟弟净捎来大米白馍，油水浓，蛋白质丰富，是撑胖的。”

“老兄别哄人了，别忘了老弟是拿听诊器的!”

他们稍事休息，喝了点水，崔大夫就叫寇长功领着医生们找干部，分组到户查看病人，自己暂留石家，给石痴母子检查救治。长功临走才想起王院长的信，忙掏出递给石痴。

石痴捧起信封，将封口朝上，伸嘴将上头撕开，用舌尖舔出信笺，再用嘴缓慢舒展开，一纸清秀的字迹呈现在眼前：

“石兄，来信收悉。亲爱的老战友，实在对不住你了，当时不该让你匆忙出院，老首长向我提出了严厉的批评并要我承担全部后果是正确的。

艾荣失踪多天，至今仍无下落，我曾派人到古录壮家探寻，但没发现可疑迹象。请兄长放心，一旦有消息，即行转告。我已获知贾书记同司法部门商定：古录壮如违法，必要时将其拘留，以示震慑。

医疗队可在村里多住几天，以病人好转为原则，一切由你安排。获知老兄身体欠佳，以本人拙见，最好与崔大夫同来医院治疗。纯青拙书。”

看完信，石痴自责地陷入沉思：果真惹出了大乱子，一个天真烂漫的善良姑娘，竟遭此不白之冤，责出谁手不是显而易见吗？万一出现闪失，就是倾沂河之水也洗涮不净自己的罪责！……他满腹间充溢着对自己无法原谅的懊悔、自责。

崔大夫给四婶看病回来，高兴地说：“大娘的病和你一样，都是吃野菜过量造成的，很快就能治好，看来，其他病人也都能很快治愈的。”

不多时，长功领着医生回来了，他气愤地骂着：“真他娘的没人性，火烧眉毛的人命大事不让干，还叫上哪儿弄证明去!”他把王少刚“没有上级证明就不准看病”的意图说了一遍，大家都很生气，却无法克服突然出现的障碍。

“我们走前一时疏忽。”崔大夫后悔不及，“忘了叫院长给写个介绍信，可抢救病人贵在时间啊，这如何是好呢?”

石痴更感不安，自己不能动，请来救命医生却遭到冷遇，他说：“是不是把给我的信拿给他看看？实在不行就多跑一趟，到管理区或公社去写证明。”

寇长功第二次见王少刚，并把王院长给石痴的信交给他，他还是不同意。长功只好再去公社弄证明。

医生们一直焦急地等到下午4点，寇长功才风尘仆仆地赶回来，同来的还有公社的房主任，他一眼看到石痴肿得那副样子，顿时动情地说："我总以为你还在医院里，你咋病成这样还不吭气呢?"

"我倒没啥。"石痴说，"你看俺请来这么多医生，却不让他们给社员看病，你快帮俺证明证明吧，他们都等急了。"

房主任得知王少刚阻挠医疗队抢治病人，气了一头火，连午饭也没顾上吃就匆忙赶来，如今看到石痴病成这样，医生们干蹲在这儿等证明，就气不打一处来，把王少刚喊到跟前，厉声问："王少刚，你凭什么不准抢救病人？你自己不管也不准别人管，你心中还有没有群众?"

"对不起，我是一村之长，我要对人民的利益负责，没有足够的证据，我有权拒绝任何不明身份的人。"王少刚毫不示弱。

"恬不知耻！你还有脸谈人民的利益，人民正在遭难，你却耀武扬威要证据，要权术！你不相信医疗队，也不相信你们本村的重残石痴？也不相信院长的亲笔信？也不相信你们领导班子的成员寇长功?"

"我可以相信一个重残，可重残本身不是公函，不是证明，谁都不敢肯定重残的亲友都是无产阶级好人，要是万一是海外或港台派来的特务，你也要我相信?"

"你可以怀疑一切不中意的人都是派遣特务，现在人证物证都有：公社副主任兼民政主任房四春亲自到现场作证，你还要怎样?"

"主任大人，很抱歉，你的身份只是个公社干部，并不是公函本身。没有证明也不行!"王少刚傲气十足，他认为，一切未经他认可的事情都冒犯了他的"主权"，房四春公开站到石痴一边，更使他怒气难咽，而且他并非盲目顶撞，他坚信张玉红会给他撑腰。

这阵充满火药味的对峙，使医生们难以容忍。崔大夫调和说：

"依我看，既然王村长有怀疑，那就先不看吧。为此大动干戈不必要，待有了证明我们再来。"

"不行!"房主任更加怒不可遏，"现在开始看病，听我的指挥！你有权要挟抬高身份，我有权为民解除痛苦。现在分两个小组，我和小寇各领一个，出发!”医生们分两路出发了。王少刚见称雄无效，怒气更盛，一口气追上房主任喊道：“姓房的，你有权，你厉害，你有本事，老子把权交给你，这张家湾就让你管个够，过足瘾，我不干了，看你们如何收场!”说完，就赌气“嗵嗵”地回家去了。

在房主任的带领下，医疗队经过三天的普查、巡诊，基本查清了水肿病的人数、轻重程度，研究确定了治疗方案。在多数病人好转后，留下专人送药巡诊，医疗队便返回了。

病疫得到了控制，粮荒则日趋严峻，这等于治了表而未能治本。在饥荒与病魔同时困扰着张家湾的时刻，领导班子却垮了，村里呈现出群龙无首、任其自流的失控状态。

王少刚撂挑子绝非自愿，若干年来他依靠一村之长这个权力，过着一般百姓望尘莫及的生活，如今他怎能善罢甘休呢！今天时运欠佳，偏偏碰上这个胆敢向他挑战的房疯子，才不得不硬着头皮顶他一家伙，想挽回点面子，但没想到会有什么后果。

“老头子啊，你精明一世，糊涂一时，咱这官当得怪臭，人家想罢免还找不着引头，你反倒拱手奉送了，你这不是瞪着大眼往尿罐里钻——自找臊味吗?”老伴张玉梅感到事情不妙。

“呸，你娘们家懂个屁！我哪能吃这个哑巴亏，撑撑硬挽回面子罢了，要真不干那可划不着，放心，我有办法对付他们!”王少刚胸有成竹地说。

“别装洋蒜了，你这回算错账了。你觉着人精势大，可那个姓贾的权势更大，他和石家关系又不错，弄不好人家正在点火煮你哟，你快去找他舅商量商量吧。”

“我去找过，他在县里办学习班，等他回来再说，反正阴沟底下翻不了船!”

“不行，老头子，平时我不管你的事，这事可不同一般，你知道外边都说你啥？咱全家的饭碗都在你手里握着，丢了官就砸了碗，不能等祸临头!”

在医疗队的精心医治下，石家母子很快就康复了。

这天，一个中年人匆匆来到石痴家。

“噢，是贾书记，您不是到省里学习去了吗？快请坐。”石痴惊喜地用膝撑立起来。

“老伙计，我来迟啦，你出院这么久了，一直没空来看看你，能谅解吧？”贾书记又转身握住四婶的手，“大娘，您也好多了。”

“多亏了上级派来的好医生，把俺娘俩和全村老少爷们都治好了，还是新社会好啊！”四婶喜滋滋地说。

这时，随贾书记一块回来的猛子把手伸给石痴，故意道：“你猜猜我是谁？”

石痴猛伸双臂抱住猛子的胳膊，激动地问：“是什么风把你刮回来的？你不是判刑坐监了吗？”

猛子还未等细说，贾书记就接上说：“你夜闯拘留所，要替猛子坐监，我贾某不敢不放人哟，哈……”三人大笑了一阵。

原来猛子被拘留后，石痴焦急不安，睡不着，吃不下。于是写了一份自己如何强使猛子犯“错误”的证明材料，偷偷雇车连夜赶到拘留所，强求公安人员把猛子放出来，把他押起来。公安人员当然不听他的，他就一直不走。公安人员见他残重，又不吃不喝，就汇报了有关部门领导，派上专人将他送回家里。贾书记听说后，在再次核实猛子案件时，认为“行凶打人”不符合事实，带领群众抢刨地瓜确是石痴的主意，于是，猛子获释了。

贾书记心里有事，显得有些急躁。他抬手看了看手表，神态凝重地说：“石痴同志，有件事要和你商量……”这时，寇长功他们一起走进屋里，坐到床沿上。石痴弄不明白贾书记究竟要说什么事，正待要问时，贾书记开口了：“同志们，咱们刚才只开了一半的会，由于你们都固执己见，咱们的会只好迁到这里，继续往下开。现在就把你们的想法和意图说出来，让石痴同志听听。”

屋里的气氛很严肃，好像有什么重大事件要发生似的，谁也没先开口，各自嘴含烟袋，“扑哧扑哧”地喷吐着一股股烟雾。

闷了好长时间，猛子终于憋不住了：“都哑巴了是咋的？怎么定的怎么说嘛!”

寇长功见猛子开了头，顾虑去了一大半，就直言道：“俺今天来是给大叔添载的。开了个全体党员会，大家一致要求改选支部。结果明喜哥、大叔和我都一致当选。可支委分工让我干书记，说啥我也干不了。叫张明喜当？他要命也不干。共同的理由，是怕王少刚的头不好剃。王少刚说不干是假的，肯定会继续捣乱，今天正逢他去县里告状，不然后果难料。咱村面临今冬明春的大灾荒，俺俩都怕打不开局面，抡不开锤，大叔您是最合适的书记人选，但就是……”

猛子是老支部成员，这次以一票之差落选，但他竭诚赞同改选支部。他说：“这个支部早就该换届重选了。十多年来，凡事不分是非，不按党情民意办事，只是以亲情、族系、家庭和个人的兴趣定标准，世上哪有这样的干部？我虽然没选上，可还是民兵连长，只要党支部喜欢用，上刀山下火海我也不在乎。”

“好家伙，老猛这次拘留教养倒大有长进。”寇长功见猛子刚劲不减，故意逗趣。

“别提那窝囊事了，名称好听，‘拘留所’，其实就是监牢狱啊，就赚了吃饭、住宿不花钱。”猛子这话把贾书记也逗笑了。

“不要瞎扯了。”贾书记制止道，“这后半个会还没头没尾，快发言，看究竟怎么办?”

“依俺看，直接挖干的。”猛子冒失地说，“新支部选出来了，却没有头头，俺们大伙的意见是叫大哥挑头、坐镇，俺给你跑腿，当参谋，大哥，行不行你就一锤定音吧!”

这一来，憋了半天的谜底算是解开了，石痴像个木偶，没说同意，也没说不同意。他实在没法表态，也不能表态，就这样憋了一会儿，他还是开口说话了：“你们这些人，求神拜佛也不讲究去处，像我这等人都能当官，那天下还有黎民百姓？烧香哪有上驴腚里插的?”

这一家伙，把会议气氛一下子降到零度以下，几颗热盼、企求的心陡然悬吊起来。会议再度陷于闷缸。贾书记是最焦急的一个，他不得不表态了：“我估计得怎样？石痴同志重残压身，他那点自理能力都是刚刚逼练出来的，你们要他去扛大梁，不是太残酷了吗？你们周身健全为何不能当支书？”

“贾书记说得确实有理。”寇长功说，“可俺这几个‘糊涂罐子’你知道，我和明喜怕事，特别最怕王少刚的诡计，猛子倒不在乎，可有勇无谋，没有头脑。再说这次也落选了，没资格。俺说过，只让大叔挂个名，俺们有个靠山，有个精神寄托，跑腿实干全算俺的，保证不让他出门，不准他下床，有事向他汇报，凡事与他商量，这还不行吗？”

“我同意长功的看法。”张明喜也随着表态，“贾书记没来以前，俺就多次商量，我说句刀刃上的实话：如果痴哥不接这个头，或者贾书记还让我干支书，那我干脆退出支部！”张明喜的表态很明确，只要不叫他领头就行。

贾书记善于听取各种意见，但此时也有点急躁：“我看不要再僵持下去了，作为一个基层党组织负责人，我不忍心让一个被战争夺去大半个肉体的人再负重荷。我不相信张家湾没有石痴就不能生存了！我建议：你们暂时先干着，待党委研究之后，再决定如何分工。”这个建议，对石痴和其他人都有“刺激”，这是贾书记最后的一着。

张明喜等人还是执拗地坚持着：分了工也不干！面对此情，石痴为难极了，干吧？确实干不了；不干吧？又不忍心。他并非因为残重体弱拒绝任职，而是深感自己能力差，难以胜任。他曾怀有雄心大略，一定找回丧失的人生价值，但只有失败的教训，没有成功的记录，才使狂荡无羁的欲望冷却下来。听了贾书记的话和看了支委们的态度，反倒使他“找回人生”的想法又一次地萌动起来。他试探地说：

“我不是只因为身体情况而不敢答应下来，是确实不具备水平，我通过实践败下阵来的几个事至今记忆犹新。更重要的是，我是临时组织关系，哪能享有被选举权呢？”

“这没关系，你是因为战时失去联系，谁都信得过。”

“大叔放心，你就是现在重新入党，俺也选你当书记。”

“俺只需要你掌舵，别的你甭管！只要你稳住阵脚，俺就甩开膀子泼干！”几个人的表态当当响，毫无松动之意。

第十二章　临危受命

贾书记被置于两难之中，他确实担心石痴的身体会出现危险，但又很难改变这些青年人的固执态度。他面带忧虑地望着石痴……

“我没有让领导和别人为难的习惯。”石痴边想边说，“但选举结果必须弄清楚。”

这时，猛子到外面一招呼，全体党员“呼啦”拥进屋里，原来他们都定好了：下半个会没有结果不散会。

贾书记提议：“大家再把上午选举情况重复一遍，投票、举手表决都行。”他一一叫着被选人的名字，再次表决，表决结果：一致推选石痴任党支部书记，就连方巧兰也高高地举了手。

贾书记拍了拍石痴的肩说：“老伙计，你就不负众望干一段看看吧！虽说是受命于危难之中，但必须以身体许可为限。”

大妈也举了手，但她是不得已才举的。她真诚地解释：“大侄啊，俺选你是违良心的，可眼下全村糟成一塌糊涂，谁都不敢顶歪风邪气，这么下去咱村就完了。你不能实干，谁也不会攀比，那些胳膊腿全有的干部不也就是坐在办公室里接上传下、写写说说吗？大侄子的本事哪样也不差，你出谱抢收地瓜，全村没再饿死人，大家选你干就是冲着这个来的。可就是你身子骨叫人心疼，说啥也不能累坏了身子啊！”

听了大妈的话，石痴的不安情绪变踏实了，他开门见山地表示：“试试看吧，干好干坏不敢说，可懒、馋、贪、占、骗我不会，走一步看一步，一旦不行，就主动辞职！但必须答应我几个要求：第一，我没有正式组织关系，只能临时代理；第二，上边的会议，下边的跑腿，由别的同志承担；第三，不准称官论职，本人不配。”

屋里响起了一阵鼓掌声，张明喜、寇长功、猛子他们脸上的愁容一扫而光，一齐跑向石痴，热烈“握手”祝贺。

贾书记显得很激动，此刻，他的心情喜忧各半，一个濒临烂掉的村班子，顺利地换上了一班新人马，他有理由感到轻松；但班子的领头雁却是一个全县、全省、甚至全国罕见的重残人，他为此感到心情沉重。他最后一个走到石痴跟前，动情地说：

“谢谢你，石痴同志，你要多多保重啊！”

至此，多灾多难的张家湾终于有了新的一届政权，这在一个穷山村的历史上，实在不亚于改朝换代。这个村的未来将是怎样的呢？还要看这个新班子怎样带领群众去谱写。

转眼就是腊月二十三，村民们并没因为佳节将临而稍感舒畅。张家湾的新选干部分工包片，昼夜不分地到各家各户摸灾情，看到的大都是囤空缸空，锅干盆净，男女老少扁着肚皮铁青着脸，躺在炕上唉声叹气、呻吟呼号，不少人见面的头一句话就是："不论哪家当官掌权，只要让老百姓填满肚子就是好官，当皇上也不屈才。"然而，这几个刚揭"皇榜"的清官何尝不是勒紧腰带、拼着命地设法对付饥荒呢？可凡是歉年就不只是一村一社闹粮荒，求援、投亲、讨饭都不是办法。到底怎么办呢？

石痴提出向银行贷款，求老上级刘步荣想法，给搞一台粉碎机，争取年前弄来，将各家各户剩余秸秧加工粉碎，用秸秧淀粉填肚充饥，避免水肿病。猛子、长功他俩听了很高兴，争着去县城找刘步荣。石痴说："还是猛子弟去吧，你身高腿长撑折腾，我写上几个字你带着，先找贾书记，办出贷款再找刘局长。"

"好，我马上就走。"猛子急不可待，"现在刚过晌，70 里路，早晚赶到县城。"

石痴卸腿上床，准备写信，正在嘴含笔尾、臂抱笔杆、触纸书写时，外边突然跑进两个十来岁的小学生，大点的是老队长的儿子张闻星，小的是大妈的孙女银铃。他俩都一手提着书兜儿，一手攥着一把地瓜干，笔直地站在当门里。张闻星神色庄重地说："报告大叔，仓库被人扒开了个豁子，这是俺放学路过时拾的。"说完放下瓜干就走，石痴这才想起喊住他们：

"停一停！"他看到两个孩子面黄肌瘦，不禁升起无限怜悯之情，悄声对张明喜说："把瓜干还给孩子，让我亲眼看着他们把它吃到肚里。"当张明喜抓起瓜干向两个孩子手里塞的时候，他俩拔腿就跑，边跑边说："这是队里的，俺不能吃！"望着孩子远去的背影，他们内心有种难言的滋味。

第十二章 临危受命

两个孩子走后，石痴马上对寇长功等人说："你们快去看看，被盗了多少，要保护好现场。你们弄清详细情况后，咱再研究一下。去县城改在明天，仓库钥匙在哪里？"石痴焦急地问。

"钥匙肯定在王少刚手里，他从来没叫别人开过仓门。"猛子回答。

"他不在家，你找方巧兰问问，如果她知道就让她马上交出来，你快去。"石痴催促道。

石痴也想去仓库看看，忙下床安装假腿，还没安利索，查看仓库的人已经回来了。

"怎么样？找到钥匙了？被盗多少？"石痴边装腿边问。

"钥匙是方巧兰从粮缸里找出来的，她要求给她保密。"猛子回答。

寇长功说："被盗去的倒不多，是从后窗捣开坯块挖的，隔着窗，耗时费力，从挖的窝坑估计，偷走最多有二三十斤，很像是外村的过路人饿急了眼干的。"

"靠墙那边的瓜干，我伸手一摸，黏糊糊的，早烂了，就是最好的也都长了绿毛毛，太可惜了。"张明喜惋惜地说。

"现场没敢动。"长功道，"是去公社报案？还是咱们自己先找找线索再说？"

"我没当过村干部，"石痴说，"但按事情的大小、急缓程度看，眼前当务之急是救人，饿死了人破了案也没意义，我倒觉得饿急了眼偷几块瓜干也算不上大罪，我甚至觉得小偷的行动太晚了。我建议：一边分粮一边上报，今天下午召开队长会，晚上分瓜干，待一会儿咱们一块去看看现场。"

粮仓坐落在村西北角上，他们几个人来到大门前，猛子一一打开大门、仓门，搀扶石痴走进正仓。石痴边看边嚼着烂瓜干，痛惜地说："幸亏闻星、银铃这两个孩子，要不再到春天就全报废了！"

寇长功更兴奋："这真是有饭天给吃，不早不晚，正好赶上过年。"他们大致估摸了一下，除去霉烂不能食用的，约有1.8万斤，全村500口人，大人小孩平均发放10斤过年粮，其余大头留等春耕春种，用到火候刀刃上。

为避免繁琐，让社员早一点吃顿饱饭，石痴决定在仓库直接发放给社员。

各队社员拖着腹空枯瘦的身子，带着花篓、提篮、抬筐、口袋，陆续来到仓库大院。看得出，人们土黄色的脸上，稍稍呈现出一丝罕见的但却是充满希望之光的苦笑。

张明喜、寇长功、老队长及各队干部装筐的装筐，过秤的过秤，记账的记账，发放进行得很快。大约在晚上10点钟左右，当大多数社员已领到瓜干时，仓库院子里突然闯进十几个手持棍棒、气势汹汹的人，其中有王少刚的儿子王峰双。他们把分粮的干部围住，大声辱骂道："你们这些混账王八蛋，深更半夜结伙偷盗粮库，这是谁的主意？快说！"

这一来把来领瓜干的群众弄懵了，到底是哪伙掌权？分粮的不敢动了，唯有猛子还端着簸箕"呼啦啦"地往筐里扒瓜干，并直愣愣地说："怕啥？快秤，他们管不着。"

这时，手拿槐棍的王峰双已手起棍落，照准猛子的头打了下去，幸亏猛子早有警惕，及时用手挡住，没有打着，但三四个人把他围起来，挥拳扬棍，长功见势不妙，大声说：

"想动硬的吗？请先考虑考虑身份，俺是名正言顺的干部在分过节粮，你们不分青红皂白就想动武，行吗？"

"什么名正言顺？你们是篡权盗贼，偷偷摸摸的选举，深更半夜破仓行窃！"手持棒棍的张本富在讥讽还击。

"真他娘的饱汉不知饿汉饥，你喝酒不觉恣，吃肉不知香，你知道社员肚子里是啥滋味？"老队长狠狠地顶了一句。

"爹，他骂娘了，我非揍死这个老家伙不行。"半嘲巴王峰双扬起长棍就要砸下去。

"住手，滚开！"王少刚怕闹出人命，刚到现场就快步蹿到王峰双跟前，把儿子手中的木棒夺了下来，然后站到仓屋门口，既是对分粮的干部，又是对分到粮食后站在院子里看热闹的群众威严地说：

"分粮的没错，领粮的也没错，要打的没错，想骂的也没错。问题就出在主张破仓的人，一不顾政策，二不顾法令，说抢就抢，想开就开，这不是无视党纪国法吗？这个仓库是我操碎了心才储起来的‘救命粮仓’，现在竟被抢了，你们到底想干什么?”王少刚随后转向张明喜等人：“你们这些小青年，受骗上当不认账，踏上贼船当天堂，应该悬崖勒马啦。你们怎么弄开的仓门？谁给的钥匙？这些事瞒不住我，快说实话。你们年轻，二叔不怪罪，啊!”经他一咋呼，竟把分粮的人给镇住了。

王少刚的这种威慑效果，事出有因。他除了是多年的“一村之长”外，还有个吓人的“长辈”王牌，在青壮年中逐渐形成了“长辈”威严。加上他开口就是法规，张嘴不离党政，把这帮农村青年唬住不是很难的。

张明喜历来不撑吓唬，他有讨好、和稀泥的习惯，经王少刚这一“轰”，早把他给“轰”蔫萎了。他暗想：从前我怕你，是好汉不吃眼前亏，可现在该咋办呢？硬分吧？怕惹出乱子；不分吧？又是新支部决定的，他犹豫了半天又调和道：

“二叔，我看咱是不是先分一点叫社员过个安稳年，其余的听你安排，行吗?”

“混蛋！我不上告就便宜了你，你还‘先分一点’！我问你们，谁拿着仓门钥匙？快交出来，我要锁门!”王少刚目光虎视着他们。

分粮的社员们就像看戏的观众，本来心怀偏爱想看个输赢，结果被偏爱的一方节节败退，大家有些灰心丧气，背起筐子、篮子想走。

寇长功直气得肚子疼，可他也很怵头，眼看着社员们一个个地溜走，才憋不住地大喊一声：“大家不要走，瓜干没分完，这是支部的决议，谁也管不着，我掌秤，继续分!”

“寇长功!”王少刚指着他的鼻子尖威胁，“你小子胆大包天，好一个‘支部的决议’，谁选的支部？我是正大光明的书记，背着书记偷偷选举是非法的。把分到户的瓜干都原封不动地送回仓里，我不发话谁也别想分掉一块瓜干!”

“王少刚，你给我走开!”这是石痴的声音！他因下午察看仓屋磨破腿，分粮没来现场，在家里听到吵吵嚷嚷声，不放心，便装上假腿，夹上双拐，摸黑朝吵闹的方向奔来。走近细听，才知是王少刚在阻止分瓜干。他不顾一切连滚带爬地拱进了仓库院子，没等深思熟虑就开腔了：

“你作孽也不择个日子，社员们都快饿死了，你还乘人之危，行凶捣乱，你到底想干啥!”

“你来得正好，我正要找你这个黑后台算账，你倒自己蹦出来了，今天我要领教领教你的厉害!”王少刚对石痴本来就恨之入骨，现在竟突然出现在眼前并当众大骂他，心想：绝不能在石痴跟前受屈辱，丢面子！他一面叫着石痴的乳名骂着，一面手挽袖子，大步向石痴逼近过来。他手指刚要点到石痴的头上，石痴猛一回头却把他吓了一趔趄。

原来石痴连滚带爬往这奔的时候，不知不觉把头撞破了，淌了满脸的血。王少刚一看，“我的娘哎，他这是撞破头想赖我。”他不但没敢动手，反而一下子蹲到地上了。

这时，寇长功、老队长等人在灯影中看到石痴刚来到就满脸鲜血，估计是被王少刚抓破了脸，就一齐跑过来连声追问。正在握棍寻机打人的王峰双见王少刚突然没了动静，又见几个人围了上去，认定坏了大事，就傻瞪两只凶眼，抡起大棍冲上去，照准寇长功的腰就是一棍。

社员们忍无可忍，把分到的瓜干扔到地上，高喊着：“兄弟爷们，打就打吧，反正饿死也是死，打死也是死，快上啊!”所有大院的人“呼啦”围了上去。

王少刚见势不妙，急忙站起身来，倒退了两步，暗想：糟了，这上百号人，真动起武来，我这几个人就被砸了蚂蚱！他只好转怒为笑地说：“社员们，乡亲们，大伙慢来，这是误会造成的，峰双是嘲巴，不知好歹，长功侄子完全能谅解，要不再叫长功打回来。不看僧面看佛面，不是还有我这张老脸吗？谁也不敢担保今后用不着我王少刚了，大家消消气，啊!”

“你姓王的官当诈啦，福享过啦，草民百姓从来上不到你的眼里，今天非叫你尝尝拳头的厉害。”几个小伙子已冲到王少刚眼前。

青年人见血气盛，边给石痴包扎边发恨要替他报仇，石痴急忙劝阻："可别小题大做，头破血流、臂腿戳伤是俺的家常便饭，算不了什么。咱们的任务是分粮，可不是怄气打仗。"石痴转而问长功："你怎么样，打伤了没有？"长功摇了摇头，说："为了让大伙过年吃上瓜干，再打十棍也挺得住。"

"那就好！"石痴继续说，"现在请大家散开，按原定计划继续分。"干部社员们井然散开了，各就各位，装的装，秤的秤，不多时最后几户也全都发放完毕，各自担着瓜干回家了。

王少刚没有走，他显然对突如其来的丢职无法容忍。他闷声闷气地抽了一袋烟，然后挪到石痴跟前，细声细气地说：

"大侄子，实话说，你可不宜管这些杂务筐子，你这身体半年也撑不下来，非累死不可。这次选举不算数，我没到会，谈不到落选。再说你也没到会，怎么能知道自己当选呢？你没胳膊没腿的人当书记，按伦理、讲迷信也不顺理儿，让爷们我再干起来，怎么样？"

石痴也心平气和地回答："你聪明，又有文化，这是大家公认的，但是你太自私了。你要是把社员的苦衷放在心上，对走投无路的灾民给以关心和帮助，你还可得到群众信任。当干部不是我的奋斗目标，谁来当书记也不是你和我的私人交易，究竟谁干最合适，应该由群众去选择，选举当然是唯一的好办法。"

王少刚恼羞成怒："姓石的，你看错人了，你想用这些过时的狗皮膏药理论教训我？你依残仗势，居功自傲，想实现自己的政治野心，休想！只要我还活一天，你就甭想得逞！"说完，向儿子王峰双和张本富等一挥手：

"咱们走，让他们分吧，让他们把所有公共财产分净吃光吧！"王少刚软硬兼施未奏效，只好恶语唬人，扬长而去。

第十三章　过年娶媳妇

新郎把宝贵的血肉之躯献给了祖国和人民，战火夺去了他的四肢和眼睛，但他没有倒下，而是顽强地与命运抗争；新娘勇敢地冲破封建旧习的束缚，爱上一位超级重残。

第十三章　过年娶媳妇

石痴舌战王少刚，把瓜干如愿分到户，他感到很高兴。刚到母亲院里，就见艳坤夫妇来家了，娘儿仨正在看艳坤从厂里带回来的年货。见石痴进来，艳坤忙迎上去扶他进屋坐下：“大哥深更半夜出门，也没个陪着的能行?”

“有。”石痴回答，“是猛子送我回来的，他刚走了。你厂子里还有点油花儿，发了这么多年关食品。”

“啥食品？就几张年画、两斤冻肉，那是自己买的对子纸。”艳坤手扳石痴的肩膀，话头儿一转撒娇似的说：“大哥，头一回过个团圆年，准备办些什么年货？你就列个清单吧!”

“嗯，清单早列好啦，明天逢集，你去端两块豆腐，买一棵白菜，到粮站把那斤油打来，咱娘不是说不吃荤吗，咱就包点素水饺，炸一盘萝卜丸子，这还不行?”

“大哥，我不是这意思，我是想买串鞭炮玩玩。”

“你可真够意思，都二十好几的男子汉啦，还玩这个，这事大哥不做主，你问问弟妹吧，她愿意你就买。”

新容正在同婆婆闲聊，听到要她表态，就没好气地嘟囔：“荒年暴月的，三根肠子挽着两根半，还有心思玩鞭炮，也看不出个眉眼高低来!”

“不买算完，别说得那么难听。”艳坤垂头丧气地头栽到床上怄起气来。

天下的父母疼小儿。四婶见艳坤真动了怒，就抱怨说：“俺小坤从小离家，从来没玩过响货，娘要有钱就好了。唉，我宁愿少吃顿饭也打发他个高兴。”

“娘，您别难过了，我是跟他闹着玩的，我给买两挂鞭，20 个大头爆竹，一次全补上，这总行了吧?”石痴说。

艳坤“噢”地一声从床上蹦下来，抱住石痴肩膀亲昵地喊：“大哥好，大哥好！20 年的鞭炮都补上了!”

石家四口人，因艳坤夫妇脱产与石痴的少量杂粮，过年食物自然略好于别的人家。

腊月二十九晚上，是沂蒙山人烹炸过年菜的日子。新容在门口里首借着灯光洗白菜，四婶与艳坤在南棚生火炸萝卜丸子，石痴则同儿时那样，坐在炸菜耳锅旁边的方凳上，不时弯腰伸臂，去夹筛子里刚捞出的喷香扑鼻的丸子。捞得着就夹一个放嘴里，捞不着就探长身子，低头用嘴拱。艳坤抽空也给大哥送到嘴边……

就在这时，一阵“踢溜呼嗵”的响声传进院里。石痴抬头一看，见一个浑身泥垢、披头散发的讨饭人，站在锅棚两米开外的地方。

“艳坤!”石痴忙喊，“快，来了个要饭的，抓把丸子给她吧。”

艳坤应声照办，抓起一把丸子往外走，将一把黄灿灿、热乎乎的丸子举到讨饭人面前。不料讨饭人没伸手去接，而是直愣愣地望着石痴。

“大哥，人家不要，你看咋办?”

石痴吃力地站起来缓挪一步，借着炉火的闪光就近细看，突然惊讶地叫喊：“哎哟，原来是你！快，是艾荣来啦，不是要饭的，快进屋，快进屋!”

听到儿子一惊一乍地直喊，四婶和新容扔下手里的活儿。匆忙跑来一看，惊得目瞪口呆。老人听儿子说过，医院里有个伺候他的女人叫李艾荣，但不知她是哪里人氏，更没见过人啥样。眼下见到这模样的女人，一时不知如何是好，急忙把她领到屋里，坐到床上。

“艾荣。”石痴匆忙追问，“你咋不说话？你到底怎么来的?”

李艾荣身披破烂单衣，冻得浑身抖作一团，自感羞愧难言，但又不得不说，于是就直打直地张口说：“有棉衣吗？给我一件。”

闻听这话，娘儿仨顷刻忙作一团，翻箱倒柜，折腾了半天，好歹找出了新容的旧棉裤、石痴的无袖旧棉袄、四婶的棉帽和艳坤的鞋袜。

李艾荣抱起这些“杂班”棉衣，跑到锅棚内一一换上，又找来木梳，把蓬乱的头发拢了拢。新容倒了碗开水，抓上丸子，四婶在炉子里烤了两个淀粉窝头，放在床头桌上让她吃。饥寒交迫的李艾荣不再腼腆客气，端起碗“咕咚咕咚”喝上，又拿起窝头狼吞虎咽地吃上，然后缓缓倚到床头的囤架上，抬头看了一眼坐在床沿的石痴。突然，她两手抓住石痴的肩膀，连晃加摇，放声地恸哭起来。她边哭边诉，悲愤交加，声泪俱下，一股久隐胸怀的冤屈，再也无法控制地喷涌而出……

在石痴出院的头天晚上，李艾荣随古录壮去了他家，向他们全家人挑明了自己的态度，讲了自己与石痴的关系。不料他们家人仍执迷不悟，百般阻挠，强迫其立即结婚。并把她关在屋里，警告她："何时回心转意，何时放你出来。"

但李艾荣不畏强暴，终于寻机会夺窗而逃。在身无分文的情况下，昼夜奔波，来到家中，又找到姨父，把自己想嫁给石痴的想法如实告诉了家人和姨父。然后又一路坎坷返回沂北，在跨越沂河时不慎掉入冰窟，挣扎再三才脱险，终于到了石家。

"说句真心话，我是怕石哥急坏了，连衣服都没来得及换，就挣脱了姨妈的挽留，连赶了50里山路，一口气跑到这里。"

听完艾荣的叙述，石痴激动万分，长叹道："为了我这半块废人，叫你遭这么大的罪，这该如何报答你啊!"

四婶被这位突然降临的儿媳那不同寻常的举动感动得语哽心颤，一把鼻涕一把泪。老人双手合十，虔诚祈祷"阿弥陀佛，好人遭难，神灵保佑，天有眼，地有缘，命该今日得救. 谢天谢地，谢天谢地!"祈祷完了，独自跑到院子里的"天地桌"上，连磕了三个响头。

徐新容抹去脸上的泪痕，拉着李艾荣的手亲切地说："这就好了，哥哥嫂子都大难有头，苦海得救，必有后福后贵！你来咱家，大哥有人管，妹妹俺有了伴儿，新嫂驾到，又是大年下，真是双喜临门!"

艳坤更喜得合不拢嘴，转过来唤声嫂子，调过去叫声哥，脚不沾地，手不停歇，一会儿给艾荣端水喝，一会儿去捧来萝卜丸子，一会儿拿毛巾、倒水，让李艾荣洗脸……全家沉浸在艾荣带来的喜庆气氛中。

石痴对艾荣到来的高兴程度是可想而知的，因他而闹出的这场风波曾一度使他后悔莫及，心悬难安，今天艾荣总算安全无恙地归来了。不过，他隐约感到，这桩事情还没有了结，弄得不好还将有更多的麻烦。怀着复杂、矛盾的心情，他问她："你觉得这件事的最终结局会怎样?"

"你指的是咱俩的事吗?"李艾荣大惑不解地反问，"既然我已来到这里，那就应当立即结婚，你觉得还会有什么凶险?"

“难道他们会就此罢休?”石痴心有余悸地提醒着。

“他当然不会善罢甘休，可也没啥了不起，上有政府做主，下有群众同情，光天化日之下，你大可不必多虑，我会保护你的!”她慷慨直爽，大义凛然。

“嚯，女的保护男的!”他解释说，“我不是怕啥，而是觉得不该再让你继续受苦，他们不会放过你，请你再慎重地考虑考虑……”

“你要我回去和他结婚?这是你的真心话?为了你，我惨遭迫害，丢了工作，冻垮了身子，受尽了罪。现在你竟……那好，我走!我走!”她一面哭着，一面将四婶和新容给她刚换上的棉衣一件一件脱下来，扔到床上，然后一转身蹿出门外。

正在张罗炸菜的四婶娘俩听到屋里一阵吵闹后，又见李艾荣跑出去了，就急忙追出去。艾荣在院子东边的路上被艳坤拦住了，四婶和新容随后赶到。

“他嫂子。”四婶不知所措地劝道，“俺痴儿咋惹你生气啦?他打你骂你，俺给你还回来，这混账东西可野到杠了，人家刚来就打架，俺非打他不行!”

“嫂子，俺哥说话欠理你别见怪，有兄弟我呢，咱娘打不疼他，我帮忙替你出气，啊!”

“嫂子，你是大地方的人，听说你还当过志愿军，救过不少伤员，宰相肚里能撑船，你就原谅了大哥吧!”新容也在一旁劝着。

听了这番话，李艾荣抬手抹去泪痕，四婶见势“咕咚”跪下磕起头来，艾荣匆忙将四婶搀起，说：“大妈、弟弟、妹妹，你们不用伤心，不用怕，我不走了，不过我得叫他说句定音话，走，咱们回去!”

娘仨回到屋里，见石痴呆坐在床上，低着头，一声不吭。四婶让李艾荣坐下，转身对石痴气狠狠地骂道：“痴子，你这不争气的混账东西，你给俺说句到家的实话：到底要不要他嫂子?说!”

“娘!”石痴抬起头，“您老不懂，俺真心实意想要她，可是又不能要她，不敢要她，这会坑了她，害了她!”

“好你个孽种，你敢说不能要?!你说个明白，为啥不能要?你长得比她漂亮？你身子比她囫囵？你干活比她强？你……你……”她扬起巴掌在空中晃了两晃，然后照石痴的头轻轻打了两下，接着就“扑通”躺到地上没气了。

见此情景，一家人慌作一团，艳坤双膝跪地，急呼：“娘，快醒醒！娘，快醒醒！”新容跪到地上边哭边喊，但四婶毫无反应，双腿挺直，十分吓人。艾荣急忙将四婶身子摆正仰面朝上，自己坐在她胸下，迅速做起人工呼吸。大约过了一刻钟工夫，只听四婶接连“哎哟”了几声，又吐了一口浓痰，醒了过来。

四婶见孩子们都围着跪在地上，大惑不解地问：“你们跪在这里干啥？”

“娘，您晕倒了，可把俺急煞了。”

石痴从地上撑坐起来，说：“娘，刚才是我把您气晕的，是我不好。”

“刚才……你让我生气？噢，刚才娘打过你是吧？快叫娘看看，打疼了吗？”四婶很少打骂孩子，即使孩子小时候调皮淘气，她也舍不得打骂。现在孩子早已长大成人，懂得的道理比自己多得多，怎么能忍心打呢？

“娘，您没打我，不信您问问她们，我这不好好的吗？”

“是真的，娘没打大哥。”三人应声证实。

其实，石痴很想让母亲打一顿，他自幼失去了父爱，不论远在天涯，还是近在咫尺，每当自己做了错事、走了弯路的时候，他就渴望母亲及时给他一巴掌，把他从梦境中打醒，把他从悬崖上打回到安全之地。可惜，母亲的巴掌从未落到他身上，她对儿女的过分客气使她不像位生身母亲。今大他万万没想到，在年逾三十的成人时代竟得到了母亲的一巴掌，这一巴掌使他在婚事上再也不能犹豫、彷徨了。

“我没记错，娘打你一巴掌能后悔一辈子，可你知道娘为啥打你吗？”四婶追问。

“知道。”石痴回答。

“那现在你不撵她走啦？”

“娘，您放心，我本来就没撵她走，也不会撵她。”

“你同意和她成亲，不再反悔啦?”

“同意不同意，一切听您安排就是!”石痴余悸未消，生怕四婶再次晕倒。

“那就好，那就好，早说痛快话，少挨两巴掌。”老人顿时喜得合不拢嘴。

艳坤见石痴已回心转意，便悠悠地问萝卜丸子还炸不炸。四婶才恍悟说：“炸，快炸去，明日就是年三十了，赶前不赶后，您去炸菜，俺和你嫂子涮洗涮洗家什。”

按照沂蒙山的风俗时尚，年前赶完最后一个集——穷汉集，家家都要置办年货，备好活人的食品：炸菜、馍馍、水饺、窝头、煎饼、豆腐、野菜；再备好死人的祭品：蜡烛、山果、银锞、纸香、供肴。然后清扫院落，洗涤家具，拆洗衣物铺盖……总之，人们把这一天视为断贫转运、除邪降福、辞旧迎新的转折。

张家湾人的时运不错，在危机时刻，竟福从天降般发现了粮仓，家家户户领到了救命瓜干。虽然量少质差，但在吃糠咽菜的饥荒年月，有了它，张家湾人感到满足，有了笑容!

腊月三十下午，一阵鞭炮响过之后，艳坤便将石家已故祖先前辈、三代宗亲请到“家堂”上过年了。合家齐跪家堂桌前，向祖先们磕头致意。

在家堂桌的里首，妯娌俩早已摆好年宴。五口之家围坐桌前。沉浸于烛光闪烁、青烟缭绕的肃穆气氛中。闻着年宴飘发的阵阵香味，不禁令人心潮涌动，浮想联翩。无情的命运之神曾一风把全家吹散，又一风把他们聚拢而来。只有经历悲欢离合、生离死别的人才会更深地领略、体验到人生的壮美。石清祥在被害的弥留之际，曾悲痛绝望地预言：我死后，“请家堂”这一幕再也看不到了!

果然，他死后半年，四口之家就流离失所、各奔一方了。然而，天涯自有人生路，苦海再深亦有岸，20年后的今天，这个在人们记忆中似乎已经消失的家庭又神奇般地重现、复活了!故主预言看不到的“那一幕”又呈现在眼前。不难想象，这个失而复得的家庭的成员该有何等超乎寻常的快慰！

全家人只有四婶能喝几杯酒，自全家失散后她很少喝酒，这会儿，她兴奋难抑，先后饮了儿子、媳妇各敬的两杯，便略呈醉意，话也多了起来。石痴怕母亲喝多了犯病，看了看马蹄表，已是晚8点10分，就吩咐艳坤端饭来，早吃早睡，准备初一早起拜年。艳坤端来几碗“隔年饭”，各自稍稍吃了些，新容便扶四婶到床上躺下休息了。艳坤喜恣恣地逗趣道：“哥哥嫂子早休息，好好拉一拉，亲一亲，我和新容守家堂，先让她上头班岗，我到村里去看看热闹，看看咱村里人怎么‘发纸马’、‘送财神’。”一边说着，一边一蹦一跳蹿出去了。

艾荣搀扶石痴来到他独自生活的屋里，点上灯，石痴觉得累了，很快将假腿卸掉躺下，然后对艾荣说：“你刚走了这么多路，身子虚弱，先在那头躺一会儿，等弟弟回来你再找我娘睡。”

“不，我不累，就在你身边拉拉呱吧。”她显得很轻松。

“哎，艾荣，你看俺这家咋样？”

“嗯，还凑合吧。”她说，“你母亲太慈祥了，她疼爱儿女真没说的，你兄弟俩都很孝敬老人，我真羡慕。”

“家里的摆设呢？”他又问。

“摆设？你这算啥摆设？还当书记哩，简直像狗窝子，你没见人家当官的，应有尽有。”

“我不眼馋那些，可你把我家说成‘狗窝’，是不是嫌我太穷了？”

“你这人就爱疑神疑鬼的，说你狗窝就是嫌贫爱富啦？你的身体仅有完整人的一半，我都没嫌少，还会嫌你家贫？真是怪事！”

“这倒蛮有道理，我这身体确实是‘极贫户’。人穷可以变富，体穷无法弥补，一辈子也别想长出个手指头来。”

“嗯，我说你冷不冷？”艾荣不愿说贫道富，便从床沿上立起身来，搓了搓手，接着在嘴上哈了一会儿气，说：“腿冷吗？来，我手暖热了，给你焐焐腿，千万别再冻坏了伤口。”未经他应允，就弯下腰去，两手伸进被窝的下头，但没有触到腿上，于是又继续向前伸。其实，石痴早

有预防，他仍认为，这是女人对生理异常男人最厉害的“火力侦察”。他不会忘记，方巧兰第一次侦察也是这样进行的，就因为她触到了冰凉的伤腿，才把她吓跑了的。于是，他把腿碴使劲往后缩了缩。

李艾荣摸了几下没摸着，便问：“你的腿呢？”

“我的腿在腿上呗。”

“怎么老摸不着它呢？”

“你摸它干啥，又不是好腿。”

当他终于无路可退、无力支撑，不得不把两个断肢放在屁股附近的褥子上时，她那早已“埋伏”好的双手突然出击，像把老虎钳似的紧紧箍在了他的伤腿上，他拼力挣扎，她逮住不放；他嗷嗷大喊，她哈哈大笑；他急得浸出了汗珠，她笑得流出了泪花……

这时突然传来敲门声。

“艳坤弟回来了，你快去给他开门。”石痴急忙催促。艾荣刚站起身来去开门，人早已进来了。是两个人，身穿一色的青袄、蓝裤，脖子上都围着围巾，面露凶色，直盯着石痴，其中一个手握一把锃明的小刀，两人缓慢地向石痴逼近过来。李艾荣一眼就认出是古录壮兄弟俩，见他手握凶器，顿感紧张，但她心里唯一想的是：石痴是九死一生的幸存者，不能再遭伤害！事情是自己引起的，不该牵连他！她稍一镇静，昂首挺胸，朝古录壮跨近两步，把坐在床头的石痴严严实实地挡起来。

“你想干什么，姓古的！想行凶杀人？那就杀我吧，这事与他无关！”

古录壮把视线转向李艾荣，“哼”了一声，“好一个大胆的女人，现在还敢在我面前逞强显能？你给我滚开！”他扯起李艾荣的胳膊一摔，她一趔趄身子，“咕咚”倒在了北墙根。古录壮随即朝石痴恶狠狠地说：“姓石的，对不起，今天请你领教领教我的厉害，我只要你回答一句话：你还娶不娶李艾荣当老婆？”

石痴没有回答，依然稳坐床头，依然毫无表情，面腮神经依然失控地抽搐，紧闭双唇，单目相视。艾荣早已爬起来，不知所措地呆立着，心在突突地剧跳……

“石痴，你哑巴了还是吓没气了？我要你回答，你要是再装憨卖傻，我就给你白刀子进去，红刀子出来，给你放放血！听见了吗？”他右手向前猛举，刀尖直逼石痴下巴。

这时，就听得石痴“嘿嘿”一声冷笑，用臂碴抹了一把口涎，然后翘起头来：“拿着刀子逼向一个重残人，算什么好汉！姓古的，要么就快下手，要么就滚出去！”

艾荣定了定神，朝古录壮呵斥道：“订婚的时候，我没表态，也没在家，你就断定我同意吗？婚姻自主你不知道吗？”

“我不和你争辩，只要你真心实意悔过，从前的事我不计较，我打你几下你可以还回来。”他对李艾荣的态度忽然转缓。

“光天化日之下，你竟敢行凶，这就是你给我的爱？亏你张得开臭嘴！”艾荣怒不可遏。

古录壮不再和李艾荣争辩，他见先前几招没吓住石痴，便气急败坏地和弟弟一起把刀子猛使劲“夸哧”扔到地上，然后伸手去卡石痴的脖子。石痴怒火中烧，两肩一晃，兄弟二人像两个麻袋包“扑通、扑通”一个摔倒在北墙根，一个碰到南边的桌子上。古录壮从桌子腿前慢慢爬起来，又向石痴跟前挪动，石痴愤然喝道：“还想领教吗？滚！”

艾荣也趁机喝道：“再不走我就喊人了！”

古录壮见势不妙，没想到石痴四肢皆无，竟有超人的力气，再者也怕来人，便喊着弟弟狼狈地溜走了。

“石子哥，石子哥！”李艾荣一下子扑上来，紧紧搂抱着石痴，“这到底是怎么回事？你哪里来的这么大力气，一下子摔倒了他俩？”

“我也不知道。”石痴说，“参军前我曾跟父亲学过几回功，今天他俩确实把我气极了，气极了劲就特别大吧？”

“很早我就断定你是个有本领的人。昨天我还吹牛，说要保护你，没想你倒有本事保护我哩！”此刻，石痴在她的心目中已不再是终生卧床的重残人，而是一位完整的、无所不能的健康人。她紧紧地依偎在石痴的身上，深情地亲吻着。

早晨，天空晴朗，一轮红日冉冉升起在东山巅峰。石痴早早装上假腿，由李艾荣搀扶着刚走出院外，就见艳坤风风火火、一蹦一跳地回来了。

“大哥、嫂子，您起得真早，没好好地睡个‘熨阔觉’啊？”他边说俏皮话，边忙扶住石痴的拐杖。

“你倒过瘾，一晚上不回来，也不守家堂，到处乱窜。”石痴故意嗔怪道。

“我头一回在家过年，要玩个痛快，一回补足20年！”

“好，咱们快去家堂磕头，给咱娘拜年，还得帮着烧火下饺子，抓紧吃饭，准备迎接拜年的客人。”三人一同来到家堂上，两人帮着石痴慢慢跪在地上，连磕三个头，然后又给四婶磕头、拜年。四婶见石痴下跪磕头，虽是儿女份上，但心里总不是滋味，连忙抓住石痴的残臂拉起来：“磕头拜年也得分个孬好，你身子不顶用，磕头娘也不放心。”

今年来石家拜年的特别多，原因并不只是这家门里出了个祖辈未有的官——刚上任不久的村党支部书记，更重要的是人们想看看这位重残书记“拾来”的没疤没麻的新娘子。这种新鲜事儿，在山里人看来不亲眼看一看是不行的。正当石痴向大妈、张井大伯、张明喜等众人介绍李艾荣的时候，外头来了一伙子“大干部”，石痴一看是刘步荣、贾书记来了，忙迎上去说：“大年初一老领导光临，大叔、书记您过年好！”随来的还有房主任和公社文书等。

“石子啊，听说你出任支书，小李姑娘也冲破阻力跑到了你身边，大叔是专程前来为你恭贺双喜的，高兴不高兴啊？”

“高兴，高兴，非常欢迎！”

艾荣、艳坤、长功等人安排客人就座，冲茶。刚坐定，刘步荣就拍着石痴的肩膀，兴冲冲地说：“你们这些重残兵都不简单哟，在部队只知道你们能攻善守，却不料回到地方也都很能干，而且都成了家。告诉你：方仁大功告成——结婚了！你原来同室的张希德也当了爸爸。最突出的还是你小石子，不仅也找了对象，而且还当上了支书。听说你还把向你挑衅的古录壮教训了一顿？”

“大叔，您咋知道的？”

贾书记解释说："古录壮在你这儿碰壁之后，跑回去向党委、也向汪东琴补罪自悔了。你能逢凶化吉，用残身子击败不轨之徒，我们能不来看你吗?"四婶听说来了大官，匆忙跑来迎接，进屋一看，高兴地说："是他刘大叔啊，是哪阵风把你刮来的?"

"老嫂子啊，小弟来给您拜年贺喜了！您晚年喜事不断，不光回来个儿子，还添了个好儿媳妇，真是好福气啊!"刘步荣见这位在战争年代为自己冒险送饭、丧失亲人的革命母亲竟一改往日常态，笑颜怒放，深感慰藉。

"都托共产党的福啊！要不是你操心，俺老妈妈子往哪里讨媳妇哟!"

"老嫂子，这是公社贾书记，他对石子的婚事可帮了大忙了!"刘步荣指了指坐在自己身后的贾书记，四婶连忙跪下给他磕头，贾书记忙将她搀起："老人家，功劳不能记到我们身上，他俩的婚事，是真挚、崇高的革命情感铸造成的，艾荣姑娘有一颗金子般的心，几经折磨，忠贞不渝，他俩结合是必然的！我们不是来表功的，是来为功臣们恭喜、喝彩的!"

贾书记的话，激起了一阵掌声。人越来越多，屋里屋外已拥挤不堪，四婶忙招呼艳坤领着同伴们到别处去玩。

"不，嫂子，别让他们走了。"刘步荣悄声说，"今天就趁这热闹劲儿，给石子办喜事，您掂量掂量看行吧?"

"办喜事?"四婶猛然一惊，"办喜事也得查个好日子，备好衣裳嫁妆，准备桌酒席。再说也得和女方娘家商量商量，送书子，选良辰呀!"

"老嫂子啊，这您就不懂啦，现如今是新社会，儿子媳妇都是公家人，喜事新办，不设酒宴，不请客，鞠个躬，喜烟喜糖一扬拉，青年人闹闹房，捧捧场就行啦。至于和女方娘家商定吉日，备嫁妆，这您就甭操心了，一切都筹备就绪，艾荣的姨妈就是娘家，人家已经大包大揽，完全支持，您看还不行吗?"

四婶本是封建意识较重的人，总习惯老习俗，可听刘步荣这一说，觉得有道理，加上无钱无物，儿子体貌异常，难尽人意，担心夜长梦多，就说：“既然您看着行，孩子们都乐意，那就办吧。俺人老了，办过去也就一块石头落了地，没心事了。”

紧张的婚前准备开始了。房主任和文书负责办理结婚登记手续，猛子、明喜分工打扫卫生；大妈、四婶和几个姑娘、媳妇忙着给艾荣薅脸、梳头，换衣铺床；小学曹老师专管研墨、裁纸、写对联；刘步荣、贾书记任临时总指挥。

房主任和文书登记完毕，从屋里走出来，面带窘色地对刘步荣说：“刘局长，新郎新娘的衣裳太破旧过时了，最好换一换，一辈子就这一回嘛！”

“他没有新衣。”刘步荣肯定道，“穷八路半辈子，没攒下一块补丁角子。再说，他这个样，就是有也难穿……这样吧，把我的军大衣给他穿上，我们至今还留恋军人生活，用军大衣一裹，什么破的烂的、假的坏的，统统包在里头，谁能看透他里面穿的啥？”

“好，这办法好！”房主任应着。

不一会儿，贾书记从大妈手里接过几件单衣，一定要石痴套在身上，但他说啥也不套。刘步荣一听就火了：“你他妈的算什么新郎，浑身稀巴烂，换件衣裳比上战场还别扭？你快给我换上，里头换新的，外头裹上军大衣！”

“化妆师”们从头顶到假脚后跟，把石痴重新“造型”了一遍，然后请刘步荣目测验收。刘步荣站在两米远处仔细看了好大一会儿，从全貌上看，不失为当年那个英武战士，但总感到不理想、不得劲儿……

当他的视线再次触到石痴的两颊和嘴部两侧时，兴头骤然消失了。

“你那腮帮子和嘴巴子蹦跶个啥？你分不出个吉凶好歹，怎么喜庆的时候你还控制不住?!”

石痴面部神经失调、痉挛，本来就很痛苦，经刘步荣这一贬斥，就更难自制了。

“局长，您少管点闲事好不好？别人不知道，您还不知道我这神经犯规的原因吗?”

这一家伙把刘步荣顶了个“跟头”，他也觉得话有点过分了。他一边摸着自己脸上的疤痕，一边暗叹：真是乌鸦飞到猪腚上——光见人家黑忘了自家黑！他很少在下级面前自悔，可他深知石痴珍重尊严的个性。于是，来了个一百八十度转弯："小石子。别生气啊，大叔是为你好，一时'走了火'，少怪啊！"

上午10点，房主任汇报："刘局长，贾书记，现在一切准备就绪，是不是马上开始？"刘步荣、贾书记同时点了点头。

石痴身着军大衣，头戴军帽，由明喜、猛子架着来到八仙桌前，艾荣也由两位女嫁客相陪来到桌前，进行了简单的婚礼仪式。司仪房主任请贾书记讲话，贾书记走到被群众围拢的八仙桌前，大声说："同志们，社员们。"他语气浓重而兴奋，"在这辞旧迎新的欢乐时刻举行婚礼，是富有特殊意义的。石痴是位把宝贵的血肉之躯献给祖国和人民的战士，弹火夺去了他的四肢和眼睛，但他没有倒下，而是顽强地与命运抗争，在异常艰苦的条件下自觉磨炼自己，继续发光、发热，他是张家湾人的骄傲，也是我们时代的自豪！"

"李艾荣同志曾是一位'最可爱的人'。她勇敢地冲破封建旧习的束缚，爱上一位超级重残，她的心灵无比美好！他们的结合比牛郎织女更纯洁、更高尚，让我们向英雄的夫妻表示祝贺！"

人群里响起了一阵热烈的掌声。

婚礼进行得很顺利，美中不足的是石痴在弯腰向领袖像鞠躬时，身体失去平衡，摔倒在地。群众有的哄笑，有的鼓掌，但更多的是惊叹、怜悯和痛惜，发出一连串的啧啧声，幸亏他身穿军大衣，没摔坏身子，张明喜和猛子快速将他拉了起来。新娘主动提出："石痴假肢不撑，以下的仪式由我代行！"

"好！"人们又是一阵掌声。

婚礼结束后，客人要告辞，石痴迅速示意大妈、张明喜、猛子等人按预定计划将刘步荣、贾书记他们请到屋里。一桌酒席已经摆好。贾书记说："不是说好不请客吗？"说完，硬要走，长功和明喜早把门口挡了起来。刘步荣一看就知道是石痴捣的鬼，便说："老贾，别走了，这是石子的心意，你要真走，他会气得三天不吃不喝，咱就别伤那天理了。

坐下，喝杯喜酒。”

贾书记只好随着刘步荣，招呼房主任、文书和本村的张井、张明喜一起就座。他们喝酒吃菜，有说有笑，气氛十分热烈。新婚夫妇前来敬酒，石痴双臂捧着一个盛满酒的茶碗，恭敬地举到刘步荣面前，说：“大叔作为革命前辈，对我的生活和婚姻费尽心血，我要把这杯酒，亲自敬给刘大叔。”

刘步荣接过茶碗，在空中划了一个弧圈，说：“十多年的愿望，十多年的担心，今天有了着落，这酒我要不喝，就不够战友，不够爷们！”说罢，“咕咚咕咚……”一饮而尽。一碗喜酒下肚，刘步荣越发兴奋了，不知不觉竟哼唱了起来，唱着唱着，他又突然放声大笑，手里盛酒的茶碗“啪”落地摔碎了。

房主任担心道：“刘局长是不是喝醉了？”

刘步荣真喝多了，听了房主任这话，他瞪着眼，口齿含混地说：

“老子吃草根树叶，也长到50多岁了，这点酒，放不倒我！”突然，他酒意朦胧地冲着石痴和其他人喊：“石子，小杜，小方，你们都成家了……”边说边抱住石痴的拐杖：“我掩护，你快冲上去！”他隔着桌子去抱石痴，“哐当”被绊倒在桌子底下，贾书记忙将他扶起，艳坤和猛子也赶快把桌子抬到一边。刘步荣扑过去把石痴紧紧揽到怀里，一手托头，一手揽腿，接着，忽地蹿出去，在大门外的麦田里“咣当”摔倒了。

“小石子，你娶媳妇我太高兴了。大叔还不够结婚年龄，等到将来打完仗，大叔就长漂亮了，要找一个‘西施’大姑娘……”他趴在石痴身上，发出阵阵笑声。

贾书记怕石痴撑不住，就吩咐房主任、长功等人去把他俩分开，但刘步荣的手像铁钳般紧揽石痴。四婶与艾荣端来茶水，让他喝杯解解酒，但他一口也不喝。刘步荣眼含热泪，时而声泪滚滚，时而大笑不止。谁能猜透他们此刻的内心感受呢？

他俩在麦田里滚了一会儿，石痴问：“大叔，你今天是咋回事？是我结婚把你急坏啦，想找一位大婶？还是手脚痒痒，想找仗打？”

“混蛋！你小子结婚，我老头子急啥？大叔是激动得不行哟！”这会儿，刘步荣已经清醒了不少，说话也上路了。“若干年来，我日夜担心的大事解决了。咱们革命一场，万苦不辞，总算尝到了甜头，大叔高兴啊！”他坐起来，看到两人的假腿都掉在麦垄里，忙爬着一一捡回来，自己先装上，然后帮石痴装上。当他再次拖抱石痴返回时，又双双摔倒爬不起来了。贾书记、房主任跑上去各背一个，回到屋里。

“刘局长。”贾书记有些着急地同刘步荣商量，“您在这儿多住几天吧，今天是年初一，家里人还都盼着呢，我先回去了。”

“不，咱们一块走，咱们来的任务已经完成，回去再过它半天的年！”

行前，刘步荣再三叮嘱石痴：“一定要搞好家庭团结，工作定量力而行。”

贾书记嘱咐张明喜和寇长功：“大队班子的公务你们要承担90%，保护石痴的身体是咱们的责任。”

石痴夫妇和支部成员送走了客人，又同大妈、四婶收拾好桌椅、饭具，便随看热闹的社员一齐告别，各自回家送家堂去了。

闹新房的人们走后，艾荣给四婶拾掇好床铺，便与石痴一起走进自己屋里。抬头一看，嗬，“长明灯”早就点亮了，两只红色的蜡烛，闪着橘黄色的光芒，照得满屋通亮。石痴早被累草鸡了，刚坐上床沿就把假腿卸下来，四仰八叉躺下了。李艾荣打趣道：“哎哟，你这新郎是哪国的？洞房花烛之夜就裹衣安睡？”

“娘子有所不知，我石痴受伤后，几乎从没脱过衣裳，现今更不能大脱，光装腿卸腿就够麻烦的了。”

李艾荣见过他装腿的艰难，很想帮这个忙。她给他掖了掖被角；然后目不转睛地看着他组装假腿用的一大摊衬料，爱怜地说：“石子哥，咱们已经结婚了，今后将不分你我，你这套假肢的装卸，我要全包下来，不能再让你受罪了。”

“不！还是由我自己干吧！当然，如果伤口发炎或我力所不及的时候，你再像在朝鲜那样帮我的忙就可以了。”

“别逞能了。”艾荣嗔怪地看了石痴一眼，然后随手抄起绑带，一遭一遭地在腿上卷搓起来，然后再把衬布、腿套一一叠好，放置床头。当她再也找不到活计时，才脱鞋上铺，坐到石痴的对面，掀开被子盖上脚，坐着闲拉。

他们相互对视着，早已没有了初恋时的紧张和局促，一种温情使他们感到悠闲自得。艾荣弯腰伸手，摸着他的腿碴说：“天呀，你这腿像冰一样!”

“顺应时令，从 9 月到来年 3 月，就一直毫无知觉，好像有蛰伏期，零下 100 度也不觉得冷。”

夜，已经很深了，他们拉够了，也坐累了，便各自躺下了。

石痴和李艾荣对他们的结合各自都怀揣着不同的忧虑。李艾荣虽积极主动，但对“无生长”之说也略感担忧；而石痴仍然心有余悸。时近午夜，已经听不到对方的绵绵情话。艾荣的腿已经缓慢地伸到了石痴的一侧。奇怪的是，她丝毫没有感到他的气息和温度。唉，这是一个何等奇异莫测的躯体呀！她暗叹着……

过了一会儿，她忽然听到了他的鼾声。他倒无忧无虑，艾荣心里想。

想着，试探着……不知怎么回事，艾荣忽然觉着身子有飘然而起的感觉，心儿扑扑直跳，手在哆哆嗦嗦，全身悠悠晃晃，床铺、房屋都在晃动。她像一个初猎者在荒野中盯住了一个不会逃生的猎物。她的手已不知所措地触到了猎物——

两条断肢的碴头，最大限度地蜷缩在腹部，从膝下 7 厘米截去的断碴处是个碗口大小的疤痕，四周黑中透红，中间骨皮纵横交错，僵结着干瘪的疤节；肥大的裤头上方，镶嵌着一块比巴掌还大的伤痕；她用手轻轻提动裤头的松紧带，再看时，不由地打了个寒噤：整个下腹部是一片大弧圆形伤痕，深深地塌陷下去，乍看上去，似乎没有下腹！

这处重伤他从未透露过，在朝鲜有几次解便，都是阿妈妮帮他解扎的，自己从未近看。毫无疑问，方巧兰所看到并大肆张扬的，就是这处伤了。天哪，这人也确实够得上个整残、全残了！

这是什么伤？不像是炸的，又不像是打的，肯定是刀伤！她找出一块纱布，心疼地给石痴揩起血来。

“谁？干什么？”石痴惊醒了。

“别动，你的伤……口破了！”

“嗨，睡得好好的，哪来的伤？你准是睡盲撞了。”石痴坐了起来。

李艾荣停止了揩血，泪眼婆娑地说：“你……肚子上的伤……够重的。”

“怎么，你在学方巧兰，偷看我……下身的伤疤？”

“你这人也怪了。”艾荣略带怨色地说，“人家故意说你没这没那，你也偏偏像躲麻疯一样严密封锁。你这片伤疤是怎么来的，为啥保密？”

“哪值得保密，打仗受伤小事一桩，只是它伤在……下边，不好意思说。”石痴淡然回答。

“现在对我也不好意思？”艾荣问。

“那是我头负重伤昏迷后，敌人进入阵地一看没活的，很扫兴，就在牺牲战友的头部、胸部或腹部又补了一刀。给我补刺的敌人，没刺头，也没刺胸，偏偏在小肚子上扎了几刀，没刺中要害，没刺死。回国后刀口感染化脓，经过好几次手术才长成这样。伤疤留在这里不外露，不用整形修饰，谁也看不见，是最‘理想’的保密区！”

石痴说得滑稽幽默，李艾荣却听得心酸。蓦地，她紧紧抱起他那冰冷的腿碴，贴到自己身上。

“你这腿太凉了，我早晚给你暖和过来。”李艾荣毫不犹豫地脱去自己的衣服，然后又帮石痴脱光。这次，石痴没有躲避，没有回绝，任凭艾荣做着一切。当她用温馨柔顺的身子温暖着他冰凉的肢碴的时候，虽无明显知觉，但他以其剩余之躯尽享了异性肌肤的柔滑、芳香，尽享了前所未有的温情！他们享受着各自赋予对方的梦幻般的慰藉与亲昵，两颗赤诚、纯朴、相爱的心融合在一起了……

第十四章　离奇失踪

行源于心，力源于志！磨吧，痛吧，只要磨不光，就得走，生命的支配权属于自己；只要有韧劲，机体总会被启动起来的！石痴在心里默想着……终于，他像个青年军人，昂首挺胸，迈开正步走来了！

第十四章　离奇失踪

在简陋的办公室里，张家湾村正在召开党支部扩大会议，研究改变贫穷面貌的规划。根据上级“调整、巩固、充实、提高”的方针和避免“左倾”冒进的精神，制定了全村治山治水、改变生产条件的年度计划和三年远景规划。

会议气氛相当严肃。石痴深深感到了自己肩上担子的分量，他的体弱、缺乏组织农业生产经验，使得这种负荷加大到难以承受的程度。这副千斤重担会不会把他压垮？会不会像王少刚一样成为“光杆司令”或是比他更糟？石痴自己心里也没有底。

他带领的这三个人，长功比较踏实能干，也有一定文化知识；明喜能力强，办法多，可就是胆小怕事，又有崇拜王少刚的一面；猛子虽不是支委，但他强悍、扎实，是石痴不可多得的“主将”。

猛子见石痴沉默、发愁，就直嚷：“大哥你是咋搞的，从前你光棍一条，总乐哈哈地猛打猛冲，啥都想干，现在有了新娘子倒犯起愁来了，咱一没野心，二不图财，三不贪官，能干就干，不能干就拉倒呗！”

“我看既然当选了就得干。”寇长功也说，“闭着眼干也比上一届强，只要不离群众，不离实际，就没有干不好的事，就算天有不测风云，大灾大难，犯了错误，割头旋腚，咱一块儿承担！”

张明喜是农业行家，但他极怕惹是生非招来不利，当石痴问他对下一步任务的看法时，他应声附和：“我同意长功的意见，至于如何干法，那就按规定、杠杠执行没错，是不是得有个明确分工？”

经过一番研究、争论，一个简要、粗糙的“一揽子”暂行方案形成了：治山治水两个专业队，分别由猛子和张明喜带领；寇长功分管生产，应酬各种会议；石痴坐镇指挥，主要抓突出政治学“毛选”。

一场改变贫困面貌的战斗打响了！

在这块偏僻、沉寂的土地上，不时传来震耳欲聋的开山炮声，这是张家湾有史以来第一次改造山河的炮声。尽管社员们食不果腹，但在成群结队的讨饭队伍中，没有一个是张家湾的，因为他们在大荒之年领到了瓜干，又有一台粉碎机在为人们加工“粮食”，大家渴望着这个新班子能给全村人带来温饱。

石痴不断收到工地传来的捷报：九曲河南岸至东峪，10 亩梯田拿下来了；

村西南龙王庙机井工程进展顺利，在 9 米深处发现小股地下水；

春耕质量好、进度快，大都是里刨外长，深度超过一尺，五天以内基本完成，全面进入春播；

突出政治学“毛选”，党团员积极带头，各作业点辅导员认真负责，边干边学，就是“带着问题找答案”有难度，只得力求在学用中逐步加深理解。

石痴为这些汇报内容而高兴，但也喜中有忧。他不敢沉醉在那些数字的罗列上，他想了解现场实况！于是，他开始出现在比较平展好走的近距离治水工地上，先由李艾荣搀扶，后来干脆独来独往，干活的男女老幼谁见谁扶，谁遇谁帮，对这位重残书记报以由衷地同情和关心。当他用了半天时间绕村一圈，察看了部分劳动工地的实际状况，汗流浃背地回到家里，让艾荣帮他包扎磨破的伤腿时，他觉得，我已经能劳动了，这走路察看现场不就是深入实际的体力劳动吗?

两个月以后，龙王庙机井传来喜讯：在 18 米处打出了一股茶碗口粗的地下水，工程也开始收尾。经水利部门测量，这眼蓄水 400 立方的机井不仅可解决全村的饮水困难，还能使 200 多亩地成为水浇田。治山专业队已从东峪向南珠山峰顶攀进，他们打钎开石，里挖外长，小块连大块，弯堰变直堰，生荒变熟田，薄土变深土，堰层一道接一道地形成了捆山绳状的梯田。

全村春田苗全苗旺，不仅土肥充足，水也能供得上，还因拓荒扩大种植面积近 20 亩。

但在一次支部总结经验“梳辫子”会上，却又一次出现了愁眉苦脸、唉声叹气的“闷会”景况。他们闷头抽烟打瞌睡，把头低溜到腚沟里，大气不出，一声不响。石痴对此无法容忍，在接连催促了几遍仍无效果后，他开始发脾气了：“开会不说话，和烟袋头子摽劲，和谁论堆熬时间？不愿开拉倒，散会!”

猛子见石痴发起火来，本不想说出的话又挤到嗓子眼里，他十分为难地说："不是不想说，主要是怕你生气，你只要保证不生气，俺就不管三七二十一。"

"生啥气?"石痴更火爆地说，"想说就快说，不想说就别装蒜!"

"是这么回事，俺治山专业队本来干得怪欢，可最近他们好些人不出力了，有一股歪风刮得怪凶，说大哥你是从沙场上留下的来历不明的人，你要是当官全村就末日来临，不遭天灾黄水，就遭火灾人祸。还说……你……"

"还说我啥?"石痴更加恼火。

"还说你是早死了的人，是借尸还阳来的，说你阳寿已尽，今年八月十五前不退身归位，张家湾必有塌天之祸!"

听到这里，张明喜也附和说："我听到的也是这些，反正都知道，都不敢说。"

寇长功接着说："有好些人编得有枝有叶，活生生的。有的上了年纪的人还专跑到林地去看，传说你牺牲后埋的那座假坟，已经裂开一拃多宽的缝子。不管咋着，大叔是活人，我绝对不信那些谣言。"

这时只见猛子从褂兜里掏出一个纸团，迅速展开一看，原来是一张农家过年贴在锅屋里的灶君老爷，但原图财神群像被一个横贯全幅的龇牙咧嘴的红脸凶煞像代替，图的最上端空闲白格内，黑墨写着"阎君老爷"四个醒目的大字，图的最下端用钢笔写着几行小字：欲攀高楼妨断梯，未等举步莫思扶。生辰原是煞神定，十五阎君牵魂归。

图上没有落款，也没地址。石痴看罢，气不打一处来，不由分说，想夺过来将它撕掉，却被寇长功等人劝住："别撕，不当线索也得当留念嘛!"说完，一个个都愣怔怔的一声不吭，只有猛子留不住底渣，如实地说："这张灶王图是老队长从井崖上捡的，当时有很多人议论，说这张图就是直接下给石痴哥的，八月十五是最后期限，都主张到那一天让大哥出去躲躲，防止万一。"

石痴听罢，不由哈哈大笑起来，笑够了，问："你们怎么看待这件事?"

"我不相信。"

“我更不相信。”

“俺全都不信，不过，最好把假坟挖开填平，省得招是惹非的。”

石痴笑道：“不行，那是我的阴间归宿，现在是假的，将来就是真的，待我死时，假腿、假臂都不要，返归自然！”

石痴继续说：“现在想想，我不生气了，反倒觉得是件千金难买的好事，因为既然有人造这种谣，那就证明我这人的存在和影响是真实的，不是假的、虚的。说我死而复活倒是客观现实，但已经成为历史，如今还用这离奇古怪的东西骗人，未免太愚蠢了。至于重残人当官注定不吉利、招灾祸，更不值一驳。要是因为我的爬行、舌舔、嘴书、臂作而惹恼神鬼、招致灾殃的话，那恰恰是一种特殊的荣幸！就凭一些小人在背后糟践我，这‘官’我也当定了！”

原先相信邪说、担心石痴听后会受不了的几名支委，经石痴这一说都解除了顾虑，情绪渐趋正常。大家的一致意见是召开大会，辟谣批邪，把这股歪风打下去，把生产搞上去。

在讨论生产时，都认为大片春田有荒芜的危险，一旦汛期到来，整个苗田将被杂草吞噬。更难容忍的是，有些生产队长不说实话，哄儿瞒孙，报喜不报忧，本来没灭荒的地块硬说灭荒了，完成任务了。

石痴面对谣言和暗算，在咬牙硬撑着。在一个人人按时记工取酬，家家按人、劳、肥吃饭的世界里，其管理工作是十分繁重的。这不是简单地用一包炸药、一颗手榴弹、一枚反坦克雷所能解决问题的，它需要的是深入群众和实干精神，而这正是他最难办、最缺少的一部分，这是一方没有硝烟的“二五〇”高地！

上次支委会表面上看很成功，实际上没解决多少问题。谣言仍十分猖獗，怠工现象也很严重，荒地日益扩大，齐壮的禾苗眼睁睁被淹没在杂草丛中。石痴心头的问题早就堆积得冒尖了，可“带着问题找答案”却毫无效果。办法究竟在哪里？

一天早晨，他忽然对李艾荣说：“哎，我说伙计，你能不能给我做顿好饭吃，我要去‘西天取经’找答案去。”

“哟，你就不怕白骨精把你擒去吃了？好饭有的是，瓜干煎饼，菜是鸡蛋、豆腐，喜欢吃不?”艾荣像厨师似的答道。

“当然欢迎喽，这是咱山沟里最高级的饭食，你快下手干吧，我都馋坏了!”他确实很长时间没改善生活了，一看见锅里的鸡蛋饼，嘴里直流口水。不一会儿工夫，三张煎饼、一碟蛋饼端到跟前，他连长柄饭勺都来不及用，抱起煎饼，嘴触碟子，狼吞虎咽，一阵子就吃完了。然后，匆匆夹起拐杖，急急出门上路。艾荣知道他无法走远，就送到门口：“摔倒了早喊我啊!”

他拖着两条17斤重的假腿一步步地走着，一步步地数着、丈量着。这座屹立于村子东南的海拔200米的南珠山，曾是他儿时撒欢的“圣地”，一个早上能跑四个来回，今天却整整攀爬了半天才登上顶峰。说得准确些，他不是走上来的，而是用四节肢碴爬上来的，是用腚挪上来的。其间，十余次装卸假腿，十多次躺倒休息……

他的举动被在山上干活的人们发现了，大家争先恐后跑来扶他，背他。提着茶壶的，扛着梯子的，抱着椅子的，顷刻间形成了一股庞大的登山队伍。

这是他致残以来首次登山，他的目的是想品尝一下亲临一线、体察民意民情的滋味，了解一下“一线”的苦衷，增加自己的“元气”。

结果适得其反，不仅证明他不能独立活动，而且还影响了农活。

猛子、长功闻讯赶来，劈头抱怨：“大哥，你这是何苦呀，咱不是起过誓吗?你坐镇掌舵，俺现场实干，你这样拼命，要是叫刘局长、贾书记知道，那还了得!”

大伙也说：“社员群众干不干直接关系到自己的吃饭穿衣，从前有的干部从不过问生产，不也照样过来了吗?”

石痴听到这些议论，极为反感，严厉地说：“都给我回队干活去，我不能干活，无权耽误别人。从今天开始，我再外出，任何人不准帮忙!”

“大哥，还是俺俩陪你回去吧，你自己咋行呢!”猛子担心地征求他的意见。

“都给我走开，我这点小官担不得参谋干事一大帮，我不是出来夸官亮职的，不必起哄捧场!”他快要发脾气了，大伙只好各自离开了。

石痴装上假腿开始下山，到半山腰时，正好碰上张井老汉同孙子小闻星在翻地瓜秧。张井老汉亲切地把他扶到岩石上坐下，劝道：“他石大哥呀，棒劳力不让帮，咱爷们总行吧？我年老体弱，你身有残疾，‘老弱病残’四项咱爷俩都占着，你一个人上坡大伙儿不放心，大爷和你一块行不?”

石痴摘下墨镜，细看了看这位骨瘦如柴的老人，不禁腾起一股酸痛的热流，多么真诚可敬的老人啊，竟在晚年忍饥受饿。他不忍心让老人陪着自己。

“大爷，您的盛情当侄儿的心领了，可不能让您扶我走路，不管怎么说，侄儿仍属于年轻人，要是让您扶着走，哪有脸见人?”

“嗯，侄儿是棵好苗子，国以民为本，民以食为天，得民心者得天下，违民心者失天下，这是古今的至理名言。你为官能善思民饥、民需，必有大贵。”老人夸赞道。

“大爷过奖了，我只是在家闷得慌，随便出来消遣消遣，大爷您忙着，我先走了。”石痴要走，老汉要送，争执不下，最后折中解决，叫小闻星送他下山去。

石痴在闻星的搀扶下，慢慢地走，细细地看，步履艰难地跋涉在山坡梯田上。看到青绿的地瓜秧覆盖了整个地块，瓜埂裂开宽宽的缝纹，用拐戳破裂层，那拳头大的地瓜就露了出来，石痴心里很高兴。来到玉米地块一看，更令人振奋，棵棵粗壮肥大，虽未抽穗，只凭粗壮的茎叶和鲜艳整齐的顶缨，便知秋天肯定是一个丰收年。

走出庄稼地，下到山根河边，刚一坐，双腿便觉得火辣辣地钻心刺痛。秘密不能被人发现！他劝道：“闻星啊，你完成任务了，快回去吧，啊!”

“我看大叔走不动了，我把你背回家吧，满能背得动，不信试试。”小闻星把腰一躬，拿出真要背的架势。

“不行，要听话，你背不动，万一摔伤了大叔那可了不得，你爷爷、你老师都会批评你的，快回去吧。”他粗说细劝好歹把闻星撵走，才爬着找了一道不为人注意的地边，坐下来卸腿。他卸下两腿，将绑带、衬料一一抖开晾在石头上，然后用臂碴触摸痛处，但摸来摸去找不着疼痛中心，只觉得有水汪汪、黏糊糊的液体往下流……

夜幕逐渐降临，他瞎摸着装上腿，精神一抖，牙一咬又上了路。挪几步停一停，实在挺不住时，就倚在路边的桑树上休息一会儿。他知道从这里到家的距离大概还相距八棵桑树！于是边挪边数着：还有七棵，还有五棵，三棵，这哪里是走路？简直是用皮肉去铺路！

行源于心，力源于志！磨吧，痛吧，只要磨不光，就得走，生命的支配权属于自己，只要有韧劲，机体总会被启动起来的！石痴在心里默想着……终于，他像个青年军人，挺胸昂首，迈开正步走来了！

当他坐到自己的床上，由艾荣帮他卸腿、揩汗、端水、扇凉时，他早已从痛楚中解脱出来，处在一种空前新颖、无法名状的慰藉中了。

“这次‘取经’收获不小吧？”李艾荣边查看他的装肢部位边说。

“拙人动身，笨鸟觅食，不会有惊人的收获，可总比卧在床上瞎指挥好。”

“腿痛不痛？”她发现了他的磨伤部位。“你看，膝盖两边磨掉了指头大的两块皮，难怪人家说你身上的血都不黏糊了，你看淌出这些水不像水血不像血的东西。”

过去，一旦淌出这些血水皆非的液体，创面便会久治不愈，他就被“管制”了，不论怎样求情，艾荣都不发慈悲，并把假腿托到屋梁上，他只能望梁兴叹，卧床大休。这当儿，他怕艾荣再次“管制”，便说：“不要紧，正因为淌出来的不像血，不黏糊，自然就不痛，我想了个妙法，用胶布把它粘死，好得最快。”艾荣不知这是个“歪”点子，忙把胶布剪成圆形，胶布的中心贴上同伤口相等的纱布，然后贴到患面上，严密封实压紧后，装腿一试，石痴不由叫了起来：“好极了！”他就势走了几步毫无痛感，便得意忘形地叫道：“原想让你放松‘管制’，才想了这个歪点子，没想到还真管用。”

“这样不疼了？要果真不疼，你天天骗我也满意。”

“这是一个创举。”他自豪地说，“对重残人，一点小小的生理突破都会带来无法形容的喜悦。”

张家湾由于将库存瓜干发放到户，使社员们勉强度过了一场大灾荒。尽管猛子受了处分，但也值得。张家湾人的精神面貌和生产形势发生了根本的变化。

但是，石痴发现，在生产队干部中常有人浮夸虚报，吹牛编造，哄上骗下。为什么会出现这种情况？在找不到解决问题的答案时，他把这些归结到自己致命的短处——不能深入实际、调查研究。必须深入下去，到生产第一线去！但再采取公开露面的方法是不行了，于是，他把大部分行动改在夜间。夜间是个空旷的世界，每当夜深人静，他便一个人悄悄地上了山，去察看庄稼生长情况。这样做当然瞒不了艾荣，在石痴突然被乱石绊倒的时候，她常常会突然出现在他的面前。日久天长，他俩便同出同归，相伴始终。

干部、社员们感到奇怪，因为在每次干部会或群众会上，他们的石书记讲生产时，能把生产队每块地的庄稼长势和田间管理情况，说得既详细又准确，常常使参加会的人惊诧不已，口服心服。

有人对此不满，对分管生产的寇长功发牢骚：“这是谁告的密？有话不敲当面鼓，背后告状，向书记舔腚，真是小人见识！”

寇长功弄不清这是怎么回事，但也觉得这是有人吃醋眼红，调拨离间，故意制造矛盾，非要搞个水落石出不可，但是追来追去，毫无结果。而石痴也不想暴露真情，继续按他自己的方式搞调查、抓生产，全村庄稼管理明显加强，他为此感到高兴，走路、爬山好像比从前容易了。

金秋时节，天高气爽，是走亲会友的好时光，艾荣难忘姨妈的养育之恩，石痴和母亲都同意她回去探望姨妈。艾荣走前再三叮嘱石痴：“我走后，你要暂时停止夜间活动，万一摔倒没人发现，那就糟了，我不放心。”石痴满口答应。

然而，就在艾荣走后的当天晚上，石痴依旧深夜下坡检查。他两腋紧夹双拐，伴随着假肢起落的嘎吱声，熟练地摸上小路，消失在夜幕中。前些日子，他听说南珠山“壁龙洞”附近有块地的玉米被偷，不知是獾掰的，还是贼偷的，今晚他想去看个虚实。

三天过后，风平浪静的张家湾，忽然出了一件令人难以置信的大事——临时党支部书记石痴失踪了！还是艾荣从姨妈家回来时发现的，她急忙问四婶，四婶说大前天还见过他，并不知道他外出的事。再问邻居，都说不知道。

这一带没有公路，石痴不会乘车出走，他的假腿一天最多走3里多路。他历来不愿走亲访友，更没有在别人家住宿过夜的习惯。究竟是吉是凶？艾荣与四婶顿时焦躁不安起来。娘俩分别找到猛子、寇长功、张明喜和各队队长，兵分多路把全村内外找了个遍，但结果都是“没看见”、“没听说”……

霎时间，全村像开了锅一般，艾荣和四婶整日哭泣不止。被叫回家的石艳坤既要寻找石痴，又得照顾母亲和嫂子。村干部派出的三路人马先后返回报告：“没见影踪”……

刘步荣打来电话：“三天内找不到石痴，我拿你们是问!”

公社代理书记张玉红匆匆赶来，他见全村沸腾，万分恼怒，召来村干部，劈头就“熊”上了：“三秋大忙，为一个残疾人闹得人心惶惶，他死会有尸首，逃会有痕迹，到时必将水落石出，要是庄稼受损失，我要拿你们算账!”

这些上级头头各说一套，齐追一头，到底听谁的？重任压肩，限期交人，一要是问，二要算账，群雄捶阿斗——够喝的了！

“去他娘的，咱划不来把这块肉蛋挂在老虎嘴上胡悠荡，三十六计，躺为上计!”张明喜伸腿不干了。

“主要头头都丢的丢、躺的躺了，俺还抢谁的孝帽子戴？可临到嘴的粮食不能撒手扔了，我干脆回本队管秋收去!”寇长功也“半伸腿”了。

一个好端端的大队班子，只剩下猛子一个人了。他想，人家都是党内负责人，都一个个散伙了，我一个民兵连长还有啥干头？可又一想，这个班子要是垮下来，不就前功尽弃，让人看了笑话吗？再说也对不住石大哥呀！他最后下了决心：先撑住架子，不能再让王少刚捡了现

成的！

三天无踪影，五天没消息，寻找人员陆续返回。三县毗邻处的蒙山县的岱崮公社、沂水县的泉庄公社、沂北县的东里和中庄等公社的大小村庄，山山岭岭都找遍了，均无半点音信。四婶一家，不得不静下心细细琢磨他的去向：他是重残之人，绝不可能走远，即使有人帮助远行，他事先也必定与家里商量。

如果被害，应该有遗迹、线索或是尸首；石痴是恋家的人，只要活着，就不会有家不归。分析的结论是：可能被害致死，也可能重伤后被野兽吃掉。家里人绝望地攀上南珠山峰顶，用恸哭和呼唤乞求奇迹的出现……

与此同时，村里村外的流言蜚语再度泛滥："石痴本来就是借尸还阳，阎王老爷规定的八月十五来请他嘛！"

"他生来同四婶相克，四婶康泰高寿，他必定得大难临头，这是上天命定，凡人咋能改变？"

猛子已来不及帮着找人。秋粮到场，分配在即，他被缠在分配方案的繁杂圈子里，昼夜忙碌。趁火打劫的人纷纷出笼：一、二队提出，今年的分配必须按劳动日的多少来分；三、四队坚持劳动日和人口三七开；而王少刚的儿子王峰双则强烈要求按"全劳"，否则，他将把归公地块的庄稼收归自家。

猛子这个连一粒芝麻都容不下的僵直脑袋，怎能容纳这偌大的"政策大事"？他气火了，指着王峰双说："你分明是故意破坏，闹乱子治俺，看着支部要垮台，火上浇油，叫俺干不成。你小子真是头顶长疮，脚底下淌脓——坏透气了！"

"你他娘的怕乱就别干，你滚开张家湾让俺干，俺爷们哪样也比你干得好！""二嘲巴"王峰双把他老子的馅抖搂了出来。

"你想得怪美，你爷们再干张家湾就没人烟了，有我猛子一口气，你爷们就别想上台。我告诉你，上级定的杠杠谁也不能改，仍按原定方案分配！"

"你放屁，非按全劳不可，你要不把权交出来，我就割你的脑袋！"

说完，他真的捏着小裁纸刀向猛子刺去，幸亏被张本富一把抓住了。猛子见他公然动刀子，就更火迸起来：

“你大傻瓜敢杀人？我非告你十八辈子不可，当官压迫人，不当官了还想压迫人，没门儿！”

王峰双“气高一筹”，对这个曾是他家“佣人”的猛子不放在眼里，再次上去抓起猛子的褂襟，捅了一拳，刚要再打，被人架着胳膊拉开了。

晚饭后，一个小型秘密会议在王少刚家里悄悄地召开了。与会成员除王的本家之外，还有二队队长张本富和现支部成员张明喜。

“张家湾的形势究竟是糟还是好，你们自有定论。”王少刚有些胆怯地分析道，“石痴的命运如何？这是老天也无法预断的，他即使百死一生，也绝不能再干了，可眼前这个群龙无首的破烂摊子咋办？”

“我看，二叔必须出马。”张本富说，“石痴失踪了，死的可能性最大，寇长功伸腿，明喜哥退出，猛子又不在支部，他只是茅坑里的石头——又臭又硬但没用处。现在是万事俱备，只欠东风了，危难中掌权，把满场满坡的庄稼统管起来，他公社党委能睁着大眼不看现实？”

张明喜仍在抽闷烟，王少刚急躁地问他：“明喜呀，你办事向来胸有成竹，关键时刻怎么闷起缸来了呢？”

张明喜听到王少刚在催他，便知这个老狐狸对他放心不下，就模棱两可地应酬说：“二叔出马，小侄举双手赞成，本村绝没旁人能胜任，可石痴要是……还在，那该咋办？”

“哟，你这傻孩子。”张玉梅沉不住气地开导说，“曹操来了有孔明嘛，他那么块破身子还不知喂到那只狗肚里去了呢！”

经过一番密谋，一个“新内阁”产生了。

秘密会散了以后，王少刚又授意老伴张玉梅，让她保持与张玉红的联系，以便及时掌握上头的动向，使初见其形的班子免遭“小产”。

在大千世界中，自然之剧常常不像导演编排的那样简单，它总是按照自己固有的规律运转、变化。

正当张家湾人对石痴的失踪怀着各种不同的心情，认为他一百个

“不可能活着”的时候，失踪10天的石痴突然回来了！他不仅没有死，而且也没有明显的伤痕，体态健康，精神抖擞，好像什么事情也没发生似的。当他在夜幕中“四腿”踏向自己那熟悉的院落时，他悔恨归来太晚了。

行至窗前，他惊恐地静听，空旷的耳膜里传来了熟悉的抽泣声。

“娘！”他压抑不住地呼喊起来。

“是谁？艳坤回来了？”四婶疑惑地小声猜测。

插闩的门缓缓地开了，他边挪步边解释：“娘，别怕，是我——痴儿回来了！”

四婶和艾荣闻声惊喜万状，一起跑出来，一边一个把石痴架到屋里，就灯光一看，果然不错。顷刻间，四婶又是喜，又是气，骂道：“你这个小老爷羔子，是上天还是钻地了？把俺娘们折腾得人不人鬼不鬼，你给说清楚！”

李艾荣也很气恼，但毕竟喜大于恼，她向前抱住石痴，说：“你算个什么人？你自己不愿活，还非得让别人陪你遭洋罪，你到底上哪来？”

再恨再气也是自己的亲骨肉，四婶挨到石痴跟前，手摸眼看，从上到下地审视了一遍，然后长长地叹了口气，狠狠地说：“痴儿啊，咱石家门里上数十八辈子，就出了你这么个‘能人’，俺活该担赔不起哟，往后要走要死总该吭一声，俺老命不值分文，可你得对住他嫂子吧？你到底干啥去了？”

“娘，您先消消气，千怪万怪都怪孩儿招惹是非，可您总得知道我为什么不回来的原因啊！”

“还不快把来龙去脉说个明白，要是再把咱娘气晕了，看你咋治！”

“我不是早就说过嘛，到‘西天取经’，人家唐僧还有孙悟空、猪八戒保驾哩，我独身一人能碰不着三灾六难吗！”石痴轻率的答话，更激怒了婆媳二人，他只得老老实实“交代”缘由了。

第十五章　添子灭谣

石痴记不清曾多少次地渴盼、憧憬过，也真切地感到妻子的身体在发生变化，但他强压喜悦，把襁褓中的莫大幸运装进密封的兴奋仓里。直到妻子顺利分娩，母女平安，女儿健全，关于他无后的流言蜚语随之烟消云散。

第十五章　添子灭谣

石痴那天深夜出去，撑着双拐忽左忽右，忽上忽下，很少摔倒。即使偶尔摔倒，也没费多大力气就爬起来了。

在涉过浅浅的九曲河后，他向预定的南珠山攀去。在行至横跨猫头崖峡谷的独木桥板时，突然出现了险情。在这个长 5 米左右的桥板上，他小时候曾无数次地往返，从来没有摇晃过。而今天刚踏上走了两步，桥板就微微摇晃，但每当停步观察时，桥板也随着不摇晃了。在走到桥的中段时，晃动突然加剧，像有人在桥底晃动抗桥板。他没有摔倒，因为他早就趴到桥板上了。等桥板稳定后，他继续往前爬行，桥板也继续狂摇。快到桥头时，他未站稳的一只脚突然一沉，像被什么东西抓了一把，全身失去了平衡，连人带拐“呼哧”翻到了桥下，被强烈的撞击震昏了。醒来时，发现身子挂在桥头底部的陡坡上，没有痛感，只觉头晕目眩，屁股麻木，两腿挪不动。

他背倚陡坡镇定了一会儿，才意识到并没掉进桥底的峡谷中，只是拐杖还剩下一支了。他怕再滑下深谷，只好腿、胳膊并用，沿陡坡向上攀爬。爬到距桥 10 米左右的山腰时，他实在太累了，想稍稍喘口气，谁知坐了一会儿，身子顺势倒在一块大石头上，不知不觉进入了梦乡。

不知过了多久，一道强烈的电光掠过——“轰隆隆隆”一串雷声把他惊醒，铜钱般的雨点打在身上。

他喜欢下雨下雪，可雷雨偏偏选在这个时候来，实在有些“天不作美”。

当他凭借闪电的光亮加上自己的瞎摸，准备返回时，山洪暴发了。他脚下的玉米地恰是黄黏土质，他两腿陷进松软的黏泥里拔不出来了，就干脆坐在水里将假肢扒下来，用绑带把两条假肢连接起来，挂到两肩上，然后踩着一尺多深的洪水爬出玉米地。雨越下越大，风越刮越狂。怎么办？回家，路已被山洪阻断，装上假腿也挣不出泥潭；待在这里？就算不被山洪卷走，也经不住这瓢泼大雨的灌顶猛浇。突然，石痴的脑海里一闪：壁龙洞！那是早年父亲与刘步荣为躲避鬼子的搜捕而住过的地方。对！就到那里去。

这里距壁龙洞最多五六十米，而且是居高下滑。他用肩臂携带着假腿，顶着倾盆大雨，向洞口一点点挪进。一道突兀的悬崖挡住了去路，他拼着全身气力，足足爬了大半个小时才临近洞口。这段险崖，在他肢体健全的少年时代，也要谨慎小心方可爬上去。现在他是被逼而冒险，好在看不清深谷、悬崖，也就少了几分胆怯。

他发现盖洞口的巨大板石没有了，这更方便了他的进出。他毫不犹豫地钻了进去。进了洞口，是块方圆不足两平方米的小平滩，四周全是直竖的巨大盘石壁柱。往东则是深不知底的洞廊。他不敢往里爬，只躲在洞口的外沿避雨。一个半截身子蜷缩在两米见方的平滩上，是足够宽敞、舒适的了。啊，在这里躲过一场天灾，充满了“野味”般的幸福！这种幸福没容他享受多大一会儿，浑身的疼痛又在加剧，他只得囫囵个儿躺下歇息。

不知什么时候，天好像亮了，也听不到雨声了，他想马上装腿出洞，赶快回家，说不定艾荣已经回来了，而这次外出也没让母亲知道。正要蜷腿装肢时，腿却翘不动了，借着洞口的光亮低头细看，才知双膝皮肤磨烂脱落，双臂与胸部都有血迹，特别是双膝的血水还在浸流着。从磨损深度和创伤面积上判断，即使硬装上腿走，磨创面积势必扩大数倍，那样将会一年以上不能装腿下地。再在床上躺一年？这对他来说无疑是一年的“徒刑”！

见到了血，就感到更疼，脑际间冒出了问号：回家再被逼着去住医院？这是不能容忍的，宁死在荒野里也绝不再住医院！

等到伤愈后再回家？还是爬出洞去喊人救助，抬回家去？他越想越沉重，越思越糊涂，脚踏两只船，难定何去何从了。

难以忍受的口渴开始向他袭来，令石痴后悔不迭的是，在大雨滂沱的时候竟没有喝上一口水。

洞口内外都没有水，他想先“设营”，把临时住处收拾好，待想好方案、拿定主意再采取行动。他在距洞口一尺，也就是他同刘步荣一块儿躺过的地方整理“床铺”。这是由一片巨大磐石构成的底平面，有一层薄而潮湿的细沙，顶端两侧的石夹缝中长满了青苔，偶尔有细小的水珠儿顺着石尖的青苔滴落下来。洞中不时从深处传来阴森森的风，他顿时不寒而栗。

他没有本事，更没有心思把“床铺”整理得舒服些，只能沙作褥子石作被，头枕假腿而眠。这样过了也许是一天一夜，行动方案不但没形成，而且连爬动也极困难了。严重的口渴使他难以坚持，他不得不在洞里寻找水源。只有让水把枯竭的身躯充盈润发起来，才可装腿出洞。不管怎样，他不想爬出洞去喊人抢救，这是他的大忌！

他开始用屁股向洞里边挪动，越往里挪越没有了光亮，只能靠屁股和两臂的触觉，忽高忽低、时滑时涩地乱闯瞎摸。挪来转去，只触到些滑腻腻的青苔，一撮撮、一堆堆、一片片，像在河边背阴处长出的“酸溜草”。不能放过这特好机会！他一边挪动，一边把松软的青苔啃到嘴里，或用臂夹捞，捞一撮吃一撮，捞一点吃一点……

他顿感惬意，胃里有了食物，再有点水就“水足饭饱”了。他鼓了一下劲，又开始继续挪动，腚挪一会儿，再膝行一会儿，黑暗中不知不觉，似乎已经挪了很深。忽然，他听到了“哗啦、哗啦”的声响，他加快速度朝响声爬去，响声越来越近，是水！原来水是从高悬的头顶上流过的，奇怪的是下边却没有水。他摸了很长时间，滑润的石面上只是潮乎乎的。趴下身子细听时，觉得水好像落到了极深的底层，那落水声“嗵隆嗵隆”回音悠长。他想探明水源在哪里，向右倒退了下，触到了一块涩乎乎的石壁，他拼尽平生力气，臂肩扶着石壁，双膝交替蹬着石壁上突凸的石块，终于攀上了石顶，刚一直腰抬头，那股水“哗啦”溅了他一头，终于找到水的源头了！他稍微一歇，接着膝立石顶，挺直腰杆，把头往前一靠，正好触到一块尖而狭长的石嘴上，结果又被冲了一头水。

“噢，原来这水是从石龙嘴里喷出来的，难怪人称‘壁龙洞’！”他惊喜得狂呼大叫着，然后小心翼翼地稳住身子，昂起头来，对着四周喷溅的水花，饱饱地喝了一顿，这水既甜又香，既解渴又充饥。他精神大振，浑身有了劲，欣喜自语：“可找到救星了！”

既已吃饱喝足，就赶快装腿回家。石痴开始从这块立壁上转身下滑，谁知下比上还难！因下无足蹬，上无手扳，下滑时臂肩扑空，只听得“哧溜哧溜——哐当!”一阵声响，人不知落到了多深的洞底了！他一阵眩晕，但醒来后未感疼痛，也不知害怕，人坐在水中，水没胸口，稍一活动就哗哗作响。

这里一丝光亮也没有了，这是什么世界，什么样子？举目漆黑一团，跪不起，挪不动，全身被水围困。石痴心里一急，不由高声大喊，喊声激起了巨大的回声，酷似一阵连发炮——“轰隆——轰隆”。随着回声的止息，他听到四周净是“嘁嘁、息息、嘎哒嘎哒”的响声，这些响声有的像青蛙，有的像蚂蚱涮翅，有的像鱼儿戏水……

他被这奇异的响声惊愣了，在这死寂的大山肚里，在这无底的深渊里竟会有生命？我石痴来到了一个鲜为人知的地下“新大陆?”此刻，他已无意探究这块新大陆了，他脑子里只是转动着这样一个意念：这里是我回归自然的圣地！

这里的“主人”并没注意石痴在想什么，也不惧怕客人会有什么不轨行为，大摇大摆地从石痴的身上爬到他的臂上、头上。他有时扬起膀臂，把它们——蚂蚱、蟋蟀、小虾或青蛙摔出去，或塞到嘴上闻一闻、亲一亲，但只是接吻而已，不好意思咽到肚里。他觉着它们是这里的主人，而且多与自己一样，是爬行动物。这里的水是温的，沙是软的，石是滑的，动物们之间是和睦的。他在这里是唯一的高级动物，但却不是有权统辖这座水陆幽灵殿堂的动物。

在这混沌黑暗之处，他暗自庆幸只是毫厘之差，滑落到深渊边沿上，否则，早就葬身于深不见底的深渊了。

尽管挣脱出深渊似乎是不可能的了，但石痴并没有放弃求生的欲望，他觉得生活本身就是漩涡、深渊，舍此没有乐园。几经挣扎，他已从浅水中挪到壁石跟前，但两次攀爬，都从光滑苔崖上滑落到原处，他只好靠在壁石跟儿下休息一会儿。突然，他感觉到有一种冰凉滑溜的东西沿着他的身体攀旋而上，爬到腰部，然后又从腰部直冲肩头，把头伸向他的下巴。他猛地一激灵，大脑“轰”地一声，下意识地扬起左臂猛捶一下，小东西“吱溜”蹿到水里去了。

是蛇！

“我的亲老奶奶！最可怕的‘敌人’开始发动攻击了，不，绝不可叫它吃掉！活了半辈子没被枪子杀死，若被蛇毒死，太不值了!”他顿时全身战栗，吓出了一身冷汗，看来，蛇无疑是这深渊里唯一的霸主了，这个时候他承认自己不是它的对手，要死要逃，快作抉择!

他冷静下来稍加思索：“我有思维作指导，有双膝作工具，有意志作原动力，不怕!”他又趴下身子喝了一顿水，翻转过来沿着原来爬过的石壁猛力上攀。在爬到一尺多高的时候，因膀臂未顶住石壁的茬阶，“哐啷”摔到石壁左侧的一道缝沟里了。爬起来用头一拱，用臂一划拉，嚯，原来这是一道两壁石之间的大石缝，他的心“腾”地一下飞起来了！希望之光使他鼓足了力气，膝蹬沟缝石碴，两臂猛触两边壁石，一寸一寸地往上攀爬，爬一会儿，贴到石缝里歇一会儿。

攀爬的力气已将耗尽，目的地尚无尽头。他已不是用断肢在爬行，而纯是一条刚脱离泥水的赤条条的蚯蚓在蠕行。爬到一块横断石壁上时，他再也爬不动了。有这块横石作障，他不用担心重陷深渊，便趴在横石上休息。他渴望能有谁来救他一把，但这是不可能的，这个壁龙洞谁都不敢进来。

求生的希冀激励着石痴，他牙一咬，又继续小心谨慎地爬行。爬过横石，再往左边坡度渐缓的方向爬了一会儿。突然，石痴听到了水的喷发声，还隐隐约约看见了光亮。他的信心急剧膨胀起来，在跨越石龙嘴下的滑石时差一点又滑向深渊，但他这时的兴奋已达到不可抑制的顶峰，只见他两膝盖一只蹬后，一只朝前，助“手”作臂，纵爬、狂探、猛拱，终于离开了险区——一声“咔嚓”的惊响，使他的兴奋情绪达到了极点：是放在洞口的假腿和拐杖把他绊倒了!

婆媳二人听到这里，才算松了口气。李艾荣抱怨道：“你想得倒周全，还担心去住医院被奚落，你失踪 10 天了，要死在洞里谁能知道?简直胡闹!”

“10 天？哪里来得 10 天？我就待了那么一霎霎，还真是洞中方一日，世上已千年吗?”

“今后可不能再瞎折腾了。”四婶警告说。

石痴的失踪，并没有影响张家湾获得有史以来最好的收成。场里的玉米、谷子、高粱，地里的地瓜、土豆垛得像小山头一样。但由于石痴失踪，支部暂时瘫痪，另一“内阁”刚开始“执政”，全村闹得乌烟瘴气。

说来也怪，社员们一听说石痴突然回来了，村里就戛然平静下来，斗殴打架现象也随之消失了。

石痴随即召集原班人马开了支部扩大会，除张明喜借故未到外，其他人均按时到会。猛子像受了委屈的小孩子，抱头大哭，历数他被挤、被辱、被打的事，说：

“大哥你到底回来了，俺是根不透气的直棒槌，你失踪后，人家聪明人都躲开了，王少刚把一堆难题一股脑地压到俺身上，想把俺压垮，他好重新掌权。俺不是块有用的料子，俺给大哥守班到现在也能对住你了，交给你吧，俺不干了!”

石痴没料到事情会如此严重，他只过了这么“一霎霎”，就出了大乱子。鉴于眼前的事态，他没透露摔到桥下的真相，只是安慰说：“好兄弟，你为大哥受苦蒙难，太委屈你了，可千万别伸腿，男子汉大丈夫，要顶天立地，咱要振作起来，继续为人民服务。”

猛子心地纯洁无瑕，听到安慰鼓励的话，就破涕为笑，说：

“大哥，只要你安全回来就好，俺再继续为你当腿，开好会，抓好生产，把歪风邪气压下去!”

寇长功也对自己怕事逃避作了检讨，要石痴狠狠批评他。石痴谁也没批评，他认为这些事端主要是自己造成的，表示以后行动要谨慎。支委会重申了按原定政策分配的原则，除如数完成统购任务外，还留足了2.4万斤储备粮，全村人均分配320斤，是合作化以来产量最高的一年。

四季辛劳、只盼温饱的山里人，一旦有个称心的好年景，都觉得心里踏实，手脚麻利，干活劲足。秋后的冬季生产，不用上门请，不用发动就雷厉风行地干起来了。干部仍大致按原来的分工，猛子分管治山专业队兼管林业绿化。

第十五章　添子灭谣

一天早晨，李艾荣突然用神秘的表情望着石痴，石痴则仍和往常一样忙碌着装腿，准备上山。她见石痴没反应，就试探着问："哎，石子哥，你上坡时帮我请几天假吧，我身子好像有事儿，老想吐，说不定……说不定……"

"你病了？"石痴没弄懂艾荣的意思，"干部家属要以身作则哟，你请假多了，影响不好。"

"你这人，真是糊涂罐子，和你说正经事，你净胡拉八扯，还当书记呢！"李艾荣顶了一句。

"娘们啊，就爱沌浑人，有啥事直来直往，一句蹦出来多么利索，非得曲蟮找它祖老爷——拐弯抹角，唉！"石痴刚说到这里，猛子一步闯了进来，笑眯眯地向前扶住他肩膀说："大哥，今日咱俩一块上坡吧？你啥时候走不动我啥时候背着你走。"他边"嘿嘿"笑着边帮石痴拿过眼镜戴上，又拿过双拐夹上，一道出了门。他们边走边拉，走到村南路旁，俩人停下来，坐在一块光滑的石头上休息。石痴忽然觉得猛子有点反常，老低着头"嘿嘿"笑个不停，他有事从来不瞒石痴，可今天却像个未出门的大姑娘，羞得老把头夹到腚沟里。

"有啥喜事，猛子？有提媒的啦？"石痴故意打趣。

"不，不是，不好说出嘴哩，这是个丢人的孬事，没法和大哥说。"

"混账！"石痴忽然严肃起来，"你有事从不背大哥，今日儿吞吞吐吐，扭扭捏捏，我看你心里有鬼！"

"大哥别生气，俺说，俺说……"他脸涨得通红，眼瞅着脚面，语无伦次地说："巧兰她……她说王峰双是傻熊，不中用……要叫我帮她的忙……"

石痴曾听人传说，王峰双是"清水罐"，没生育能力，可方巧兰何以找到猛子的头上？这会不会是王少刚的阴谋？猛子刚说到这里，就被石痴喝住了："行啦，你和她睡觉啦是不是？"

"没有，没有，我可不敢胡来，这是她商量俺，大哥别当事。"猛子诚实地说。

石痴见他怕事，又和悦地说："老弟呀，你是条光棍汉，我没权利

强使你唱光头、当和尚，王少刚家的事叫人难琢磨呀，弄不好就会中计上当，还是多提防点为好!”

“行，俺听大哥的，不中计，不上当!”猛子收住笑容说。

他们一路奔上工地，谁也没再言语。他俩是一根秧上的苦瓜，境遇相近，性格相似，只是一个“粗”得不能再粗，一个粗中见细。

不知咋的，从猛子同石痴这次谈话后，两人的往来渐渐少了。人们有时见到方巧兰在猛子家偎来偎去的，而猛子也一改往日的工作热情，时常让张本富代行专业队长的职责。石痴本想同他谈谈，可他不是拒不见面，就是见而无语，像患了神经官能症一样，后来俩人甚至靠不上边，触不上弦了。

过了一段时间，当石痴正要找猛子谈谈心时，竟传来了他极不愿相信的消息：猛子死了，是服毒自杀的。他匆匆忙忙赶到猛子家里一看，不由怔住了：只见猛子直挺挺地仰躺在自己独睡的木床上，半新的棉袄棉裤都已穿在身上，一个“敌敌畏”瓶子歪倒在床前，发出强烈的呛人气味。他的光棍子家当——一个破木箱子里的破衣烂衫，翻腾了一当门……

石痴靠到猛子的床前，放下拐杖，用臂碴摸了摸，又用唇腮贴脸吻了吻：冰凉了！他也许早在夜间就死去了。像往常一样，石痴没有哭泣，只是心情沉重地一腚坐在猛子身边，任职以来憋在心中的所有火气像暴风骤雨，像火力喷射般迸发出来，但他还是强忍住了。他感到痛心的是失去了一只臂膀。在没有硝烟的战场上失去得力的战友，而且死得毫无价值，这对石痴的打击真是太大了。

其实，猛子向石痴吐露的关于方巧兰的事，乃是极其平常、普通的事，悲剧在于猛子那直来直往的“单线”做人方式。

方巧兰与猛子素无真情实意，在王少刚权威鼎盛时期，方巧兰在王、石“贵”“荣”之间摆动了一阵之后，最终还是栖身于权贵之门。然而，王少刚名落孙山并暴露出“培养”她的野心后，形势急转直下：她不敢舍身相陪的石痴很快有了对象，而她的挂名夫君王峰双不仅是个“半嘲巴”，而且是个“清水罐”(无生育能力)。于是，她把眼光盯住了光棍汉猛子，想从他那儿得到做女人的欢乐，得到一粒两粒“种子”。然而，这样做直接牵动着王少刚的切身利益，王少刚撒下了一张网。

一天夜里，猛子收工回家。他身背“汉阳造”，悠荡悠荡地刚走到石桥附近，突然被方巧兰截住，她当面发誓要与猛子结为终生夫妻，但猛子说啥也不敢应从。她如此这般地海誓山盟，并热烈地偎到猛子的怀里，刚刚脱下衣服，王少刚父子却突然出现在眼前。父子俩抢起衣服，王少刚喝道：“好啊，你民兵连长竟敢破坏他人家庭，强奸民女，扰乱治安，光这一条就够枪毙，我看你怎么向石痴交代！向全村交代！”

直人没有弯路走，猛子蹲在家里“呜呜”地哭了半晚上，想来想去没脸见人，自己光棍一条，死无牵挂，就把衣服穿好，把窗台上的“敌敌畏”瓶子拿过来喝上，结束了自己的一生。

猛子猝然身亡的噩耗，震撼了全村的男女老少，人们痛惜地拿着纸香、纸钱和各种供品，来到猛子的家，向这位忠直憨厚、为民竭尽效劳的好人告别，怒骂间接谋杀他的凶手。石痴安排张明喜、寇长功：“猛子一辈子为人耿直，任劳任怨，不为自己谋利，我们给他做个棺材，换身新衣裳。”

……

失去了猛子这个主要臂膀，石痴曾一度感到孤独，预感以后的事情更艰难。但寇长功、张明喜痛下决心，愿与石痴竭诚合作，协力共勉，渡过难关。他们说到做到，各自分管的工作进度和质量大大加快、提高：村西机井完成扫尾投入使用；治山队长由张本富接替，已完成南珠山封山头等诸项治理、绿化工程；村东南中型机井已在低于河床的层面见水。寇长功比以前成熟、积极了，除安排农活和各种会议外，抽空就跑来向石痴汇报工作，他诚恳地保证：“大叔，从前我躲躲闪闪不好好干，是怕这怕那，有依赖，有幻想，现在猛子没了，我靠谁等谁呢？请大叔放心，我一定把猛子哥缺了的空档填起来，给你补上一只臂膀。”

“好，长功，大叔相信你的话，咱要肝货肠子扒成块，为群众干一番事业，让祖辈受穷、受罪的张家湾面貌来个大改变！”

“我听大叔的，最近明喜哥也说要脚踏实地干一番，他搞水利配套成功率怪高，凡是有利于改变咱村面貌的事，俺能豁出来，你也别客气，有错你就批，打我骂我都行！”

“你小子明知大叔不能打人嘛，无缘无故咋能打骂人呢！走，咱出去转一转，光在屋里瞎指挥，还会闹出乱子来。”他俩各走各的，石痴除了一些陡山坡由人扶外，绝大部分是自己走。经过数以千万次的锤炼、磨砺，石痴似乎已不再像一个重残人，他的假腿一天一夜能往返10多里。

初冬的一天，他们察看完大部分工地后，天色已黑下来，石痴虽步履艰难但腿没有磨破。长功要背石痴，他依然不从，像往常一样，把人支开去，自己坚持走回家。他刚走进院子，就听见传来婴儿的哭声：“哇——哇——”

“娘，艾荣生了吗?”石痴简直是蹦到屋里去的，此时此刻，他的兴奋达到了极点！他记不清曾多少次地渴盼、憧憬过，而艾荣也不知多少次地流露、提醒过，他分明也真切地感到她的身体在起变化，但他强压喜悦，把襁褓中的莫大幸运装进密封的兴奋仓里。直到艾荣的肚子高高隆起，即将分娩，石痴也没敢高兴得太早。他还在担心，生出的孩子会是啥样？而今天，一切都得到了证实——从此，关于他“无生长”的流言蜚语将会烟消云散！

他冲到床前，看见艾荣恬静地侧身躺在床上，怀里搂抱着一个用棉套包缠起来的小生命。

李艾荣最理解丈夫此刻的心情，她缓缓地半坐起来，两手小心翼翼地把小生命举到石痴面前：“好闺女，快看看你爸爸，看你爸爸激动的!”她蜡黄的脸上滚动着两行清清的泪珠儿。她怎能不动情呢，男人“无生长”，女人谈何“生长”？孩子的问世，无可争辩地向人们宣布：他们也属于正常的父母！

“是女孩，女儿对不?”

“是，是闺女。”

“胳膊腿的，全不?”

“看你问的，能不全吗!”

“感谢你，艾荣……”石痴伸出两只短臂，“快给我，让我亲亲宝贝女儿!”

“不行，这可不行，刚来人世一个时辰，摔着了还了得？有你抱的时候!”

爸爸！这个在石痴听来极为陌生的字眼，是何等美妙动人啊！他深情似海地凝视着妻子怀里的小宝宝，他感到生命在瞬间充满了诗意，生命的价值在延伸……

初为人父的石痴，虽没有逢人炫耀，尊天敬神，但也在经常想着如何做父亲。他默默坐在床头冥思苦索：不能抱孩子，不能看孩子，不能喂孩子，将来，更无法亲手领着女儿走亲串门，赶集上店。他感谢孩子给了他“父亲”的美称，却无能为女儿尽哺育的义务。想到这里，心里一阵惆怅。

“妮子她爸!”四婶对儿子改了称呼，“快给孩子起个名儿吧，这点事可难不住你。”

李艾荣在里间床上也说：“咱孩子是在闲言碎语中出生的，你可得给她起个有纪念意义、跟形势的名字。”

“嗯，您放心吧，我这点学问，起名足够用的!”

要给女儿起个全家满意、又有点含意的好名字并非易事。他向小学曹老师借来字典、古书、课本，甚至把百家姓、三字经等一齐找来，花了大半天时间，直至视力模糊、头晕目眩，再也看不清字迹轮廓了，才把臂碴一扬，“参考资料”呼啦散落一地，喊了声：“有个大概啦!”

婆媳俩忙问：“啥名？”

“现在我把所想的全部好名字摆出来，我提名，您品评。向华、向荣好不好？”

“不行，太俗气了，还和我重字。”艾荣一听就否了。

“向利、向欣，行不行？”

“不行。我看你这人是中了浮夸风的毒，这胜利呀、成功呀、光辉伟大什么的，都是些华而不实的吹牌子。”李艾荣再行否决。

“最后一个——竹花，行不行？”

“竹花？怎么讲？有啥意义？”李艾荣不解地问。

“你这就不懂啦，这名字可了不起，顾名思义嘛，就是石头上长出的茎像竹竿的红花。”

四婶没吭声，但从神色上看，她对这名字不太满意。李艾荣把头扭向一边，撇着嘴说：“天下找不着好名字了，那石头上长的花，有水有肥？土厚根深？”

对这种评论，石痴早有所料，他竭力辩护道：“石为本姓，它坚硬刚挺，花长在石上，根扎在石上，必定得经过艰苦磨炼，经受狂风、暴雨、烈日的蹂躏，在万花竞艳的世界里，她将不辜负石祖固有的抗灾本性，开出茁壮、娇艳而有顽强生命力的花朵。”

“嗯，这倒有些诗意。”艾荣撇着的嘴终于正了过来，“娘，看不出你儿子还有两下子，这名起得还行，就叫竹花吧！”

“俺没啥说的。”四婶附和道，“只要你们当爹娘的满意，当奶奶的能不附就？妮子她爹的名字都嫌不好听，可也叫到这了。”

喜添了竹花，这个一度单调、冷清的家庭开始活跃起来。与此同时，石艳坤夫妇也喜添一子，这更叫四婶乐得合不拢嘴。

四婶天天不离孙女，她觉得有了叫奶奶的，这是晚年的最大福气。她对孙子、孙女抱在怀里怕冻着，放到被窝里怕闷着，咳嗽一声怕吓着，当奶奶的高兴劲儿是无法形容的。

李艾荣的担子日趋繁重，既要料理家务，又得照顾孩子，还要天天坚持上坡干活。石痴对孩子既不能抱也不能哄，只有当婆媳二人把竹花抱在怀里时，他才趁机凑过去，瞧着活泼可爱的小家伙连连叫着：

“竹花、竹花，原谅爸爸不称职，你有合格的奶奶、妈妈，却没有合格的爸爸。”唠叨完了，就跪到地上，倚着别人的腿给孩子数手指头、脚指头，甚至将手脚指头放到自己嘴里，边数落边唠叨：“快快长大吧，用你灵活的手脚干一番事业，弥补爸爸的缺憾。”

日子过得真快，一晃五年过去了。

镶嵌在沂蒙山旮旯里的张家湾，开始初步呈现出诱人的变化。从前的九曲河放荡不羁，每到汛期，常常山洪暴发，直泻而下，全村最好的沿河沃地随着洪水冲向大海，剩下一片瘦骨嶙峋的沙石。改造后的九曲河床紧靠山根，疏浚加深，河底为天然巨石构成，堤岸全由石板水泥筑砌，形成地有护坡，水走单线，山山截洪，处处有树，梯田环山的格局。沿河两岸被沟河岭丘阻断相隔的部分小块平原，已折小拼大，撤石复土，造就了旱能浇、涝可排、机耕牛犁都便当的人造平原。

光秃秃的南珠山、八石崮、北大梁和大大小小的崮峰山巅，顶埂崖坡，都有密密层层、郁郁葱葱的松柏、桑槐、花椒、苹果等树。木材树在逐渐遮阴成材，经济树在逐渐孕育花果。更可喜的是，全村告别了贫困，初步解决了衣食温饱，年人均口粮上升到 360 斤，工值由零上升到六角五分，首次有了动力机械——一台拖拉机、两台柴油机。

1965 年秋，年景喜人，满坡金黄，丰收在即。石痴“领”着竹花在茂密的庄稼地里穿行。与其说是大人领着孩子，不如说是孩子领着大人，刚满 6 岁的小竹花一会儿蹿到前头不见影了，一会儿又趴到豆墩里藏起来，让石痴到处瞎找。

“爸爸，你没腿没手，我背着你走行吗？过来呀，我领着你跑得快。”竹花学着大人的腔调在催他。

“爸爸没腿可是大人，哪能叫小孩儿领着，你慢点走，要耐心等着爸爸，啊。”

“爸爸，我长大了背你走路好吗？”

“长大了也不能让你背，到那时候爸爸就老了，那时就机械化啦，不用腿也能到处跑。”

小竹花点点头，天真地笑了。

“竹花、竹花！”这是李艾荣在喊。爷儿俩听到喊声，钻出庄稼地，没等到家，长功、明喜就迎了上来：

“管理区开三干会，说让你也务必到会，这不，小推车也推来了，叫俺俩把你一块捎去。”

“什么内容？不去行不行？”石痴问道。

“张书记说不去不行，有重要文件传达，去一趟吧，你先吃点东西，咱们边走边拉。”长功催促道。

“走就走！”他夹紧拐，迈步就走。

“大哥，上车呀！”明喜也架起车把等着他。

“不坐，百年不遇开次会，三里路难不住我，走！”石痴边走边说。

这时，竹花已跑过去抱住了石痴的腿，艾荣拉住竹花哄着说：“你可不能去，爸是用假腿走路，你听，‘嘎吱嘎吱’地真难听！”竹花似懂非懂地撒手了。

石痴自己走着，长功、明喜不放心，仍架着空车跟着。

三人来到管理区会议室时，已经迟到了。张玉红正在讲话，三个人在最后头找了条凳子，悄悄坐下。

会议主题是干部带头参加生产劳动问题，张玉红严厉地点名批评了几个干部后，紧接着讲：

“张家湾的支部书记，从正常概念上讲，不能算是一级大队干部，他仅有工作热情而不能实际劳动，这是不符合农村基层干部标准的，这是当初贾书记出于个人的考虑，徇私造成的。现在他已经调离了，因此必须把这件事改过来，也就是说，石痴在履行本职时无法亲自参加集体劳动，他应当立即表明：是无条件的参加劳动，还是马上自行退职。”

会议没有讨论就散会了，单独留下张家湾的三个人。张玉红表情威严，出言冷漠，在紧张气氛中开始了对话。

张玉红：“张明喜、寇长功，你俩全年有多少实干工日？”

寇长功：“除开会、检查、评比、验收和处理民事纠纷外，其余全是实干工呗！”

张玉红：“我问的是实干工日，抛去杂务，净参加实干的天数。”

张明喜：“这事恐怕弄不清楚，同样的一天，上午搞分配，下午干活，夜间开会，有时候一天要干三四种或五六种事情，哪是实干，哪是虚干？咋着分类明细？”

张玉红：“乱弹琴！为啥不能分类明细？每天干一百种事情也能分类记账，这是考核干部好坏的唯一标准，每人每年不能少于 200 个实干工。现在大约估算下，你俩全年共有多少实干工日？”

寇长功：“我 160 个。”

张明喜："我接近160个。"

石痴："我是零，没有！"

张玉红："为什么没有？"

石痴："你比我清楚！"

张玉红："清楚什么？到底有没有？"

寇长功："张书记，他的身体情况你知道，即使这样，他仍然顽强拼命，为改变500口人的穷日子日夜操劳，绞尽脑汁，差点连命都搭上了，难道这还不算劳动？"

张玉红："混账话，这是开会，不是辩理，我没向你提问。"

寇长功："还是把事情摆明好，我认为，他曾经丧失了全部劳动和工作能力，现在正力求夺回大部分劳动能力，他身体力行，写规划，写总结，抓政治教育，解决干群思想矛盾，爬山下地，串户访贫，抓全村发展，头一回解决了全体村民的衣食温饱问题，这也不算劳动？"

"评优劣，排好坏，以什么为标准？张家湾从倒数第一到正数第一，这难道与他毫不相干？"寇长功越说越气。

张玉红："姓寇的，你睁眼看看这是什么场合？这里是在抓干部劳动排队，你竟敢如此乱说！"

石痴："张书记请息怒，长功年轻火盛，您别见怪，请你把话题转过来，对本人的去留作出裁决。"

张玉红："好，那就重申我的，不，是上级的意图：准你限期补上劳动课，逾期不补，应自行退职，由你们大队的社员和干部监督，管区找人去验收。"

石痴："谢谢张书记的关怀，我觉着，这不是苛刻、刁难，也不是报复、打击，而是担心我会变质、变'修'。艰苦的劳动能使我自食其力、自勉自强，我将倾尽余热，补上这一课，能不能如愿以偿，那很难预料。不过，我话说在头里，我要补上劳动课的目的，也不仅仅是为了保住职务。"

张玉红："好吧，那咱就等着听你参加劳动的好消息！"

回家的路上，三人各自心里都沉甸甸的。压力最大的当数石痴，寇长功更恼火，嘴里不干不净地嘟囔着：

“操他老祖宗的，张玉红越来越坏了，只要是比他官小的，张嘴就熊，开口就骂，这种人当土匪恶霸称职，当书记不够资格!”

“其实，他也有好的一面。”石痴吃力地大口喘着粗气，找了块石头坐下，“他不怕得罪人，好事孬事都敢干，对别人能起到‘闻者足戒’的作用，可气的是他把自家的‘政策’说成是党的政策。”

“这个人要是当上大官，那老百姓就都掉进‘后娘包’里去了。”张明喜也一反常态地发起牢骚来。

“今天你俩都听到了。”石痴郑重地说，“要我补上劳动课，不能搞虚的，你们也别客气，这是件好事，是我很久的想法，你们和五队商量一下，把家北路旁那亩半地包给我，那里近点，我管理起来方便。”

寇长功反对说：“这不明明是走形式吗？大婶子在队里干，你什么事都得管，自己咋个干法？”

“这事不用民主讨论，马上包出来，我究竟咋干，你们别干涉，到时候只管按质按量验收就是!”石痴一锤定音。

打从包了家北那亩半地，石痴爷儿俩每天总要往返三五趟。开春，艾荣架车推粪，石痴套绳拉车，女儿竹花喊着“加油、加油”的号子，常常是车子不倒人先倒，爬起身来车又歪，运一趟土杂肥，往往花两三个小时，甚至大半天。

刚开始，那亩半地与其说是石痴所包，倒不如说艾荣所包更确切。但石痴一星一点、天天时时摸索，终于掌握了一部分农活的基本要领。刨地时艾荣管刨耙，他拾石头，双臂抱拐，将碎石一一挑出地外；播种时，艾荣挖窝，他点种，将固定的漏袋挎在肩上，一摇种子就往下掉，并用假肢抠土封掩；田间管理时，艾荣施肥，他间苗薅草，躺到垄沟里，双臂夹紧竭力拔。玉米长高了，地瓜垄裂纹了，活儿就更容易干了。他领着竹花来到田间，一边哄孩子，一边干农活，撩起拐杖翻瓜秧，卸腿膝行薅杂草，每逢天旱时，他都早早来到井台推水车，这无疑是他最拿手的活儿：一不用弯腰，二不用拄拐，三不用技术，抱着车把一股劲地推就是。

唯一的受损部位，就是假腿磨真腿，长久的闷热，急剧的摩擦，时常把腿磨得这里少一块，那里缺一块，似针挑心一般疼。石痴征服这种创痛的有力武器，依然是胶布封闭疗法。

尽管石痴倾注了大量的劳苦与心血，但这亩半地的秋后实产验收，只接近于往年平均亩产300斤的产量。这说明一个重残之躯的超负荷的劳动，而且还有艾荣的大量投入，仍然达不到一个棒劳力的平常劳动的收获。

不论产量高低，石痴的不足——带头实干似已基本填补。张玉红怎样评价，干群如何看待，石痴不屑一顾，他唯一慰藉的是：劳动并不神秘，自己光秃秃的躯干正在鼓鼓蠕蠕地润生出一条条细小幼嫩的枝丫，长期坚持下去，也许会成为一棵枝茂叶盛的不朽大树。

在干部年度实干表册榜上，石痴的记录是这样的：

上坡检查生产（包括黑白天）91趟（次）；

突出政治学毛选，52场；

独自访贫问苦和自费济贫22次；

调解民事纠纷8次；

写规划、报告、公约、村史11份；

包种地1.5亩，折合工59个……

当寇长功将这份实录交给张玉红时，他只简略过目就扔在一边，说："这份记录是编造出来的，没有事实根据，也经不住考验。"

石痴听罢，只是笑了笑，说："还是那句话，我参加劳动，不是为了保官，更不是给什么人看的，他愿意怎么说，就怎么说吧！"

是的，如今的石痴，感到了更大的慰藉，那就是：常人能干的，他也大都能干了！他永远奋进在追赶常人的征途中。

石痴在他55岁的那年，曾作过一次有趣的统计，把各年龄段的时间作了对比：

儿时玩耍——8年；

8至14岁——干农活6年；

参军服役——15年；

负伤住医院——3 年；

独练自理——3 年；

任职干工——15 年；

装腿、吃饭、便解、休息——约 5 年；

抛去睡眠——约 18 年，实际干事只有 18 年，占整个实有年龄段的三分之一稍强。只是他没有人人皆有的读书、娱乐、休假、旅游等时间。

第十六章　廿五载风雨路

石痴担任村支书25年，垫假腿的绑带要是连起来可以绕地球一圈。石痴说，生活就像这绑带和那皱褶一样，卷起——舒展，再卷起——再舒展，没有这些，生命也就停止了。

第十六章　廿五载风雨路

1966年春夏之交，石痴去省城参加了全省农村先进党支部书记表彰会。会上，有人告诉他，沾点官有点职的都要注意喽！但他却未引起注意，他想：不论搞什么革命，也不会搞到重残人的头上。

他从省里回到家，一看，嚯，屋门、大门、墙头上、窗户上，都被大字报所覆盖，但看不清是啥内容。四婶、艾荣都垂头丧气，沉默无语，只有竹花欢蹦雀跃地抱住石痴的腿："爸爸，这回出远门，给我买来好冰糖了吧？快给我，可把我盼煞了！"

石痴坐到床上高兴地说："这回爸爸真买糖了，哎，快给拿出来！"

李艾荣从提兜里掏出一包糖块递给竹花，竹花边吃边喊地跑出去找小伙伴炫耀去了。

四婶噜嘟着脸，长一声、短一声地哀叹，她从未当着儿媳数落儿子，可这次再也控制不住了："竹花她爸，你看咱家贴的这些白纸好看不好看？石家祖祖辈辈没出过官人，你重残缠身弄了个土地老爷官，闹得全家不安，俺看你还是早些为民吧。"

"娘，您别担心，这是搞'文化大革命'，对咱有好处，您不懂。"石痴安慰着娘。

"我看不像一般运动，听说现在大部分领导机关都砸垮了，咱是独家独姓，你慎重点好。"李艾荣也提醒着。

"你别小题大做了，我一生忠于党，忠于国家，不贪分文，不要工分，不犯刑律，还能怎样？人生最大的灾难莫过于死，赴汤蹈火不过如此，我不怕！"石痴固执地回答。

晚饭后，石家院子里突然闯进一帮人，领头的是张本富、王峰双，还有一个从外地"串联"来的"马司令"。三人挤到屋里，张本富率先对石痴说："现在，'文化大革命'已经正式开始，我代表张家湾革命群众郑重通知你：从今天开始，解散大队领导班子，停止一切不正当的活动，你要集中精力写检查，把你在职期间所犯的错误、罪行统统写出来，听候处理！"

"马司令"点了一下头，然后宣布："未经许可，不准出门活动，不准会见外人！"说完，一伙人闹哄哄地离去了。

石痴就这样被不明不白地强令停职，软禁在自己的“官邸”里，大门外有荷枪实弹的民兵在“警卫”，不论昼夜，院前屋后都有明岗暗哨；南珠山顶上的游动“电台”——大喇叭对准既定目标，轮番喊话、攻击；臂戴“红卫兵”袖章的学生们，在放学时特意从“走资派”门前走，为的是喊上几声“砸狗头”的口号……

石痴，这个把一生交给党、致残后仍然用自己仅有的光和热去奉献的重残人，面对这股迎面扑来的风暴，首次体验到撤职软禁的滋味，寂寞、孤独、苦闷，促使他几次来到门口请示门卫：

“我要出去办事，研究工作。”

“走资派还有啥可‘研究’的？”门卫大声呵斥。

“我不是走资派，我没贪污，没作恶，没霸道！”

“凡是干部都是走资派，你凭啥不是？老老实实地等着挨揪吧！”

原来是这样！原来自己成了犯人、罪人！他躺在床上五天不吃不喝，无言无语。他在想什么？国家大事？世界大事？可这都被现实圈定了：这不属于走资派考虑的范畴。在想错误、罪行？在反省生平功过？渐渐地，在上亿万的大脑细胞中，突然跳出了一线惨白的微光：他被梦中闪现的指导员高新坡的嘱托惊醒了，对！从现在起，就开始写！写烈士，写战友，写那段惊天地、泣鬼神的历史！

这是个特好的机会。平时没有时间写，“文革”给他提供了充足的时间，他的公务、劳动和繁杂的规划不存在了。造反派们正在集中力量肃清外围之敌——“四类分子”，用这段大战前相对平静的时间，禁室疾书，写得好了当自传，写得不好当遗言，岂不是难得的机遇！

天时地利属于他，可“人和”就渺茫了。他虽在“速成”中学了几个字，但从未进过正规学堂，身边又没有老师指教，脑子里空空荡荡。李艾荣只上过初中，帮不上多少忙，可她不甘寂寞，常给他来点启迪：

“怕什么？你就写《永不消失的磷光》《最后死去的烈士》《异常生命的余热》，只写你自己，要不还叫什么自传？这‘自传’不就是自己还能转动吗？”

石痴常从她粗犷的话语中汲取一些养分，但当他需要关键性的内容时，只得孤军奋战。他想好了，书名就叫《极限人生》，就写残废军人怎样在没有硝烟的战场上，攻克生理极限，再铸人生辉煌的事！他进入了静思苦想的阶段，如痴似呆，心中悲壮起伏，笔下却书墨混染，一塌糊涂。四婶劝他歇会儿，他只“哼”一声，艾荣喊他吃饭，他连“哼”也没有，每顿饭都要催五六遍才吃到肚里。竹花面子大，每当她尖声喊“爸爸，到了下班时间了”，并伸出小手收拾书摊子时，他才无可奈何地停下来。

时令对他构不成威胁，严寒酷暑他都能适应。见过他写字的人都认为，那简直不是在书写，而是像用其全部身心在拼命捕捉、揉搓一只跃跃欲飞的蝉虫。

当自传写到12万字时，他开始摸索到一些写作技巧，消息也不胫而走，引起了造反派的注意，因为这正是他们求之难得的“黑材料”。竹花来家报信后，他就挂笔全休了。为了保险起见，李艾荣将书稿藏到了不为人所注意的破假腿肚里。时近年关，“文革”亦进入高潮。腊月二十三，天空灰暗，阵风裹着碎雪花沙沙地飘落着。院子里来了两个持枪民兵，后头跟了一大帮“小将”。

“石痴出来！群众大会有请！”其中一个民兵喊道。

四婶没见过这阵势，面带怒色地问：“叫他去干啥？一个半死的废人，还有啥罪？”

“你个老糊涂，半死就没有罪吗？越是残废就越吃老本，越吃老本就越变修。走，不走也得抬了去！”那民兵继续说。

李艾荣拿过军大衣给石痴披上，又找棉帽、眼镜给他戴上，拿拐夹到他腋下，嘱咐说：“有啥说啥，不用生气。”

石痴行至门口又转身嘱咐四婶：“别担心，没有危险，都是本村的老少爷们。”

会场设在村前河边的平场里，北边靠街的一面搭起了一个一米高的土台子，四周和顶棚是临时架设的野外戏台，用箔席围拢，正面挂着伟人像，像前方桌上放着一顶纸帽子，台棚正上方悬挂着巨大的横幅：“彻底打倒张家湾头号走资派石痴首届大会”。

按照民兵的指点，石痴来到台上专为他设的方凳前，听候发落。这时会场开始骚动，这骚动不是因天冷下雪造成的，而是陌生的外县人都想靠近，亲眼看看这位犯了罪的传奇般的“走资派”。

批斗会开始，石痴按照主持人张本富的口令，向领袖像三鞠躬，他在人们喊“万寿无疆”之后又听到了一句新鲜话——“祝林副统帅永远健康……”

石痴遵照大妈和好心的乡亲们道听途说传授来的“对策”，先将大衣脱掉，把棉帽摘下，然后坐到方凳上。手持批判稿发言揭发的人，一个个都像法官宣读判决书，念一条问一句：

“这一条对不对？”

“对。”

“这个错误有没有？”

“有。”

再念，再问，依然如故，“有”、“对”、“是”。

洋洋万言罪行录，没用20分钟全部念完，毫无挡头，毫无抗争，一路顺风，全“对”、全“有”、全“是”。张本富耸了耸肩膀，皱了皱眉头，暗想：“活见鬼，没有矛盾，激不出毒素，怎么批判？他想捣什么鬼？”他接着宣布：“口头批判，有仇的报仇，有冤的申冤！”这时，会场里响起了各种不同的口号：

“砸烂石痴的狗头！”

“砸烂他的关公烧饼脸！”

“砸烂他的猪头、驴脸……”

口号声、跺脚声、搓手声响成一片。时令正值“小年”，天气奇冷，参加批判会的人们显得极不适应。石痴只穿一件绒衣，一件单褂，外加两条铁腿，反倒没有冷的感觉，他这个在零下40度里冻出来的耐寒动物，显示了自己的优势。他看着坐在台上的本村乡亲那一副副严冷的面孔，心里反倒觉着好笑：昨天还有说有笑的邻里近亲，今天却怒目相对，视若仇敌，真是上帝造乾坤，人随时代走！

倒是那些没有见过石痴“原形”的外地人，都想一睹“庐山真面目”，于是有人领头有节奏地喊了起来：

“走资派——快卸腿！”

“走资派——快剥皮！”

“一二——快快快！”

张本富问明了拉拉队的要求后，问石痴：“能当场卸腿，叫外地来的造反派参观参观吗！”

“都能拿下来，如果你们强迫的话，你们可以按自己的兴趣拆卸任何部分！”石痴冷冷地回答。

张本富把石痴的话说给了外地人，于是，几个小伙子扑上来，杀猪般压的压，卷的卷，但只将裤子扒到膝上就再也卷不动了。这时，会场上有人高喊起来：“行了，别瞎折腾了！一个革命残废军人能犯什么大罪？别他娘的骗人了，老子不信。”喊了一声“走！”同来的一大帮人“呼啦”散去了。

张本富大骂了一阵“保皇狗”后凑到主席台上的马司令跟前领授机宜，然后，对着石痴诡秘地问：

“石痴，听说你写了很长时间的材料，写的是上告密文还是罗织罪名，等待秋后算账？能见见阳光，透透风吗？”

“都不是。”石痴回答，“写着玩的，孤芳自赏，本乡本土的，都知道我从没上过学，我有啥本事写东西?!”

“对抗！可见你写的东西很重要，肯定是棵大毒草！”他们终于抓住了他对抗的小辫子。“小将们”狂热地欢呼着。

“快散会吧，肚子早就‘拉二弦’了。”

“今天是‘小年’，连吃火烧的空都不给了?”

场下群众的喊声好像提醒了“马司令”，他把张本富叫到跟前嘀咕了几句，张本富立即宣布：

“第一次批斗会就开到这里，走资派石痴顽固对抗，拒不交代黑材料、大毒草，以后将有好戏看了。天下者，我们的天下，不思悔改的走资派必将葬身在人民战争的汪洋大海！散会！”

这一回没有搀扶石痴的，因为他是一个新形势下的“阶级敌人”。

他拄拐行走在泥雪交混的路上，到家时天已抹黑。

四婶领着竹花在门前等候，见石痴一身泥水一瘸一拐地回来，竹花扑上去就问：“爸爸，这回开过年会发奖了吧？”

“嗯，这回爸爸发了三个头等奖！”石痴苦笑着说。

竹花高兴地跳跃着：“可好了，爸爸发了头等奖了，爸爸真能干！”

石痴走进屋里，心头一热。只见桌上摆了四碗菜肴，冒着热气的酒已斟在酒盅里。“娘，您今天是咋着了？又是酒又是菜的，把我当成客了？”

“给你压压惊，快40岁的人啦，还受这个罪。娘行了一辈子好，没想到你走到这一步！”四婶含着热泪说。

“打你刚出门娘就一直掉泪。”李艾荣解释说，“特地要我做顿好饭吃，只要你挺得住，我会尽量伺候你，外头的气候都成了‘敌占区’，在家里，我会让你感到‘解放区’的温暖。”

“不必小题大做，这是上头发动的，不会瞎来的，我为党和国家出力，还能被置于死地？全国都这样，我有数。”

“都怎么批法？”艾荣放心不下，问个没完，“打不打？骂不骂？别不别‘烧鸡’？低头弯腰你站得稳吗？”

母亲疼儿子，把手烤得暖暖的，贴到儿子冰块般的臂碴上；女儿疼爸爸，小手捧杯，把热酒举到爸爸的嘴唇上；妻子疼丈夫，将大衣披到石痴的身上。

在酷寒中被批斗了大半天的石痴，此刻顿感全身暖烘烘的，寒冷和淤结都在逐渐融化，压力与疲倦在缓缓消除。人生不论有多大灾难，只要有温暖，有理解，有人情，那他就不失为是幸福的人。人生的三分之二在劳作中度过，三分之一在家庭里度过，这就等于，他仍拥有三分之一的时间沐浴在幸福中，而三分之二的劳作也是为创造幸福所必须付出的。既然当权派都是法定的革命对象，他就只能顶起张家湾这个“走资派”的名分了。

几盅酒下肚后，四婶诚挚地劝儿子：“痴儿，天地不由人，你九死一生熬不住搓揉，别再惹事了。”

李艾荣也说："你不贪不占，好意换歹心，挨斗划不着，往后别当干部了，实在揭不开锅，吃不上饭，我领竹花要饭给你吃，咱绝不遭白眼，受这窝囊气。"

石痴处事，往往像粗汉下棋，不思输赢，走了上步，不管下步，一步被"将死"，才知错了满盘棋，对自己挨斗之事，他总是说："上头发动的，不会有错。"

第二年，运动趋向失控，各种派别、"山头"应运而生。石痴在第九次挨批斗时被开除了党籍，说他犯有贪污和路线错误。此后，他每天"上班"的中心任务就是被揪斗，一站两三个小时，他那几乎要迸裂的脑子里，泛起了一个单一的问号："革命——叛徒?"他那石头般的赤胆忠心，第一次不由自主地颤抖了。但他仍然弄不明白，到底自己是真罪人，还是人家故意给加的罪名。他开始觉得：抽象无形的东西，只要形成舆论，加大温度，重复几遍就有"形"了，就是"真理"了。

在一次批斗会后，他踉踉跄跄返回家里，刚要卸腿躺下时，突然被当门里的什么东西绊倒了，他低头一看，原来是一大堆烧得半边烂块的稿纸。他从中划拉出几张较完整的凑近一看："啊！是我的自传!"顷刻，他被这猛烈的打击撞晕了，还有什么比这更重的打击？还有什么比这更有价值的家当？这同烧死他本人有何区别？但理智使他冷静下来，世道演变之快使他蓦然想到了另一层：也许，一场家庭危机已迫在眉睫。

"李艾荣！李艾荣!"他大声呼喊。艾荣从四婶那边过来，刚到屋里就被石痴"将上"了！"这是谁干的好事？你给我讲明白，我犯了什么罪？凭什么烧掉我的书稿?!"

"是抄家的造反派烧的!"李艾荣一改往日的温存，怒言厉色地说，"是张本富他老婆一伙人烧的，这是你自己供出来的，她们找到了假腿里的稿子，我哪能挡住人家造反派呀!"

"家中无贼贼难进，你……当了她们的帮凶，你是他们的同谋人!"石痴不管深浅地说着。

"不管你扣什么大帽子，反正是你亲口供出来的，你要不坦白交代，

他们咋知你有‘大毒草’?”艾荣毫不示弱。

石痴眼前一阵黑一阵黄，脑袋“嗡嗡”作响，两颊神经剧烈地抽搐着，他用尽全身力气抱起拐杖砸了过去，不但没打着艾荣，反把自己晃倒了。

“你……你……你也欺负我没有抵抗能力。我历经艰辛写的东西，是为了俺那些死去的战友，也好证明我不是白活着！谁把它毁了，谁就是我的敌人!”他在疯狂地怒吼着。

“不管你怎么说，它现在只能是‘大毒草’，不是你自己在批判会上公开承认的吗？我是为你好，你却恩将仇报。还搞什么‘自传’，你已经‘传’到死胡同里去啦!”李艾荣仍猛烈还击。

石痴与李艾荣结婚以来，这是头一次激烈交锋。

“文革”一开始，石家门前就被封为“禁区”，不仅亲朋邻里不准靠近，就连石艳坤夫妇回来探家也在非法之列。但前一天，李艾荣的好友——张明喜的妹妹和张本富的老婆却突然串门来了。久不见外人，四婶、艾荣格外热情相待，又泡茶又取烟，拉得投机、融洽。随后，明喜妹又悄悄地单独与艾荣详谈了石痴的“罪状”：石痴怎样在重残的名誉掩护下混进党内；如何暗中指使方巧兰谋害猛子；如何独裁谋私，侵吞仓库大量的粮物；更大的罪过在于那本“自传大毒草”里，那里头牵扯谁，谁就会被揪斗，被关押。这些罪状，石痴已在批判会上公开承认、签字画押了……连拉带吓唬下，李艾荣道出了装在假腿肚里的“自传”的秘密，接着又一狠心，几个人一起把它付之一炬了。

书稿被焚使石痴难以平静，他依然发狠：自传还是要写，“传”到死胡同也要传下去，草稿烧了还有腹稿，还有大脑，只要死不了，就有永远烧不毁的“底稿”!

石痴与李艾荣正吵吵着，门外“呼隆”拥进一大帮红卫兵，领头的是张本富、马司令、小学老师、王峰双和银玲等人，他们互称“司令”。小小的张家湾已成立了三大组织，有五大司令。

“石痴，刚才吵什么?”张本富逼问，“你身负重罪还敢欺负革命群众？还敢耍夫权?”

“你不必装腔作势，夫妻间的事，外人无权过问！”石痴强硬地说。

“好你个死不改悔的走资派，我倒要试试你到底有多硬！”张本富猛力扬起巴掌，“姓石的，你看我敢不敢揍你！”

石痴向床边靠了靠，昂起头来：“张司令！我看你敢揍也不敢揍。敢揍，是因为在你们看来，本人是卑贱人，是所谓的‘带罪人’，打了白打，杀了白杀，罪有应得；不敢揍，那是因为本人曾打过国家的敌人，人民的敌人，你打了敌人的敌人，就等于你自己站到敌人的队伍里去了。打不打？请司令大人自便！”

张本富把手放下了，但又冲李艾荣叫道：“你要和他划清界限，和他分居！现在是‘走资派’的悔过期，必须单独软禁，和他住一块不利于走资派‘回头’！”

“分居？这是哪家哪朝的法规？谁来照顾他？”李艾荣严正质问。

“分开！”马司令下令，“甭管哪朝哪家的法规，带走！”

事情进行得很顺利，总共用了不到 20 分钟，就搬完了家具，除去碗筷，什么都劫走了，连四婶也不准与儿子来往。根据“联司”指示，竹花随母代养，今后如何处置，要看石痴的罪状和双方意向。

在红卫兵驱赶李艾荣母女俩到达门外时，竹花推开妈妈，跑向石痴，紧抱他的假腿，哭喊着：“爸爸、奶奶和俺都是一家，不要分开，爸爸没人管不行！”

石痴激情沸腾，他竭力往后撤了撤身子，倚在墙上，然后伏身弯腰，随墙下滑触地，伸出双臂紧夹竹花两腋，将其揽到怀里。这是竹花出生以来，第一次受到父亲的偎抱，“好孩子，你命中该当不能有父爱，跟妈妈去吧，妈妈会对你好的。”

“爸爸没罪，快放下我吧，你没手抱不动我！”

石痴放下竹花，浑身轻松了许多，望着孩子离去的背影，他暗叹自慰：“我竟能抱动一个 6 岁的孩子了！”

李艾荣母女俩被隔离后，住在大队办公室，离家虽近，但却不能和石痴来往，只准竹花每隔两天回家一趟。这样，竹花就有了三个重任：一是送饭，二是探听“情报”，三是观察红卫兵的动向，这都是艾荣嘱咐的。

竹花每次“探监”，都要同石痴拉个没完，直到石痴躺倒不吭声时才返回。有一次竹花见爸爸老瞪着半只眼一动不动，一声不吭，就忙跑去向门岗说：“你快去看看吧，俺爸爸已经饿死了，他不会说话啦!”

“没事，他不会死的。”站岗的民兵肯定地说。

是的，他是饿不死的，屋里囤有瓜干，随时可以啃；门口有水缸，随时可以喝。但他不思饮食，也很少说话，说出话来仍是落地有声，冲得很。

造反派问：“石痴，你坦白，到底有几条人命?”

“有人命，几条不清楚，一包炸药，一梭子枪子，一个手榴弹，谁有闲心数过?”

“胡说八道，听说你曾有反共嫌疑，绝过食，对吗?”

“对，反过日本‘皇军’、‘国军’、还有联合国军；绝食经常有，短到三五天，长到六七天，不绝不行!”

“你是卖老味吃老本，活得不耐烦了，警告你，我们造反派不怕死，治不服你绝不罢休!”

“俺没啥老本，吃的穿的不如你们，社会地位不如你们，你是法官俺是囚徒；你真不怕死吗?那好办，你把我推到机井边上，看看谁敢跳，谁不敢跳!”

长时间的囚禁生活，吃不上，睡不好，石痴的身体逐渐撑不住了。他时常想，凭这弱不禁风的恹恹之体还能为扫除政治灰尘而战斗吗?看来，自己曾为之陶醉的“三分之一”幸福论，也变成十分之一、百分之一不到了。

两个月后的一天，竹花跌跌撞撞地跑来看爸爸，张口岔气地说：“爸爸，俺妈妈……给我生了个小弟弟，是从沂河里拾来的，你高兴吗，爸爸?”

石痴勉强坐起来，看着竹花，心里泛起一阵说不出的滋味：这个可怜的孩子，偏偏选在父亲遭难的时候问世……

“竹花，告诉我，妈妈身体好吗?奶奶知不知道这事?”

“妈妈身体好，可老躺在床上不干活，奶奶早去啦，她给妈妈煮稀饭、烘被子，奶奶刚从沂河那边来的！”

“弟弟长得胖不胖？”

“不胖，俺奶奶说缺油水、少营养，奶奶还说叫你给弟弟起名字。俺奶奶和俺妈妈说叫向平、向峰都行，叫爸爸选一个。”

石痴略加思索，道：“竹花，爸爸坐监没心思取名，就叫‘竹草’吧，告诉奶奶、妈妈，这名好，就这么定了。”

竹花绷着小脸问：“‘竹草’有啥好的，再换一个好听的行吗？”

“不能换，这名字朴实、大方。咱是沂蒙山人，不可忘记养育咱的山水草木，您奶奶说过，咱祖辈都是老老实实的草木之人……”

“那俺和奶奶说去。”竹花说完，起身便走，刚到门口又转回来，十分神秘地悄声说：“爸爸，俺奶奶叫我给你捎信，听说‘文化大革命’再有三天就革完啦！叫你再坚持三天。”

石痴怅然一笑：“告诉奶奶放心，再有三年也能坚持！”

到了1967年底，张家湾的造反派对石痴的批斗再一次升级。一天，又开批斗会，这次批斗与往常不一样：不准坐下。石痴只得夹拐直立，聆听着一桩桩“罪状”。他只听不答，也不证实。揭发人批完最后一条时，气得把“罪状录”扑哧一扔，声色俱厉地问：

“你老是一百脚踢不出个屁来，到底对不对？你总该有下款呀！”

“我认为，”石痴唯怕摔倒，动了动拐杖，大声说，“你们已经贴了我几百张大字报，现在还继续数落这些毫无价值的东西。我必须声明：这些大字报多数是毫无实据的编造，我一晚上就能编出300张来！”

“好你个不知天高地厚的家伙！你敢负隅顽抗？你活够了吧？”各派“司令”一声令下，“敢死队”、“小学突击队”一齐冲上去，捂嘴揪发，压头弯腰，除别烧鸡没有“鸡翅膀”外，能用的刑罚都用上了。

站立时间持续到下午，石痴终于因腿坏、头晕重重摔倒在地上。一双铁质假腿整整站立4个小时，这对一个没有四肢的人来说，是不可想象的！当他清醒过来，另一派头头再逼他站立时，早就气得眼冒火花的张大妈，从人群里挤到前台，大声叫着：

“痴子，你给我坐下！你站不住，我站得住，你没腿，我有腿，大妈替你当走资派，替你赎罪‘触及灵魂’。来呀，问罪吧！”说完，昂首挺立在石痴身前。石痴热血沸腾，劝她：“我的好妈妈，您老别生这份闷气，我身体能撑住，你快离开吧！”

“不，我也有罪！”大妈未听劝阻，“捞不到司令当，当一当走资派，也开开眼界，见见世面。”说完，张大妈又转脸对台下的人群说：“石痴的罪不如我的大，他只是个残废，可我是烈士的亲娘，我生养了个死在外国的‘叛徒’！”

台上的两个“司令”慌了，相互交换了下眼色，让张本富、王峰双叫来几个学生，把大妈连推带搡地架了出去。

批斗会仍在进行，夜幕降临的时候，一位衣着整齐的人疾步走向揪斗会的前台，向造反派头头们说了几句什么，就匆忙来至石痴跟前，石痴抬头一看，认出是公社的房主任。

“老石同志，”房主任的声音很大，全场都能听清。“你有早年间的老战友吗？大军区有位老首长说是你的战友，要来看你，你能去不能去？”

“暂时不能去。”石痴说，“批斗会正在进行，批的就是我，哪能离开呢？”

“不，已经散会了。”“马司令”一听说要来首长，忙不迭地说，“不是批斗会，是座谈会，既是首长接见，那就应当快去。”

房主任把石痴扶起，石痴的腿已经迈不动步，当房主任把他架到桌子上时，竟有几个造反派头头争着背他。房主任一语双关地说：“不必劳驾了，你们历来照顾得很周到！”便背起石痴走了。他把石痴背进屋放到床上，石痴一眼就看到了刘步荣：“噢，原来是刘大叔。”

“石子，你好好看看这是谁来了？”刘步荣的手指向床北头的一位军人。石痴顺床沿竭力就近挪了挪。

一位身材魁梧、容貌慈祥的军人，挺胸立正，右手平直地举到军帽檐上，向他行军礼，一双炯炯有神的眼睛深情地看着他。看到这个极其感人的举动，石痴不管认识不认识，深觉受之有愧，便激动地举起了右臂，将臂碴的尖端竭力伸向帽檐的边楞。

军人敬礼的手放下了，他向前跨了一步，伸出双手紧紧抱住了石痴：“石痴同志，我的老战友，还认识我吗?”军人慈祥地观察着石痴的面部伤痕。

石痴快速地用臂碴打掉墨镜，用他的微弱视力，仔细地打量了一遍，随即摇了摇头：“不，不认识首长。”

军人掏出手帕，亲自给他擦眼睛，接着又将军帽摘下来：“你再仔细看看我。”

当石痴再次看到军人宽阔的前额、浓密的双眉、匀称的颧骨时，觉得很是面熟，却叫不出是谁，记不起在什么地方见过。“您是?”

“他是咱们团的池瀚智政委，现在是大军区首长!”早已急得跺脚的刘步荣终于喊出了声。

“池政委！是您?”15年的生离死别，沧桑岁月，一下子全牵到了眼前，石痴从床沿上“唰”地立起来，又“扑通”跪到池瀚智怀前，嘶哑地喊着：

“池政委啊，在危难时刻是您救了我，您让我瞪起眼回到祖国，我服从了并实现了。可现在……又整天挨斗，‘自己人’残杀……”

池瀚智紧握石痴的“手”，深沉地说：“石痴同志，你让我找得好苦噢，要不是老刘牵线，恐怕现在也难找到你的下落。不是我池瀚智救了你，是你自己用顽强的毅力点燃了生命之火啊!”池瀚智给他揩去溢出的泪液．继续说：

“你不仅仅活着回来了，而且战胜了残疾，为党为人民作出了新的贡献。你是我们军队的骄傲，我感谢你!”

接着，房主任向池瀚智、刘步荣汇报了张家湾的“文革”和石痴挨批斗、夫妇分居的情况。刘步荣听后暴跳如雷：

“奶球的，乱弹琴！你给他填饱肚皮，他反倒恩将仇报，这是哪个混蛋干出来的？把他叫来我问问他安的什么心？他是哪家的道德，哪朝的伦理?!”

“老刘，别急躁。”池翰智劝道，“‘文革’是全国性的运动，还是说服教育为好，等一会儿请小房同志把他们的头头请来谈谈。”池瀚智随即询问了石痴的身体、生活状况。看着石痴虚弱的身体，褴褛的衣着和屋内破旧的陈设与寥寥无几的粮食，这位久经疆场的将军几乎掉下泪来。他叫秘书安排随行军医为石痴查体，发现有心脏病和胃溃疡，断肢处有明显骨折，需要尽快手术。

这时造反派头头已陆续来到院子里，李艾荣母子三口和四婶、大妈及不少群众也站在门外。房主任汇报道：

“首长，您要找的人都来了，石痴的母亲、妻子和很多群众要见见首长，有些老人很熟悉您的名字。”

原来池瀚智战争年代就在这一带打过游击，他的爱民故事在沂蒙老区广为流传，不少人记得他在战斗的间隙，为房东挑水拾柴的情景。听到房主任的汇报，池瀚智兴奋地说：“那好吧，待我们走的时候跟乡亲们见见面。”说罢，伸手搀着刘步荣一同跨出门外。

“你们是造反派的负责人吗?”池瀚智一出屋门，就表情严肃地问几个头头模样的人。

“是……是……”张本富支吾道。

“你们村的运动搞得怎样？当权派是谁？都有些什么问题?”

“运动搞得不错，没有大的问题，当权派很老实。”头头回答。

“石痴的‘走资派’错误是什么?”

这一问，造反派头头们竟像一包豆腐散了摊，都齐说“石痴不是走资派，怪好，怪好……”

“妈那巴子，怪好为啥斗他？你们敢斗好人保坏人？警告你们：今后谁再敢揪斗他，我就……突突了他!”刘步荣气愤地大骂起来。

池瀚智接着说：“我是特意来看望老区的老英雄、老模范的，我不介入你们的事情。但听说石痴有叛徒之嫌，我很关心，我可以证明他不是叛徒，我们是一个部队的战友，他是一位无私无畏的勇士，你们不能恩将仇报。”

头头们被这位“大官”几句不轻不重有理有节的话，镇得心虚胆颤，满口答应不再乱揪乱斗了。

第十六章　廿五载风雨路

造反派头头们离开后，房主任把艾荣婆媳和大妈三人叫到屋里，池瀚智迎上前去，两手各握着四婶、大妈的手，热情地说：

“大娘好！感谢老人家为国家养育了好儿女，他们是革命硬骨头啊！”

“哎哟，首长还夸好哩，好人不得好报，一人犯罪，全家倒霉，妻儿老小不得团圆！”四婶直言不讳地吐露真情。

“大娘请放心，形势会逐步稳定下来的。”池瀚智又转身握住李艾荣的手，夸奖道：“你是一位有献身精神的女同志，为我们的重残战士做出了很大的牺牲，我以一个老战士的名义，衷心地感谢你！”

当池瀚智得知李艾荣也遭到造反派的无理刁难，与石痴有些隔阂时，便诚挚地劝道：“这都是运动造成的，随着运动的结束，一切都会好起来的。”

“其实，他夫妻俩没啥。”大妈憋不住地说，“艾荣怀疑痴儿承认自己是啥‘叛徒’什么的，痴儿怀疑他写的书叫艾荣给烧了，其实都是外人造谣，他没承认是‘叛徒’，她也没烧他的书，这桩矛盾他俩都怪清楚，首长不用担心。”

“什么，你会写书？”池瀚智惊讶地问。

“不光会写书，还能包地实干呢！”刘步荣介绍说，“他钢笔、毛笔、粉笔字都行，比我这‘扫盲’生强多喽！他写的自传烧得太可惜了，这些王八蛋，干出这种勾当！”

“真能写那就太好了！”池瀚智勉励说，“烧了不要紧，大脑是最好的底稿。希望你继续写下去。”少顷，池瀚智继续说道：“写自己的历史，既能锻炼自己，又可以教育子孙后代，是件大好事，盼你开创无肢写书的新纪录！”

“绝不辜负首长的信任和重托，不论是用臂还是用嘴，不论是用泪还是用血，我都将努力去拼，把书写出来！”

“嗯，有志气，期待你的成功！”池翰智像已看到作品问世那样兴奋。

这时，李艾荣也高兴地说：“报告首长，俺起个保证，服从命令听指挥，照顾好他，让首长放心！”

“哎，这就对喽！”刘步荣高兴地说，“贤妻良母嘛，小李子你挺会看事，要再不表态，大叔就要点你的名了！”

池瀚智抱起竹花亲了亲，然后走向等候已久的群众，向大妈、四婶、老队长、张井老汉等一一话别。别前，再次与石痴拥抱，并叫警卫员取出一包礼物放到桌上，深情地说：“石痴同志，我要走啦，送给你一点保养食品，表示我的一点心意，但有个条件，就是你给我写几个字。”

这可把石痴难住了，平时闭门造车，自写自娱，不像字样，写给首长看，那就丑到家了！

一张雪白的大纸已铺到桌子上，笔也送到石痴眼前，只得露丑了！石痴接过笔来，嘴含、臂抱，颤抖着在纸上划动起来：

“衷心感谢党的关怀，誓将努力奋斗！”

池瀚智双手捧纸，久久凝视着这行宛如拳头的字，仿佛看到了那双紧握冲锋枪的手，又重新扣动扳机射出一串串子弹，呼啸着飞向敌人。

池瀚智连来带去不足一小时，连口水都没喝，连送也不让送，石痴极感愧疚。借首长光临的东风，石痴结束了囚禁生活，全家团圆了。他高兴地把全家人叫到跟前，刚想说几句，竹花牵着奶奶的手，匆忙赶到床前指着首长赠的礼物说：“俺想吃糖，爸爸快拿呀！”

石痴用臂碴从桌上挑过提包儿，捂揉了半天没解开，说：“竹花，快来解开，长两只小手不是替爸爸干活的吗？”

竹花忙将包儿提到奶奶怀里，解开包儿，伸手一摸，乐极了：“真有糖，真有糖！我要，我要！”

“你要，那你弟弟不生气吗？”四婶故意逗她。

“弟弟小，妈妈喂奶就是糖！”

提起儿子，石痴怅然说道：“唉，我这半拉子父亲有啥用啊，竹草都满月了，我还没见儿子是啥模样，娘，您把孩子递给我抱一会儿。”

“你不能抱他。”四婶道，“一个月的孩子，欠硬棒，我抱着你看，呐！”四婶一挺胳膊，把小竹草送到石痴怀里。

石痴摘去墨镜，默默地看，暗暗地喜。儿子模样同竹花差不多，就是太瘦了。他低下头去，嘴含孩子的手指，久久不离。

池瀚智虽走了，但他作为一个有影响的将领所留下的“冲击波”依然震撼着张家湾人的记忆。顷刻间，村里的口号声、喇叭声、锣鼓声哑然无息了。

斗争表面上淡化了，但夺权仍在暗地里进行，其势依然不减。石痴依然被罢官、开除党籍。

常言道，车在拐弯的时候最易颠簸。石痴在饱经浩劫以后，身子百病齐发，除了心脏病、胃溃疡、骨折外，头部伤处、眼疾、断肢各处都出现不适，被迫送进医院救治。

大自然依旧遵循它自己的规律运转，芸芸众生也依旧跟随它生生死死……

第十七章　接班人问题

当官就是掌权为公，将自己的热能通过所肩负的职责释放出来，为国为民当好公仆，建功立业，鞠躬尽瘁。他愿意为这个世界洒下一片汗水，做出哪怕只有半个芝麻粒子大小的贡献。

第十七章 接班人问题

一晃四年过去了。

石痴再次康复回家。他觉得家里的一切都那么新奇、熟悉而又陌生。全家四口围着这位几年来既触及了“灵魂”又触及了皮肉的一家之主，都感到无比欣慰。艾荣把两个孩子推到石痴跟前说：“快看看，你这两个宝贝。”

“爸爸，你命真苦啊!”竹花说罢，抱头大哭起来。石痴望着这个干瘦细高、长得几乎同她妈差不多高的闺女，不禁叹道：“竹花几天就长成大人了!”

“嗨，你这次住院，整整四年零一个月，竹花都14岁了，小竹草也5岁了，你躺在病床上是咋着算计这些年月的呀!”四婶感叹地说。

石痴看着出生五年而只见过两次的儿子，十分激动，伸出双臂要抱，小竹草却怯生地躲到艾荣的背后去了。

李艾荣见石痴还“武装整齐”，就把他扶到床边，帮他提裤卸腿，上床休息，并嘱咐道：“这回可无官一身轻了，往后啥事也别干，就在家里好好歇着。”

1971年底，从公社到村里，从领导到群众，都要求“解放”石痴，让他重新担任张家湾村的党支部书记。

石痴曾发誓再也不当干部了，但一听到要“解放”他，并把他“结合”进领导班子里，他心里又活动开了。是官迷心窍吗？不，他认为当官一种是掌权为公，将自己的热能通过所肩负的职责释放出来，为国为民鞠躬尽瘁，建功立业，当好“公仆”；一种是以权谋私，为所欲为，成为主宰老百姓的救世主。他的出发点当然是前者，他愿意为这个世界洒下一片汗水，作出哪怕只有半个芝麻粒子大小的贡献。

三个月后，石痴在被开除党籍四年多以后又当上了张家湾村的党支部书记。于是，石痴又像以前那样跋山涉水、昼宿夜出，从事部分体力劳动了。

李艾荣在石痴第二次出院后本指望老老实实过穷日子，岂料他伤疤未愈就忘了疼，又重新当起了“官”，心里老大的不高兴，但她把怨气埋在心里，仍旧默默地支持石痴的工作。

石痴全身心投入到了山村脱贫致富的工作中，直至四婶身患癌症，他才慌了手脚。到处求医索方，带着母亲跑遍了沂蒙山区的几家大医院，然而晚了，癌细胞扩散，病近晚期！

这些年来，石痴的多数危难都是在母亲的救护下脱离危险活过来的，他对母亲有着深深的感情！当他臂夹碗杯，跪立床前，一滴一滴为母亲喂水，看到她煞白清瘦、眼眶深陷的憔悴面容时，常常悲痛难忍，心如刀绞。艾荣也天天守候在四婶身边，为她煎汤熬药，喂水喂饭，换洗衣被，端屎端尿，揉肚子，擦褥疮。她常想，婆母一生坎坷寒苦，正直善良，应当像对亲生父母一样伺候她。艳坤夫妇也轮流守候、护理，不时从外地买来贵重药物和稀罕食品。

农历的 11 月 16 日，老人与世长辞了。她在弥留之际，还断断续续地留下了这样的遗嘱："痴儿残身……难熬，要多……关心！"

办理完母亲的后事，石痴又开始了为山村办电而昼夜奔忙。艾荣把石痴的生活安排妥当后，说了一声"我到三姨家去一趟"就领着小竹草匆匆离去了。

1978 年，一个改革开放、搞活经济的新时代揭开了序幕，改革之风也吹进了封闭的张家湾。令人不解的是，庄户里手寇长功对此却显得不理解、不适应，而一向胆小怕事的张明喜反而一跃成为村办经济的"智多星"。在支部扩大会上，石痴及时调整了干部分工，让寇长功分管农业生产，让张明喜放手抓村办经济，让"不同政见者"张本富专管林业。张明喜首次坦诚地说："石痴哥，这一回我看准了，咱就是豁出这百八十斤肉，也得搞点工副业项目，让大伙既能吃饱，也能有钱花。"石痴说："我很赞成老弟的见解，你尽管大胆干，我给你跑熟人，当帮手，咱们在退休之前一定搞出些'底货'，才有脸让位呀！"

从此，石痴既得抓全村的大摊子，又要借作传统报告的机会跑架电材料、筹措村办家具厂。年满 50 岁的石痴，残躯不时亮出"红灯"，但为了搞好村办工业，他对"红灯"置之不理，把残体忘得无影无踪。

从 1978 年到 1980 年间，石痴跑遍了山东、江苏、河北、河南、上海、陕西诸省市，行程 4 万多公里，共筹措到架电材料 500 多吨。1980

年底，一条横跨沂河—张家湾—金山乡的全长30多里的高压线终于架通了。亘古至今，靠燃豆油、煤油照明的张家湾人，第一次用上了电灯，有了第一台电视机、第一台电动机……

伴随经济大潮的到来，一条跨越沂蒙腹地、途经张家湾村北的国道也建成通车了。

在一次全乡支书座谈会上，当石痴怀着满腔热情畅谈本村的建设蓝图，展望美好未来时，却意外地听到了让他退休的消息。他对上级的决定历来服从，当即表示："为适应改革，让年富力强的人接好班，我马上退出。"他第二天就写好了退职报告，叫寇长功转交乡党委。

交上了退职报告后，石痴心里想得最多的是下一届村支部班子的组成问题。

谁来担任村党支部书记呢？

张本富？不行！尽管现在村里的王少刚等人一个劲地想把这位造反干将突击入党，乡里的张玉红也在支持这件事。但他人品不行，群众威信差。寇长功、张明喜？也不行。说起来，他俩都能干一段，但不能干主角，做主帅。突然，一个崭新的人物出现在他的大脑里：张闻星！他年轻有为，学智双优，为人正派，富有开拓精神，群众基础也比较好，"嗯，是棵好苗子！"

石痴正想着，门外突然传来一阵银铃般的喊声："爸爸，爸爸！"是小竹草！他匆匆跑进屋里说："爸，你看谁来了？"

石痴一看，小竹草抱着两个馍馍，竹花手里拿着点心，艾荣紧跟其后，先后来到石痴床前。

"爸爸快张嘴，这是俺妈从姨姥姥家拿来的，专门给你吃的，可香啦！"竹花把一块炒糖果塞到他嘴里。

"爸爸快吃我的馍馍，吃饱了好退休！"小竹草举着馍馍嚷着。

石痴不禁一愣，孩子是咋知道我退休的？随口说："好，我都吃了，吃不饱爸爸可不想退休！"

"这些日子身体还可以吧？"李艾荣先问了一句。

"嗯，托你的福，这阵子还真的经住了各种考验，谢谢！"石痴的话里明显带着怨气。

“爸爸别生气。”竹花抢先说，“俺妈听说你快退休了，不当官了，可高兴啦，她就等这一天，爸爸你欢迎妈妈吗？”

“欢迎，欢迎，热烈欢迎！”石痴像个孩子似的重复说着。

“爸爸，你不好好欢迎妈妈，我可不让你咬脚指头啦。”小竹草施加压力。

“好啦，小草，别逼爸爸表态啦，妈对不住你爸爸，我本不该去你姨姥姥家，看你爸瘦成啥模样了，只要你爸退下来，我就再也不赌气了！”李艾荣愧疚地抹着泪水说。

“闲话不提了。来，小草，让爸爸数数你一共几个脚指头！”

“不让看，不准数，你给我找工作岗位我就让你数。”小草梗梗着脖子说。

“小草，你小小年纪知道什么是岗位？嗯？”

“安排岗位就是当工人，到机关当干部，是妈妈说的，现在马上就办。”

“不，爸爸。”竹花改正说，“小草净瞎扯，俺妈说的是我，你总得给我找个工作挣钱孝顺你呀！”

“竹花，你爸身体不好，让爸歇会儿吧，以后爸爸会想法的。”李艾荣解围似的劝道。

“你这孩子，听谁说15岁安排工作？你走了爸爸能放心？”

“爸，”竹花生气了，“我15岁不能工作，那你14岁当兵不比我还小一岁吗？为啥你行我就不行？”

“这……”这步“马后炮”可真把石痴将闷了。难怪自己老了，不知不觉孩子已超过自己参军的年龄。他只好搪塞：“竹花，你不能和爸爸比，那时候当兵是战争的需要，是打江山救民族的需要，而且……也是经过你奶奶批准的呀！”

“我当工人是改革的需要，你当兵的时候，俺奶奶根本不知道，你是偷着跑了去的，奶奶早告诉我啦！”竹花针锋相对。

石痴从未发现女儿这般倔强，竟被追得无路可退，只好应付着说：

"好闺女，原谅爸爸吧，我一无熟人，二无门路，等你长大些再说吧，啊。"

"你甭瞒俺，俺知道你马上要退休，人家退休都能接班，父母退休，儿女顶上，俺为啥不行?"竹花两手抱头，"呜呜"地哭了。

"哎呀，你想到哪里去了？人家退休接班是指脱产干部，爸爸不在这个范围，不能违背政策呀!"

"半个身子都搭上了，还赶不上个脱产干部？那好，我顶你的伤残班也行，让我去当兵打仗!"

"我也要当兵，我和姐姐一块去。"竹草摇晃着石痴的膀子，趁火打劫。

"给我走开！看不出个好歹来，你爸爸身体不撑，只要有雄心大志，干什么也有出息，竹花，快领弟弟出去玩玩，让你爸爸休息休息。"李艾荣把孩子赶走，又安慰石痴：

"我脾气倔，孩子也随我，老缠磨我，这些日子我不在跟前，你熬过来了，可也把身子拖垮了。我得把生活给你调剂调剂，既然已经退下来了，就得好好休养休养!"

"退下来了，可停不下啊。这些日子来，我脑子里老是密密麻麻地排列着一些事。比如安排好支部班子啊，想法去看看刘大叔啊，尽早安排竹花就业啊，还得写完'自传'……这些事情办不完，我就甭想吃好、睡好、休息好。"

"'自传'底稿烧毁了，你得从头重写，有那个必要吗？文人秀才都不见得办成的事，一个文盲不是自找罪受吗?"

"是的，"石痴说，"一个没有半点文学细胞的粗人，一个靠食指扣扳机的战士，是造不出纯属文人秀才的东西的。可我为什么硬要做那种本不该我做的事情？我这辈子没干出什么值得称颂的大事，没给人民作出多大的贡献。可我有一身清苦、坎坷的经历，如果能把它编写成篇，留给今人或是后代，即使留给自己的子女，在他们置身华贵不觉福，跃临天堂不觉美的时候，起到一点教育作用，不也是很有意义吗?"

"哎哟，我的皇天爷，你想得够远的，可你这块骨头这样熬下去能撑几天？”

“尽我个人的能力写吧！‘自传’不成，算家史，家史不成，算遗言，反正这是我应该办的事情……”

石痴夫妻俩正说着，张明喜拿着退休批准书来了，他心情沉重地说：“大哥，党委当真让你退了，我也不想再干了。”

“让我退正好，可你还得干。我想和你商量一下新班子的安排，新班子得换些年富力强的新手，还得靠你带队呢！”石痴诚恳地说。

“我带队也行，可你得当后台。”张明喜谦虚地说，“弄上一批年轻的，懂个屁，得罪人，闹乱子，还得咱去梳辫子，砸坷垃，谁干？”

“我没了职务也不能看笑话，关键是一把手得选准，你看张闻星行吗？”石痴有意考他。

“哎呀，你看得真透彻，俺也觉得他最合适，乡里张书记也曾提过他呢，真是不谋而合，他是个好家伙！”张明喜高兴地说。

“噢，原来张书记也同意他，那就提前选了行吗？我想，赶早不赶晚，让新支部摸好家底，把咱村更快地搞上去。你看今晚上能选吗？”石痴急不可待地提议。

“好，我去下通知。”张明喜应着，“近来你身体弱，是不是就在你这里开？”

“可以。”

石痴在戴上花镜准备会议内容时，发现退休书上写着“副支书”的字样，一下子就来了气，考虑到晚上还要开支部扩大会，改选支部，就把这股气先压了回去。

晚8点开会，经过酝酿、讨论，然后投票选举。结果，张闻星全票当选，张明喜、寇长功也分别当选。张闻星任支部书记，张明喜、寇长功分别任组织和宣传委员，报乡党委批准。

这次选举，多数人欢欣鼓舞，但有两件事大出帮派们的预料：一是石痴退出，令人难以置信，这使他们的箭无“的”放“矢”了；二是未等张本富“突击”入党，就先行选举了，使他们的班子“小产”了。

党员会刚要散，张玉红匆匆赶来，当众问：“开的什么会？”

“选举新支部。”石痴答。

“不汇报党委就擅自偷着选?”

“我退休是你批准的，候选人是你同意的，怎么叫偷着选?”石痴反问。

“胡说！你怎么知道我同意？你脑子里还有没有党性原则?”张玉红火了！

此刻，张明喜也不敢当面作证了。

“当选人是谁?”张玉红问。

“张闻星、张明喜、寇长功。”石痴答。

“那张本富呢？他没当选?”

“张本富？不是党员的也能当选？那不成了党外支部，非党支部了吗?”

“我看你是装憨卖乖，他之所以至今没能入党，主要障碍就是你!”

“现在本人已不再是障碍了，你可以按照你的标准，随时破格重用他嘛!”

“不错，现在你挡不住了，退休批准书已经拿到手，想东山再起已是黄粱美梦了!”张玉红极力挖苦。

“我不会像有些人那样，只想着争权夺利，把自己的亲属、派徒全拉到自己翅膀下，对看不惯的人则恨不能一棍子打死。本人负残忍患干了 20 多年支书，你却在退休证书上写了个副书记，这不明明是在篡改事实吗?”

石痴这一番炮筒子话，把张玉红气得脸红脖子粗。“你当支书 20 多年不错，但你的工作量只局限于残废允许的范围内，你的实际工作量远远赶不上个副支书，批你个副支书够可以了！你在贾文东任职时还是公社党委委员和县委委员呢，你怎么没拿到证明书啊？本人给你个副书记的证明，就是超标准的照顾!”

参加会的党员们谁也不敢插言劝阻，各自蹲在墙角，嘴含烟袋，伸着脖子瞧着这场没有裁判的交锋。

张闻星怕把事情弄僵了，忙劝道：“张书记您别生气，俺们有啥错处，您尽管批评，选举不妥再另选就是，划不上生气。”

张玉红也觉得再僵下去，对自己不利，见张闻星给了个台阶，便由怒转缓地说了句：

“记住，这次选举不合法，要经党委研究以后再选。”说完，蹬上车子走了。

张家湾的支部班子并没有按张玉红讲的那样“重新改选”，张闻星还是名正言顺、正儿八百地挑起了支部书记的担子。实践证明石痴没选错人。张闻星上任后，敢抓敢管，身先士卒，制定了一整套脱贫致富、发展多种经营的措施。张家湾这只沉睡了多年的山鹰，从800里沂蒙的深处腾飞了！

张明喜过去一向胆小怕事，怕得罪人，怕当头头。现如今责任制使他判若两人，成了搞农业机械、创办工副业的行家里手。张家湾人形象地称他为：“‘文革’时代没灵魂，改革时代变成神。”

当年抓农业蜚声全县的寇长功，正在适应形势，大步追赶上来，抓农业劲头不减，抓副业也成了行家里手。退下来的石痴除了继续当好两委的“顾问”外，就是根据支部需要，时而外出跑原料，时而了解民情，出出主意。张家湾的新班子充满活力，工作生机勃勃。

人生之大幸，莫过于身枯岁稀之年能亲眼见到自己为之献身的事业，在接班者的开拓下兴旺发达。退下来的石痴就有这种感觉。

第十八章　永远的勇士

他走得很快，那留在雪地上的脚印已不再是膝行、爬行、拐行的痕迹，而是完整人踏出的串串扎实、闪光的足迹。他距目的地还很遥远、很遥远，但他始终有一颗勇士的雄心。

第十八章　永远的勇士

一天早饭后，张闻星、张大妈前来石家看望石痴，他们进院后见关着屋门，轻轻一敲，才知插着门闩，于是俩人悄然抵近窗前，一边一个隔窗望去。只见石痴低头弯腰，脸贴纸夹，静思而书。他们俩极少见石痴用这种姿势写字，便互相示意，不忍心打断他的思路。石痴写一会儿直起腰来，垂头沉思，久久不见落笔。显然，是“卡壳”了。

停了一大阵子，只见石痴又低头弓腰，嘴臂倾斜到60度，直到嘴含着的笔锋触到大腿上的纸夹，整个躯体圈成球状。看得出，他嘴衔笔尾是掌握平衡，辅佐短臂防偏、防掉。他双臂紧抱笔的上端，写时，两肢、断腿上翘顶夹迎合，嘴按两臂所写字的笔画而随之旋动。嘴甩，臂摇，腿翘，每画、每字、每行，都无一不是这“流水作业”的合成产品。

又写了一会儿，石痴缓慢地直起腰，两臂松笔，用嘴衔着，然后左右巡视，双臂一齐划拉，最后摸到了火柴盒。噢，他想抽烟。只见他捧着火柴盒一压，倒出十余支火柴棒。又将火柴盒放置两膝之间，紧紧夹住，双臂夹紧火柴棒，一次次地擦划，擦着了，举臂上翘，谨慎快速地举到嘴上，嘴里发出“吧咂吧咂”的吸烟声，但却吸不出烟来。于是，再擦，再点，但仍然点不着……张大妈再也看不下去了，她抹了把泪，让闻星硬把门闩打开。大妈来到里间，泣声喊着：

“哎呀，孩子，急死人了，你咋含着钢笔当烟抽？是怎么着啦？”

“啊，是吗？”石痴举臂从嘴里夹下一看：“嗨，我说怎么老点不着呢，原来把钢笔当成烟卷了！唉，真是糊涂虫啊！”

闻星随即抽出一支烟递到他嘴上，擦火点着，怜惜地说：“大叔，你无论如何不要再写了，看了你写字的难度，我会好几天睡不好觉，这哪里是写字，简直是一种酷刑！”

“闻星啊，只要你理解我就足够了，人生不可光有甜，酸涩苦辣都有，才会使‘甜度’升高，五味俱全才算丰宴！”

大妈抚摩着石痴被火柴烧得发青的臂头，不禁叹道：“大妈知道劝不服你，可你得到哪朝哪代才能写成？那看书的人知道你是谁？”

石痴非常感激老人和闻星的劝慰，可又不由自主地伏下身子咬起了钢笔。两人无奈，只好把香烟与火柴放到他视力、触摸够得着的两腿之间，告退出来。

一天，李艾荣干活回家，手里拿着一封信，进门就说：“刘大叔来信了，他有病，想让你去一趟，还说有个朋友要找你。”

石痴早就有探望刘步荣的想法，觉得不去看看久病的老前辈，干啥也没心思。李艾荣则觉得他身体虚弱得厉害，要陪他一同去，否则放心不下。石痴外出历来一事多兼，这次去既要给村里联系化肥，又得给村办厂订购刨床，去人多了不便当，俩人各有各的理，争执了一番，最后还是石痴让了步。

在淄博市医院内科103号房间里，刘步荣躺在靠北墙的病榻上，正在输液。他不时艰难地翘翘头，摆摆手，同前来探望的人说几句。他患的是心脏病、胃溃疡，病情较重。他把一生都投向革命、投向战场，在重残之后毅然坚持繁重的公务，直至休克在办公室里，众人把他送到医院检查时，他才知道自己有心脏病。

在探望他的客人中，有县里的陈传玉书记、陈留泉县长、民政局的领导，还有刚刚赶到的石痴和李艾荣。县领导语重心长地嘱咐：希望老前辈安心疗养，早日痊愈……

刘步荣吃力地点着头，低沉地重复着“谢谢”。

刘步荣叫石痴靠近些，李艾荣把石痴扶到他跟前，坐到床边。他伸出左手握住了石痴的短臂，深情地说：

“石子啊，我腿负重伤的时候，你曾抢救过我，可今天你再也不能抢救大叔了……大叔已经多活了几十年，想想死去的战友，知足了。”刘步荣停了一会儿，大声喘了几口气，接着说：“你的自传写到什么成色了？我和高新坡一样盼着它啊，因为我也快去找这些老战友了，但愿有生之日能看到它的问世。”

“不，刘大叔。”石痴激动地说，“您会好起来的……自传还在写，我将全力以赴，您一定能看到！”说完，石痴让艾荣把朋友赠给他专治心脏病的云南朱砂和冰糖交给刘步荣，让他找几个动物心脏配方治疗。

刘步荣兴奋地坐起来，说：“还有一件事。前几天，有位外国客人来淄博找一个战时的朋友，经查对，就是找你！具体情况市民政局清楚，你快去那打听一下吧！”

刘步荣越说越多，值班大夫示意石痴尽快结束探视，以防刘步荣过分激动招致不测。

石痴迅速挪离病榻。在艾荣的搀扶下，他后退两步立正、挺直，用庄重的注目礼告别。刘步荣则侧起身子，瞪大眼睛，真挚、依恋地凝望着他这位生死相依、患难与共的战友。

李艾荣搀扶着石痴走出医院，想就近找个旅馆住下，以便联络化肥和刨床等事务，只见一个年轻姑娘走过来，热情地招呼道：“您是沂北来探望病人的吧？您县里的领导已经安排了食宿，让您在这里多玩几天，他们在市里开会，有空就来看您，前边就是市中宾馆，跟我走吧。”

他们住在了高级宾馆的豪华房间，李艾荣第一次看到这宫殿般锃明、剔亮的高级设施，不停地“啧啧”咂舌：“这房子真馋人呀，咱从小还没听说过哩！”

“这有啥了不起的？”石痴打趣地说，“到百年以后我要成了百万富翁，保险叫你住上‘地宫’般的豪华单间。”

这下把艾荣逗乐了：“你瞎扯，人要是住进地宫，还能回来呀！”

第二天上午分别联系办妥了化肥、刨床诸事，石痴就根据刘步荣提供的线索，同李艾荣直奔市民政局，打听那位外国来客的下落。

两人走进办公室，向工作人员说明来意后，一位秘书随即从抽屉里取出一张照片递给石痴，介绍说：“这位老外也够意思了，他已经找你好几个月了。”

照片上是位须发全白的外国老人，石痴实在不敢想象，这位老外同一个生活在深山里的重残人有何缘，但当他忽然发现照片下端那个曾在脑际闪现过的名字——马·霍克时，简直要狂跳起来。往昔突现，恍如眼前，他急不可待地问：“他现在哪里？会不会还在中国？”

秘书解释：“霍克先生最初是旅游部门推荐来的，他多次来我们局里探问。因为区划的缘故，我们对沂北的情况不熟，很难向他提供可靠线索，而他的唯一线索就是：‘沂蒙山—石痴’，我们是刚从来局里办事的一位同志那里无意中了解到你的情况的。这位外国友人找你的决心很大，说要豁出一年时间非找到不可。说不定他还在市中宾馆208号房间，你先去看看，万一不在，我再帮你联系。”

石痴会友心切，秘书赶紧派车把他送回原处。石痴每天让李艾荣到208号房间看三趟，但一直未见踪影。

残腿使他具备了卧床候友的特殊条件，在一连静候了五天以后，那位年轻女服务员忽然兴冲冲地跑来喊道：“霍克先生回来了！”李艾荣扶石痴步履艰难地爬到二楼，石痴用臂敲了敲门，开门的是位白发老妪，她见到陌生的来客，就“嘟噜”了一句什么。石痴听不懂她的话，便夹拐信步而进，艾荣紧随其后，来到房间正中，见床上有个人正躺着睡觉。

“请问，这里曾有人找过一个叫石痴的吗？”石痴怯生生地问。

白发老妪不懂这位红脸客人说了些啥，忙到床头把睡觉人晃醒，那人“骨碌”一下坐了起来。他有着高高的鼻梁、窝陷的双眼和宽阔的前额。他睡眼惺忪，待稍事清醒后，便目不转睛地盯着眼前的客人。他迅速地端详着，在衔接了当年短暂相会的印象之后，他泰然地说：

“就是我——马·霍克，要找一位叫石痴的人，他是我永远不能忘记的战时朋友……”

“我就是当年的志愿军伤员石痴啊！”石痴激动地大声说。

没等石痴说完，霍克便激动地扑上前来，紧紧地抱住了石痴，石痴则抛掉双拐，伸臂相迎，紧揽霍克的两腋。两位异国白发老人的生死之情，牵近了40年前见面的缕缕情丝……

“霍克，真想不到还能见着您！”

“石痴，我的患难好友，您依然活在人间，是我的终生福音！”

尽管语言不同，但石痴和霍克两人相见的动人情景，使他们的夫人也热泪涌流，热烈拥抱。

四个人分别坐在两张床沿上，两位妻子语言不通，握手相依，静静听着他俩的对话。

霍克：“石先生，您大概没想到我还活着，会来找您吧？”

石痴：“您一定想不到我还会活在人世吧?”

霍克：“我坚信你的生命力，在朝鲜那次短暂的危难相处中，我看到了你身上有一种坚不可摧的生命之光。坦率地说，一开始，我觉得找到你的希望极小，是在你们国家改革开放后，两国人员交流渐渐多起来，我萌生了寻找你的想法。无巧不成书，去年一次偶然的机会，在旧金山听到一位来自你们淄博访美参观团人员的演讲，他在介绍淄博经济日新月异地发展变化时，意外地提到了你的名字。当时我想询访他，不想被警察以保护安全为由所阻拦。后来同夫人商定，不论有多大困难，也要找到你。于是，在两个多月前来到中国，主要是找你，万一找不到，也可经商、旅游，不枉此一行……”

石痴：“哎哟，我的伙计，你真够朋友，一时的巧遇，竟让你这么挂牵着我，太叫我感动了!”

随后，他们尽情地畅叙了各自回国以后的不同经历，石痴让霍克仔细看了自己的截肢部位，详细讲了自己的生活状况。霍克也让石痴看了自己因冻伤而截去的五个脚指头，讲述了自己如何成婚、经商的经过。在谈到眼前的生活时，霍克慷慨解囊，一把掏出 2000 美元，让石痴暂用，待回国后再汇些来。但石痴却摇了摇头：

“朋友的情谊我领了，但不能无故收钱。中国有句古话：冻死迎风站，饿死不弯腰。何况，我们的生活比战时好得已无法相比，万望朋友放心。”

“假如你认为我还够个朋友的话，那就该情不辞人，你不该忘记我们成为朋友的事实：在生死攸关的艰险时刻，你把唯一一把炒面让给了我，这是世界上最慷慨珍贵的馈赠啊!”霍克边说边把钱硬往石痴兜里装，石痴无从招架，李艾荣连忙将钞票掏出后解释说：

“先生，他性子直，他会生气的!”随手将钱塞到他的枕头底下。

这时，一直没说话的霍克夫人匆忙跑过来，有些不快地将钱摸出来，再往李艾荣兜里装，艾荣无奈，又将钱掏出来放到抽屉里。这样争来争去，毫无结果。霍克竟急出了眼泪，伤心地数落着：

“不要就不要，可你得承认我不够朋友，我是敌人，我是……”

石痴一时洋鬼子看戏——傻了眼！他一生中还是第一次见外国友人流泪。他很为难，可又不得不作出选择，只好折中道：

“好啦，好啦，我亲爱的霍克，我想好了，这笔钱可以用在我们的村办企业上。俺村里有个小型炊具厂和针具厂，请你亲自走一趟，去看看投资环境，跟村里搞个合资项目，这既是对我的直接支援，也为你更多的来华访问铺路。在朝鲜时，我差点儿用手榴弹‘招待’了你，后来又用冰块加炒面慰劳了你，现在到我家，我会用比炒面更高级的中餐——沂蒙特产地瓜蛋和水饺招待你，行吗？我的好朋友！”

霍克犹豫了片刻，然后用英语征询夫人的意见，夫人似乎有点踌躇，但霍克翻译她的话时却直截了当：

“我们意见一致，出国时间已满，想准时返回，向公司述职，然后敲定来华投资事宜。请老朋友相信，我既然已找到了您，就绝不会失掉联系。中国有句老话，不到长城非好汉，不见黄河不死心，我也要不到沂蒙山不罢休！我们准备明年初春拜登贵府！”

“那好，明年就明年。”石痴心想，人家已经为找咱耗费了几个月的时间，怎能再耽误人家。“友情牵万里，我将在家乡的土地上，盼着两位朋友的光临！”

霍克夫人曾多次听霍克先生讲述他的中国挚友的伤势，这次亲眼见了，使她十分惊讶和怜悯，她头一次见到这么重的残疾人。她对一个肢体俱全的女士敢与之婚配，极为赞叹和不理解。艾荣讲述了她与石痴的相爱过程。霍克夫人再次与艾荣热烈拥抱，她伸出拇指，通过丈夫表达了这样的赞美：

“石痴，英武刚强第一！”

“艾荣，秀美痴情第一！”

最后，霍克真挚地发出了邀请：“我和夫人都希望石朋友能在适当的时候到我的祖国、我的家乡观光旅游。”

石痴回答：“我同霍克朋友一样，是个不愿‘欠债’的人，在条件成熟的时候，我一定去贵国。”

临别那天，他们又相偎在机场，长时间地拥抱，热烈地吻别，看到霍克夫妇眼含热泪，石痴反倒逗趣地说："朋友，登机吧，这回我不会拉响手榴弹了……"

霍克夫妇登上了飞机。霍克站在机舱门口，热情挥手道别。此时，他看到的不再是倒卧在雪野里奄奄待毙的石痴，而是一位苍劲挺拔的健全人！

石痴夫妇匆匆赶回家里，大妈领着竹草跑来迎接。他们每逢外出，总把竹草托给大妈照料，大妈也总是走时来领，回时来送。竹草拱到妈妈怀里，叙说着上学和大奶奶如何疼爱他的事。石痴则将闻星、长功、明喜叫来，通报了办妥化肥、车床的事，还说了霍克打算来村投资办厂的事。大伙一听，兴奋地又唱又跳，一下子把石痴抬了起来。几个人争着对石痴说："大哥时刻不忘咱村，外出探亲办事也不忘发展咱村经济，真让人佩服！"

"这个项目要是搞成了，咱村可要横飞太平洋了！"

"大叔没那么大的本事，这纯是偶然巧遇，是人家提出来的。"

大家说笑了一阵子，张闻星突然神秘秘地对石痴说："你到县城这些天，知道咱这里发生了啥事？"

"啥事？"石痴大惑不解地问。

"张玉红下台了！"闻星高兴地说。

石痴忙问："为啥？"

"他犯了欺诈群众、挥霍公物的错误，听说还牵扯一笔款子，很可能是让他贪污了，弄不好会犯刑事罪。"

"善有善报，恶有恶报，不是不报，时候不到。时间老人总会作出公正判决的。"石痴像是对大伙说，又像在自言自语。少顷，他摆了几下头，说："好了，不说他了，我想说点我的事……"

"啥事？"仨人连忙问。

"今后两委的事我尽量少插手了，退就像个退下来的样嘛！我得专下来写'自传'，力争早日完成，希望你们理解。"

从此，石痴把大量的时间用在了写作上。

他写得太苦了。不久，眼睛红了，臂碴肤色黑而浮肿，眼液和口涎，混染在纸和笔上，使之黏滑污浊难辨，但他仍在不停地写，似乎在完成上帝与他签订的一项限期交货合同。李艾荣和孩子从不乱闯他的“书房”，只有竹草让他数点脚指头时才会例外。

李艾荣发现石痴面肤臃肿，臂尖浸脓时，就好言劝他，劝说无效，再伸手夺笔，但常不如愿。她并非夺不下，而是不忍心惹他不快。每当她强行将笔纸夺过来，全部解除石痴的“武装”时，他就会歇斯底里般地狂肆暴喊，跳下床磕头，高叫着还他“自由”！艾荣心软了，降服了，就再将“缴获”的纸笔还给他，他就又安然地“上班”了。

他也写得很累。知识的“饥饿”常常逼得他坐卧不宁。他的人生经历都被锄杆子、枪杆子所占有，重残的身躯又剥夺了他战争结束后学习的机会。

他只好“现买现卖”，急来抱佛脚，张三的帽子李四戴，缺少泻药用“大黄”，杂乱无章、包罗万象地写下去。他不知道也从不预测结局，只是一股劲地、万念集一地写下去！

一个风和日丽的日子，张明喜、寇长功、张闻星特意登门拜访，邀石痴出去透透新鲜空气，他不想去但又不忍心拒绝，最后还是装上假腿，一起登上了石痴喜爱的南珠山。

石痴在一块光滑洁净的巨大磐石上坐下来，解下假腿，晾开绑带、衬料，把假腿横枕头上，躺下休息。张闻星等三人分别向石痴介绍着山上山下那令人心醉的景色和近十年来改造山河的重大变化。

石痴不是客人，他详知这里的每一抔泥土，每一处山泉，每一片树丛。这曾养育过他的山山水水，早就一改往昔的荒凉景象。他动情地说：“这些年咱张家湾变化真大啊！这才是真正的沂蒙山区好地方啊！”说完，不由地哼起了《沂蒙山小调》。

张闻星说：“大叔，我们做得还不够，请您老多多指教，帮我们出主意。”

“闻星，你是个很上进的青年，你带领着支部‘一班人’干得不孬，别满足，大胆干，大胆闯，只有创新才有出路！”

“我有个想法想和大叔商量。”闻星很有兴致地说，“根据各组提议，俺想把分散零星的地块儿逐步纳入小型农场。从长远眼光看，小型农场更有利于实现农业机械化、品种优良化、种植管理科学化。在搞好农场的基础上，组织剩余劳力，按技术专长从事商工牧副业。”

“根据这个想法，俺已经在五组进行了试点。”明喜接着说，“效果怪好，大伙很满意，随着制度的完善，也许是个不小的成功。”

“噢，好！俺真没估透你们这些时代的诸葛亮！”躺在磐石上的石痴，一骨碌爬起来，赞不绝口，“你们确实有新思想、新道道，看来俺这些没有墨水的老脑袋，只亮出了一张白纸，要描绘它，就靠你们了。希望你们画好这幅壮丽的画卷。”

时过午后，阵阵小雨送来了凉爽。该回去了。闻星拿过绑带，边舒展，边搓卷，把皱褶一一荡平，然后一圈一圈缠成卷。

“您这绑带缠了 40 年了吧？”张闻星边缠边问。

“嗯，差不多了。”石痴答。

“俺给您算过，这两条绑带按 6 米长计算，加上别的衬料，每天装卸 9 次的话，40 年时间，要是连起来，绕地球一圈半还多哩！”

“对于我来说，生活就像这绑带和那皱褶一样，卷曲——抒展，再卷曲——再抒展！没有这些，生命也就停止了！”石痴深沉地说。

“大叔啊，您能用假腿走出万里坎坷的里程，俺这好腿好身板的，应该走得更扎实，走得更远！”

“好，闻星，你们年轻一代，一定能远远超过俺这些老头子！”

石痴几个人从山上返回，刚到河边就听到竹草在呼喊：

“爸爸，俺姐姐找了对象，叫刘春国，有照片，可棒啦，是大学生哩！”

“噢，是吗？”石痴早知竹草已不再是数指头的年龄了，女儿有了男朋友，竹草也 10 多岁了。走到近前，石痴对同行的人说：“你们先回去吧，竹草满能把我扛回家去。”

爷俩刚到家，艾荣就手捧照片让石痴看，他细细地端详了一番，说：“嗯，不错，竹花有眼力，小伙子身材魁梧，相貌堂堂，我举双‘手’赞成。你呢，竹花她妈？”

“我？随你呗，当爹的举双手，当妈的能投反对票?!”

“我也看中啦。”竹草迫不及待地表示，“姐夫长得好看，很有本领，还是个技术干部呢！”

“看把您爷俩美的。”艾荣打趣说，“这只是张照片，只能算隔皮猜瓜，待他们来家才能定弦。”

“不错，还是丈母娘想得周到，不过，‘定弦’的权利最好留给他们自己，咱可不能限制他们的婚姻自由。”

“光有照片没有信吗？”石痴问。

艾荣说：“噢，有信，有信，就放在你那纸夹上，有竹花的信，还有份部队来的电报。”

“部队电报？”自受伤至今，几十年从未和部队联系过，怎么会有部队的电报？

艾荣手捧电报，举到他眼前，只见格纸上有这样两行字：“石痴同志，首长闻悉你体尚健，请于元旦回老部队，切记早备。”下面还写了老部队现在的地址。显然，这是池瀚智政委给取上的联系。顿时，思念部队之心切达到了沸点。

“是那位首长给找到的原部队吧？这是件非常光荣的事情，可你这身体……能坚持得住吗？”艾荣既兴奋又担心地问。

“去，一定得去。”石痴兴奋难抑，“还有二十几天的时间，你快给我洗洗衣服，作好行前准备，离别40年啦，哪能不想家！”他简直像一个伤愈即将归队的战士，精神抖擞，整装待发。

啊，就要回到培育自己成长的老部队了，就要看见那一张张熟悉、亲切的面容了，那时，多么令人陶醉，令人兴奋啊！他时而沉思，时而奋笔疾书，时而被迎面涌来的浪花溅改了墨路、冲散了魂魄……

“石痴，开门，开门！”当他那疲惫、狂奔的思维之马终于停下来的时候，迷迷瞪瞪中，他竟意外地听到了一个既遥远又熟悉的声音。这声音在五更深夜、人进梦乡时显得那样清晰。

他慌忙装腿，匆匆迎了出来，定神寻找发出呼喊声的地方。

“是谁？是谁喊我的名字？”这样接连追问了几遍，没见人，也没有回声。过了很长一段时间，又传来了既遥远又熟悉的喊声：“啊，石子，是我，都几十年不见了，不记得老战友啦?”

他正纳闷这话音是咋回事时，喊他的人已奔过来同他紧紧拥抱了，石痴“啊”的一声惊叫：

“你……是高……指导员?”

“对，是我，你多年的战友高新坡!”指导员高大的身躯一动不动地挺立在跟前，又似高悬在空中。他身着褴褛的军服，头戴烧焦的军帽，全身上下都镶嵌着斑斑点点的孔洞，孔洞周围是已经干结了的血迹……

再拭目细看，原来他仍背倚斜坡，面向南天，右手仍紧紧地捂在胸上，脸色苍白，表情呆滞，在高新坡的背后，还有很多时隐时现的人影。

“一个连的消亡，在战史上微不足道，若将此壮举写下来传给今人后代，那会比我们战死本身更有价值，如能办到，不枉此死，切记!”他默默地、一遍又一遍地述诉着牺牲时的话。

石痴怯生生地朝后退了一步，然后紧盯着这位时而清晰、时而模糊的老上级，困惑地问：

“指导员，你怎么会到这儿来?你不是已经……”

“甭管我死活，我是特地来向你讨债的!”高指导员突然声色俱厉地喊叫起来。

“向我……讨债?”

“石子，”高新坡更加严厉起来，“你曾答应重返战场，掩埋死难同伴，送我们魂归黄泉；你曾答应将我们连队的壮举写下来，流芳千秋万代，可你到底做了吗?”

“指导员息怒。”石痴争辩道，“战友尸骨已由首长代为妥葬。你的临终嘱托我正全力从之，只因中途付之一炬，只得重新另写，经过几年努力，已快写完，只待结尾了……”

“噢，我错怪你了。快拿来我看看，我要回去告诉全连战友们，他们会高兴的!”

石痴像突然想起了什么似的，说：“指导员，你先稍等，我即从速写来，一会儿就完!”说完，他返回床上，铺开摊子，初稿未改的，改好未抄的，桌上垛的，墙上挂的，一份份，一本本，统统摊在床上，一边让高新坡审阅，一边奋笔疾书。此刻，他感到很自豪。对自己的拙作从没有人像高指导员这样爱不释手、目不转睛地读过。就为这，也一定要把它写好，血浆作墨也要写完，写好！然而，正写着，矿石灯“扑通”一下栽到了床上。顷刻间，稿纸被引着了，棉被、窗棂、房梁、门板都燃烧起来，火势凶猛，焰舌喷发……

“快呀，起火啦，指导员你快逃出去，快逃出去吧！”

“花她爸，花她爸，你咋着了？快醒醒，我在这儿，快睁眼看看我！”李艾荣趴在石痴的耳边急喊。

他没听她喊啥，两只短臂仍在拼命地划拉，总算把墙上挂的、床上摆的底稿划拉成堆，然后紧紧夹抱住，跳下床来。

“指导员，你快抱着这些底稿冲出去，再待一会儿这屋就塌架了！”他仍在瞪着眼大声喊。

“爸爸怎么了？”竹草也被惊醒了。

“看你爸这憨劲儿，竟抱住我的腿当成他的命根子底稿了，要当真有了火灾，咱娘俩还不抵他的稿子重要哩！”艾荣啼笑皆非地说。

娘俩无奈，只好一个抱头，一个捶背，好歹把石痴摆弄得不疯癫了。他战栗着身子，嘴里不时淌出带白沫的口液，梦景逐渐萎缩，恍幻慢慢远去……

“花她爸，刚才是咋着了？又是起火，又是逃命的？高指导员是谁呀？”李艾荣见他呆而不语，再次追问。

“噢，他是俺连老指导员。”他全醒了，“想不到会在梦里见面，他是专门来向我讨债的。指导员说得对，‘自传’一定要快写，这比我们战死更有价值，要能如愿，活着的不枉此生，死去的不枉此死！”

“你这人也真是怪，深更半夜还的哪门子债哟，叫你这一折腾甭睡了，天早就大亮了！”李艾荣睡眼惺忪地起了床。

刚一开门，见大妈在门口的石阶上呆坐着。天空正飘着雪花儿，地上已覆盖着白皑皑的雪层，艾荣忙问：“您老咋一大早坐这里呢？天太冷，快屋里坐。”

“听孩子们说，花她爸今晚大喊大叫的，是您俩吵架还是有别的毛病?”大妈不放心地问。

“嗨，他就这么古怪，经常在梦里冲啊杀的，有时光着身子爬到天井里还没知觉，早晨开门一看，在硬地上睡得呼呼的。老毛病了，您甭担心。”李艾荣向大妈解释着。

石痴借着晨光，抱起纸夹“过滤”了一会儿他即将脱稿的“自传”，然后同大妈拉了起来，拉着拉着他忽然想起什么要事似的问：“花她妈，今天是多少号了?”

艾荣忙翻了几张日历：“今天是星期五，12 月 29 号。”

“哎呀，你看看我，天天数算怎么还过糊涂了呢?后天就是新年元旦了，今天是俺归队‘回娘家’的日子，快，给我假腿、军帽、挎包!”他急匆匆地捆上假腿，戴上军帽，背上挎包，认真、仔细地“自测”了一遍军容。然后转身说：“大妈，侄儿失陪了，我得赶紧上路!”

大妈望着他那精神抖擞的样子，关切地嘱咐：“下雪路滑，可千万小心哪!”

“不怕，我喜的就是雪。”石痴兴奋地对大妈说着，像是在作诗：“您看这雪，多么晶莹，多么纯洁，它能洗掉大地的污垢，净化人的灵魂，能鼓舞人们向命运抗争的勇气……”

竹草娘俩各拿着一支拐杖，要往他腋下塞。大妈手捧着墨镜要给他戴上，但他都不要，一个劲地说：军人没有拄拐打仗的，要挣脱一切束缚，体貌双全才够得上个完整的军人!

多少年来，他第一次没有夹拐，第一次没戴墨镜，第一次挺直腰杆、昂首挺胸、阔步踏上了归途。

纵然没有当年军人的那种矫健、豪壮，可他那心理气势绝不亚于当年；纵然无法去掉假腿那令人讨厌的“嘎吱”声，但他的英姿表明：他已经驱除了人生历程上的一切“噪音”。

他走得很快，那留在雪地上的脚印已不再是腕行、膝行、爬行、拐行的痕迹，而是完整人踏出的串串扎实、闪光的足迹。诚然，他相距目的地还很遥远、很遥远，但他终究踏上了归队的征途。

后 记

在朝鲜战场上负伤后，我无法再扛起心爱的枪杆子，但作为一名战士，只要一息尚存，就不能泯灭自己始终追求最大胜利的渴望。我回到家乡，克服正常人难以想象的困难扛起了锄杆子。在战友临终嘱托和首长的鼓励下，我又拿起了笔杆子，记录下我的经历与感悟。这就是我的“三杆子”。人生本就不该有什么极限，因为所有的极限全部跨越之后，生命的能量就定格在最壮美的极限深处了。

后记

自朝鲜战场负伤失去四肢和左眼后，我的经历同书中描写的那样：休养院疗养——回乡锻炼生活自理——干了 25 年村党支部书记。无论在哪儿，也不管干什么，我心中始终装着一件事，那就是将自己所经历的一些难忘事件记录下来，以告后代，以飨读者。

死去战友的临终嘱托催促着我去写；

残疾人自强不息的信念鼓舞着我去写；

共产党人的使命召唤着我去写！

尽管我一天学没上过；尽管我四肢全无，写作要付出比常人不知要高多少倍的代价！

孟子曰："天将降大任于斯人也，必先苦其心志，劳其筋骨，饿其体肤，空乏其身……"逆境，只能捉弄、束缚弱者；磨难，在造就痛苦的同时也迸发出生命的辉煌。

在经过几年的锻炼、磨砺，夺回了部分自理功能后，我开始圆自己的梦。我知道自己的能力，绝不想一口吃个胖子，开始只是拙笨地学读，摹仿地学写：写书信、写规划、写报告、写新闻稿……

也许是战争血与火的经历使我刻骨铭心，也许是朝鲜战场的惨烈使我没齿不忘，每每落笔，我脑海里总要浮现出那些长眠于异国他乡的战友的脸庞。先后学写的《庄户大王》《救险记》《悼青山》和《异人梦》，全都是烈士或与烈士有关的故事。生活，尤其是战争生活，是我创作的源泉；战友，是我作品中堂堂正正的主人公形象！

怎能没有这种感受呢？我是战争的幸存者，我的生命——尽管是由残缺不全的躯体组成的生命——是战友们给的，他们把生让给了我，把死留给了自己，没有他们的先去、先死，就没有我的今天。经常有人把战争中的重残、特残称之为"活着的烈士"或"半个烈士"。由此说来，我不是烈士，但接近烈士。今天，我把《极限人生》这篇拙作幻化成烈士的遗愿，幻化成一曲悲歌、一副挽联奉献于烈士，将是我毕生最大的宽慰。读者能从中感悟到先烈的不屈、残废军人的自强、共产党人的凛然正气，从而汲取做人的力量，那么我也就不会因空耗时光而羞愧了。

我写得很苦，也很累。最初只能用嘴写，每写一字，口涎就会顺笔杆而下浸湿稿纸，而且每天只能写十几个或几十个字，还得反复重描多次才能使人认得清。后来，嘴、臂并用，每天能写上百个字。再后来，嘴、臂分离，采用绑笔、抱笔、腿臂配合等方法，逐步达到了每天能写五六百字。写作时间稍微长一点，残臂创面神经就会疼痛，且会伴随脑胀和目眩。起初，儿女们劝我口述，他们记录，可我总觉得那样少了一些思索的空间，表达不出内心的真情实感。更重要的是，我把写作作为磨砺意志、自强奋进的重要途径。因此，我还是坚持自己写，自愿找罪受，找苦吃。

这种罪、这份苦不仅仅是生理上的，很多时候是生理之外的。别的不说，光是那一天学没上过的知识贫乏，就时常把我逼得心烦意乱，焦头烂额。多少回，为了一个情节的描述，我会不吃不喝地憋上几天；多少次，为了一个词甚至一个字，我会搬来字典、词典，一查就是几十分钟、几小时！

苦熬苦写了七年，反复修改了七遍，凝聚着我心血的《极限人生》终于脱稿了，我长长舒了一口气，心中一块石头落了地。我知道，这部作品无论从构思、语言，还是描述和遣词造句上，都不能同作家的作品相比。但我觉得，在一桌盛宴上，出现一道味道迥然的“清拌苦苦菜”，不是更能显出山珍海味的诱人浓香吗?

看过这部作品原稿的人时常问我：“作品中的人物、情节、故事有多少是真实的?”我要说，本书的内容基本上是真实的，大都是我在实际生活中的亲身经历。石痴的生活原型就是我自己。文中石痴与方仁的卧床、自理、自学和自强的经历，几乎就是我和我的残疾战友伤残生活的写照！唯一不同的是，作品按其逻辑发展需要，将一些事件浓缩和集中了，在一些情节上进行了渲染。换句话说，只有语言与细节上的不同，没有实际生活中的虚构。至于婚姻方面的某些描写，渲染较多，略有夸张，也是山规乡俗使然，从另一角度反映了残疾人追求爱情和幸福的心态。所以，写作过程中，我时常忘了是在创作，总觉得是在写日记，写总结，思绪时常飞回那硝烟弥漫、骨山血河的二五〇高地，飞回顽强锻炼生活自理能力的家乡小屋，飞回拖着残躯和乡亲们一道垒堰填沟的农田基本建设工地……

在书稿即将付梓之际，我最想说的，还是心中那不尽的感激之情。

我感谢中央军委原副主席迟浩田同志。1987年，担任济南军区政委的他来沂蒙山区参加孟良崮战役胜利40周年庆典时，特地来看望我。听说我在搞创作时，他热情勉励我："在艰苦条件下，要磨炼出人生的光芒，既要写，就要力争写出来，既可充实晚年生活，又可教育后代。"听说书稿完成，他很高兴，在北京亲笔为这部书题写了书名。

我感谢济南军区原政治部袁守芳主任、创作室李存葆主任、青年文艺评论家蔡桂林、程鹏同志和我县的领导同志。袁主任对该书出版给予了肯定和支持，蔡桂林同志通读全书后提出了很好的修改意见，特别是著名作家李存葆同志亲自写了4000多字的指导长信，指出"该书创作的精神和主题内容是好的，对广大青少年是宝贵的传统教育教材。作者本身就是集艰险、患难于一身的大写的人物。但错字、病句尚需梳理、校正，最好请有关领导找人梳理一遍，基本内容不可损伤，要保持原汁原汤。"按照李存葆同志信中所讲，县委书记陈传玉、宣传部长张学信特地委托县人民广播电台台长李民同志对书稿进行了较细致地校正、梳理，特别是对书中人物对话作了一些修改，花费了心血。

我还感谢我身边的那些对该书的创作给予理解、帮助、支持的领导和同志们，他们是：王兆民、杜祥荣、陈留泉、田锡富、于会君、黄诗泉、信惠忠、刘新平、冯学训、滕茂菊、曹日荣、周仕莲、徐福录、窦云铨、王锡仁等。

由于受驾驭生活能力与文化水平的局限，拙作尽管几易其稿和几经编撰，仍难尽人意。切盼读者提出宝贵意见，如果能再版，如果能多活几年，定予修改润色，以谢读者。

朱彦夫

1996年6月8日